KB062546

서정이 있는 소설

과수원집

서정이 있는 소설

과수원집

홍성암 소설집

개미

　문학작품은 대부분의 경우 그 작가의 유년기적 체험과 깊은 연관고리를 가진다. 즉 작품은 작가의 체험의 반영이고 동시에 그 체험의 바탕에서 연상되어진 상상력을 기본으로 하고 있기 때문이다. 그런 점에서 작가의 작품은 유년기적 체험을 유전인자로 해서 다양한 변용을 거쳐 창작되어진 것이라고 보게 된다.

　나의 경우 유년기적 체험으로 제일 먼저 떠오르는 것은 강렬한 아침 햇살이다. 나는 늦잠꾸러기여서 잠에서 깨어날 때쯤엔 늘 혼자인 경우가 대부분이다. 창호지를 바른 창문을 열면 곧바로 아침 햇살이 밀려온다. 집이 남향이고 언덕 위여서 퇴마루로 나서면 남쪽 멀리 까지 한눈에 들어온다.

　아직 레일이 깔리지 않은 동해북부선 철로길, 들판을 가로지르는 연곡천 물길, 궁바다라고 불리는 솔숲, 공동묘지, 문둥이 마을, 그 너머로 동해안의 백사장과 푸른 바다. 수평선에서 한참 떨어진 허공으로 솟구쳐 오른 아침 햇살. 그 강렬한 눈부신 햇살을 잊을 수 없다.

　한낮의 햇살과는 달리 밤이면 공동묘지가 있는 솔숲은 늘 으스스한 음기가 감돈다. 공동묘지 입구에 문둥이 마을까지 있어서 더욱 그런 느낌이다. 비바람이 거세게 부는 밤에는 솔숲에 도깨비불이 날아다니는 것을 볼 수 있다. 문둥이들이 무덤을 파고 죽은 아이의 시체를 파내어 간을 꺼내간다는 으스스한 이야기들을 자주 들었다.

마루에서 눈길을 조금만 서쪽으로 돌리면 첩첩이 쌓인 산봉우리들의 물결을 대할 수 있다. 오대산 영봉들이다. 그중에서 소금강의 절경을 이루는 능선들이 쏟아져 내리는 그 산자락에 영진리라는 고향마을이 있게 된다. 산이 높아서 바람도 거세다. 그 바람이 파도를 일구고 파도 소리가 늘 내 잠자리를 파고든다. 나는 달려드는 파도에 떠밀리고 잠기고 뒤채면서 뒤숭숭한 꿈자리에서 헤매기도 한다.

나의 출생지인 영진리는 동해안의 어촌마을이다. 주민의 대부분은 농사를 짓지만 포구에 면해 있는 어촌마을은 언제나 떠들썩하다. 거기에다 주문진읍도 십여 리밖에 떨어져 있지 않아서 영진리는 농촌과 어촌, 도시의 여러 요소를 두루 갖춘 지역이라고 할 수 있다. 장날이면 어머니를 따라 주문진읍으로 나들이를 간다. 엿장수의 가위 소리, 약장수의 목쉰 소리, 어시장에서 악다구니하는 장사꾼들의 욕지거리. 그곳에서 활기에 넘치는 사람살이의 모습을 대할 수 있다.

영진리 큰이모댁은 300여 호 되는 어촌마을을 대표하는 집안인 셈인데 어촌마을의 열댓 척 되는 모든 어선들을 소유한 선주였고 상당한 농토도 소유한 대지주였다. 항상 일하는 사람들로 들끓었는데 트럭이 있어서 매일 같이 잡아오는 생선을 당일로 서울까지 운반해 갔다. 그 트럭이 서울서 돌아올 때는 설탕 등의 생필품을 싣고 왔는데 교통이 극히 불편했던 당시에는 여간 대단한 일이 아니었다.

큰이모댁은 영진리 마을이 한눈에 내려다보이는 언덕에 자리잡은 일본식 건물인데 마치 학교 건물처럼 방의 앞쪽으로 긴 복도를 배치하고

과수원집

어깨 높이로 유리창을 달아서 전통적인 한옥과는 그 구조가 전혀 달랐다. 본채에 10여 개가 넘는 방이 있었고 이모부가 손님들을 맞이하는 손님방, 바둑을 두는 놀이방도 있었다. 부엌 옆에 두어 개의 문간방이 따로 있었고 본채 둘레로 10여 개의 곳간 채가 있었다. 화장실도 복도의 양 끝에 남녀용으로 따로 설치했고 신식 목욕탕까지 갖춘 주택이었다.

부모님이 큰이모네의 살림살이를 관리해주고 있어서 나는 이종 형제들과 어울리며 큰이모네 집에서 살다시피 했다. 이종형들은 서울에서 대학엘 다녔고 누님들은 강릉에서 중학교를 다녔는데 당대에 유행하던 각종 잡지들이 집에 넘쳐났다. 초등학생이던 내가 '명랑'이며 '야담' 같은 잡지책을 수시로 대하고 재미있게 읽을 수 있었던 것은 이런 문화적 혜택 때문이었다.

이런 나의 유년기적 환경이 나로 하여금 세상을 긍정적으로 보게 되고 낭만적인 꿈들을 가꾸면서 글쓰기를 할 수 있었다는 생각을 하게 된다. 이 책에 수록된 작품은 이런 서정적인 바탕에서 쓰여진 것들이다. 평생토록 다양한 종류의 작품들을 썼지만 만년에 이르러서도 마음에 오래 남는 것은 고향 소재의 낭만적 작품들이다. 그동안 발표된 작품들 중에서 이렇게 오래 기억에 남는 작품들로 소설집을 엮어 보았다. 독자들의 많은 관심을 기대한다.

2023년 1월
홍성암

차례

과수원집

안개가 흐르고 있다. 안개는 물결처럼 흐르며 숲과 모랫벌과 바다를 적신다. 물방울이 선뜻선뜻 목덜미에 느껴진다. 안개 속에서도 은은히 눈에 들어오는 바닷가 공동묘지의 비목(碑木)들…… 오랜 세월속에서도 조금도 바래지지 않는 기억들이 머릿속을 흐른다.

— 이난영 지묘(李蘭英之墓) —

나의 마지막 혈육인 누님의 모습이 안개 속을 흐른다. 비목(碑木)의 먹물 글자와 더불어 누님은 이 바닷가에 조용히 누워 계시는 것이다. 음성나환자의 집안…… 그래서 젊은 나이에 꿈도 희망도 그 무엇도 다 잃어버리고 누님은 고향의 바닷가 이 공동묘지에 깊이 잠들어 있는 것이다.

우리는 마을에서 멀리 떨어진 바닷가의 허허한 벌판에서 외따로 살았다. 음성나환자의 집안이기 때문이었다. 마을 사람들은 우리와 사귀는 것을 꺼렸고, 그래서 우리는 할아버지 대에서부터 이 들판에서 황무지를 개간하며 외롭게 살았다. 아무도 돌보지 않은 땅, 억센 갈대와 다년생 키 작은 나무들, 그런 것들을 파헤치고 늪지대엔 모래를, 모래땅엔 진흙을 떠붓고, 개간하여 과일나무를 심기 시작했다. 오랜 세월, 가난과 싸우면서 노력한 보람이 있어 우리는 제법 큰 과수원을 갖게 되었고, 과목에서 과일이 열리기 시작하자 우리는 곧 부자가 되었다. 아버지는 읍내에서나 볼 수 있는 그런 양옥집을 지었고 우리들의 공부방을 마련해 주었으며, 너희들이 공부 잘하는 것만이 소원이다 하고 말씀하시곤 했다. 그렇게 남매를 대학까지 공부시켰지만 돌이켜 생각하건대 그것은 아버지의 큰 실수였음이 틀림없었다.

누님이 시집에서 쫓겨난 것도 그녀가 배운 여자였기 때문이었다. 그녀는 한사코 아기를 낳으려 하지 않았으며, 아기를 배기 무섭게 몰래 떼어버리곤 했다. 누님은 자신이 음성나환자의 집안이란 강박관념에서 도저히 헤어날 수 없었던 것이다. 끝내는 모든 사실이 탄로나자 그녀는 이혼을 자청했다.

누님이 이혼을 결행하고 집으로 돌아왔을 때 그녀는 아주 즐거운 듯한 표정을 지으며 말했다.

"넌, 내가 돌아와서 좋지? 그렇지?"

나는 머리를 끄덕였다. 사실 그랬다. 일에 지친 부모님들이 갑자기 돌아가셨으므로 나는 이 큰 과수원과 논밭들 사이에서 쩔쩔 매고 있던 때였다. 나는 과수원 일에 굉장히 서툴렀기 때문에 누님이 돌아와 준 것은 내게 구원과도 같았다. 누님과 나는 서로 그것을 알고 있었다. 누님과 함께라면 나는 어떤 일도 잘해낼 수 있었다. 어려서부터 누님은 나의 단 하나의 보호자였기 때문이다. 누님은 나보다 언제나 아는 것이 많았고 그래서 나는 누님이 시키는대로 하기만 하면 되었다. 그것은 어

과수원집

렸을 때부터의 습관이기도 했다.

누님이 집으로 돌아오자, 곧 집안일을 돌보기 시작했다. 내가 미처 엄두를 못내던 일도 척척 해냈다. 집을 고치고, 칠을 새로하고, 서재를 꾸미고, 과수원 울타리를 수리하고, 셰퍼드를 사들이고…… 누님은 많은 일들을 솜씨있게 해내었으므로, 나는 누님이 하는 일을 구경만 하면 되었다. 심지어는 나의 결혼까지도 누님이 주선하였고, 애기를 낳는 문제마저도 그러했다.

" 우리도 애기가 있어야겠다. 넌 그렇게 생각지 않니?"

"글쎄……"

나는 애매하게 대답했다. 누님 자신은 애기를 낳지 않겠다고 하여 이혼을 자청하지 않았던가. 누님은 그런 자신의 일은 까마득히 잊고 집요하게 말했다.

"음성나환자란…… 양성환자와는 다르지 않니?…… 의사는 전혀 괜찮을 거라고 말하더군. 하나쯤 낳았으면 좋겠다. 애기 우는 소리를 듣고 싶다니까……"

누님은 그런 식으로 말했다. 처음엔 전혀 가망 없는 엉뚱한 얘기라고 생각했지만 자꾸 되풀이 듣고 보니 누님의 말에도 일리가 있었다. 무엇보다도 애기 울음소리를 듣고 싶다는 유혹엔 견딜 수 없었다. 어쩌다 마을에 갔을 때, 방안에서 들려오는 애기의 울음소리를 들으면 그 집 방안의 불빛이 유난히 따스하게 느껴졌다. 그리고 나와는 거리가 먼 이국(異國)의 낙원을 보는 듯한 느낌이 들곤 했다. 나는 자라면서 애기 우는 소리를 듣지 못했기 때문이다.

우리는 어렸을 때, 과수원 울타리 안에서만 놀았다. 나는 내가 아기였을 때가 기억나지 않았고 그래서 애기 우는 소리를 들을 기회도 없었다. 그래서 나는 어려서도 운 기억이 없다. 누구와 싸울 일도 없었다.

누님은 나보다 다섯 살 위였는데, 내가 크는 것만큼 누님도 늘 다섯 살 만큼 빨리 자랐으므로 나와는 아예 싸울 상대가 못되었다. 그래서였을까. 누님이 애기 울음소리를 듣고 싶다고 했을 때 나도 아련한 꿈처럼 그런 것들을 바라고 있었던 것 같은 생각이 들었다.

누님의 권고로 나는 아기를 낳았다.

그가 성준이다. 성준이 두 살 때였다. 그놈은 홍역을 심하게 앓았다. 의사는 홍역이라 했지만 우리는 자신이 없었다. 몸에 울긋불긋 돋는 발진이며 부스럼 딱지가 우리를 불안하게 했다. 우리는 문둥병이 양성화하는 것을 본적이 없으므로 홍역의 징후가 문둥병의 발병 모습일 수도 있다는 데 대한 가능성 때문에 몸을 떨었다. 온 가족의 마스코트처럼 귀염받는 사랑스러운 아들 녀석이 하루아침에 흉칙한 몰골로 변신된다면 얼마나 놀라운 일인가? 온몸에 부스럼 딱지가 생기고 코가 비뚤어지고, 손가락 마디가 떨어져 나간다면…… 우리가 가장 아끼고 사랑하던 존재가, 아 그렇게 된다면……

아내의 정신 상태가 이상해지기 시작한 것이 이 무렵부터였다.

성준이 앓기 전까지만 해도 나와 누님은 명녀의 존재엔 별로 관심이 없었다. 그녀는 나의 아내로서 늘 양처럼 온순했으며 매사에 우리와 의견을 같이 했으므로 특별히 신경에 쓰이지 않았다. 그러던 명녀가 갑자기 정신 이상의 징후를 나타냄으로써 누님과 나는 새삼 그녀에 대해 주의를 기울였으며 놀랍게도 성준에 대한 권리가 가장 많은 사람이 그녀라는 것을 깨닫게 되었다. 그녀는 성준의 엄마였던 것이다. 그녀는 성준에 대한 애정을 증명이라도 하듯 정신이 돌고 있었다. 지금껏 무시된 자신의 존재에 대해 새삼 도전이라도 하는 듯했다.

명녀는 끝내 정신병동에 입원하여 치료를 받아야 했다.

나는 심한 죄의식을 느꼈다. 명녀의 정신병은 우리가 책임져야 할 성질의 것만 같았다. 누님도 그런 생각이었던지 어느 날 문득 말했다.

"내가 네게 짐이 되는 것 같구나."

누님은 그런 마음의 갈등에 휩싸이면서 돌연히 모든 집안일에 손을 떼었다.

나는 정신없이 바빠졌다.

과수원 일은 끝이 없었다. 풀을 뽑아주는 일. 과목의 뿌리에 퇴비를 하는 일, 과일을 솎아주는 일, 가지를 치는 일, 과일 열매에 봉지를 씌우는 일…… 일은 해도해도 끝이 없었다. 거기에다 논일과 밭일이 부지기수였다. 삯일꾼을 독려하려고 아침부터 저녁까지 이리저리 뛰어야 했다. 하필 이처럼 바쁜 때에, 누님이 도와줄 생각을 않다니……

어느 날, 내가 김매는 여인네들을 독려하고 있을 때 누님이 저만큼 나와 있는 것이 보였다. 반가운 마음으로 다가갔더니 누님은 맥빠진 목소리로 "넌 내가 없어도 잘해내는구나." 하고 말했다.

나는 그 말을 듣는 순간 눈앞이 캄캄해졌다. 나는 나의 실수를 깨달았던 것이다. 누님은 자기가 아니면 안될 일들을 많이 알고 있었다. 그래서 한 번 출가를 한 일이 있긴 하지만 자신이 주인이어야 한다는 자부심을 갖고 있었는데 나는 그런 누님의 긍지를 짓밟아버린 셈이었다.

한 번 뒤엉킨 실꾸리는 계속 꼬이기 마련인가보다. 누님은 점점 더 마음을 잡지 못하는 것 같았다. 누님은 공동묘지의 숲길이나 모랫벌을 혼자 배회하기도 했다. 어쩐지 마음이 불안하여 몰래 뒤따라 가보기도 했다. 하얗게 부서지는 파도의 포말에 발을 잠그고 망연히 수평선을 바라보고 섰는 누님은 동화 속의 공주같기도 했다. 큰 파도가 밀려 올 땐. 순식간에 그녀의 모습이 사라져버릴 것만 같아 마음이 조마조마했다.

누님은 밤중에도 과수원을 배회하는 습관이 생겼다. 천둥이 치고 소나기가 쏟기는 밤이면, 창턱에 턱을 고이고, 솔숲에 이글거리는 도깨비불을 구경했다. 파랗게 독이 오른 도깨비불은 빗줄기 속을 이리저리 옮겨다녔다. 솔숲 굿당 부근엔 으레 도깨비불이 한 무더기씩 피어올랐다.

유년시절, 나는 누님과 함께 그 도깨비불을 보며 두려움에 떨곤 했었다. 금 나오라. 뚝딱. 도깨비는 요술방망이를 갖고 있었으며, 또 조금 어수룩하고, 장난질을 좋아했다. 그런 도깨비에게 홀려서 바닷속 귀신이 된 사람도 여럿이나 있었다. 우리는 그런 소문을 듣고 자랐다.

봄 한철, 풍어제를 지내기 위해 굿이 열리는 굿당에는 신들린 무당이 경중경중 춤을 추었다. 도깨비들도 무당을 흉내내어 경중경중 뛰었다. 누님은 그런 유년시절의 도깨비를 생각하고, 그리움에 잠기곤 했다. 갑자기 여위고 파리해진 누님의 모습을 볼 때마다 나는 마음이 쓰렸다.

명녀는 정신병동에서 돌아오자 성격이 사뭇 달라져 있었다. 그저 남의 얘기나 듣고 미소만 띠던 소녀티는 싹 가셔지고 매사에 자신의 주장을 내세우기 시작했다. 그녀는 내가 하던 논일, 밭일, 과수원 일을 하나하나 참견하기 시작하더니 누님이 돌보던 부엌일까지 모두 자신의 방법대로 처리하기 시작했다. 맨날 큰소리로 꽥꽥 고함을 질렀다. 성준을 나무라고 옷을 벗겨 빨고 또 새로 갈아입혔다. 하루에 열 번도 넘게 마루를 쓸고 방을 닦고 또 쓸고 닦았다. 원래 깔끔한 성격이긴 했지만 워낙 법석을 떨었으므로 마치 그곳에 서식하는 모든 문둥병균을 몰아내려는 것 같았다. 그런 적의 같은 의지가 번득였다. 그녀의 태도는 나와 누님에 대한 도전의 자세였다.

"애 성준아, 뭘하니, 손을 씻으란 말야. 씻지 못하겠니?"

쨍쨍한 아내의 목소리였다.

"아까 씻었단 말야."

"그래도 씻어, 씻으란 말야."

"벌써, 다섯 번이나 씻은걸."

"끝까지 말썽부릴래? 씻어, 씻으란 말야."

그녀의 성깔에 눌려 나와 누님은 아예 성준의 손목도 잡아 볼 수 없었다. 그러나 성준은 고모를 끔찍이 좋아했다. 녀석은 엄마의 성깔에 숙달되어 엄마 몰래 고모의 방으로 숨어 들어가 고모와 놀았다. 어쩌다 들키는 수도 있었는데 그럴 때면 명녀의 푸념이 시작되었다.

"아이구, 자식새끼 하나 있는 것마저도 저 모양이니……"

명녀는 아주 무식한 여자같이, 공부라고는 전혀 해보지 않아서 갖추어야 할 최소한의 예절마저도 모르는 사람같이, 한숨을 푹푹 내쉬며 별의별 푸념을 다 늘어놓는 것이었다.

나는 그처럼 변해버린 아내에 대해서 당황하고 놀라서 어쩔 줄 모르곤 했다. 명녀는 전에는 결코 이렇지 않았던 것이다.

"나, 여기서 살고 싶어요. 누님이 너무너무 좋아요."

명녀는 그렇게 말하곤 했었다. 그녀는 누님을 좋아했다. 누님은 시집에서 막 쫓겨 온 후였고, 그래서 우수에 잠겨 있었으며, 그것이 명녀의 조용한 성격과 잘 어울렸는지 모른다.

"더 바랄 수 없이 훌륭한 규수지만…… 그렇기 때문에, 오히려 결혼 상대론 힘들어 보이는구나."

누님은 그렇게 말했다.

나는 누님이 무엇을 말하려는지 잘 알고 있었다. 나의 신부가 될 사람은 과수원 일을 알고 있고 논밭을 관리할 수 있는 시골 여자여야 했다. 여름이면 하루가 멀다고 자라는 잡초를 뽑아야 하고 또 삯일꾼을 부릴 수 있어야 했다. 그러나 명녀는 너무 섬세하고 예민했으며 또한 온순했다. 그것은 과수원 안주인으로는 매우 부적격한 조건이었다.

나는 명녀에게 말해야 했다. 농촌일의 어려움, 해도해도 끝나지 않는 과수원 일, 나의 할머니나 어머니의 억척스런 성격…… 그러나 명녀는 이해하려 하지 않았으므로 나는 나로서는 가장 하기 힘든 말까지 해야 했다. 우리는 음성나환자의 집안이며, 그래서 이처럼 외떨어진 벌판에 홀로 살아야 했음을……

명녀는 큰 충격을 받은 것 같았다. 그리고 다시는 결혼 얘기를 꺼내지 않았다. 나는 놀라지 않았다. 나는 그 누구도 우리집의 내력을 듣고 나면 나로부터 멀어져간다는 것을 알고 있었다. 학교 시절 나는 몇 명의 친구를 사귀었지만 그들은 우리집의 내력을 알게 되자 모두들 멀어져 갔다. 처음엔 그들은 말했다. 그런 정도의 일로 우리의 우정이 변해서야 되겠느냐고. 하지만 한참을 지나고 보면 그들은 이미 멀리 떠나 있곤 했다. 나는 그런 일에 잘 길들여져 있었기 때문에 아무리 친한 친구와의 멀어짐이라도 잘 견딜 수 있었다. 명녀와도 그랬다. 나는 외로움에 길들여져 있었으므로 그녀의 도움이나 동정 같은 것은 기대하지 않았다. 다정한 누님이 옆에 있는 한, 나는 그것만으로 충분했다.

그러나 명녀의 집념은 그렇게 단순한 것만은 아니었던 모양이다. 내가 군복무를 마치고 집으로 돌아왔을 때 나는 뜻밖에도 누님과 마주앉아 사과를 헤아리는 명녀를 보았는데, 두 사람은 다정한 자매같아서 나를 놀라게 했다. 명녀는 그동안 누님을 자기편으로 끌어들였고 그래서, 나는 나의 제대 선물로 가장 좋은 것을 받았던 셈이다. 군에 있을 동안 명녀나 누님은 내게 아무런 힌트도 주지 않았으므로 나의 기쁨은 그만큼 컸던 것이다.

내가 아내에게 밀려서 점점 서재에 묻히는 걸 보자, 누님은 아주 재미있어 했다. 누님은 명녀가 돌아왔고, 성준의 병도 낫고, 그래서인지 다시 활기를 되찾고 있었다. 내가 과수원 원두막에 누워 낮잠을 즐길라

치면 누님이 성준의 손목을 잡고 나무 밑을 지나는 기척을 들을 수 있었다. 그녀는 전지가위로 과일나무의 나뭇가지를 싹둑싹둑 잘라내기도 했다.

"범주야 자니?"

내가 눈을 뜨고 내다보면 누님은 성준의 손목을 잡은 손을 들어 보이며 빙그레 웃었다. 보렴, 네 아내 몰래 성준이를 빼돌렸지. 누님이 그렇게 말하려는 것을 그 미소 띤 눈동자를 보면 담박 느낄 수 있었다. 그래서 나도 씽긋 웃어주곤 했다.

그런데, 일은 아주 엉뚱한 곳에서 터졌다. 나는 그때 책을 읽고 있었다. 깊은 밤중이었다. 어디선가 짧은 비명소리가 들렸다고 생각되었다. 귀를 기울였지만 더 이상 다른 소리는 들리지 않았다. 깊은 밤, 열린 창문으로 들린 짧은 비명소리는 공연히 나의 가슴을 두근거리게 했다. 나는 창밖 어둠 속을 바라보았다. 아무것도 보이지 않았다. 후텁지근한 늦여름의 무더위만이 목줄기에 달라붙었다. 개 짖는 소리도 들리지 않았다. 나는 밖으로 나왔다. 소나기라도 한차례 쏟기려는지, 하늘은 별 하나 없는 칠흑 어둠이었다. 저쪽 원두막에 불빛이 보였다. 젊은 머슴이 그 원두막에서 자면서 과수원을 지켰다. 그리고 정문 옆의 문간방에서는 문지기 영감이 셰퍼드와 함께 집을 지킬 뿐, 과수원은 언제나 조용했다.

나는 원두막의 불빛을 향하여 천천히 걸음을 옮겨 놓았다. 분명 짧은 비명소리를 들은 것만 같았고, 확인해야 할 것 같았다. 원두막 가까이 갔을 때, 나는 언뜻 어떤 기척을 느끼고 발걸음을 멈추었다. 가쁜 숨소리와 뒤채김 소리, 분명 원두막 밑에서였다. 나는 발걸음 소리를 죽이고 살금살금 다가갔다. 문득 원두막의 불빛이 어렴풋이 새어 나오는 그늘에 엉킨 사람의 형체를 볼 수 있었다. 이상한 예감과 더불어 나는 정신을 바짝 차려서 어둠 속을 살폈다. 여자가 짓눌리고 있었다. 버둥대는 하얀 다리가 보였다. 아찔 현기증이 일었다.

머슴놈은 이제 겨우 스무살 밖에 되지 않았다. 군대에 입대할 때까지 할 일도 없고, 집에서 빈둥대며 노는 꼴도 보기 싫으니 좀 맡아 달라고 그의 아버지가 특별히 부탁한 녀석이었다. 농촌의 일손이 달리기도 했었지만, 그렇지 않았다 해도 녀석은 그렇게 불량해 보이지는 않았던 것이다.

"쌍, 가만히 있어, 난 어차피 도망치고 말 테니까."

녀석의 투덜대는 목소리가 들려왔다.

나는 순간 그녀가 누님일는지 모른다는 생각이 퍼뜩 들었다. 섬광처럼 스친 생각은 점점 굳어져서 틀림없는 확신으로 굳어지고 있었다. 누님은 잠이 오지 않았을 것이다. 그래서 이리저리 거닐다가 원두막까지 왔을 것이다. 평생을 울타리 안에서만 자란 그녀였다. 이런 봉변을 당하리라고는 상상도 못했을 것이다. 머슴이 주인을 덮치리라고 어찌 상상이나 했겠는가. 더구나 스무 살밖에 안된 애송이 아이놈에게 말이다.

잠옷 차림이었는지 모른다. 깊은 밤이었으니까…… 누가 볼 사람도 없고…… 어쩌면 아직 잠들지 않은 머슴에게 따뜻한 위로의 말을 던져 주었을는지 모른다. 불편하겠구나 하고.

"배은망덕한 놈."

분노가 목구멍을 치받았다. 후텁지근한 바람이 뱀처럼 끈적끈적 온몸에 달라붙었다. 나는 심하게 땀을 흘리고 있었다. 당장이라도 달려가 녀석의 목덜미를 잡아채고 발로 마구 짓밟아 놓고 싶었다. 하지만 나는 부들부들 떨면서 꼼짝도 할 수 없었다. 나는 배나무 그늘에 몸을 감춘 채 꼼짝도 할 수 없었다.

놈은 마냥 헐떡였다.

죽은 듯 늘어졌던 여자의 팔이 머슴놈의 목을 감았다.

가냘픈, 신음소리가 들려왔다. 앓는 것 같은 여자의 신음소리.

나는 더 이상 보고 있어서는 안 된다고 생각했다. 어서 이 자리를 도망쳐야 한다고 생각했다. 그러면서도 그럴 수 없었다. 녀석이 쿵, 옆으로 넘어졌다.

갑자기 주위가 조용해졌다.

찌—찌— 풀벌레 소리가 들려왔다.

너무도 조용했으므로 나는 옴쭉도 할 수 없었다. 칠흑 같은 어둠의 장벽이 나를 에워싸고 가슴을 압박했다. 심장이 터질 것 같았다. 다리가 후들후들 떨렸다.

녀석이 부시럭거리며 몸을 일으켰다. 녀석은 이젠 제법 여유까지 보이며 죽은 듯 늘어져 있는 여인의 몸을 쓰다듬었다. 어둠에 익숙해진 나의 눈에 모든 동작이 보다 선명해졌다. 녀석은 여인의 몸을 끌어안고 애무의 동작을 계속했다. 여인의 몸이 꿈틀거리며 반응을 보였다. 녀석은 다시 여인의 몸 위로 기어올랐다.

나는 황급히 그 자리를 떠났다. 누님의 신음소리를 듣는 것이 두려웠다. 어쩔 수 없이 터지는 신음소리…… 나는 허둥지둥 걸었다. 몸의 모든 모공(毛孔)에서 한꺼번에 땀이 쏟겼다. 두 남녀의 뒤엉킨 다리가 나의 망각에 어른거려 나를 미치게 했다.

서재로 돌아오자 나는 방 가운데 버티고 서 있는 아내를 보았다. 그녀의 눈이 묻고 있었다. 당신, 어디 갔었죠? 어디 갔었느냐고요.

나는 새파랗게 불을 켠 그녀의 얼굴을 낯설게 쳐다보았다. 그리고 생각했다. 뭐라고 변명을 해야지. 아무것이나, 변소에 갔었지, 배탈이 난 모양이야. 그러나 혀가 굳어져 입술이 떨어지지 않았다. 방은 더욱 무더웠다. 머리칼에서 흘러내린 땀방울이 이마며 콧등으로 흘러내렸다.

뭘 쳐다보는거야. 누가 죄라도 지었나? 면박이라도 줘야지. 나는 이마로 흘러내리는 땀을 손등으로 닦았다.

"그럴 수가 있을까요. 그럴 수가."

명녀가 신음처럼 내뱉었다.

"당신 방도 고모 방도 비어 있어요. 당신과 고모가……"

나는 순간 명녀의 뺨을 후려쳤다. 전신의 피가 끓어올랐다. 무슨 말을 하려는 것인가. 이 형편없는 여자는…… 나는 사정없이 후려갈겼다. 나는 평생에 이토록 분노한 적이 없었다. 물론 그런 모욕적인 말을 들어 본 적도 없었다. 나는 눈앞에 아무것도 보이지 않았다.

내가 정신을 차렸을 때 명녀는 기절해 있었다. 입과 코에서 피가 낭자했다.

나는 정신이 번쩍 들었다. 나는 무슨 짓을 저질렀는가? 내가 사람을 죽이다니.

몸이 떨렸다.

공포가 밀려왔다.

이 시체를 어떻게 하지.

나는 방안을 빙빙 돌았다. 그러다 그녀의 코에 귀를 갖다 대었다. 가슴을 만져 보았다. 심장이 뛰는 소리가 들렸다. 그래 죽은 게 아니야, 기절한 거지. 기절한 거야.

나는 바가지에 물을 떠다 그녀의 얼굴에 뿌렸다. 몇 번이고 되풀이해 뿌렸다. 그녀의 몸이 부르르 떨렸다. 새 하얗게 질린 얼굴에 차츰 핏기가 살아났다. 그녀는 힘없이 눈을 떴다.

"여보."

나는 명녀의 옆에 무릎을 꿇었다. 물수건으로 그녀의 입과 코에 흘러내린 피를 닦았다. 끈적끈적한 핏물이 물수건에 묻어나왔다.

"여보."

나는 아내를 끌어안았다. 그러고 보니 나는 참으로 오랫동안 아내를 버려두고 있었다는 것을 깨달았다. 그녀가 정신병동에서 돌아온 후, 그녀가 온 집안을 의식적으로 설치며 돌아다니기 시작한 후부터 우리들의 서먹서먹한 감정은 점점 더 틈이 벌어지고, 그래서 근래에는 거의 서로 얼굴 쳐다볼 겨를조차 없었던 것이다. 그것이 아내로 하여금 턱없는 오해를 불러일으킨 모양이었다.

나는 아내를 힘껏 끌어안았다.

나는 아내를 사랑했었다.

그녀는 예쁘고 마음씨가 고왔다.

우리는 서로 뜻이 잘 맞았고 잘 어울리는 부부였다. 성준이 홍역을 앓기 이전에는 서로 조그만큼의 갈등도 없었다. 해변에서 솔숲에서 과수원에서 나는 그녀를 갈망했고 그녀는 언제나 성실했다. 신혼초에는 그녀의 입술이 늘 부르터 있었는데 보다 못한 누님이 "애, 그만 좀 해 둬라. 혼자 사는 누나가 눈이 시어 못 보겠다." 하고 놀릴 정도였다.

우리는 누님의 그 말이 뼈가 있는 농담이라 생각했고 그래서 키스를 할 때는 서로가 조심했다. 누님을 위해서…… 우리는 그렇게 말하며 웃었다. 그토록 다정했던 부부였는데…… 나는 회한에 잠겨 오랫동안 아내를 안고 있었다.

아침이 되었을 때 나는 그 뻔뻔스런 머슴을 보았는데 그놈은 결코 도망을 치지는 않았다. 해가 한낮이 되었을 때 나는 더 이상 참을 수 없었다.

"너 이리 좀 와."

나는 녀석을 원두막 밑으로 끌어내렸다. 그리고 그가 어리둥절 서있

을 때 다짜고짜 주먹으로 녀석의 턱을 후려갈겼다. 불의의 일격에 녀석
은 비틀 땅에 주저앉았다. 곧장 나의 구둣발이 녀석의 가슴을 걷어찼
다. 나는 정신없이 녀석을 짓이겨 놓았다. 녀석은 아주 죽은 것처럼 널
부러졌다. 녀석은 감히 변명해 볼 엄두도 내지 못했다. 법이란 것이 없
다면 나는 녀석을 아주 죽였을 것이다.

"사라져."

나는 말했다.

"다시 내 눈에서 띄는 날은 네놈이 죽는 날이다."

녀석은 엉금엉금 기어서 울타리를 넘었고 절름거리며 사라져버렸다.
내가 지켜보고 있는 동안 내 시야에서 사라졌다.

누님은 시름시름 앓았다. 원래 아픈 곳이 많았던 누님이었지만 그날
밤에 무척이나 놀랐었던 모양이다. 녀석은 밤새도록 누님을 돌려보내
지 않았다. 내가 보고 있는 동안 두 번이나 올라타고도 밤새도록 누님
은 돌아오지 못했었다. 누님은 때때로 열기 있는 눈으로 이리저리 기웃
거렸다.

"그 머슴애 어디 갔지?"

누님은 무심코 묻는 듯이 그렇게 묻기도 했다.

"글쎄요, 자고 일어났더니 없어졌더군요."

"뭐 잃어버린 것은 없니?"

누님은 겸연쩍은 듯 그렇게 물었다.

"네, 아무것도……"

나는 그렇게 대답했다. 그러나, 나는 말하고 싶었다. 누님을 잃었지
요 라고. 하지만 그렇게 말하지는 않았다. 누님은 믿기지 않은 듯 나의
눈을 들여다보기도 했는데 스스로 감당하지 못하여 슬그머니 눈길을
돌렸다.

과수원집

"누님이 이상해요."

명녀가 말했다.

"얼마 전에 없어진 그 머슴이 어디 갔느냐고 묻곤 하는데, 며칠째 똑같은 질문을 한다는 걸 모르는 모양이에요."

나는 물론 명녀에게 그 사실을 설명할 수 없었다. 누님은 언젠가처럼 밖으로 나다니기 시작했다. 과수원 울타리 부근을 서성대기도 하고, 밤이면 잠옷 차림인 채, 원두막을 기웃거리기도 했다. 어떨 때는 과수원을 벗어나 솔숲이나 해변길을 서성대기도 했다.

나는 전처럼 누님의 뒤를 멀찍이 미행해야 했다. 어떤 불행이 올 것인지 예측할 수 없어서였다. 아내의 눈치마저 보아야 했으므로 몹시 신경이 피로했다. 그렇게 생각해서 그런건지 누님의 옷차림이 어딘가 허술해 보였고, 치마끈이라도 금방 풀릴 듯 불안해 보였다.

"김 서방 생각이 날 때가 있어." 누님은 그런 말을 하기도 했다. 전에 전혀 하지 않던 말이었다. 누님은 그녀의 이혼한 남편에 대해서 매우 못마땅해 했다. 그의 속물근성에 대해서 증오까지 하고 있었다. 그래서 그의 이름마저도 이 집안에서는 금기시되었다. 그런데 그런 금기의 이름을 누님 자신이 들먹이고 있었다. 누님은 때때로 요란스레 화장을 하기도 하고, 유행이 지난 짧은 치마를 입어 보기도 했다. 그럴 때마다 나는 그 머슴놈에 대해서 부글부글 울화가 치밀었다.

"누님, 시집이라도 가보시지." 내가 무심한 듯 물으면 "미쳤니 내가……" 그렇게 말하면서 눈빛이 야릇하게 흐려지는 것이었다.

누님이 고등학교 때였던 것 같다. 그때는 성격이 아주 발랄했다. 과수원 울타리 여기저기에 장미꽃이 만발하면 누님은 그 꽃을 꺾어 방마다 꽃꽂이를 해서 방안이 장미꽃 향기로 가득했다. 장미넝쿨은 담울 밖까지도 퍼져나가서 지나다니는 사람들이 그 꽃을 꺾어가곤 했다. 누님은 그것이 싫어서 기를 쓰고 꽃들을 꺾었다. 그녀의 키가 모자라면 나를 엎드리게 하거나 자기를 떠받치게 해서 담으로 기어오르기도 했다. 비교적 숙성하고 튼튼했던 나는 작은 체구의 누님을 원하는 만큼 힘껏 떠받쳐 주곤 했다. 좀 더 좀 더, 누님은 전지가위를 높이 쳐들고 더 위쪽으로 올라가려 했다. 그녀의 발을 힘겹게 떠받들던 나의 눈에 문득 그녀의 스커트 자락 속이 환히 보였다. 하얗고 부드러운 살결이었다. 허벅지며 대퇴부의 우윳빛 살결이 너무나 눈부셔서 나는 아예 눈을 감았다. 내가 눈을 감고 있는 것을 보고 누님은 그것을 눈치챘던지, 누님은 얼굴을 붉히며, 제법이구나, 범주도 이제 많이 컸구나. 하며 쑥스러움을 감추었다. 그 후에 나는 곧 사춘기에 접어들었는데 때때로 누님의 그 하얀 속살이 생각났고, 그런 죄의식 때문에 누님을 똑바로 쳐다보지 못한 때도 있었다.

내가 그렇게 눈을 내리깔고, 마음의 비밀을 들킬까봐 얼굴을 붉혔듯이 누님도 그런 눈빛으로 눈을 내리깔았다.

"미쳤니? 이제 시집가게."

밤이었다. 개 짖는 소리가 요란하게 들려왔다. 변소에 나왔던 길이었으므로 나는 대문쪽으로 걸어갔다. 저쪽에서 두런두런 얘기소리가 들려왔다. 가까이 다가가니 뜻밖에도 그 머슴놈이었다. 대문을 지키는 문지기 영감과 얘기를 하고 있었다.

"어떻게 왔어."

"아버지 심부름으로요. 뭘 좀 전하려구요."

"이 늦은 밤에."

문지기 영감은 의심스러운 표정으로 물었다.

"잠깐만 들렀다 올거라니까요."

과수원집

"그래?"

문지기 영감이 뭐라고 더 말릴 틈도 주지 않고 녀석은 곧장 집쪽으로 걸어왔다. 저걸 어쩐다. 저걸 어쩌지. 내가 망설이는 사이 녀석은 나의 앞을 지나쳐 누님이 있는 뒷방 쪽으로 걸어갔다. 녀석은 우선 처마 그늘에 숨어서, 동정을 엿보는 듯싶었다. 나는 그동안 잊었던 울화가 다시 부글부글 끓어오름을 느꼈다. 중이 고기 맛을 알면 벼룩이라도 남아나지 않는다든가, 녀석이 겁도 없이…… 감히 여기가 어디라고…… 내가 분노를 삭이며 씩씩거리는 동안 녀석은 누님의 방 창가에 붙어서고 있었다. 나는 조금도 지체할 수 없었다. 한 달음으로 달려가 녀석의 뒷덜미를 잡아챘다.

"쉿, 조용히, 이리로 와."

나는 녀석을 누님의 방에서 될수록 멀리 끌고 갔다. 녀석의 몸이 부들부들 떨리고 있음을 느낄 수 있었다. 철조망 가장자리에 이르렀을 때, 나는 녀석의 멱살을 바짝 바투 잡아 쥐고 을러댔다.

"너, 정말 죽고 싶어?"

"아, 아닙니다."

"다시 눈에 띄면 죽인다고 했지. 전번에 분명히 그렇게 말했지?"

"저, 저……"

녀석이 무엇인가 떠듬떠듬 설명하려고 했다. 하지만 그보다 나의 주먹이 먼저 올라갔다. 퍽 소리가 났다.

"아, 아저씨."

놈이 손을 허우적거렸다.

"임마, 아주 죽여줄 테다. 죽여……"

다시 주먹이 올라갔다. 녀석의 입에서 끈적끈적한 핏물이 배어나왔다.

"아, 이것, 이것 보셔요."

놈은 손에 꼭 쥐고 있던 종이쪽을 내밀며 소리쳤다.

"뭐라고?"

"아주머니가 오라고 한, 아주머니가……"

"뭐라구……"

나는 그만 손에 힘이 빠지는 걸 느꼈다. 그 말이 무엇을 의미하는지 나는 순간적으로 깨달았다. 온몸에 힘이 빠졌다. 하지만 녀석을 향하여 으르렁거렸다.

"사라져, 분명히 말하지만 다시 눈에 띄지 않도록 해. 그땐 정말 죽여 버릴 테다."

녀석은 입술에 고인 피를 퉤, 퉤, 뱉아내며 부리나케 달아났다. 나는 허탈과 분노로 몸을 떨었다. 누님이 그런 비열한 짓을 하다니…… 그런 비열한 짓을……

베치마가 펄럭

골방아가 새끈소―

어렸을 때 마을 큰애들은 누님이 들으라고 과수원 울타리를 맴돌며 노래를 불렀다. 그때 나는 내게는 어림도 없는 큰애들이었지만 돌멩이를 주워 들고 대문 밖으로 뛰어나갔다. 나의 눈에 불이 일었던 모양이다. 녀석들은 조그마한 나를 얕잡아 보면서도 비실비실 도망을 갔다. 그런 모양을 보고 누님은 깔깔대며 좋아했다.

"야, 우리 범주 내 기사다. 복면의 기사, 삼총사에 나오는 달타냥 같구나."

나는 누님의 기사다. 누님의 말대로 달타냥 같은 기사다. 예나 지금이나. 하지만 누님은 어릴 때의 나를 기억이나 해낼 것인가. 누님은 아직 젊다. 시집을 가려면 몇 번이나 되풀이 갈 수 있다. 하지만 젊은 머슴놈과 이런 비열한 밀회를 하도록 버려둘 수는 없다. 창녀같이 행동하도록 할 수는 셸코 없다.

나는 저벅저벅 걸음을 옮겨 놓았다. 그리고 누님의 방, 창문을 소리가 나도록 드르륵 열어젖뜨렸다. 누님은 곱게 화장을 하고, 분홍빛 잠옷 차림으로, 요정같이 요염하게 차리고 젊은 애송이 머슴놈을 기다리고 있었다.

나는 누님을 노려보았다.

그리고 손에 쥐었던 종이쪽을 힘껏 누님을 향하여 팽개쳤다.

나는 술을 마셨다.

바닷가 마을에서 밤새도록 마셨다. 그리고 또 밤새도록…… 삼일 째되는 날에야 나는 술에 절은 채 비틀거리며 집으로 돌아왔다. 대문을 들어서니, 문지기가 달려왔다.

"어떻게 된 겁니까? 주인님."

그는 놀란 눈으로 쳐다보았다. 그리고 더듬거리는 목소리로 말했다. 누님이 약을 먹었으며, 그래서 읍내 병원에 입원 중인데 아직 의식이 돌아오지 않았다는 얘기였다. 나는 그저 멍청한 채, 문지기의 얘기를 들었다. 나는 내가 해야 할 다음 행동이 무엇인지 알 수 없었다.

방안엔 아무도 없었다.

나는 그저 넋을 잃고 방안에 우두커니 앉아 있었다. 얼마를 그러고 있었는지 모른다. 방문이 펄떡 열렸다. 명녀였다. 아내의 싸늘한 시선이 나의 이마를 쪼겠다. 머리가 아팠다. 술냄새를 풍기며 나는 머리를 짚었다.

"이젠, 도저히 참을 수 없어요."

명녀의 카랑카랑한 목소리가 귓전을 때렸다.

"변명을 하세요. 또 거짓말을 늘어 놓으시라구요. 왜, 누님이 약을 먹었는지, 왜 바로 그 시간에 당신은 집을 나갔구요. 결국 양심의 가책을 못 이겨 술집으로 갔군요. 설마설마했죠. 밤에 몰래 누님의 뒤를 미행한 일을 모를 줄 아세요."

명녀의 입에선 총알같이 빠른 단어들이 쏟아져 나왔다.

"변명을 해 보시라구요. 나의 뺨을 치던 날, 누님은 왜, 밤새 돌아오지 못했는지, 그리고 며칠 동안 방안에만 틀어박혀 앓았어야만 했는지…… 당신이 무슨 짓을 했는지. 모든 것은 너무나도……"

"그래 너무나도 어떻다는 거야."

나는 버럭 소리를 질렀다.

"제발, 더 이상 절 때리진 마세요. 저도 살고 싶지 않아요. 할 수만 있다면 저도 죽고 싶단 말예요."

아내는 하고 싶은 말을 모두 쏟아놓자 곧 옷장의 문을 열고 그녀의 옷가지들을 하나하나 집어내기 시작했다. 나는 아내를 더 이상 붙들지 못할 것을 알았다. 그렇다고 어떤 말로도 그녀를 이해시킬 수도 없음을 깨달았다. 나는 누님이 숨기고 싶은 마지막 자존심을 건드릴 수 없음을 잘 알고 있었다.

나는 비겁하긴 하지만, 이 집에서 떠나야 할 사람은 나 자신이란 걸 깨달았다. 명녀는 이 집안일에 이젠 익숙할 뿐 아니라, 성준에게도 엄마가 필요했다. 누님의 병시중에도 명녀가 필요하리라. 누님은 결코 나를 용서하지 않을 것이기 때문이었다.

나는 아내보다 내가 먼저 집을 떠나야 함을 깨달았다. 그래서 비틀거리는 발걸음으로 방을 나왔다. 대문을 지날 때 문지기 영감이 무슨 말을 붙일 듯했지만 나의 표정을 보자 목을 움츠리고 외면했다. 그렇게 나는 고향을 떠났다.

금년 여름엔 전에 없이 무더웠다. 나는 냉방장치가 잘된 다방에서 힐 일 없이 뒹굴었다.

─해변으로 가요. 해변으로 가요.

유행가 가락이 구성지게 들려왔다. 평소에는 왁자지껄하던 다방안이 썰물 때의 갯벌처럼 썰렁했다. 바캉스 바람이 불어 모두들 산으로 바다로 떠났기 때문이다.

나는 할 일 없이 신문을 뒤척이고 있었다. 신문에는 온통 해수욕장 관광 안내로 메워져 있었다. 이 광고 때문에 모두들 바다로 떠나는가 보다. 우연히 눈에 잡히는 광고가 있었다.

─긴 나루 궁바다 해수욕장

좀처럼 듣기 어려운 특이한 이름의 해수욕장이지만 내게는 너무나도 익숙한 이름이었다. 나는 깜짝 놀라 해수욕장 광고문을 자세히 읽기 시작했다. 분명 내가 살던 그 해변을 말하고 있었다. 해변의 솔숲과 공동묘지, 그리고 해변에 붙어 있는 우리 과수원집까지 사진과 더불어 자세히 소개되고 있었다.

나는 오랫동안 잊혀진, 아니, 의식적으로 잊으려고 했던 고향을 생각했다. 누님이 있고 명녀가 있고 성준이 있는 그 과수원과 들판, 솔숲길이 있는 해변. 모든 것들이 나를 에워싸고 나를 잡아당겼다. 나는 참으려고 했다. 삼 년이나 참았는데 더 참지 못할 이유가 없었다. 그러나 한번 가슴속을 파고들기 시작한 고향 풍경은 도무지 나의 곁을 떨어지지 않았다. 꿈에도 나는 고향을 보았다. 그리고 바다와 들판과, 과수원과, 보고 싶은 사람들……

나는 끝내 고향을 찾지 않을 수 없었다.

― 이난영 지묘(李蘭英 之墓)

안개는 여전히 흐르고 있었다.

"누님이 이걸 주셨어요."

명녀가 종이쪽지 하나를 내밀었다.

"돌아가시기 전이었어요. 마지막 한 번 당신을 볼 수만 있다면 하고 소원했어요."

명녀는 눈물을 글썽이었다.

나는 종이쪽지를 보았다. 펴보지 않아도 나는 그것을 알 수 있었다. 누님이 머슴에게 보냈던 쪽지, 누님이 최초며 마지막으로 썼을 연서였다. 나는 종이쪽을 잘게잘게 썰었다. 나는 그때나 지금이나 그 편지를 읽을 수가 없었다. 나는 누님이 남겨 놓은 연서를 잘게 썰어서 누님의 무덤에 뿌렸다. 찢어진 종이는 나비가 되어 바람을 타고 날았다. 묘지의 주변을 언제까지나 나풀거렸다.

모깃불

길은 도무지 끝날 것 같지 않았다. 줄지어 선 해송의 숲, 칙칙한 어둠, 모랫벌, 언뜻언뜻 보이는 바다, 이빨을 갈며 으르렁대는 파도……그런 것들뿐인 단조로운 오솔길이 끝없이 계속되었으므로 도무지 홀린 기분이었다.

"아무래도 길을 잘못 든 모양이에요."

아내는 원망스럽다는 표정을 지으며 말했다. 시골길에 익숙하지 못한 그녀였다. 순영은 발바닥이 부르터서 도무지 더 걸을 수 없다고 말했다. 굽높은 구두여서 더욱 걷기에 힘들어 보였다. 나의 팔에 안긴 철이는 아까부터 칭얼대고 있었다. 졸립고, 배고프고, 거기에다 모기가 극성이었다. 영근 모기에 쏘이는 자리마다 팥알만큼씩 살갗이 부풀어 올랐다.

남의 말만 듣고 길을 떠난 것이 잘못이었다. 차편을 기다리는 우리를 보고 어떤 여인네가 불쑥 말했다. 지름길로 걸어가시는 게 좋을 건데요. 경치도 좋고요. 그 말에 우리는 귀가 번쩍 띄었다. 우리는 시골 버스에 질려 있었던 참이었다. 뿌연 흙먼지, 자갈돌, 낡은 차체, 많은 짐

짝들, 땀냄새, 그리고 멋대로 서고 달리는 운전기사, 차장의 욕지거리, 술취한 장꾼들…… 하여 우리는 걷기로 작심한 것이다.

열병식을 하듯 늘어선 해송들과 짙푸른 바다가 발길을 가볍게 했다. 고운 모래밭길, 간간이 눈에 띄는 해당화는 얼마나 아름다운가? 하지만 그것은 우리를 유혹하기 위한 환상의 길처럼 도무지 끝날 줄을 몰랐다. 가도가도 같은 모양의 길이었다. 어둠이 몰려오자 긴장과 조바심이 또한 우리를 괴롭혔다. 어둠 속에서는 늘어선 해송들도 창날을 세워들고 우리를 감시했고, 짙푸른 바다는 고생대의 맘모스가 되어 이빨을 갈며 우리를 위협했다.

마을은 도무지 나타나지 않았다.

그 여인의 말대로라면 해지기 전에 우리는 K읍에 도착해 있어야 했다. 그런데 K읍은 고사하고 조그만 시골 마을도 나타나지 않았다. 끈끈한 땀방울이 온몸으로 흘러내렸다. 배고픔과 졸음과 피로…… 그리고 알지 못하는 낯선 길에 대한 두려움으로 발길이 자꾸만 허청거렸다.

"정말 이젠, 도무지 더 못 걷겠어요."

순영이 울상을 하며 길섶에 털썩 주저앉았다. 몇 발짝만 걸어도 차를 타던, 서울 생활에 젖은 그녀로서는 당연한 일인지 모른다. 나도 그녀의 옆에 주저앉았다. 무릎이 저려 왔다.

"당신 믿고 따라나선 내가 잘못이지."

순영은 한숨처럼 말했다.

"결혼 후 처음 떠난 여행인데……"

그녀는 지쳤다는듯 입을 다물었다.

나는 그녀가 무엇을 말하고자 하는지 잘 알고 있었다. 처녀 때의 푸른 꿈은 사라지고, 새처럼 조롱에 갇혀서 남편 뒷바라지에만 자신을 희생하고, 자식새끼에 볼모잡힌 일과며, 그래서 자꾸 억울하기만한 많은 애기들을 그녀는 꿀꺽 삼키고 있는 것이다. 그녀는 남편과 자식새끼와 그의 인생을 갉아먹는 평범한 일상에 지쳐 있었고, 그리고 지금은 엉뚱하게 잘못 기어든 여행길에 짜증을 내고 있었다.

나는 하늘을 쳐다보았다. 별빛도 보이지 않았다. 잔뜩 찌푸린 날씨였다. 그래서 소금끼 있는 끈끈한 바람이 일고 목덜미로 땀방울이 흘러내렸다. 어둠의 절벽이 우리의 앞을 막아서고 바다가 우는 소리가 우렁우렁 들려왔다. 아내는 일어설 기척을 보이지 않았다. 하지만 이 길섶에서 밤을 새울 수는 없는 일이었다. 무엇보다 극성스런 모기떼의 공격을 이겨낼 수가 없었다. 바닷가의 모기들은 별나게 컸다. 보리톨처럼 딴딴한 배를 가진 놈들에게 한 번 쏘이면 아예 살점이 뜯기는 것 같은 통증이 왔다. 나의 무릎에서 졸던 철이가 다시 칭얼거리기 시작했다. 또 모기에 뜯긴 모양이었다.

"어머, 저길 보세요."

순영이 내 팔을 잡았다. 불빛이었다. 솔숲 사이로 불빛이 흔들렸다. 반딧불처럼 작은 불빛이었다. 나무둥치 사이로 그 불빛은 꿈결처럼 흔들렸다. 나직하게 가라앉은 물방울, 안개 때문인지 모른다. 나는 자리에서 벌떡 일어났다. 솔숲에 가려졌던 불빛이 한결 크게 보였다. 새삼 기운이 솟았다. 걸어 갈수록 불빛은 좀 더 또렷해졌다. 선뜻선뜻 안개의 포말이 얼굴에 와 부딪쳤다. 드문드문 묘지가 보였다. 묘지가 끝나는 쯤에 웅크린 초가집들이 보였다. 오솔길 좌우로 십여 채의 초가집들이 마을을 이루고 있었다. 땅으로 기어들듯 납작 엎드린 작은 집들이었다. 가까이 갈수록 은은한 쑥풀냄새가 맡아졌다. 불빛은 초가집들의 마당마다 피워 놓은 모깃불이었음을 짐작할 수 있었다. 솔가지로 울타리를 친 첫 번째 집으로 들어섰다.

"누구세요?"

멍석자리에 앉아 쑥풀을 뒤척이던 주인 여자가 우리를 보았다.

"길을 잃어서요. 좀 쉬어갔음 하구요."

순영이 서둘러 말했다. 그리고 미처 대답도 듣기 전에 멍석자리에 털
썩 주저앉았다.

"어디로 가시던 길인가요?"

"K읍요."

"조금만 더 걸으시면 될 텐데요."

"얼마나요?"

"글쎄요. 오 리쯤요."

나는 아내를 보았다. 순영은 나의 얼굴을 외면했다. 지겹도록 지쳤다
는 표정이 역력했다. 하긴 시골 사람들의 거리개념이란 게 도무지 종잡
을 수 없었다. 경우에 따라서, 엿가락처럼 제멋대로 늘었다 줄었다 했
다. 그런 시골식의 거리개념을 순영도 알게 되었던 것이다.

쑥풀에서 독한 연기가 피어올랐다.

주인 여자가 다시 모깃불을 뒤척였다. 불길이 휙, 치솟았다. 주인 여
자의 모습이 좀 더 또렷이 보였다. 왜소한 체구였다. 그래서인지 애띤
소녀 같았다. 남루한 옷차림에서 그녀의 가난을 엿볼 수 있었다.

"어디서 오신건가요?"

"서울입니다."

"고생이 많으시군요."

그녀는 눈을 들어 나를 바라보았다. 매우 조용한 눈매라는 생각이 들
었다.

"식사는요?"

"아직……"

"반찬이 없어서요."

여자가 자리에서 일어났다. 의외로 그녀는 심한 절름발이었다. 앉아 있을 땐 전혀 눈치를 챌 수 없었는데…… 그녀는 장독대 옆의 우물로 가서 펌프질을 했다. 쇠고리가 절그럭거리는 소리가 이상한 느낌을 주었다. 이윽고 물이 쏟기는 소리가 쏴— 하고 들려왔다.

나는 주인 여자가 뒤척이던 부지깽이를 들고 그녀가 하듯 쑥풀을 뒤척였다. 독한 연기가 나의 얼굴로 몰려들었다. 쿨룩쿨룩, 기침이 나왔다. 눈에서 눈물이 쏟기었다. 콧구멍을 간지르는 매캐한 내음…… 나는 눈물 속에서 어린 시절 고향을 생각했다. 시골에선 집집마다 모깃불을 피웠다. 기침을 하고 눈물을 흘리면서도 가족들은 멍석자리에서 떠나지 않았다. 초롱초롱한 별들이 온 하늘을 뒤덮었다. 할머니의 옛날얘기는 언제나 조금 무서웠고 또, 조금 슬펐다. 그러다 잠들면 어느 사이 방안에 눕혀져 있곤 했다. 밤이슬을 맞으면 입이 비뚤어진단다. 할머니는 늘 그렇게 말씀하셨다.

저녁밥이 차려져 왔다. 반찬이라곤 열무김치와 풋고추뿐이었지만 순영은 아주 맛있어 했다. 배가 워낙 고팠던 때문인지 모른다. 철이는 엄마가 억지로 떠 넣어주는 음식을 몇 숟갈 받아먹더니 다시 골아떨어졌다.

"음식이 맛있네요."

순영이 인사치레를 했다.

"왠걸요."

주인 여자가 밥상을 들고 막 일어서려는데 불쑥 주인 사내가 들어섰다. 키가 매우 크고 건장했다. 그는 쑥풀을 한아름 안고 있었다. 그는 쑥풀을 모깃불 옆에 내려놓곤 힐끗 우리를 쳐다보았다.

"K읍으로 가는 길이라는군요. 서울서 오셨대요."

주인 여자가 설명했다.

"죄송합니다. 신세를 지게 되어서요."

"신세는 무슨……"

그는 우렁우렁한 목소리로 말했다. 그리고 멍석자리에 털썩 주저앉더니 담배 한 가치를 뽑아 물었다.

"피서를 오신가 보지요?"

그는 우리들의 옷차림을 한 번 훑어본 후 그렇게 말했다.

"네, 초행길이라서요."

"집나서면 고생이지요."

나도 담배를 뽑아 물고 성냥에 불을 당겼다. 담배 연기가 하늘하늘 퍼져나갔다. 순영은 철이를 끼고 길게 누웠다. 졸음을 참을 수 없었던 모양이었다. 나도 심하게 졸음이 쏟기었다. 너무 많이 먹은 저녁밥 때문에 식곤증까지 겹친 모양이다.

"전쟁이라면 지긋지긋합니다."

무슨 얘기 끝에 그는 불쑥 그렇게 말했다. 나는 졸던 의식에서 퍼뜩 깨어나 그를 쳐다보았다. 그는 그의 오른손을 내 눈앞에 내보였다. 엄지와 검지가 달아나고 없었다.

"섬광이 번쩍 했지요. 그리고 정신을 잃었습니다."

그는 자신의 한쪽 눈도 의안이라고 했다. 그렇게 듣고 보니 그의 한쪽 눈이 유난히 번들거린다는 느낌이 들었다.

"아직 꺼내지 못한 파편이 열 개쯤 됩니다. 하여튼 정신이 돌아와 보니 간호사가 한 줌이 넘는 파편들을 보여줍디다. 아예 헝겊주머니를 만들어 담아 둔 것인데, 모두 내 몸뚱이에서 나온거라죠."

그는 삼베적삼의 단추를 그르더니 가슴을 펴 보였다. 모깃불 빛에 보이는 그의 가슴은 상처 자국으로 희끗희끗했다. 그것은 털이 많고 검게 그으른 피부와 매우 대조적이어서 더욱 선명했다. 거기에다 뱀모양의

과수원집

문신까지 있어 끔찍한 모양이었다. 젖가슴의 근육이 꿈틀거릴 때마다 뱀도 혓바닥을 날름대며 꿈틀거렸다.

"전쟁을 겪으셨나요?"

그는 그렇게 물었다.

"아주, 어렸을 때지요. 모든 것이 어렴풋하군요."

나는 그렇게 말했다.

전쟁이라고 하면 개울 건너 문둥이 마을이 불타던 생각밖에 나는 것이 없었다. 군인들은 불타는 집들을 향해 총을 쏘았다. 따르륵따르륵 우리 또래의 조무래기 아이들이 구경을 했다. 애들아, 어서 들어와, 들어오지 못하겠니? 어른들은 애들을 잡아들였다. 문둥이들이 죽는 끔찍한 모습을 보지 못하게 하려는 것이다. 한낮이었으므로 불광은 대단해 보이지 않았지만 연기가 치솟았다. 야, 신난다. 조무래기 애들은 환성을 지르며 쫓아다녔다. 애들은 공연히 들떠 있었다. 진짜 전쟁놀이를 보는 것 같았다. 흙덩이를 집어던지고, 막대기 총으로, 땅땅땅. 입으로 쏘아대는 것이 아니라, 진짜 총으로 따르륵 따르륵 갈겨대는 것이 아닌가. 문둥이 마을엔 사람의 그림자도 보이지 않았다. 멍멍멍, 개들이 미친 듯이 짖어댔다. 너무 먼 거리여서 개의 모습은 보이지 않았지만 멍멍멍, 짖어대는 개소리는 이상하게 한낮의 공기를 뒤흔들었다. 야! 모조리 죽었다. 모조리 죽었어. 애들이 쓰고 있던 모자를 공중 높이 던졌다. 나는 조금도 신이 나지 않았다. 나는 풀이 죽어서 애들과 멀어진 채, 문둥이 마을이 잘 내려다보이는 언덕에 올라가 풀썩이며 올라가는 연기를 바라보았다.

"어떤 마을이 불타던 생각이 나는군요. 문둥이 마을이었죠."

나는 회상에 잠기며 나직하게 말했다.

"공습을 받았나요?"

"아니지요. 군대들이 불을 지르고 총을 쏘았지요. 공비들을 숨겨주었다는 소문이었지요."

많은 소문들이 나돌았다. 공비들을 숨겨주었대. 누군가가 말했다. 간첩 노릇을 했다는 거야. 쪽지를 날라주었다는군. 다른 애가 말했다. 방안에 삐라가 가득했다나봐. 모두들 문둥이를 무서워하고 피하니깐 그걸 이용했다나봐. 좀 더 큰 다른 아이가 큰소리로 말했다. 모두 거짓말이야. 이 기회에 문둥이들을 없애기로 작정한 거라구. 왜? 도둑질을 하니까. 애들 간을 빼 먹기도 하거든…… 와. 모조리 죽여야 돼. 모조리 죽여. 와…… 애들은 문둥이를 쫓는 시늉을 하며 언덕길을 치달렸다. 애들은 모두 신이 났다. 그러나 나는 건성으로 뛰어다녔지만 즐겁지는 않았다. 계집애들이 쑤군거렸다. 저 혁주 좀 봐. 저 앤 별로 신나지 않지 뭐야. 난 안다. 누군 모를 줄 알구. 그 절름발이 계집애 때문이야. 그래, 나도 보았어. 둘이서 소꿉놀던 걸 말야. 저 애 엄마한테 이를까? 그럼 저 앤 쫓겨날 걸. 그래 쫓겨날 거야. 쟤 엄마가 얼마나 무서운데, 틀림없이 쫓겨날 거야.

한낮의 햇살 속에 불타오르던 문둥이 마을이 지금도 눈에 선하다.

"전쟁이란 비정한 것이지요."

주인 사내가 결론을 짓듯 상식적인 매듭을 지었다.

"참, 당신도 어렸을 때, 집이 불타는 걸 보았다고 했던가?"

그는 화톳불 옆에서 쑥풀을 뒤척이며 연기를 일구고 있던 그의 아내를 향하여 불쑥 물었다.

"네, 그랬었지요."

그녀는 우리의 얘기를 모두 듣고 있었던 듯 메마른 목소리로 대꾸했다.

그녀의 그늘진 얼굴이 불빛에 흔들렸다. 측은함을 느끼게 하는 여자였다. 어깨며 목덜미의 선이 너무나 가냘파 보였다. 나의 시선을 의식했던지 그녀가 나를 보았다. 약간 겁먹은 듯한 눈망울이었다. 소심함과 조심스러움이 얼굴 표정에 쫙 깔려 있었다.

"방에 들어가서 주무시지요."

여자가 수줍게 말했다.

"아니. 여기가 좋습니다."

"모기가 많은데요."

"쑥풀이 있으니까요. 괜찮습니다."

"그럼, 먼저 실례하겠어요."

여자가 일어섰다. 여자는 자신의 저는 모습을 매우 부끄러워하는 듯했다. 그래서 걸음걸이가 유난히 어색해 보였다.

와 ! 잡아라, 애들은 소리를 질렀다. 와 ! 잡아라, 문둥이다, 절름발이다.

절름발이 계집애가 허둥지둥 달아났다. 개울에서 목욕을 하다 애들에게 쫓긴 계집애는 너무나 다급했던 나머지 발가숭이 채 달아나고 있었다. 그녀는 자벌레처럼 절름거렸으므로 제자리에서만 꿈틀거리는 것 같았다. 햇살이 쨍쨍, 내려 쬐었다. 와— 와— 하는 고함소리에 계집애는 정신을 못 차렸다. 논둑 못미처 야생의 땅감자밭에 그녀는 벌렁 넘어졌다. 애들은 그녀를 빙— 둘러쌌다. 그녀는 손으로 얼굴을 감싸고 몸을 옹송그렸다. 햇볕에 말라가는 개구리 같았다.

"야, 이 간나야."

누군가가 막대기로 그녀의 다리를 툭툭 건드렸다. 그녀는 더욱 몸을 옹송그려 공처럼 동그래졌다. 짓궂은 몇 애들이 그녀에게로 달려 들었다. 애들은 그녀의 다리와 어깨를 잡고 개구리의 몸을 펴듯, 죽— 잡아당겼다. 순간 감았던 그녀의 눈이 번쩍 뜨였다. 절망과 공포, 수치와 원망이 뒤섞인 그런 눈이었다. 그녀의 절망적인 시선이 나의 눈과 부딪는 순간 나는 온몸에 전류가 흐르는 듯했다. 나는 미친듯이 뛰어들어 발과 어깨를 잡고 있는 녀석들의 면상을 후려갈겼다.

"불쌍한 여인이지요."

주인 사내가 방으로 사라지는 여인의 뒷모습을 보며 조그맣게 말했다.

"평생, 아기를 낳아 보는 것이 소원이지요, 그런데 말이요……"

사내는 문득 말을 그치고 자고 있는 순영일 힐끗 살폈다. 워낙 고단했던 때문인지 순영은 코까지 골았다. 원피스의 아랫자락이 무릎위까지 올라가 있어 그녀의 허벅지가 그대로 노출되었다. 나는 민망하여 얼굴을 붉혔다. 사내는 순영의 자는 모습을 다시 한 번 확인한 후 말을 계속했다.

"……하참, 이걸 보시우."

그는 베잠방이의 단추를 그르고 그의 성기를 꺼내보였다. 그의 성기는 이상한 모양으로 축 늘어져 있었다. 팔뚝만큼이나 큰 시커먼 물건이 생명을 잃고 늘어져 있었다.

"파편을 맞은 거죠. 누더기 모양 기워놓았지요. 신경엔 이상이 없다고 군의관이 말했어요. 하지만 도무지 발기가 되지 않아요. 생각은 굴뚝같은데도 말이요. 어떤 창녀에겐 뺨까지 얻어 맞았지요."

그는 허허 웃었다. 매우 허탈한 웃음이었다. 그제야 나는 사내가 그의 아내를 불쌍한 여자라고 말한 이유를 알 수 있을 것 같았다. 그는 그녀가 다리를 저는 불구자여서가 아니라 그 자신이 성불구자라는데 더 큰 역점을 두고 있는 듯했다. 나는 그녀의 얼굴에 깃든 그림자도 이해할 수 있을 것 같았다. 그녀가 원하는 것이 어찌 애기뿐이겠는가? 빳빳하게 살아있는 남자의 성기도 아울러 소원하리라.

과수원집

"기분 같아선 말입니다. 화끈한 여자를 만난다면 말입니다. 그 왜, 끝내주는 여자란 게 있지 않습니까? 신경이 확 살아날 것만도 같은데 말입니다."

사내는 후— 한숨을 쉬었다. 그리고 신경질적으로 담배 연기를 뻑뻑 빨았다. 사내의 눈길이 자꾸만 순영의 허벅지로만 쏠리는 것 같아 마음이 조마조마했다. 평소에도 잠버릇이 고약한 여자였다. 더구나 여름옷이란 얼마나 불안한가? 속이 내비치는 하늘하늘한 원피스, 그리고 한 겹 팬티뿐인 것이다. 끙, 하며 순영이 돌아누웠다. 그녀의 치맛자락이 더욱 치켜져서, 유혹이라도 하듯 그녀의 곧은 다리와 희멀끔한 대퇴부가 불빛에 번들거렸다.

"피곤하시지요?"

사내가 부시시 일어나며 말했다.

그는 모깃불에 쑥풀 한 줌을 더 올려놓곤 그의 아내가 들어간 방안으로 사라졌다. 나는 엉덩이에 걸쳐 있는 순영의 치맛자락을 잡아당겨 다리를 감추어 주곤 그 옆에 누웠다. 참았던 졸음이 한꺼번에 우—달려들었다.

들판이었다. 크로버 꽃잎이 융단처럼 깔려 있었다. 논두렁 후미진 곳에서 절름발이 계집애가 반듯하게 누웠다. 어서! 그녀가 재촉했다. 나는 계집애의 치마를 들치었다. 그녀의 치마에선 오줌냄새가 났다. 어서! 그녀가 재촉했다. 나는 크로버 꽃잎을 따서 그녀의 성기에 밀어 넣었다. 조그맣게 벌려진 구멍으로 꽃잎이 들어갔다. 빨갛게 부푼 부분이 자꾸만 커지는 듯싶었다. 어서! 계집애는 자꾸만 재촉했고 그래서 나는 정신없이 쑤셔 넣었다. 크로버 꽃잎이 자꾸만 들어갔다. 너무 많이 쑤셔 넣었으므로 걱정이 되기도 했다. 나는 그녀가 죽을는지도 모른다

고 생각했다. 하지만 계집애는 자꾸만 재촉했다. 이젠 싫다. 왜 !? 왜
!? 계집애가 소리쳤다. 후딱 정신을 차려 보니 많은 문둥이들이 우리
를 에워싸고 있었다. 손가락이 잘리고 눈썹이 빠진 녀석들이었다. 코가
문들어지고 입술이 찢어진 자들도 있었다. 그들은 손에 막대기를 들고
우리를 위협했다. 너도 벗어. 너도…… 그들은 내게도 명령했다. 계집
애는 딱정벌레처럼 몸을 웅송그렸다. 올라 타. 올라 타라구.

문둥이들이 그녀의 어깨를 잡았다. 팔과 다리를 잡았다. 개구리를 늘
리듯 잡아 늘였다. 그것은 뜻밖에 순영이었다. 올라 타. 올라 타라구 !
나는 어느 사이 구경꾼이 되어 소리를 질렀다. 주인 녀석이 그녀의 몸
을 타고 앉았다. 그의 크고 시커먼 물건이 그녀의 아랫도리에서 건들거
렸다. 녀석은 발기하지 않는 물건으로 순영의 아랫도리를 사정없이 짓
눌렀다. 순영이 몸을 뒤틀었다. 올라 타. 올라 타라구! 나는 문둥이 녀
석들과 한 패가 되어 정신없이 소리쳤다. 사내의 가슴에서 꿈틀거리던
문신의 뱀이 순영의 하얀 유방을 덥석 물었다. 아! 안 돼, 순영이 비명
을 질렀다. 주인 녀석이 허연 이빨을 드러내어 씩 웃었다. 그는 공모자
처럼 나를 보았다. 나는 몸서리를 치다가 퍼뜩 눈을 떴다. 그리고 소스
라쳐 일어났다.

"잠이 깨셨군요?"

주인 여자가 말했다. 그녀는 막대로 쑥풀을 뒤척였다. 쑥풀 연기가
낮게 드리워 재채기가 나왔다. 연기가 매웠했다.

"악몽을 꿈꾸신가봐요."

여자가 미소를 지었다. 나는 머리를 끄덕였다. 온몸이 땀으로 흥건했
다. 순영은 여전한 모양으로 잠들어 있었다. 주인 녀석과의 이상한 대
화가 그런 꿈을 꾸게 했는지 모른다. 순영의 아랫도리를 짓누르던 시커
먼 물건, 주인 녀석이 공모자처럼 씩 ― 웃던 모습이 손에 잡힐 듯 선명

했다.

"잠이 오지 않아서요."

그녀는 변명처럼 말하며 잔잔하게 웃어 보였다. 그 미소는 너무나 친근해서 이상스레 마음이 설레었다. 모기를 쫓는 쑥풀냄새가 온 마당 그득 넘쳤다.

"전쟁 때, 집이 불타는 것을 보셨다고 했지요?"

여인이 쑥풀을 뒤척이며 다시 말을 건넸다.

"하긴 전쟁 땐 어디서나 그랬겠지요."

나는 머리를 끄덕이지 않을 수 없었다. 전쟁인 것이다. 집이 불타고 사람이 죽었다. 아마도 그때 절름발이 계집애도 불타 죽었을 것이다. 문둥이들 대부분 사살되고 또는 불타 죽었다. 어쩌다 외출했거나 구걸 떠나서 용하게 살아난 문둥이들은 모두 종적을 감추고 말았다. 그녀의 이름이 무엇이었을까? 아무리 생각해 내려고 해도 기억나지 않았다. 어렴풋한 꿈결같은 유년기의 이름들…… 우리는 남의 눈에 띄지 않는 논두렁 풀숲에서 소꿉놀이를 했다. 넌 아빠고, 난 엄마지, 조개껍질 밥 그릇엔 풀잎이나 모래가 담겨 있었다. 소꿉놀이의 끝에는 으레 그녀가 풀밭에 눕고 나는 그녀의 치마를 들치고 그녀의 성기에다 꽃잎을 쑤셔 넣었다. 주로 그녀가 그것을 요구한 것같이 기억된다. 그렇게 놀면서도 나는 문둥이를 몹시 겁내었다. 애야, 문둥인 애들 간을 빼먹는단다. 엄마는 늘 그렇게 말했다. 애들을 막 간지르면 간이 점점 커지지. 그걸 먹으면 병이 낫거든…… 문둥이 마을엔 얼씬도 말아라.

애들은 문둥이 마을을 멀찍이 돌아서 바닷가로 나갔다. 조개껍질도 줍고 미역이나 말치를 줍기도 했다. 모랫벌 솔숲엔 송진 알갱이가 많이 떨어져 있었다. 모래알과 뒤섞여 있으므로 여간 주의를 하지 않으면 찾아지지 않았다. 그렇게 열중하다 보면 자신도 몰래 문둥이 마을에 바짝 가까워 있곤 했다. 문둥이다. 문둥이가 온다. 한 애가 소리치면 모두들 화들짝 놀라 달아났다. 신발을 벗어들고 울면서 달렸다. 엄마야! 뒷덜미를 잡아채는 문둥이의 무서운 모습이 끝끝내 따라왔다. 문둥인 왜 그곳에 살까? 공동묘지 옆이니까, 왜? 묘지를 파헤쳐 시체를 먹는데. 누가 봤어? 그럼 영식이 할머니가 그러던데, 직접 보았다고…… 공동묘지에는 파헤쳐진 구멍들이 더러 보였는데 그것이 모든 사실을 증명하는 듯싶었다.

그러나, 나는 애들과 외떨어져서 몰래 절름발이 계집애를 만났다. 그녀의 집은 마을어귀 서낭당 옆이었는데, 그녀는 서낭당 고목 옆에서 나를 기다리곤 했다. 그녀는 한 움큼의 송진 알갱이를 주기도 했고, 조개껍질로 된 목걸이를 주기도 했다. 무엇보다 그녀의 성기에다 꽃잎을 쑤셔 넣는 이상한 놀이를 끔찍이 좋아했다. 어린 마음에도 다른 사람들의 눈을 피해야 한다는 것을 알고 있었고, 그래서 우리는 숨어서 놀았다. 그 은밀하고 비밀스러움이 우리를 흥분케 했다.

"저도 전쟁 때 부모를 잃었지요. 형제두요. 그 때문에 다리도 절게 되었구요."

그녀는 남의 말하듯 말하며 잔잔하게 미소 지었다.

나는 왠지 마음이 평온해짐을 느꼈다. 어머니의 품속에 든 아기처럼 마음이 푹, 가라앉았다. 나는 주인 여자가 절름발이란 사실 때문에 새삼 예전의 문둥이 마을 그녀가 생생하게 떠올랐다. 그녀는 내게 유년시절의 많은 기억들을 불러일으켰다. 고향집 뜰안 가득 피어나던 복숭아꽃이나, 그 꽃잎 사이로 날고 있던 벌들의 붕붕거림, 들판으로 통하던 오솔길, 그 길의 양옆으론 키를 넘는 삼나무밭이 이어졌고, 대마잎에선 이상스런 향기가 떠돌았다. 빨래터가 있는 개울, 토닥토닥, 토드락토드락 빨래방망이 두들기는 소리. 개울엔 비누거품이 둥실둥실 떠다니고,

과수원집

속살이 빠진 감자껍질도 떠내려 왔다. 감자를 우려내는 독한 냄새⋯⋯ 풀섶엔 작은 새우가 우글거리고 물속 맨살 발바닥으로 모래무지가 기어들었다. 여름이면, 개울 건너에 있던 문둥이 마을에서 피운 쑥풀냄새가 개울까지 몰려왔다. 소나기가 쏟기는 날은 깜박이는 등잔불이 도깨비불로 보였다. 가난과 고독이 응결된 꿈속 풍경같은 마을⋯⋯ 내게 다정했던 절름발이 계집애⋯⋯ 그녀는 내게 유년으로 통하게 하는 꿈길이었다.

전쟁이란 참으로 끔찍하답니다. 죽고 헤어지고, 그리고 그리움만 남지요. 여자는 그런 식으로 말하며 나를 이윽히 바라보았다. 깊숙한 동공. 그 동공의 깊이 때문일까? 나는 이 여자를 예전의 절름발이 소녀와 자꾸만 혼동하고 있었다. 그녀의 갈망이 내게로 자꾸만 부딪쳐 오고 있었다. 오랜 세월 그녀가 잡아당기는 힘의 파장이 파도처럼 밀려오고 또 밀려왔다.

"부인이 참 미인이시네요?"

여인은 문득 너무 깊숙이 빠져든 감정의 늪에서 헤엄쳐 나오려는 듯 말머리를 돌렸다.

"이렇게 곤하게 주무실 땐 부군께서 잘 지키셔야죠."

여인의 엉뚱한 말에 나는 정신을 차리고 순영일 보았다. 꿈이라도 꾸는 건지 그녀는 무엇이라 중얼대며 몸을 뒤채었다. 허술해 뵈는 옷차림이 아무래도 마음에 들지 않았다.

"당신은 당신의 아내가 클레오파트라쯤 되는 줄 알고 들볶지만 그것은 큰 착각이라구요."

아내는 그런 식으로 빈정거렸다.

"남들 입은 대로 입었을 뿐이란 말예요."

그러나 그녀와 함께 길을 걸으면 뭇 사람들의 시선을 느낄 수 있었는데, 그것은 그녀의 미모뿐만 아니라 계절이나 유행에 민감한 그녀의 옷차림 탓도 없는 것은 아니었다. 날씬한 몸매와 하늘거리는 옷자락, 짙은 화장, 그래서 어딘가 헤픈 여자처럼 보이기도 했다. 여자와 쪽박은 나돌리면 금이 가기 마련이란 생각을 굳게 가지고 있는 나는 아내의 그런 옷차림이 마음에 들지 않았다. 아유, 지긋지긋한 시골근성. 아내는 그렇게 말했다. 이런 의견의 차이 때문에 말다툼이 잦았다. 이번 피서만 해도 결혼 후 처음이었다. 그녀는 모든 것이 갖추어지지 않은 상태에선 어디든 가려고 하지 않았다. 하루 이틀, 몸에다 물칠이나 하려면 뭣하러 피서갈까요. 피곤만 하지. 아내는 그렇게 말했다. 적어도 일주일은 돼야 한다고요. 쫓기는 직장생활에서 아내가 원하는 조건을 갖추기에는 너무나 힘이 들었다.

"아기는?"

나는 문득 그렇게 물었다. 그리고 곧 후회가 되었다. 주인 사내로부터 들은 말이 있어서였다. 그러나 뱉어낸 말을 주워담기엔 이미 늦었다.

"성불구자라고 하던가요?"

여자가 조금 히스테릭한 목소리로 말했다.

"이상한 사람이에요. 모든 것을 떠벌리기를 좋아하죠. 정말 기막힌 여자를 만난다면 신경이 갑자기 살아날 것만 같다는 환상에 젖어 있어요."

여자는 상당히 분개한 듯했다. 그러다 다시 풀죽은 목소리가 되었다.

"어떻게 보면 딱한 양반이지요."

모깃불이 차츰 사위어지고 있었다. 그녀는 마지막 쑥풀을 불더미에 올려놓고, 얼굴을 디밀고 후— 후— 불었다. 사위어지던 연기가 다시 피어올랐다. 불광에 비치는 그녀의 옆모습이 매우 아름답다는 생각이

과수원집

들었다. 아기를 낳아 보지 못했으므로 그녀의 몸은 작은 소녀 같았다. 모깃불 연기가 마당 가득 드리워지면서 한결 짙은 고향의 냄새를 풍겼다.

"여자도 남자와 같은 생각을 할 수 있다고는 상상도 못하는 양반이지요."

그녀의 얼굴이 발그레 상기됐다. 모깃불에 익어서일까? 그녀의 두 볼에 새삼 윤기가 돌았다. 그녀의 눈동자에 불빛이 이글거렸다. 고향의 풍경도 어른거렸다. 쑥풀 향기가 피어올랐다. 그녀의 남루한 옷자락에서도 고향의 냄새가 묻어 나왔다. 어둠의 미립자들이 유년시절의 기억들과 함께 온 마당을 쏘다녔다. 늘 아기를 낳고 싶었어요. 여자는 그렇게 말을 이었다.

"다리를 절지 않는…… 그런 아기를요. 콩콩콩, 가볍게 뛰어다니고…… 쪼르르 잘도 달음박질치는……"

그녀의 속눈썹에 물기가 내비치기 시작했다. 물기는 웅덩이에 고이는 물처럼 괴고, 뭉쳐져서, 자신의 중량에 견디지 못하여 볼을 타고 흘러내렸다.

징징징, 징소리가 들려왔다. 유년시절, 마을에선 해마다 봄철, 굿이 열렸다. 차일이 처지고 사람들이 구름처럼 몰려들었다. 장고 치는 소리, 바라 치는 소리, 징소리…… 징징징 — 징소리는 유난히 가슴을 울렁거리게 했다. 그 깊고 넓게 울리는 울림 소리는 마음속 저 깊숙이까지 뒤흔들어 공연히 몸이 부르르 떨리게 했다. 무당이 경중경중 뛰었다. 부채를 펴들고 옷자락을 나풀거리며 경중경중 뛰었다. 애, 절름발이 계집애였다. 언제 왔었는지 많은 사람들의 사이를 비집고 계집애는 나의 손을 몰래 잡았다. 그리고 내 귓가에 조그맣게 속삭였다.

"나도 저 무당처럼 경중경중 뛰고 싶다."

그녀가 그 자신의 불구에 대해서 말한 것은 그때가 처음이었으므로 나는 아주 난처했던 것 같은 기억이 난다. 그것은 도저히 불가능해 보이는 일이었기 때문이었다.

"너도 크면 그런 것쯤 해낼 수 있을 거야."

나는 아주 자신 없는 목소리로 말했다. 그렇게 대답해 놓고 나니 더욱 자신이 없어 그만 풀이 죽고 말았다. 그녀를 경중경중 뛸 수 있게 할 수만 있다면 무슨 짓이라도 해낼 것 같았다. 내게는 아무것도 아닌, 경중경중 뛴다는 일이 그녀에겐 너무나도 어려운 것이다. 〈정말!?〉 그녀는 눈을 반짝이며 물었다. 〈정말!?〉 그러나 나는 두 번 다시 대답할 수 없었다.

"……깡충깡충 뛰는 토끼 같은 짐승이라도…… 낳고 싶었어요."

그녀의 목소리가 너무나 애절했으므로, 그리고 그녀의 얼굴 표정이 너무나 비참했으므로 나는 나도 몰래 그녀의 손을 잡았다. 나는 나의 온 몸뚱이가 그녀의 눈동자 속에 빨려 들어가는 것을 느꼈다.

우리는 솔숲 깊숙한 그늘 속에 누워 있었다. 그녀가 나의 가슴에 얼굴을 묻었다. 그녀의 몸에선 고향의 냄새가 났다. 들판의 풀잎 냄새, 크로버 꽃잎 냄새도 났다. 소금기에 절은 바닷말 냄새가 났다. 나는 하나의 의식을 행하듯 그녀의 자궁 속에 나를 넣었다. 그녀의 자궁은 나의 고향이다. 내가 밀어 넣은 크로버 꽃잎이 하얗게 만발한 꽃밭이다. 그곳엔 꿈이 있고, 개울이 있고, 바다가 있다. 작은 우주다. 또 하나의 내가 태어나는 보금자리다.

부드러운 모래가 융단처럼 우리를 떠받들었고, 솔숲이 아늑하게 우리를 감싸주었다. 그녀의 살갗은 물먹은 이파리처럼 퍼들거렸고 땀으로 적셔진 그녀의 머리가 나의 팔 안에 있었다. 솔잎에 맺혀진 이슬방울이 선뜻 가슴에 떨어졌다. 맨살 가슴에 적셔지는 물방울이 산뜻한 느낌을 주었다.

"……틀림없이 아기가……아기가 태어날 거예요."

나는 그녀의 입술을 막았다. 말이 필요 없었다. 언어란 얼마나 부자유한 것인가? 먹어도 먹어도 배고픈 진달래꽃처럼, 말은 뱉어낼수록 허전해지는 법이다. 나는 그녀의 가슴을 다시 힘껏 끌어안았다. 그녀의 젖무덤이 나의 가슴에 짓눌려 해면처럼 졸아들었다. 여자가 나의 목에 매달렸다. 그녀는 너무 작아서 부피를 느낄 수 없었다. 그녀는 그림자였다. 내가 의식하지 못했던 나 자신의 분신이었다. 전생 때부터 인연으로 관계되어진 반려자였다. 여자가 나의 가슴에 얼굴을 부비었다. 울고 있는 거라고 생각했다. 아니, 웃고 있는 것이다. 그녀의 눈물은 지금은 희열의 표현일 뿐이다.

징, 징, 징, 징소리가 들려왔다. 무당이 두들기는 유년시절의 징소리가 온몸을 울린다. 공명(共鳴)하게 한다. 그래, 여자여, 너도 뛸 수 있다. 너도 무당처럼 경중경중 뛸 수 있을 것이다. 네 뱃속의 아기가 너를 대신해서 그처럼 경중경중 뛰어 줄거야. 다람쥐처럼 쪼르르, 달음박질을 칠 수도 있을 테지.

여자가 거머리처럼 나의 가슴에 달라붙었다. 영원히 떨어지지 않겠다고 나의 혈관에 흡반을 들이 밀었다. 부르르, 온몸에 경련이 일었다. 아, 나도 몰래 신음이 새어나왔다. 여자는 나의 몸뚱이 전부를 그녀의 자궁 속으로 빨아들이고 있었던 것이다.

순영은 곤하게 잠들어 있었다.

잠버릇이 고약한 그녀의 치맛자락은 아예 허리에 올라 가 있었다. 박명의 빛그늘에 그녀의 하체가 모두 드러나 보였다. 마음에 들지 않았다. 역겨웠다. 아, 마음에 들지 않아라. 그녀가 이처럼 싫어 보인 적이 전엔 결코 없었다. 이 여자만을 위해 살아온 듯싶은 지난날에 대해서 새삼 억울하다는 생각이 들었다. 그녀는 매사에 군림하러 들었고, 매사에 불만족했으며 매사에 오연했다. 그녀는 내게 돈과 봉사와 아첨만을 요구했다. 나는 뿌리를 잃은 나무가 되어 시들시들 말라 왔던 것이다. 생기를 잃고 누렇게 시들어 왔다.

모깃불 연기가 한결 엷어져 있었다.

독한 쑥풀냄새가 새삼 그리워 왔다. 방금 헤어진 절름발이 여인, 그 작은 체구가 그리워졌다. 나를 참으로 남자답게 하던 여자,

"이제 가 보셔야 돼요."

여자는 그렇게 나를 재촉했다. 바람소리가 쏴― 솔잎을 흔들었다. 파도 소리도 다시 들려왔다. 시꺼먼 소나무숲 사이로 하늘이 보였다. 그녀는 나의 팔 안에서 한 마리 새처럼 숨을 쌔근거렸다.

"어서요. 그리고 바로 떠나세요!"

나는 그녀에게로 몸을 돌렸다. 그녀는 몸을 반듯이 누인 채, 하늘만을 쳐다보았다. 꿈꾸는 아름다운 얼굴이었다. 세상에서 이처럼 아름다운 얼굴이 있을까 싶었다. 그것은 고향의 얼굴이었다.

"어서요!"

그녀가 보다 강한 어조로 말했으므로 나는 몸을 일으켰다. 나는 그녀의 마음을 읽을 수 있었다. 어서요! 그녀는 더욱 오랜 꿈을 꾸고 싶은 것이다. 그녀는 반짝이는 얼굴로 꿈을 꾸고 있었다. 미명의 새벽빛이 그녀에게로만 몰린 듯, 그녀의 얼굴은 환히 빛나 보였다.

"어서!"

나는 순영일 깨웠다. 절름발이 여인의 아름다운 꿈을 깨우지 않기 위해 나는 이곳을 그림자처럼 빠져나가지 않으면 안 된다. 나는 순영을

거칠게 흔들었다. 순영은 가까스로 눈을 떴다. 그리고 짜증스럽게 말했다.

"몇 신데 그래요?"

"몇 시든."

"졸려 죽겠어요. 좀 더 자고 싶어요."

"일어나야 돼."

나는 단호한 목소리로 말했다. 나의 목소리가 너무나 단호했으므로 그녀는 어리둥절한 표정을 지었다. 그리고 천천히 일어나 앉았다.

"왜 그러세요?"

그녀는 그렇게 물었다.

나는 말문이 막혔다. 왜일까? 나는 매우 조바심치고 있었다. 그녀가 떠나라고 했으므로…… 그녀는 아직 숲속 그늘에 누워 있을 것이다. 아직 더 오래 꿈을 꾸고 싶은 그녀는 밝아오는 하늘을 바라보며 내가 떠나기를 기다리고 있을 것이다. 나는 그녀의 꿈을 깨워서는 안 된다. 물론 나는 그 사실을 순영에게 설명할 수는 없었다.

순영은 옷매무새를 고쳤다.

"머리라도 빗었음 좋겠네요."

"나중에……"

"주인에게 인사라도 해야죠."

"괜찮아. 돈이나 좀 두고 가지."

나는 그렇게 아내를 재촉했다. 내가 쫓기는 사람처럼 서둘렀으므로 순영은 도무지 이해할 수 없다는 표정을 지었다. 나는 설명하지 않았다. 내가 철이를 안고 성큼성큼 걸어가자 순영은 어쩔 수 없다는 듯, 내 뒤를 따랐다. 희뿌옇게 밝아오는 하늘이었지만 숲에 둘러싸인 마을은 아직 어둑어둑했다. 어둠 속에 웅크린 초가집들은 얌전한 짐승처럼 조

용히 잠들어 있었다. 나는 급히 집들이 엎드린 사잇길로 걸었다. 컹컹
컹. 갑자기 개가 짖었다. 컹컹컹, 개는 별로 다급하지는 않은 그런 여유
를 보이며 짖었으므로 조금도 위협이 느껴지지 않았다. 컹, 컹, 컹……

아버지를 따라 선산 발치에 있는 큰댁으로 갈 때면 문둥이 마을을 지
나야 했다. 벌초 때나 전사 때, 밤길을 걷자면 개가 짖었다. 어둠에 잠
긴 문둥이 마을은 죽음처럼 고요했다. 나는 두려움에 떨며 아버지의 옷
자락에 매달렸다. 무서워, 문둥이가 나오면 어떻게 해? 괜찮다. 잡아먹
힐까 봐 그러는 거지, 잡아먹히긴…… 그래도 무서운걸…… 너희들이
나 돌팔매질하지 마라. 불쌍한 사람들이다. 아버지의 말씀을 들으면서
우리는 왜, 그들에게 돌팔매질을 했을까? 하고 생각해 보기도 했다. 아
이들은 문둥이의 뒤를 졸졸졸 따라다니며 돌팔매질을 했다. 문둥이들
은 늘 비실비실 도망을 갔다. 우리는 그들에게 돌팔매질할 권리라도 갖
고 있는 것같이 생각했었다. 왜 그랬을까?

"좀 천천히 걸어요."

순영이 숨을 헐떡이며 말했다.

"뭐가 그리 급해요. 꼭, 쫓기는 사람 같잖아요."

"뭐라고?"

"쫓기는 사람 같다고요."

순영의 말에 나는 어떤 충격 같은 것을 느끼며 걸음을 늦추었다. 나
는 분명 허둥지둥 도망치고 있음을 느꼈다. 왜? 무엇 때문에? 문득 그
런 의문이 나를 괴롭혔다.

언덕에 올랐을 때 나는 걸음을 멈추었다. 그리고 지금껏 걸어온 길을
되돌아 보았다. 마을이 저만큼 내려다보였다. 아침 안개가 짙게 깔려
있었으므로 마을은 그림 속 풍경 같았다. 꿈속의 수묵화 같았다. 안개
가 달아나는 나를 향하여 몰려왔다. 안개의 포말이 뭉쳐져서 커진 물방

과수원집

울이 선뜻선뜻 볼을 때렸다. 나는 안개가 잡아 이끄는 힘에 의해 다시 마을 쪽으로 끌려갈 것만 같았다. 저처럼 아늑하고 평화로운 풍경이 이 세상에 존재한다는 것이 도무지 믿어지지 않았다. 나의 체취와도 같이 은은히 풍기던 쑥풀냄새가 기억되었다. 솔숲 사이로 아른거리던 모깃 불…… 그런 모든 것들이 꿈결 속으로 묻혀 가고 있었다.

"어서 가요."

이번엔 순영이 재촉했다. 나는 걸음을 옮겨 놓았다. 아직도 등뒤에서 나를 끌어당기는 안개의 짙은 인력(引力) 때문에 나는 왈칵 눈물이 솟았다.

영임이 누나

1

준영이 영임이 누나를 처음 만난 것은 제법 추운 초겨울이었다. 폭풍이 일어 파도가 무섭게 일었다. 산더미 같은 파도가 밀려왔다. 파도는 높은 산봉우리를 이루며 다가와서는 갑자기 무너졌다. 산더미 같은 파도가 물보라를 흩날리며 무너져 내리는 모습은 두려움을 자아낼 정도였다. 바다가 무섭게 울부짖었고 그래서 놀란 갈매기들도 모두 숨어 버렸다. 파도는 무서운 짐승이 되어 이빨을 드러내어 으르렁댔다.

그런 바다의 해변에 어떤 누나가 바닷말을 줍고 있었다. 짧은 통치마를 허리까지 끌어올리고 파도가 밀려오면 저만치 도망갔다가 파도가 밀려가면 그만치 뒤쫓아 갔다. 누나의 맨살 종아리에는 바닷말들이 거머리처럼 꺼뭇꺼뭇 붙어 있었다.

"영임아. 영임아."

초가집 마당에서 한 아주머니가 누나를 향해서 손짓했다. 그 누나가 바로 영임인 모양이었다. 영임이 누나는 모래톱 한쪽에 수북이 쌓인 바

덧말을 손가락질해 보였다. 그러자 그 아주머니는 영임이가 모아둔 해
초 쪽으로 다가갔다.

"제법 많이 주웠구나. 이만하면 저녁 한 끼는 되겠다."

아주머니는 그렇게 중얼거리며 영임이가 건져 둔 바닷말을 긁어모았
다. 아마도 영임이 어머니인 모양이라고 준영은 생각했다. 영임이 어머
니가 집 쪽으로 사라지자 바닷가에는 다시 영임이 누나뿐이었다.

준영은 자신도 몰래 영임이 누나 곁으로 다가갔다. 호기심 때문이었
다. 가까이 다가갈수록 누나의 하얀 다리가 갈매기의 발목만큼 가냘프
게 보였다. 찬 바닷물에 적셔져서 발목이 발갛게 얼어 있었다.

"얘. 얘."

영임이 누나가 준영에게 소리쳤다.

"그렇게 가까이 오지 마라."

"뭐라고?"

"가까이 오지 말라고."

누나는 커다랗게 소리치지만 파도 소리 때문에 무슨 말인지 잘 들리
지 않았다.

"누나. 뭘 줍는 거야?"

준영이 그렇게 묻는 순간 영임이 누나의 하얀 발목을 파도의 흰 거품
이 거머잡았다. 순식간에 파도가 무릎까지 기어오르고 통치마의 한쪽
자락이 바닷물에 잠겼다. 파도에 쫓겨 준영에게로 바짝 다가온 누나가
다시 소리쳤다.

"가까이 오지 말라고 했지? 저 파도 보아라."

"누나가 줍는 게 뭐냐니까?"

"뭐긴? 이건 말치, 이건 보리해둥이, 그리고 이건 진저리……"

그러는 동안에 파도가 다시 이빨을 드러내며 밀려왔다. 파도가 이번

엔 준영의 발목도 거머잡았다. 준영의 하얀 운동화가 바닷물에 흠씬 적셔졌다.

"그것 봐라. 가까이 오지 말라고 했지."

"그런데 그건 왜 줍는 거야?"

영임이는 준영의 물음에 어이가 없다는 듯한 표정을 지었다.

"왜 줍다니? 먹으려는 거지."

"그것 그냥 먹는 거야?"

영임이는 준영을 찬찬히 바라보았다. 핏기가 가신 그녀의 헬쑥한 얼굴에 잔잔한 미소가 떠돌았다.

"이건 말치라는 건데. 이걸 먹어 보겠니?"

준영은 영임이가 건네주는 말치를 받았다.

"그 노란 대궁이를 씹어보렴."

누나의 말대로 노란 대궁이를 씹으니 달큼하고 짭조름한 맛이 배어나왔다.

"달지?"

준영은 머리를 끄덕였다.

"그리고 파란 잎도 먹어 보아라. 겉껍질을 벗기고 속살만 씹어보렴."

누나가 시키는 대로 겉껍질을 벗기고 속살을 씹자 새싹같이 부드러운 바닷말의 맛이 혓바닥에 감겨왔다.

"다른 것도 이렇게 맛있나?"

"이 보리해등이는 초장과 버무려서 나물로 해먹고, 이 진저리는 쌀뜨물과 함께 죽을 쒀 먹는다. 그냥은 못 먹는다."

영임이 누나의 얼굴에 어두운 그늘이 드리운다.

"그런 걸 넣으면 밥이 더 맛있나?"

"밥이 아니고 죽이다. 맛이야 있든 없든 굶지는 말아야지."

파도가 다시 밀려왔다. 이번 파도는 매우 거칠어서 준영의 바짓가랑이가 사뭇 물에 잠겼다.

"저런. 옷을 다 버리겠다. 네 집은 어디냐?"

"읍내에 있다. 이모 집에 놀러 왔다."

"저기 선주댁 말이냐?"

누나가 가리키는 산언덕의 큰 기와집이 준영의 이모 집이었다. 이모 집은 십여 척이 넘는 어선을 소유하고 있었다. 그래서 이곳 마을의 어부들은 대부분 이모네 어선을 타고 고기잡이를 나갔다.

"그런 집은 이런 진저리 죽은 먹지 않을 게다."

누나는 다시 파도를 따라 달리기 시작했다. 거친 파도가 바다를 뒤집어 놓으며 바위에 붙은 바닷말들의 뿌리를 끊어 놓았다. 날씨가 춥고 궂어서 해변엔 영임이 누나와 준영이 뿐이었다. 가난한 누나네는 이렇게 해초들을 주워서 죽이라도 쑤어야 끼니를 때우게 되는 모양이었다. 누나는 파도를 따라 달려가기도 하고 파도에 쫓겨 도망치기도 하면서 파도가 몰고 다니는 해초들을 건져 올리기에 여념이 없었다.

"내가 좀 도울까?"

준영은 가난한 누나를 돕고 싶다는 생각에 누나 곁으로 바짝 다가갔다.

"안 돼. 넌 위험해."

누나가 거칠게 준영을 밀었다. 그 순간 큰 파도가 밀려와 비척거리는 준영의 발목을 낚아챘다. 그가 엉덩방아를 찧는 순간 다른 파도가 다시 준영의 얼굴을 후려쳤다. 칵, 숨이 막혔다.

"얘. 어떻게 된 거니?"

누나가 파도에 뒹구는 그를 발견하고 달려왔다. 준영이 비척비척 일어나 몸의 균형을 잡으려는 순간 더 큰 파도가 태산처럼 무너져 내렸

과수원집

다. 그러자 바닷물에 뒤섞여 떠돌던 해초들이 무더기로 달려들었다. 준영은 눈앞이 캄캄해졌다.

"누나. 누나."

준영이 비명을 지르는 순간 다시 큰 파도가 그의 입속을 틀어막았다.

"저런. 저런."

발을 동동 구르며 어쩔 줄 모르던 영임이 갑자기 파도 속으로 달려들었다. 그녀의 아랫도리에도 해초들이 무더기로 와서 감겼다.

"사람 살려요. 사람 살려."

영임이 고함을 지르며 준영의 팔을 잡았다. 다음 순간 밀려 온 파도에 둘은 함께 나뒹굴었다. 영임이 애써 주워 모았던 해초들은 이미 사라지고 없었다.

"사람 살려요!"

영임은 파도에 뒹굴면서도 연신 고함을 질렀다. 그러나 그 고함소리를 들어줄 사람은 아무도 없었다. 파도가 높이 이는 황량한 바다에는 그들뿐이었다. 다시 큰 파도에 휩쓸리면서 준영은 잠수하듯 물속으로 빠져들었다. 영임이의 갈퀴 같은 손이 그의 옷자락을 휘어잡고 있는 것도 알지 못했다. 준영은 숨이 콱 막히고 눈앞이 캄캄해지면서 정신을 잃고 말았다.

준영은 희미하게 의식이 돌아오면서 따뜻한 피부의 감촉을 느꼈다. 누군가가 준영의 알몸을 안고 쓰다듬어주었다. 부드럽고 따뜻한 손길이었다. 어깨와 등을 쓰다듬던 손에 점점 힘이 가해지더니 어느 순간 준영을 세게 끌어안았다. 그러자 뭉클한 젖가슴의 감촉이 느껴졌다. 벗은 여자의 젖가슴이었다. 준영의 몸이 꿈틀 움직였다.

"이제 정신이 드니?"

작은 속삭임이 귓속을 파고들었다. 준영이 머리를 끄덕였다.

"하마터면 죽을 뻔했다."

"여기가 어디야?"

준영도 속삭이듯 물었다.

"우리집. 이불 속이다."

벗은 알몸의 감촉이 좀 더 또렷이 느껴졌다.

"엄마는 선주네 집엘 갔을 게다. 네 소식을 전하려고."

누나가 좀 더 세게 그를 끌어안았다. 그러자 이상하게 가슴이 두근거리기 시작했다.

"아빠는?"

"아빠는 오래전에 돌아 가셨다. 풍랑을 만나서."

그래서 누나네는 가난한 모양이었다. 추운 겨울에도 파도에 발을 적시며 바닷말을 주워야 하는 모양이었다.

"춥지? 우리집은 매우 춥다. 불 땔 나무도 없고."

누나는 계속 속삭였다.

"이불도 이것뿐이다."

누나는 가난한 것이 매우 부끄러운 모양이었다.

"옷도 단벌이다. 그걸 물에 적셔 놓았으니 입을 것도 없다."

누나의 홧홧한 입김이 귓볼에 느껴졌다. 이상하게 몸이 달아올랐다. 숨이 가빴다. 준영이 이불을 들치려니까 누나가 다시 속삭였다.

"그냥 잠자는 척해라. 엄마가 오시는 모양이다."

바깥에서 서둘러 달려오는 발걸음 소리가 들렸다.

"그래. 우리 준영이 무사하단 말인가?"

이모의 목소리였다.

"다행히 제 딸년이 그 애를 구했습니다요."

"하느님도 고마우셔라. 그래 준영은 어디에 있나?"

"잠이 들었습지요. 깨울까요?"

"좀 더 두게. 크게 놀랐을 것이야. 푹 자게 하는 게 좋을 테지."

"그게 좋겠습지요."

준영의 귀에 집채 같은 파도가 무너져 내리는 소리가 좀 더 뚜렷이 들려왔다.

2

준영은 자주 이모네 집으로 놀러갔다. 그럴 때면 으레 영임이 누나네에 들렀다. 준영의 어머니는 영임이에게 선물하라며 사탕도 사주고 떡도 사주었다.

"영임이 아니었으면 너는 벌써 물귀신이 되었을 게다."

준영도 그렇게 생각했다. 영임이 누나가 파도 속으로 달려와 정신을 잃은 그를 구한 것이다. 영임이 누나는 생명의 은인이었다. 그리고 새로 생긴 누나였다. 외아들인 준영에게는 더없이 귀한 선물이었다. 바다가 준 선물인 셈이다. 준영은 자주 이모네를 방문했다. 영임이 누나가 보고 싶어서였다.

"준영이 왔구나."

누나는 퍽도 준영을 반겨주었다. 둘만일 때는 언제나 준영을 꼭 끌어안아 주었다. 파도에 휘말렸을 때 준영은 발가숭이가 되어 누나와 함께 누워 있었다. 그때를 생각하면 얼굴이 붉어졌다. 몸이 훈훈히 더워지기도 했다. 누나의 작은 젖가슴의 감촉도 뚜렷했다. 누나에게서는 바닷말 냄새가 났다. 짭조름한 소금기도 느껴졌다.

추운 날에는 함께 이불 속에 누워 있곤 했다. 누나네는 온돌에 불을 지피지 못해 몹시 추웠다. 이불을 덥고 있어도 몸이 떨렸다. 춥지? 누나는 그렇게 물으며 준영을 꼭 끌어안아 주었다. 그러면 누나의 따뜻한 체온이 준영을 덥혀주었다. 그런 누나가 좋아서 준영은 자주 이모네를 찾았다.

그러던 어느 날 이모네 집에 도둑이 들었다. 복면을 쓴 도둑들이었다. 도둑들은 가족들을 모두 한 방에 감금하고 금고를 뒤졌다. 부잣집이었지만 집에는 돈이 별로 없었다. 도둑들은 매우 화를 내면서 준영을 볼모로 납치했다. 그리고 돈을 마련해서 부치라고 했다. 그러지 않으면 준영을 죽이겠다고 협박했다. 도둑들은 준영이 부자 선주네의 아들이라고 착각했다. 나중에 그렇지 않다는 것을 알게 되었지만 소용이 없었다.

준영은 눈이 가리워진 채 오랫동안 차를 탔다. 트럭이었다. 덜컹거리는 차를 타고 오랜 시간을 달렸다. 준영이 눈의 헝겊을 풀었을 때는 어둑한 지하실 방이었다. 덩치가 매우 큰 형이 밥그릇을 디밀었다.

"너희 집에서 돈을 보내올 때까지 너는 여기에 있어야 한다."

"여기가 어딘데요?"

"그건 알 필요가 없다. 그동안 우리가 잘해줄 거다."

준영은 지하실 방에 갇혀 지내야 했다. 때가 되면 늙수그레한 아주머니가 밥그릇을 디밀었다. 용변을 보고 싶을 땐 요강에다 보게 했다. 그렇게 몇 날이 지났다. 처음의 형이 다시 나타났다.

"너의 집에서 돈을 보내오긴 했지만, 네가 우리 얼굴을 모두 알게 되어 그냥 돌려보낼 수 없다."

"그러면요?"

"멀리 섬으로 보내려고 한다. 그곳에서도 우리 얼굴을 안다고 말하면

과수원집

그때는 죽여버리겠다."

형의 얼굴이 험상궂게 일그러졌다.

"벌써 죽이려고 했지만……"

그 형은 무슨 말을 더하려다가 그냥 입을 다물고 말았다.

"아무튼 내일은 이곳을 떠나게 될 테니 그리 알아라."

내일이 되기 전의 저녁이었다. 누군가가 지하실 방으로 살금살금 다가왔다. 방문을 열고 들어온 것은 뜻밖에 영임이 누나였다.

"영임이 누나!"

준영이 반겨서 소리치자 영임이 얼른 손가락을 입가에 가져갔다.

"쉿, 조용히."

영임이 누나는 준영에게 다가와 살그머니 손을 잡았다. 그리고 조용히 이끌었다. 준영은 영임이 누나를 따라 지하실 방을 나왔다. 그들은 몰래 대문 밖으로 빠져나왔다. 큰길 바로 옆이어서 자동차 달리는 소리가 요란했다.

"여기가 어디야?"

"서울이란다."

영임이 누나가 준영을 꼬옥 끌어안았다.

"그동안 혼났지?"

"무서웠어."

"그래. 나쁜 놈들이란다. 하지만 죽지 않았으니 다행이다."

누나는 준영을 데리고 버스를 탔다. 그리고 사람들이 와글거리는 시장터로 가서 국밥 한 그릇을 사주었다. 그리고 말했다.

"우린 도망을 가야 돼. 잡히면 죽게 되니까?"

"그 사람들 누구야?"

"그놈들 중의 하나가 친척 오빠다. 그래서 너의 이모네 집이 부자란 것을 안다. 감옥살이하던 친구들과 더불어 너의 이모네 집을 털었지만 현금이 별로 없으니까 너를 납치한 것이다. 너희 집에서 돈을 보내왔지만 자기들 얼굴이 알려질까 보아서 너를 먼 섬으로 보내려고 한다. 그러다 신통치 못하면 죽일 수도 있지. 이미 너를 죽이자는 의논이 있었지만 내가 그 의논을 엿듣고 나를 먼저 죽이라고 발광을 했다. 그래서 죽이는 것만은 않기로 했다. 하지만 믿을 수 없는 놈들이다. 그래서 내가 식모 아주머니 주머니에 든 열쇠를 몰래 훔쳐서 너를 구한 것이다.”

영임이 누나는 그렇게 그동안의 일을 들려주고는 앞으로의 일을 말했다.

“지금쯤. 그놈들은 영동지방으로 떠나는 버스를 뒤질 게다. 그래서 우리는 반대로 부산지방의 차를 타려고 한다. 중간에 내려서, 몇 번 차를 바꾸어 타자. 삼척까지 가서 너를 강릉 가는 버스로 보내 줄 테다.”

“누나는?”

“나는 부산이나 대구 같은 곳으로 도망칠 생각이다. 그놈들은 제일 먼저 우리집부터 쳐들어 와서 나를 잡으려고 할 것이다. 그래야 입막음이 될 테니까. 그래서 나는 집으로 갈 수 없다. 너도 집으로 가게 되면 네가 당한 일을 자세히 말하지 마라. 그냥 어떤 놈들에게 잡혀가서 지하실에 감금당했다가 몰래 도망친 것으로 해라. 그놈들은 감옥살이를 오래한 놈들이어서 자기들의 정체가 드러나면 너를 죽이려 들 것이다. 못할 짓이 없는 놈들이다.”

누나는 준영에게 새 옷 한 벌도 사서 입혀 주었다.

“내가 돈을 제법 많이 훔쳤다. 그래서 도망쳐도 한동안 먹고살 수 있다. 그러니 너는 내 걱정 말고 안전하게 집까지 가야 한다.”

영임이 누나는 그렇게 준영을 다독거렸다.

준영은 영임이 누나의 도움으로 무사히 집까지 올 수 있었다. 그리고 누나와 약속한 대로 그동안 있었던 일을 아무에게도 말하지 않았다. 마음의 큰 비밀 한 가지가 생긴 것이다.

그러나 무엇보다도 큰 비밀은 누나를 보고 싶은 마음이었다. 누나만 만날 수 있다면 얼마 전에 겪은 고통보다 더 한 것도 참을 수 있을 것 같았다.

3

준영은 다음 해에 중학생이 되었다. 그러나 학교 공부에는 관심이 없고 온통 영임이 누나 생각만 했다. 그러나 영임이 누나는 도망다니는 몸이 되었으니 만날 길이 없었다. 어떻게 하면 누나를 다시 만날 수 있을까? 그런 궁리로 시간을 보냈다. 그러다 문득 영임이 어머니는 딸의 소식을 알고 있을지도 모른다는 생각이 떠올랐다. 그런 생각이 들자마자 준영은 학교도 팽개치고 영진리로 달려갔다.

"누나 소식 몰라요?"

준영은 영임이 어머니를 만나자 대뜸 그렇게 물었다.

"글쎄다. 얼마 전에 잘 있다는 편지가 왔었다."

영임이 어머니는 편지가 든 봉투를 준영에게 보였다.

"이 봉투를 제가 간직해도 돼요?"

"그래라. 나야 편지 내용만 알면 되지."

그렇게 하여 준영은 영임이 누나의 새로운 주소를 알게 되었다. 누나의 주소는 서울의 노량진으로 되어 있었다. 서울특별시 영등포구 노량진 본동 산 12번지. 준영은 몇 번이나 속으로 되뇌었다. 절대로 잊지 말아야지. 그러면서 혹 잘못 외고 있는지 모를 일이라고 여겨서 다시 편지 봉투의 주소를 확인하곤 했다. 누나가 보고 싶다고 편지를 써 볼까. 그러나 그 편지를 누나가 직접 볼 수 있을 것 같지 않았다. 누나가 자유로운 몸이 되었다는 확신도 들지 않았다. 부산이나 대구로 도망갔던 누나가 왜 다시 서울로 갔을까? 나쁜 놈들에게 다시 잡힌 것만 같았다.

준영은 직접 서울의 노량진으로 찾아갈 결심을 했다. 준영의 아버지는 한약방을 하고 있어서 돈의 여유가 있는 편이었다. 약방의 금고에는 늘 돈이 가득했다. 평소에는 금고의 열쇠를 채우지만 잠시 화장실 출입할 경우엔 채우지 않는다는 것도 알고 있었다. 준영은 아버지가 잠시 자리를 비우는 틈을 노렸다가 금고의 돈을 훔치기로 했다. 평생 처음 해 보는 도둑질이었다. 오직 영임이 누나를 보고 싶은 일념 때문이었다.

노량진 본동 산 12번지는 한강대교의 바로 남쪽에 있었다. 한강이 발밑에 내려다보이는 가파른 언덕에 위치한 곳인데 오래고 낡은 집들이 밀집해 있는 달동네였다. 준영이 주소가 적힌 쪽지를 들고 이곳저곳을 기웃거리고 있는데 마침 옆으로 지나치던 어떤 청년이 준영의 어깨를 툭 치면서 말했다.

"임마. 너 여긴 웬일이냐?"

준영이 쳐다보니 낯이 익었다.

"어. 형 아냐?"

"그래. 너 준영이지? 영임이 찾아왔나?"

그는 영임이의 사촌 오빠였다.

"자식, 용케 제대로 찾아왔네."

그는 준영을 데리고 산비탈 막바지에 있는 파란 대문의 허름한 판잣

집으로 데려갔다. 마당의 수돗가에서 빨래를 하고 있던 영임이 준영을 발견하자 놀라서 소리쳤다.

"준영아. 네가 여긴 웬일이냐?"

영임이의 사촌인 석철이 퉁명스레 말했다.

"네가 보고 싶어 찾아왔단다. 자식이 주소쪽지를 들고 어릿대는 것을 보고 대번에 알아보았지. 주문진 촌놈이란 것을 말이다."

"그러는 오빠는 서울놈인가?"

"아무튼 쬐끄만 놈이 제법이다. 널 보고 싶다고 천 리 길을 멀다 않고 찾아왔으니 말이다."

"찾아온 건 고맙지만. 학교는 어찌하고?"

"학교가 문젠가? 상사병이 문제지."

석철이 비아냥대었다.

"아무튼 잘되었다. 너 같은 놈이 하나 필요하던 참인데."

석철은 그렇게 결론지었다.

석철이 하는 일은 고철 수집이었다. 중고품인 작은 3톤 트럭을 구입해서 시골로 다니며 수집한 고철을 고철상에게 넘기고 몇 푼의 이득을 챙기는 것이다. 예전에 엿장수들이 낡은 대야나 그릇들을 엿과 바꾸어 모으던 것과도 같았다. 그것이 현대화된 셈이다. 도시보다 시골이 어수룩해서 고철 수집이 쉬웠다. 엿장수가 엿을 바라는 애들을 꾀어서 쓸만한 것들을 어른 몰래 가로채던 예전과는 달리 담장 없는 마당에 뒹구는 솥이며 유기그릇들을 그냥 도둑질하는 일도 다반사였다. 농촌 사람들이 모두 일하러 나가서 텅 빈 마을이라 도둑질을 감시할 만한 눈들이 없었다. 어쩌다 나이든 노인이 집을 지키더라도 순식간에 물건들을 차에 싣고는 그냥 사라지는 것이라 속수무책이었다. 석철은 그런 도둑질에 준영을 활용하기로 한 것이다.

석철이 3톤 트럭을 몰고 강원도 산골을 누빌 때면 영임이는 으레 운전석 옆자리에 앉았다. 그리고 준영은 트럭의 짐칸 고물들 틈에 작은 공간을 마련하고 그곳에 웅크리고 있었다. 전에는 영임이가 망을 보고 석철이 도둑질을 했지만 준영이 합세하고부터는 준영이 도둑질을 담당했다. 석철이 운전대에 있어야 급하게 달아날 수 있었기 때문이었다. 도둑질에 익숙하지 못한 준영이 망서릴 때마다 석철이 윽박질렀다.

"임마, 먹고 살려면 너도 일해야 한단 말이다."

그리고 달래듯 말했다.

"입에 풀칠하려고 하는 도둑질은 죄가 안 되는 거야."

그래도 쭈빗대는 준영을 보고 엄포를 놓기도 했다.

"영임이 옆에 있고 싶으면 시키는 대로 하란 말이다."

준영은 영임이 누나 옆에 있고 싶었다. 영임이 누나 옆에 있을 수만 있다면 도둑질도 마다하지 않았다. 영임은 그런 준영이 여간 안타깝지 않았다. 영임은 어떨 때는 트럭 뒤에 혼자 비닐 포장을 뒤집어쓰고 있는 준영에게로 올라왔다. 영임은 낡은 포장을 들치고 들어와 준영을 꼭 끌어안았다. 준영의 귓가에 영임이 누나의 따스한 입김이 뿜어졌다.

"준영아. 넌 여기서 떠나야 해. 학교에 다녀야 한다."

"누나는?"

"나야 어디에 있던 마찬가지지. 하지만 넌 달라."

준영은 아무 대꾸없이 영임의 품에 자신의 몸을 더욱 밀착시키곤 했다.

"너에겐 이런 생활이 어울리지 않아. 음식도 그렇고."

사실 준영은 체중이 부쩍 줄었다. 얼굴이 초췌했다. 부잣집 외아들인 준영에게는 정말 어울리지 않는 생활이었다. 준영의 굼뜬 동작 때문에

과수원집

몇 번이나 잡힐 번했다. 그때마다 준영은 석철로부터 발길로 채이고 주먹세례를 받아야했다.

"병신, 그렇게 굼뜨게 어릿대다간 우리 모두 잡혀간단 말이다."

그렇게 발길에 채이고 얻어맞아도 준영의 도둑질은 익숙치 못했다. 영임이 준영의 가슴을 힘주어 껴안으며 속삭였다.

"넌 떠나야 돼. 그래야 내 마음이 편할 것 같아."

그래도 준영은 꿈쩍하지 않았다. 갑자기 차가 덜컹 멎었다. 석철이 호통을 쳤다.

"영임아. 너 거기서 뭘 하는 거야. 어서 못 내려와."

영임은 그렇게 끌려 내려가곤 했다. 석철은 영임과 준영이 함께 있는 것을 늘 못마땅해했다. 석철은 영임이의 도움이 필요했다. 밥도 지어야 하고 옷도 빨아야 하고 무엇보다 석철이 도둑질할 때 망도 보아야 했다. 그러면서도 언제 사라질까 조마조마한 터인데 준영이 볼모로 잡혀 있고부터는 한결 마음이 놓였다. 준영이 볼모로 잡혀 있는 한 영임이 그를 떠나지 못할 것임을 알고 있었던 것이다.

그러던 어느 날이었다. 정선과 평창을 돌아 장평에 왔을 때였다. 골목길을 돌고 있는데 저만치 돌담집 마당에 제법 큰 양은솥이 눈에 띄었다. 석철이 차를 멈추고 준영을 불렀다. 준영의 눈에도 양은솥이 보였다. 그동안 몇 번 겪은 터라 준영은 석철이 차를 멈춘 까닭을 대번에 알 수 있었다. 그가 트럭에서 내려 돌담집 마당으로 들어가 양은솥을 번쩍 빼들고 문밖으로 뛰쳐나왔을 때였다.

"이놈. 이 도둑놈."

고함소리와 더불어 방안에서 노인 하나가 뛰어나왔다. 그리고 섬돌에 있던 지게작대기를 집어 들었다. 준영은 트럭 위로 솥을 집어 던지기 바쁘게 차에 매달렸다. 아슬아슬하게 지켜보던 석철이 차의 액셀을 거세게 밟았다. 차가 먼지를 날리며 달리기 시작했다. 지게작대기를 들고 쫓아오던 노인이 어딘가로 급히 달려가는 모습이 보였다. 산모롱이를 돌아 차를 멈춘 석철이 준영의 멱살을 잡고 끌어내렸다.

"병신. 그럴 때는 얼른 물건을 버리라고 했잖아."

대뜸 주먹으로 준영의 머리통을 후려갈겼다.

"우리 셋 다 잡힐 뻔했단 말이다. 이 병신아."

이번에는 발길로 허리통을 후려쳤다. 그는 간신히 주워 온 양은솥을 길바닥에 팽개쳤다.

"병신아. 물증을 없애야 하는 거라. 틀림없이 경찰에 신고했을 거라고."

그들은 큰길을 버리고 산길로 접어들었다. 검문검색을 피하기 위해서였다. 엉뚱한 길을 돌고 돌아 밤늦어서야 집으로 돌아왔다. 집으로 돌아온 석철은 분노를 참을 수 없다는 듯이 본격적으로 준영을 두들기기 시작했다.

"병신새끼. 누굴 감옥 보낼 작정을 한 거야. 뭐야."

영임이 보다 못해 끼어들었다.

"그만 해. 일부러 그런 게 아니잖아."

"내가 한두 번 일렀느냐고. 그런 경우는 무조건 물건을 버리라고 말이야."

"제깐엔 잘하려고 했던 게지."

영임이 그렇게 두둔하자 석철은 이게 어디 한두 번이냐고 으르렁거리다가 영임에게도 화살을 돌렸다. 네년이 매번 감싸니 이 모양이라는 것이다.

"쌍. 네년은 매번 걔 편이지. 네 서방이나 되냐? 뭐냐?"

"그래. 내 서방이다. 어쩔래?"

영임이도 지지 않고 대들었다. 그렇게 되어 본격적으로 싸움이 벌어지게 되었다. 석철이 영임에게 주먹질을 하고 영임이는 석철에게 대들어 얼굴을 할퀴었다. 치고받고 난장판이 되었다. 그런 싸움 끝에 그들은 준영을 집으로 돌려보내기로 결론을 지었다.

"준영아. 아무래도 네겐 이런 생활이 어울리지 않아. 그러니 집으로 돌아가라. 학교엘 다녀야지. 네 부모 생각도 좀 하고."

영임은 평소에도 준영의 귀가를 종용했었지만 준영이 듣지 않았던 것인데 일이 이렇게 되니 어쩔 수 없었다. 준영의 가출은 그렇게 해서 끝났다.

4

준영이 집으로 돌아오자 집에서는 난리가 났다. 단 서너 달 만에 아이의 몸이 반쪽 되었다. 얼마나 귀한 아들인가. 오직 하나뿐인 아들이었다. 가출해서 얼마나 굶고 고생했기에 이 모양이란 말인가. 어머니인 소돌댁은 남편을 닦달해서 귀한 한약재를 달여내게 했다. 몸보신에 좋다는 녹용이며 인삼으로 십전대보탕을 만들었다. 설악산 심마니에게 비싼 산삼도 몇 뿌리 사들였다. 그렇게 부산을 떨며 두어 달 지나니 준영의 몸이 조금씩 회복되기 시작했다. 준영의 어머니인 소돌댁은 그래도 안심하지 못해서 오대산 땅꾼을 수소문해서 몸보신에 좋다는 먹구렁이 뱀탕까지 달여 먹였다. 준영의 아버지인 범부 씨가 혀를 차며 타박했다.

"과유불급이라 했소. 지나치게 과하면 오히려 망치는 거요."

"돈 있는 것 어디다 쓸거요. 하나뿐인 자식인데."

남편이 여러 말로 만류했지만 소돌댁의 뜻을 굽힐 수 없었다. 준영의 몸은 눈에 띄게 좋아졌다. 아니 뒤룩뒤룩 살이 붙기 시작했다. 그렇게 갑작스레 살이 붙고 체중이 늘어나면서 준영은 몸에 이는 열을 참을 수 없어 했다. 땀을 줄줄 흘렸다. 그러자 걸핏하면 옷을 훌러덩 벗어버렸다. 그래도 덥다고 땀을 흘리며 씩씩거렸다. 보약이 과했다는 생각이 들기 시작했다. 준영이 사춘기에 접어들면서 그런 증세는 더욱 두드러지더니 급기야 정신이 깜물해져서 걸핏하면 집을 뛰쳐나가는 것이었다. 정신이 나간 상태여서 자신이 어디를 돌아다녔는지를 알지 못하는 경우가 많았다.

"허, 이러다 애 잡겠는걸."

부친인 범부 씨가 아내를 타박했다.

"내가 뭐랬소. 과유불급이라고 했지 않소. 약이 과해서 저러는 거요."

"잠시 그러다 말겠지요."

소돌댁은 그렇게 위안을 했다. 그러나 준영의 증세는 점점 심해졌다. 몸의 열을 참지 못해서 옷을 모두 벗어버리고 맨몸으로 돌아다니는 것이다. 그럴 때는 깜물 정신이 나간 상태여서 자신이 어디를 어떤 모양으로 돌아다닌 지도 알지 못했다. 커다란 양물을 덜렁대며 거리를 활보할 때면 여자들이 비명을 질렀다. 아이들이 줄레줄레 따라 다니며 돌팔매질을 하기도 했다. 소돌댁이 준영을 방안에 감금하고 한약방 약재를 써는 김씨를 딸려서 늘 감시를 시켜도 어느 사이에 집을 뛰쳐나가곤 했다.

그즈음 준영이 자주 달려가는 곳은 영진리 바다였다. 영진리 바다는 준영의 주문진 한약방에서 모래톱으로 곧바로 이어지는 곳이어서 평소에도 자주 가던 곳이다. 준영은 맨몸으로 바닷가 모랫벌에서 어정대기도 하고 물속에 몸을 담그고 허우적거리기도 했다. 늦가을의 제법 추운 날씨에도 준영은 바닷물 속에 들어가 자맥질을 했다. 영진리 바다는 영임이의 집 바로 앞이었다. 그래서 늘 영임이 어머니인 송천댁의 눈에 띄었다. 송천댁은 기겁하여 물속으로 뛰어들어 준영을 집었다. 준영은 의외로 송천댁에게는 고분고분했다. 송천댁은 준영을 이불 속에 밀어넣고 그가 잠들기를 기다려서 곧장 해변길을 달려 준영네의 한약방으로 갔다. 송천댁은 준영의 어머니가 건네주는 준영의 옷가지를 받아 들고 한약방 김씨와 더불어 돌아왔다. 송천댁이 여러 말로 달래서 옷을 입히고 김씨로 하여금 호위해서 집으로 돌아가게 했다.

준영은 대부분의 경우 고분고분했다. 그러나 눈에 초점이 없고 항상 딴 생각에 골몰해 있는 듯했다. 집안에 갇혀서도 별 말이 없었다. 다만 몸속에 이는 열기를 견디지 못해 옷을 거부하고 그저 밖으로 나돌려고만 들었다.

"저러다 애 잡겠구려. 무슨 방도가 없소?"

소돌댁은 남편인 범부 씨를 닦달하지만 범부 씨는 입맛만 다시는 것이다.

"약이 과하다고 하지 않았소. 몸의 열기가 빠져나가자면 시간이 걸리겠지."

"저러다 물에 빠져 죽기라도 하면 어쩌요?"

"팔자소관이지. 낸들 어쩔 것이여."

범부 씨는 아내에게 과유불급이란 말로 보약처방이 지나치면 안 된다고 미리 경고를 한 바도 있었지만 엎질러진 물이었다. 아내 탓만 할 입장도 못되었다. 양약 같으면 해독제라도 있어서 복용이 과한 약물을 중화시킬 처방이라도 있겠지만 보약인 경우는 대개 몇 년이 지나서야 그 효과가 나타나는 터여서 특별한 방법이 없었다. 흔히들 시간이 약이란 말이 있지만 이런 경우도 일정한 기간이 지나서 과한 약효가 서서히 줄어들기를 기다릴 방법밖에 없었던 것이다. 그나마도 다행인 것은 근래에 준영은 영진리 영임이네 집 앞바다에 주로 있어서 송천댁의 보호를 받을 수 있는 점이었다. 벌거숭이로 시장 거리를 헤매거나 자신이 다니던 초등학교 교실에도 불쑥 나타나서 사람들을 놀라게 하는 일은 많이 줄었던 것이다.

그날도 준영은 영진리 바닷물 속에 몸을 담그고 있었다. 그는 물론 그런 사실을 알지 못했다. 그러다 어느 순간 정신이 돌아왔는데 꿈결처럼 영임이의 품속이 느껴졌다. 준영은 귓속을 파고드는 영임이의 숨결을 느꼈다.

"준영아, 이제 정신을 차려야지."

귓바퀴에 맴도는 애절한 목소리가 눈물이고 한숨이었다.

"네가 어쩌다 이 모양이 되었니?"

가쁘게 내 쉬는 따스한 입김이 언 귓불을 녹였다.

"누나. 여기가 어디야?"

준영의 말에 영임이 화들짝 놀라 소리쳤다.

"너, 정신이 돌아왔구나. 그렇지? 내가 누군지 아니?"

"영임이 누나."

"그래 영임이 누나야. 먼 예전처럼 너는 우리 이불 속에 있는 거라고."

영임이는 들뜬 목소리로 말했다.

"넌, 바닷속에 꽁꽁 얼어 있었지. 엄마와 내가 억지로 끌고 왔단다."

알몸으로 얼어 있는 준영을 이불 속에 뉘고 영임이 예전처럼 그녀의 몸으로 체온을 덥혀주고 있었던 것이다.

과수원집

"엄마는 주문진 한약방으로 갔다. 네 옷을 가지러 말이다."

준영은 어디에서 옷을 벗어버렸는지 바닷속에선 알몸 그대로였다. 그런 준영의 몸을 영임이 쓰다듬고 매만졌다.

"이젠 정신을 차려야지. 이렇게 된 게 일 년도 넘었다며?"

준영은 자신의 정신이 깜물 나갔다가 깜물 돌아오는 과정을 이제는 어렴풋이 알고 있었다. 몸속에 열기가 펄펄 끓어 넘치는 어느 순간 정신이 혼몽하게 흐려지는 것이다. 그 열기를 못 견뎌서 옷을 벗어버리고 집을 뛰쳐나가는 것이다.

"누나는 어떻게 돌아온 거야?"

"사실은? 네게 숨길 일도 아니겠지만."

영임은 그렇게 더듬거리며 말했다.

"이번에 시집가게 됐단다. 그래서 내려온 거지. 엄마와 의논할 일도 있고."

"어떤 남잔데?"

"의정부에서 미군부대 군속으로 있는 남자란다. 어쩌다 알게 되었는데 죽자사자 덤비는구나. 사실 나는 아직 결혼할 나이도 안 되었고 그럴 처지도 못되는데. 막무가내야."

남편 될 명식은 미군들이 사용한다는 날이 선 단도로 자신의 팔뚝을 찔렀다. 핏물이 솟구쳤다. 그 피로 영임이의 속옷에다 혈서를 썼다. 널 사랑한다. 너무 뜻밖의 경우라서 영임이는 대처할 방법을 몰랐다. 네가 아니면 나는 이 칼로 내 목을 딸 거다. 내게 죽는다는 것은 아무것도 아니다. 명식은 그런 식으로 협박했다.

"어쩔 수 없었단다. 사실 난 네가 좋은데."

영임이 준영의 온몸을 힘주어 끌어안았다. 그때 문득 영임이의 허벅지에 준영의 커다란 물건이 꿈틀거렸다.

"준영아. 너도 내가 좋지?"

준영이 머리를 끄덕였다.

"그래. 우린 결혼할 수 없는 몸이지만 네게 나를 주고 싶어."

영임이 적극적으로 허벅지를 조이며 말했다.

"나를 가져. 준영아. 그래야 너를 이렇게 만든 빚을 좀 갚을 수 있을 것 같애."

준영이 몸을 빼치며 말했다.

"누나는 이제 시집간다며?"

"난 상관이 없어. 어쩔 수 없이 그렇게 된 거라니까. 네가 내 첫 남자가 되란 말이야. 너도 그걸 원하잖아. 이것 보라구."

영임은 준영의 솟구치는 남성을 두 손으로 감싸 잡았다. 그리고 힘을 주었다.

"누나는 이제 시집간다며, 시집간다며?"

엉덩이를 뒤로 빼며 웅얼거리는데 준영의 몸에서 물총처럼 힘이 빠져나갔다. 첫 경험이었다. 영임이 애무를 계속하자 풀죽었던 양물이 다시 살아나서 탱탱하게 부풀어 올랐다.

"준영아. 난 정말 너와 결혼하고 싶단다. 하지만 안 되는 거잖아."

영임이 울먹이며 말했다.

"다신 정신을 잃지 마라. 네가 그렇다는 소식을 엄마로부터 들을 때마다 죽고 싶었단다. 다시는 정신을 잃지 않겠다고 내게 약속할 거지?"

준영은 몸속의 끓어 넘치는 힘이 파도처럼 일렁이다가 총알처럼 쏟아지는 것을 느끼며 정신없이 머리를 끄덕였다.

"정말이야. 지금이라도 난 네 여자가 되고 싶단 말이야."

영임이는 몇 번이나 같은 말을 되풀이 했다.

　　　　　　　　　　　　　　　　　과수원집

5

준영은 조금씩 정신이 돌아오는 기간이 길어졌다. 전처럼 정신을 완전히 잃은 것은 아니지만 그래도 어딘가 얼이 빠진 모습이곤 했다. 그러면서도 자주 영진리의 영임이네를 찾았다. 그리고 영임이 어머니에게 엉뚱한 질문을 하기도 했다.

"아주머니. 영임이 누나가 정말 시집간 거예요?"

"그래. 벌써 몇 달이나 되었구나."

"정말이구나."

준영은 실망한 어투로 말했다. 직접 들은 것 같긴 했지만 믿어지지 않았다.

"본인은 가고 싶지 않은데 어쩔 수 없었던 모양이다."

영임이 어머니가 한숨을 쉬며 말했다.

"이제 스물도 채 안된 나인데 말이다. 하지만 타관에 버려진 몸이니 혼자서 살아가기가 그만큼 어려웠던 모양이다."

"남편은 어떤 사람인데요?"

"의정부에 있는 미군부대 군속이란다. 군대 제대하고 다시 미군부대에 군속으로 들어간 모양이더라."

"그럼 군인인가요?"

"글쎄. 군에서 제대를 했더라지 아마."

송천댁은 명식인가 하는 사위가 단도로 제 팔뚝을 찔러서 치솟는 피로 "사랑한다" 라고 혈서를 썼다는 말을 떠올렸다.

"결혼해 주지 않으면 자살하겠다고 협박했었다나 어쩠다나. 그렇게 협박당해서 하는 결혼이란 게 아무래도 찜찜하더구나."

송천댁은 그런 심정을 드러내어 영임의 결혼을 만류했지만 그녀는 듣지 않았다.

"어쩔 수 없이 그렇게 된 걸. 운명대로 살아야지 뭐."

영임이가 그렇게 나오자 송천댁은 더 이상 어째 볼 수 없었다. 인간에게는 운명이란 게 있고 대부분은 어쩔 수 없이 그런 운명의 끈질긴 줄에 묶여 있기 마련이었다. 대부분의 경우 인간은 그런 숙명적인 명줄을 타고난다고 믿고 있었다.

영임이를 낳을 때만 해도 그랬다. 남편이 어부라 늘 불안했다. 바다에는 풍랑이 수시로 일고 그때마다 몇 척의 배들이 난파당했다. 배 한 척에 십여 명의 장정들이 타고 있었는데 대부분 함께 수중고혼이 되었다. 그렇게 남정네들이 떼죽음을 당하니 젊은 과부들 또한 떼거리로 생겼다. 남편이 없어도 자신과 가족이 살아가야 하기 때문에 과부들은 부두에서 고기 내장을 따는 품팔이를 하기도 하고 함지박에 생선을 이고 다니며 행상을 해야 했다. 그 곤궁함이란 이루 말할 수 없었다.

그래서 애를 낳는 것이 늘 겁이 났다. 영임이 위로 딸 하나가 있었다. 그 이후로 십여 년이 되도록 애를 뺄까 늘 조심하면서 지내왔다. 그렇게 조심했는데도 태어날 아이는 따로 있는 것인지 어느 순간 영임이를 배게 된 것이다. 차마 남편에게도 말하기 어려웠다. 평소 애가 뺄까 온갖 방법으로 피임하던 것을 알고 있었기 때문이다.

그렇지만 기왕 밴 아인데 하나쯤 더 기를 수도 있지. 그런 마음도 들었다. 남들이라고 두셋씩 낳아서 기르지 아니한가? 그런 마음으로 우물쭈물하는 사이에 남편이 덜컥 풍랑을 만나 난파당하고 만 것이다. 뱃사람에게는 언젠가 다가오기 마련인 운명이었다. 용케 운명을 비켜가는 수도 있지만 항상 행운이 따르기는 어려운 법이었다. 어부로 살아가는 한 어쩔 수 없는 운명이기도 했다.

아무튼 남편에게는 애를 뺐다는 사실조차도 아직 알리지 못한 터인데 남편이 덜컥 죽어버린 것이다. 남편을 잃은 절망감 때문에 그랬는지 모르겠다. 남편 없이 낳은 자식을 키울 자신이 없었다. 아이가 집안에 불운을 몰고 오는 횡액덩이인 것만 같았다. 송천댁은 뱃속에 태아가 꿈틀거리는 낌새만 있으면 즉시로 애를 떼는데 좋다는 피마자기름도 마셔보고 하이타이 세제를 물에 타서 마셔보기도 했다. 불러온 배를 주먹으로 내리쳐 보기도 했다. 온갖 구박에도 불구하고 아이는 꿈쩍도 않고 제대로 자라서 꿈틀거렸다.

정월 보름이었던 것 같다. 진통이 오기 시작했다. 온갖 구박에도 불구하고 아이는 끝내 태어나려고 발버둥쳤다. 아무래도 제정신이 아니었던 것 같다. 네가 이기나 내가 이기나 해보자. 끝내 태어나려면 태어나보렴. 나는 변소간에서 변처럼 쏟아낼 테니까. 아픈 배를 움켜쥐고 변기에 앉았다. 다리를 벌리고 변을 보듯 몸에 힘을 주었다. 어느 순간 밑에서 큰 핏덩이가 물컹 밀려나왔다. 무심코 밑을 내려다보니, 세상에! 보름달처럼 둥글고 환한 얼굴이 아닌가? 그 경황에도 너무나 아까운 생각이 들었다. 그녀는 쏟아지는 핏덩이를 속옷으로 감싼 채 방안으로 뛰어들었다. 잠결에 놀란 맏딸 영미가 놀라서 물었다.

"엄마, 그게 뭐야?"

"애기다. 옆집 할머니께 알려라."

그러고는 정신을 잃고 말았다. 영미가 달려가서 옆집의 할머니를 모셔왔다. 그런 난리가 없었다. 그래도 아이는 살아날 수 있었다. 달덩이처럼 환하던 핏덩이 아이에 대한 기억을 평생토록 잊을 수 없었다. 아이를 변소에 버리려고 했던 원죄가 있어서 송천댁은 영임이를 끔찍이 위했다. 하늘이 점지해주신 복덩이로 여기자. 남편을 데려가고 보내준 선물이 아닌가? 그렇게 생각해서인지 영임이는 평생 어머니 속을 썩히는 일이 없었다. 초등학교엘 다닐 때는 공부도 일등이었고 얼굴도 달덩이처럼 예뻤다. 늘 마음에 위안이 되는 아이였다.

평생 함께 살 줄 알았는데 영임이는 서울로 갔다. 제 사촌인 석철의 꾐도 있었겠지만 이 어촌에서는 지긋지긋한 가난밖에 없었고 그 가난에서 벗어날 길도 없다는 것을 알고 있었기 때문이었으리라. 송천댁도 적극적으로 말리지 못했다. 어디에 있어도 여기보단 나을 것이란 기대였다. 영임은 서울에서 이곳저곳 공장에서 일한다며 때때로 몇 푼씩의 돈도 부쳐왔다. 늘 잘 있다는 편지와 함께였다. 그런데 채 스물도 안된 나이에 느닷없이 시집을 가겠다니 놀라지 않을 수 없었다.

"어린 나이에 시집간다는 게 도무지 불안하단다."

송천댁은 멀뚱히 쳐다보고 있는 준영에게 덧붙여 말했다.

"준영아. 인간의 운명은 하늘에 달린기라. 모두 하늘에 맽기거라. 그리고 편하게 살거라. 떠나간 영임이 타령하면 뭘하냐?"

준영은 그저 멀뚱멀뚱 송천댁의 말을 듣고만 있었다. 아직 정신이 온전히 돌아오지 않은 탓이기도 했다.

6

준영의 부모들은 준영이 학교에도 다니지 않고 빈둥거리기만 하는 것이 견딜 수 없었다. 정신을 잃는 빈도가 조금 나아지는 것 같긴 하지만 확신할 수 없었다. 고등학교에 다닐 나이였다. 친구들은 모두 학교엘 다녔지만 준영은 학교에 보낼 엄두도 내지 못했다. 성인이나 다름없는 큰 아이가 옷을 홀라당 벗어버리고 시장 어귀에서 어슬렁거리는 판이니 말이다. 부친 범부 씨가 과하게 처방한 약효 때문이라 여겨서 열기를 줄이는 처방을 해 보아도 별무효과였다. 준영이 몸속의 열기를

과수원집

이기지 못해 걸핏하면 바닷물 속으로 뛰어드니 저러다 무슨 사고가 날 것만 같았다. 한약방의 약재를 써는 김씨가 늘 감시하지만 번번히 그 행적을 놓쳐 버리곤 했다.

"저러다 하나뿐인 아들 잃으면 어쩌요?"

소돌댁은 매일 눈물이었다. 그러던 중 범부 씨의 친구인 한의사 최씨가 조언했다.

"그 먹구렁이 처방이 문젠기라. 사춘기 아이에게 도가 넘치는 처방이여. 정력이 넘쳐서 저리된 것이니 장가라도 보내보게."

몸에 넘치는 정력을 뽑아내면 한결 낫지 않겠느냐는 희망 섞인 처방이었다. 그러지 않아도 손이 귀한 집안이었다. 준영은 범부 씨에 이어 2대 독자였다. 저렇게 정신을 깜물하는 사이에 교통사고를 당하기라도 하면 큰일이었다. 집앞이 바로 바다이니 파도에 휩쓸리지 말라는 법도 없었다. 제정신이 아닌 상태로 물속으로 뛰어들기 때문이었다. 그렇게 되면 집안의 대가 끊기는 것이다. 범부 씨가 늘 뇌다시피 하는 전주이씨 양반 타령도 헛노릇이 될 판이었다.

그렇게 되어 준영을 장가보내는 문제가 본격적으로 논의되었다. 소돌댁이 사방으로 매파를 보내서 색시감을 물색했다. 튼실하고 어수룩한 처녀여야 했다. 튼실해야 아이를 잘 나을 것이란 생각이었고 어수룩해야 양물을 덜렁대는 사내를 마다하지 않을 것이기 때문이었다. 그렇게 간택된 것이 사천의 구라미마을 박씨 처녀였다. 시골에서 일만하면서 자란 터라 세상 물정에 대해서는 서툴렀다. 그러나 심성이 무던하다고 소문이 난 처녀였다.

준영은 또래의 친구들이 고등학교에 다닐 나이에 장가를 가게 되었다. 준영이 제정신이 아니란 것을 주변에서 다 알고 있는 터라 드러내어 결혼식을 올릴 수도 없었다. 남들은 박씨 처녀를 약방의 식모쯤으로 알고 있을 정도였다.

준영은 잠결에 여자의 몸을 끌어안곤 했다.

"누나는 시집간다며."

준영이 그렇게 말하며 여자의 몸을 떠밀어도 어느 순간 여자의 몸속에 잠겨 있곤 했다. 곧추 선 하체에서 물컹물컹 힘이 빠져나갔다. 영임이 누나가 손으로 그의 양물을 쥐어짜는 것이다. 몇 번이나 쥐어짰다. 전율의 한순간이 지나고 문득 정신이 돌아오면 그의 옆에 투박한 여자가 누워 있곤 했다.

"당신 누구여?"

준영은 곧잘 그렇게 물었다. 여자는 대답없이 그의 가슴에 그저 얼굴을 묻기만 했다. 놀란 준영이 엄마를 찾았다.

"엄마, 이 여자가 웬 여자야?"

"오. 이제 정신이 돌아왔냐? 정신이 돌아왔구나."

소돌댁은 준영이 정신이 돌아온 것만 감지덕지해서 같은 말만을 되풀이했다.

"이 여자가 누구냐니깐?"

"차츰 알게 될 거다."

소돌댁은 그렇게 말하며 준영의 질문을 피해갔다. 공연히 잘못 말해서 아이가 발광할 것이 두려운 것이다. 차츰 알게 될 거다. 정신이 돌아오면 알게 될 테지.

한의사 최씨의 말이 맞는 건지 준영의 의식 상태는 전보다 훨씬 좋아졌다. 그러면서 박씨녀에 대해서도 차츰 체념한 듯했다. 의식이 돌아와 그의 옆에 누운 박씨녀를 보아도 전처럼 야단을 치지는 않았다. 그렇게 길들여지면서 박씨녀의 배가 불러오기 시작했다. 이런 경사가 없었다.

과수원집

처음에는 식모 대접받던 박씨녀였지만 점차로 당당한 젊은 마님 대접을 받기 시작했다. 달이 차자 떡두껍 같은 아들을 나았다. 준영이 때문에 어두운 그늘에서 벗어날 길 없던 주문진 한약방집에 모처럼 웃음소리가 들리기 시작했다.

박씨녀가 두 번째 아들을 나았다. 그럴 때쯤 되어 준영의 병도 한결 나아졌다. 정신을 잃어버리는 일이 점차로 줄어들었다. 그러면서 변화가 왔다. 옷을 벗어던지지 않는 대신 얼굴에 웃음기가 사라졌다. 그리고 박씨녀를 가까이하는 일도 없었다. 제정신이 아닌 때에 본능적으로 가까이하던 육체를 아주 멀리하는 것이다.

준영은 아예 말이 없었다. 범부 씨는 그런 아들에게 약재를 썰게 했다. 무슨 일이든 일을 해야 제정신을 차리게 될 것이란 생각에서였다. 약재 일을 보는 김씨가 종일 일거리를 날라주었다. 준영은 아무 말 없이 고분고분 범부 씨의 말에 따랐다. 김씨가 일러주는 대로 약재를 썰고 약재를 저울에 달아서 봉지를 만들고 또 봉지에다 약의 이름을 적는 일을 했다. 그저 기계적으로 시키는 대로 했다. 때로는 김씨와 더불어 산에 약초를 캐러 다니기도 하고 시골 장터로 가서 약재를 사들이는 일을 돕기도 했다.

"저러다 병이 나을려는가?"

범부 씨는 걱정이 태산 같았다. 제정신으로 돌아와 살아가면 좋겠지만 어느 순간 발작할 것만 같은 불안감이었다. 준영은 박씨녀나 자기의 두 아들을 한 번도 제대로 들여다 본 적이 없었다. 워낙 귀한 손이라 두 아이는 할머니의 품을 벗어날 사이가 없었다. 집안의 보물단지였다. 온 집안이 그처럼 위하는 처지이니 아이가 귀여울 만도 한데 준영은 언제나 남보듯 데면데면했다. 그러니 걱정이 아닐 수 없었다.

준영이 한약방에만 칩거하며 지내던 어느 날 영임이 어머니가 들렀다.

"영임이 어머니가 어쩐 일이세요?"

"약방마님이 묵을 좀 쒀달라고 해서 가져왔다."

"우묵 말이군요?"

"그래. 네가 좋아한다면서 부탁했단다."

준영은 우뭇가사리로 만든 묵을 특별히 좋아했다. 그의 입맛에 맞추느라 자주 상에 올렸는데 영임이 어머니가 쒀어온 모양이었다.

"영임이 누나는 어떻게 지내요?"

"그게 그러니 팔자에 맞지 않는 결혼이었던지 고생이 말이 아닌갑더라."

그 말에 준영의 귀가 번쩍 띄었다.

"지금 어디에 사는데요?"

"의정부 호원동인가 하는 곳인데. 미군부대 앞이라더라. 남편도 앓아눕고 시어미도 앓아눕고 해서 영임이가 딸 둘 데리고 고생이 말이 아닌 모양이더라."

순간 준영의 눈앞이 부옇게 흐려왔다.

7

준영이 영임이의 주소지인 의정부 호원동을 찾은 것은 팔월의 한 여름이었다. 호원동은 도봉산에서 사패산으로 이어지는 산자락이었다. 영임이가 세들어 사는 집은 회룡사로 이어지는 개천가의 단독주택이었다. 그 집의 지하방에 세를 들어 산다고 했다. 집주인인 듯한 여자가 말

과수원집

했다.

"여긴 병자만 있구먼. 그 여편네를 만나려면 저그 역 앞의 연립주택 짓는 곳으로 가 보소."

노파가 말하는 역 앞이란 회룡역을 말했다. 거기에 십여 채의 연립주택이 들어서고 있었다. 영임은 한낮의 뙤약볕을 쬐며 2층으로 오르는 층계로 벽돌을 나르고 있었다. 십여 명의 인부들이 일하고 있는데 여자는 영임이 뿐이었다. 수건을 질끈 동이고 남정네와 똑같은 양의 벽돌을 짊어지고 있었다. 비록 영임이 강인한 체력을 지녔더라도 남정네와는 차이가 있었다. 휘청거리며 이층을 오르는 모양이 여간 안쓰럽지 않았다. 그런 마음이야 공사를 지휘하는 감독인들 다르지 않아 보였다.

"이번엔 조금만 나르게나."

감독이 그렇게 말하자 영임이 눈을 흘켰다.

"남들처럼 못할 바엔 그만둘라요."

"이 아짐씨 봐라. 그 몸으로 무리라니깐?"

"돈 벌러 나왔는데 그 정도의 무리는 어쩔 수 없지요."

"허, 하루만 하고 말 것도 아니고……"

"그러게요. 값싼 동정은 필요 없다니깐요."

영임은 고집스럽게 우겨서 남들과 똑같은 양의 벽돌을 싣게 했다. 준영은 그런 모습을 멀찍이 보면서 차마 나설 수가 없었다. 해가 뉘엿이 기울 때야 공사판 일이 끝난 모양이었다. 일꾼들은 모두 공사판에서 가까운 밥집으로 몰려갔다. 저녁 식사를 함께 하는 모양이었다. 그러면서 술잔도 오갔다.

"이씨 아줌마. 웬 똥고집이 그리 세요?"

영임이 보다 어려 보이는 젊은이가 술잔을 돌리며 말했다.

"똥고집은 무슨 똥고집?"

"등짐을 조금 덜어주면 모른 척 할 일이지요."

"그러는 박씨는 나중에 무슨 말하려고?"

"무슨 말요?"

"십장이 이씨 좋아해서 등짐을 슬쩍슬쩍 덜어준다고 할 테지."

"그런 말 안 할긴데요."

"한술 더 떠서 저러다 이씨 아줌마 십장 마누라 될라 하고 험담하겠지?"

"허. 아니라니깐요."

박씨가 두 손을 절래절래 흔들면 절대 아니라고 발뺌한다. 모두들 호탕하게 웃으며 영임을 응원한다.

"그려. 이씨 아줌마. 대단허요. 아직 새파란 청춘이지. 거기다 얼굴 곱지. 남들 같으면 술집행일 텐데 이런 막장 공사판에서 버티는 것 보면 대단한기라."

영임은 남자 동료들이 건네는 술잔을 마다하지 않았다. 저녁 식사겸 술판이 파하자 영임은 곧장 구멍가게에 들러 약간의 반찬거리를 장만했다. 영임이 개천길을 따라 자신의 집 대문께에 이르렀을 때 문득 발걸음을 멈추었다.

"거. 누구요?"

골목길 담벽 그늘에 몸을 감추었던 준영은 어색한 모습으로 그 자리에 멈추어 섰다.

"아까부터 내 뒤를 밟았지요?"

준영이 담 그늘에서 벗어나 그녀의 앞으로 다가갔다.

"준영이구나."

영임이는 대뜸 알아보았다.

"네가 종일 나를 엿보고 있었구나?"

준영이 여전히 쭈볏거리자 덧붙였다.

"저녁은 먹었니?"

준영이 머리를 흔들었다.

"저를 어째? 아까 그 밥집에 가서 저녁을 시켜 먹고 기다려라. 난 집에 들어가서 가족들 식사부터 돌보아야 하니까."

영임은 그렇게 말하고는 곧장 대문 안으로 사라졌다. 준영은 영임이가 시키는 대로 그 밥집으로 갔다. 공사판 인부들이 돌아간 후라 손님들이 하나도 없고 그저 썰렁했다. 영임이가 시킨 대로 저녁밥 시켜 먹고 우두커니 앉아 있는데 한 시간쯤 지나서 영임이 나타났다.

"그냥 앉아 있었구나. 술 한 잔 하자."

영임은 소주를 청했다.

"아까도 많이 마시더만. 너무 마시지 마라."

주모가 걱정스러운 목소리로 말했다.

"고향에서 올라온 동생이라요. 술이라도 한 잔 대접해야지요."

준영은 평소 술을 별로 하지 않았다. 어느 순간 정신을 잃어버리는 자신의 약점을 알고 있어서였다. 술이란 게 더욱 빨리 정신을 혼미하게 하기 때문이다. 술잔이 몇 순배 돌자 영임이가 물었다.

"그래. 내가 여기 사는 것은 어찌 알았나?"

"아주머니한테."

"그랬겠지. 나는 네 소식을 늘 듣는다. 결혼해서 아들이 둘이라지?"

준영이 머리를 끄덕였다.

"참 우습다. 그렇게도 되는구나."

영임은 술잔을 입속에 털어 넣었다. 전작이 있어서 제법 술이 오르는 듯 얼굴이 발그레했다. 혀도 조금 말려 올라간 듯했다.

"나도 딸이 둘이란다. 그렇게 되었지."

더 이상 할 말도 없어서 둘은 다시 술잔을 주고받았다. 빈 병이 세병째가 되자 주모가 나서서 만류했다.

"그만 마셔라. 집에 있는 아이들과 환자들도 생각해야지."

"그럼요. 그만 마셔야지요. 하지만 고향에서 올라온 동생이 나 사는 이야기 듣고 싶어하는데 술 취하지 않고는 말하지 못하겠네요."

영임이는 그렇게 운을 뗐다.

"너 봤지? 건축 현장에서 데모도로 일하는 내 모습을 말야. 그게 내 생활이란다. 내가 할 수 있는 일이라곤 막노동밖에 없지 않니? 벽돌도 나르고 모래도 나르고. 48킬로 푸대에다 그런 것을 담고 때론 2층까지 때론 3층까지 나르는 일이다. 인솔자인 대장을 필두로 10명 정도가 한 조가 되어 움직인다. 그중에 2명은 벽돌이나 미장이 기술자고 뒤처리 담당이 1명. 그리고 나머지는 나처럼 힘으로 버티는 단순 노동자다. 어떤 날은 대장이 안쓰럽게 여겨서 모래를 반쯤만 채우기도 하는데 그럴 땐 내가 단연코 거절한다. 그렇게 동정받으며 일하려면 당장 그만두겠다고 우긴다. 그런 자존심이라도 있어야 하는게 아니냐? 아무튼 3년이 넘었다. 여름에는 얇은 옷이라 시멘트 독에 살갗이 변색되고 또 쓸려서 허물이 벗겨지고 물집이 잡혀서 고통스럽기도 했단다.

결혼 처음부터 그랬던 것은 아니고 글쎄 운명적이라고 할까? 시어머니가 화장실엘 가다가 문턱에 걸려 다리가 부러졌단다. 노인이라 다리만 부러진 게 아니고 대퇴골 골반뼈도 함께 으스러진 게야. 그런데 말이다. 운명적이란 말이 이런 경우에 해당되는데 똑같은 자리에서 남편이 또한 넘어진 거란다. 남편은 직장에서 어머니 다친 소식을 듣고 택시로 부랴부랴 달려와서는 화장실 앞에 이르러 여기서 그랬단 말이지 하며 턱을 타넘는 흉내를 내던 중 꽈당 하고 넘어지지 않겠니? 그리고 시어머니처럼 오른쪽 다리가 부러지고 대퇴골을 다친 거지."

과수원집

세상에 그런 난리가 없었다.

"지하방이지만 방이 셋인데 시어머니와 남편이 한 방씩 차지하고 누워 있고 내가 딸 둘 데리고 한 방 차지하고 있는 그런 생활이란다."

영임이는 그렇게 말하며 웃었다. 준영의 얼굴도 술기운으로 벌겋게 달아올랐다.

"늘 너하고 살고 싶었단다. 네 애를 낳아 기르면서 말야."

영임이 속삭이듯 말했다.

"그게 어림도 없는 일이란 걸 알면서도 말이다."

8

준영이 한약방에 필요한 약초들을 구입하러 제기동 약령시장에 들르는 길에 영임이 누나를 다시 한번 찾았다. 그때 영임이로부터 그동안의 생활을 자세히 들을 수 있었다.

"시어머니는 끝내 그 병으로 숨을 거두고 말았다. 혼자 몸을 풀려고 끔찍이 노력했지만 결국 온몸이 마비되어 굳어지는 것을 어쩔 수 없었단다."

남편은 직장에서 퇴직하고 중풍 후유증에 시달렸다. 그러니 제대로 생활을 꾸릴 수 없었다. 그래서 영임은 계속해서 품팔이 막일을 했다. 집안에만 박혀 있는 것보다 몸은 피곤해도 마음이 편했다. 일당이 2만 5천 원이었는데 그 돈이면 집안 살림에 보탬이 되었다. 매일의 막노동은 너무나 힘든 노역이었지만 일을 그만두면 당장 생계가 막막한 터라 영임이는 막일을 그만둘 수 없었다.

"너를 두고 내가 결혼한 죄값을 치르는 거라는 생각을 할 때가 있었단다."

영임은 그렇게 말했다.

얼마 후에 준영은 영임이 어머니로부터 영임의 남편이 죽었다는 소식을 들었다.

"세상에 그럴수 있냐? 문 서방이 며칠째 몸이 찌뿌듯하다고 하더란다. 그래서 병원에나 한 번 다녀오지 하고 권했는데, 병원은 무슨 하며 버티더니 어느 날 길을 걷다가 새로 생긴 큰 병원 간판이 눈에 띄더란다. 얼결에 병원으로 들어가 진찰을 받았다네. 병원에서 으레 하듯 피검사 소변검사에 엑스레이까지 찍었다누만. 그런 기본적인 검사를 받았는데 며칠 후에 병원에서 전화를 걸어왔더래. 보호자와 함께 오라고. 그래 부부가 함께 갔더니 폐암 말기라고 하더라네. 암이 온몸으로 전이되어서 수술도 불가능하다고 하더라는군. 다른 아무 치료도 못하고 속절없이 지내다가 몇 달 후에 그냥 죽고 말았다지. 아직 젊은 나인데 그런 수도 있을까?"

영임이 어머니는 그렇게 한탄을 하다가 덧붙여 말했다.

"영임이가 그곳 생활이 이제 지긋지긋하다기에 모두 정리하고 내려오라고 했다. 나도 홀로 되어 늙어 가는 몸이니 손녀딸 재롱도 좀 보고 평소 어릴 때 잘해주지 못한 딸한테도 좀 잘해주고 싶고. 그래서 내려오라고 했다. 영임이도 생각해 보겠다고 하더라."

준영은 순간 정신이 아득해졌다. 영임이 누나가 돌아온다. 온통 그 생각뿐이었다. 약재를 썰다가도 저도 몰래 창밖으로 멀리 뻗어나간 영진리로 향하는 해안의 모래톱을 바라보곤 했다. 백사장이 구릉을 이루며 멀리까지 이어지고 그 해변으로 파도가 와서 간단없이 부서졌다.

파도를 따라 이리저리 쫓기며 영임이 누나가 언젠가처럼 해초들을 줍고 있었다. 하얀 종아리에 말치검불이 거뭇거뭇 붙어 있었다. 누나. 이게 뭐야. 그렇게 묻고 있는 그의 몸뚱이로 거센 파도가 몰려왔다. 준영은 어푸어푸하며 입속으로 밀려온 바닷물을 내 뱉었다. 더 큰 파도가 갑자기 밀려와서 그를 휘감았다. 그러자 영임이 누나가 그에게로 달려왔다. 둘은 부둥켜 안은 채 물속으로 가라앉았다. 갈매기 떼처럼. 바다 오리처럼.

준영은 머리를 흔들어 어수선한 상념들을 털어버렸다. 그런 그의 눈 앞에 다시 영진리 바다가 들어왔다. 이번에는 영임이와 그녀의 두 딸도 함께 있었다. 파도에 쫓기며 해초를 줍고 있었다. 까르르 웃음소리가 들려왔다. 그 웃음을 뚫고 준영과 그의 두 아들이 함께 달려가는 모습이 보였다. 그들은 파도처럼 밀려가서 그녀들과 휩쓸렸다.

낯선 도시

세진이 버스에서 내렸을 때, 그는 너무나 변한 도시의 모습에 잠시 어리둥절했다. 길은 넓어져 있었고 집들은 턱없이 높아져 있었다. 거기에다 길에는 차량들과 사람들의 홍수로 넘쳤다. 세진은 지금 자기가 서 있는 시가지의 위치부터 종잡을 수 없었다. 그가 그렇게 차도에서 머뭇거리고 있을 때, 지나가던 택시가 그의 옆에 스르르 와 멎었다.

"어디로 가실까요."

운전사가 창문으로 머리를 내밀고 물었다. 세진은 우선 택시를 타기로 마음먹었다. 그는 차에 오르며 말했다.

"발한리로 갑시다."

"발한리라뇨? 발한동이겠죠."

운전사가 그의 말을 정정했다. 세진은 얼른 짐작이 들지 않았지만 더 이상 따지지는 않았다.

"발한동 어디쯤이죠?"

운전사가 백미러를 흘끔거리며 물었다.

"발한서점이라고 있는데……"

"아, 알겠습니다."

택시가 골목을 꺾어 들자 새로운 거리가 나왔다.

"이 도시엔 처음 오는 모양이죠?"

운전사가 물었다.

"처음이냐구요?"

"네, 그런 것 같아 보이는데요."

"글세, 그렇다고 해둡시다."

세진은 어이가 없었다. 제기랄, 여기는 내 고향이요. 그는 그렇게 말해 주고 싶었다. 여기서 나고, 여기서 자라고, 여기서 학교엘 다니고, 결혼을 하고, 자식새끼를 낳았소. 그는 그렇게 말하고 싶었다. 하지만 그런 문제로 이 운전사와 따지고 싶지는 않았다.

발한서점 앞에 차를 내렸을 때, 그는 다시 한번 어리둥절해졌다. 7층 빌딩으로 되어 있는 책방의 쇼윈도우가 너무나 화려해서였다. 전엔 단층 목조 가건물이었던 것이다. 전엔, 이 도시에서 가장 높은 건물이래야 학교 건물 3층이 고작이었던 터였다. 발한리가 발한동이 되듯, 도시 전체가 뻥튀기장수의 뻥튀기 기계 속에 들어갔다 나온 듯 달라져 있었다. 세진은 빌딩들이 임립(林立)한 길거리에 자신만이 버려진 기아(棄兒)가 된 기분이었다. 돈짝만 해진 하늘, 창틀마다 덧쌓인 시멘트 가루. 스모그 현상…… 세진은 가슴이 납덩어리처럼 무거웠다.

서점 옆 골목을 비집고 들어서니 그제서야 옛날의 낯익은 집들이 보였다. 녹슨 양철집들이 즐비한 골목길을 죽 걸어 들어가 그의 집앞에 이르렀을 때 그는 다시 한번 그의 눈을 의심하지 않을 수 없었다. 발한리에서 소문났던 절간 같던 한옥 기와집은 간곳없고, 그 넓은 공터에 초라한 블록 집 한 채가 어색한 모양으로 자리 잡고 있었던 것이다. 넓은 대지에 초라한 블록 집, 그리고 엉뚱하게 큰 대문을 바라보며 세진

과수원집

은 도깨비에 홀린 기분이었다. 눈을 닦고 다시 들여다보아도 대문에는 분명 그의 명패가 달려 있었다.

김세진(金世鎭). 그것은 분명 그의 이름이었다.

세진은 떨리는 손으로 초인종을 눌렀다. 네— 하는 대답 소리와 함께 신발 끌리는 소리가 나더니 이윽고 삐걱 소리를 내며 대문이 열렸다. 그리고 어떤 여인이 불쑥 얼굴을 내밀었다.

"어머, 당신. 퇴원하신거유?"

여자가 놀란 목소리로 말했다. 그리고 서둘러 덧붙였다.

"어서 들어가세요."

세진은 낯선 여인을 멀뚱히 쳐다보았다. 전혀 기억나지 않는 얼굴이었다. 턱없이 큰 키, 투박한 체구, 두툼한 입술, 걸걸한 목소리……

"얘, 윤구야, 아빠 오셨다."

여자는 그의 서먹서먹한 태도가 어색했던지 그의 팔을 놓고 마당을 향해 소리쳤다. 열린 대문으로 마당이 들여다보였다. 마당에서 흙장난을 하던 사내애가 흙덩이를 움켜쥔 채, 그를 낯설게 쳐다보았다. 대여섯 살은 되어 보였다.

"어서 들어가세요."

여인이 그를 재촉했다. 세진은 자신이 어떤 환각상태에서 헤매는거라고 생각했다. 아니면 아직 정신병동의 밀폐된 방에서 꿈을 꾸는거라고 생각했다. 그렇지 않다면 어떻게 자신의 집과 아내와 자식을 몰라볼 수 있겠는가? 어쩌면 이 여자가 정신이상인지 모른다. 그녀는 아무나 보고도 남편이라고 집안으로 끌어들이는 것인지 모른다.

"어서, 들어가시라니까요."

여자가 억지로 그의 등을 밀었다. 그는 여자의 힘에 밀려 마당 안으로 들어섰다. 여자가 빗장을 잠그는 것을 보며 그는 힘없이 걸어 마루에 걸터앉았다. 그는 빌딩에 막힌 하늘을 쳐다보았다. 잔뜩 찌푸린 하늘이 그의 목을 죄었다.

"김 선생. 당신은 꼭 5년이나 이 병원에 있었습니다."

젊은 의사가 말했다. 그리고 아직 퇴원할 수 없는 까닭을 설명했다.

"당신은 겨우 의식이 돌아왔을 뿐이오."

"정신병자가 의식이 돌아오면 됐지, 무슨 치료가 더 필요합니까?"

"그렇지 않소. 당신은 좀 더 알아야 하고 이해해야 하오."

"그것이 무엇입니까?"

"차차, 조금씩 알게 될 거요."

의사는 더 이상 말하려고 하지 않았다. 세진은 참을 수 없었다. 우선 아내 혜선을 보고 싶었다. 딸 연희를 보고 싶었다. 5년 동안이나 병원에서 정신을 잃고 있었다니…… 도무지 믿을 수가 없었다. 그는 결국 병원을 탈출하고 말았다.

"이리로 들어오세요."

여자가 방문을 열었다. 세진은 방안으로 들어서면서 역한 악취를 맡았다. 그것은 참을 수 없는 냄새였다. 잠시 후 그는 그 냄새의 원인이 아랫목에 누워있는 환자의 몸뚱이에서 풍기는 것이란걸 짐작할 수 있었다.

"세진이냐?"

카랑카랑한 목소리, 그러나 기진하여 음색이 변한 목소리이긴 했지만, 분명 어머니의 목소리였다. 세진은 뼈만 앙상하게 남은 짚 검불 같은 어머니를 향하여 큰절을 올렸다.

"널 못 보고 죽는 줄 알았다."

"어떻게 된겁니까? 어머니."

세진은 떨리는 목소리로 물었다.

"차차 얘기하자. 네가 성한 정신으로 돌아오다니…… 부처님이 도왔구나……"

"어떻게 된겁니까?"

세진은 다시 물었다. 그는 모든 것을 한꺼번에 알고 싶었다. 그의 진짜 아내는 어디에 있는지? 연희는 어디 갔는지? 그리고 그의 아내라고 주장하는 이 여자와 윤구라는 아이…… 또, 도시는 왜 이처럼 변했으며…… 집은 어떻게 되었고, 그 자신은 왜 정신병동에 5년씩이나 갇혀 있어야 했는지?

"애야, 어서 밥을 지어라."

어머니가 여자를 보고 말했다.

"너도 건넌방에 가서 한숨 자려무나."

"아니, 괜찮습니다."

세진은 여자가 방을 나가는 것을 기다렸다가 다시 물었다.

"어머니, 제 아내는 어디로 갔습니까?"

"네 아내라니?"

"연희 엄마 말입니다."

"나는 무슨 말을 하는건지 모르겠다."

"연희는 어디 있구요?"

"연희라니?"

"제 딸 말입니다."

"네 아내는 지금 부엌에 있지 않니? 그리고 네 아들은 윤구란다."

"그 여자가 어찌하여 제 아냅니까? 윤구는 또 무슨 엉뚱한 이름이구요?"

세진이 다그쳤다. 어머니는 입을 다물었다. 한참만에 그녀는 조용히 확인하듯 말했다.

"마당에 나가서 윤구를 자세히 봐라. 네 어렸을 때를 그대로 닮았느니라."

어머니는 더 이상 할 말이 없다는 듯 몸을 뒤채어 머리를 벽쪽으로 돌렸다. 세진은 어머니가 울고 있는 거라고 생각했다. 눈물을 감추기 위해 머리를 돌린 거라고 생각했다. 그는 더 이상 어머니를 괴롭힐 수 없다는 것을 깨달았다.

세진은 방을 나왔다. 그리고 섬돌에서 혼자 놀고 있는 윤구란 애의 얼굴을 바라보았다. 어머니의 말대로 윤구는 어딘가 그를 많이 닮아 보인다는 생각이 들었다. 작은 입과 동그랗고 짧은 턱이 그런 걸 느끼게 했다. 참으로 알 수 없는 일이었다. 그는 지금껏 안개의 늪에서 허우적거리고 있는 느낌이었다. 묘지에서 남의 육체를 잘못 입고 태어난 사람의 얘기라든지, 여우가 사람으로 둔갑한다는 그런 옛날얘기는 그도 잘 알고 있었다. 하지만 지금은 20세기 종반, 기계문명이 극치를 이룬 시대인 것이다. 세진은 터질 것 같은 가슴을 참을 수 없어 밖으로 나왔다. 그는 습관처럼 바다 쪽을 향해 걸었다. 가슴이 답답할 때면 바다만이 위안이 되었다. 넓은 광활한 바다, 철썩이는 파도, 끝없이 뻗어나간 해안선, 크고 작은 돛단배들…… 그것은 어렸을 때부터 체질처럼 몸에 배어든 습관이기도 했다.

한참을 걷자 바다가 나왔다. 바다는 길의 남쪽에 있었고 건너편엔 작은 섬이 있었으므로 한참 동안 바다는 강줄기처럼 보였다. 부두에는 버려진 폐선들이 줄지어 있었다. 칠이 벗겨지고 물이끼가 너덜너덜 붙어 있는 폐선들이 서로 부딪치며 찌그럭대는 소리를 내었다. 전에 없이 많은 폐선들이 몰려 있다는 생각을 하며 걸음을 재촉했다. 통조림 공장, 화력 발전소, 시멘트 공장 등의 높은 굴뚝들이 보였다. 그뿐 아니었다. 북쪽 산밑에 있던 술집들과 건조장이 없어지고 저탄장이 시설되어 있

과수원집

어 시커먼 무연탄이 산더미처럼 쌓여 있었다. 세진은 우울한 마음으로 방파제까지 나왔다. 방파제 중간쯤에서 그는 통행을 제지당했다. 항만청 직원이라 했다.

"여기서부터는 통행제한 구역입니다. 공사 중이거든요."

그는 그렇게 말했다.

세진은 잔뜩 풀이 죽은 채, 항구를 돌아보았다. 정말 굉장한 규모였다. 발한리에서 송정리까지 이르는 광활한 지역이 모두 항구로 개발되어 있었다. 바다에는 보호색으로 칠해진 저유탱크가 여기저기 시설되어 있고 수만 톤급의 화물선들이 빽빽이 들어차 있었다. 20Km에 달하는 독에는 화물을 운반하기 위한 크레인과 에스컬레이터가 설치되어 있어 쉴 새 없이 쇳소리를 내었다. 세진의 얼빠진 표정을 보았던지 항만청 직원이 웃으며 말했다.

"동양 최대의 인공항구죠. 일일이 바다 밑을 파서 수면을 깊게 한 것이니까요."

"저 큰 배는요?"

"유조선입니다."

세진은 외해 쪽으로 눈을 돌렸다. 그렇게 느껴서 그런걸까? 수평선은 바짝 졸아들어 있었고 파도는 둔중하게 밀컹거렸다. 석탄가루와 기름막으로 인하여 바다는 꺼멓게 죽어 있었다. 동해 바다가 이런 것일 수는 없었다. 햇살 무늬가 어룽대는 투명한 바다. 우렁이, 성게, 따개비, 바닷별들…… 김, 미역, 파래, 모자반, 우뭇가사리…… 그런 모든 것들이 들여다보이던 바다였다. 바위틈마다 새까맣게 기어다니던 갯강구마저 볼 수가 없었다.

"모두 죽었군요?"

세진이 저도 몰래 중얼거렸다.

"네!?"

항만청 직원이 의아한 표정으로 반문했다.

세진은 발걸음을 돌렸다. 동양 최대의 항구를 자랑삼는 항만청 직원과는 더 이상 말을 나누고 싶지 않았다. 세진은 생각했다. 이 엉뚱한 도시가, 암근육처럼 자라나서 결국은 바다를 죽이고 있다고…… 그것은 무서운 일이었다. 동해 바다에 연접한 한 조그만 마을이 독버섯처럼 자라서 점점 커지더니 결국은 동해 바다 전부를 죽여 놓고 있는 것이다.

세진은 걸음을 빨리했다. 세진은 말하고 싶었다. 참 아름다운 바다였지요 라고…… 어릴 때, 이곳 아이들은 솜망치에 석유를 적셔 만든 횃불을 들고 달랑게를 잡았다. 장마 때는 모랫벌에 밀려나온 복어새끼로 공놀이를 했다. 복어새끼는 공기를 뻐끔뻐끔 들여마시곤 토해낼 줄 몰라 배때기가 고무공처럼 탱탱하게 부풀었다. 그래서 그놈을 뻥뻥 걷어차는 공놀이는 여간 신나지 않았다.

한번은 맨손으로 문어를 잡은 일도 있었다. 처음엔 시뻘건 물귀신인 줄 알았다. 너무나 크고 튼튼한 놈이어서 여덟 개의 다리로 사정없이 그를 후려갈겼다. 그는 저만치 떨어져 낚시질을 하던 어른을 소리쳐 불렀다. 그는 재빨리 낚싯대 두 개를 포개어 들고 문어를 돌돌 감아서 정신을 못차리게 만들었다. 그들은 그놈을 절반씩 나누어 가졌는데, 어떻게나 컸던지 어린 그로서는 그 반쪽도 간신히 집까지 끌고 갔던 것이다. 아, 그런 바다였지. 4월 하순부터 10월 중순까지 그들은 바다에서 살았다. 그 바다가 지금은 석탄가루와 밀컹거리는 기름막으로 뒤덮여 죽어 있는 것이다. 세진은 휴우— 한숨을 쉬었다.

"이 보게, 자네, 혹 세진이 아닌가?"

누군가 그의 어깨를 쳤다. 세진은 후딱 얼굴을 들었다. 창현이었다. 윤창현, 그는 그렇게 부르고 싶었다. 어릴 때부터의 소꿉친구였다. 한데 녀석은 쭈빗거리며 조심스러워했다. 세진은 어이가 없어 그가 하는 모양을 보았다.

"날 잘못 알아보는 건 아닌가?"

창현은 그렇게 물었다.

"네가 누군데?"

세진은 퉁명스레 쏘아붙였다.

"창현이라구, 윤창현. 기억이 안 나나 우린 함께 컸었는데……"

"그래서……"

"나는 자네가 병이 다 나아서 퇴원한 줄 알았지. 도무지 알 수 없군."

"뭘 몰라?"

세진이 눈을 부라렸다.

"도무지 알 수 없단 말야."

창현은 혼잣말처럼 중얼거리며 슬금슬금 달아나기 시작했다. 윤창현! 세진은 그를 소리쳐 부르고 싶었다. 그러나 주춤주춤 도망치는 창현의 모습이 너무나 그의 마음을 아프게 했으므로 그는 끝내 창현을 부르지 못했다.

어둠의 미립자들이 창문에 매달려 고물거렸다. 세진은 잠들 수 없었다. 가슴은 댓진 같은 절망으로 새까매져 있었다. 그는 여자를 보고 말했다.

"당신이 나의 아내라니, 난 당신의 이름도 모르지 않소?"

"옥녀라고 해요."

"우린, 언제 결혼했오? 도대체 당신이 내 아내란 증거가 뭐요?"

"윤구가 있잖아요."

여자는 옆에 잠들어 있는 아이의 머리를 쓰다듬었다.

"나는 그 아이를 본 적이 없어."

"당신이 병을 앓았기 때문이죠."

"거, 참, 알 수가 없군. 뭐 다른 거 없소. 약혼 사진이나 결혼사진 같은 것 말이오."

"하나 있긴 있어요."

여자는 일어나서 장롱서랍을 뒤졌다. 그리고 사진 한 장을 꺼내어 그에게 내밀었다. 중판 크기의 사진이었다. 그의 팔이 여자의 어깨를 안고 있었다. 눈동자가 풀어진 것을 보니 한잔 걸친 것이 분명했다. 시골 사진관 특유의 배경이었다. 연꽃이 핀 연못에 오리가 두 마리 헤엄치고 있었다.

"예식장에서 찍은 건 없소?"

"그럴 수가 없었죠. 시어머니가 몸져누웠고, 당신은…… 병이 심했었지요."

세진은 울컥 화가 치밀었다. 심한 병인데, 결혼은 무슨…… 여기엔 분명 어떤 음모와 모략이 있었다. 그는 좀 더 여자를 달래 보아야겠다고 생각했다.

"글세, 내가 알기에는 내게는 혜선이란 아내가 있었고, 연희라는 딸이 있었오."

여자가 웃었다.

"전에도 그런 말을 자주 했어요. 시어머니께서는 당신이 어렸을 때부터 엉뚱한 꿈을 많이 꾸었다고 했어요."

"그렇다면, 우리집은 어떻게 된거요. 우리집은 한옥 기와집이었소."

"그만 잠이나 주무세요. 제가 시집올 때도 여전히 이 집이었으니까요……"

여자가 하품을 했다. 시어머니의 병시중에서 시작하여 집안의 모든

　　　　　　　　　　　　　　　　　　　　과수원집

일을 꾸려내야 하는 그녀는 몹시 피곤해 보였다. 세진은 다시 담배에 불을 붙였다. 벌써 다섯 개피째였다. 어머니에게서나 마찬가지로 이 여자에게서도 그는 아무것도 알아낼 수 없었다. 그들은 너무나 완벽하여 아내가 혜선이었다던지, 딸이 연희였다는 사실을 모두 그 자신의 허황된 꿈으로 돌버렸다. 참으로 알 수 없는 일이었다. 세진은 여자가 잠든 것을 확인한 후 살며시 자리에서 일어났다. 이대로는 도무지 잠이 올 것 같지 않았다. 술 생각이 간절했다.

―당신의 병은 술에서 온 것입니다.―

의사의 말이 떠올랐다.

―알코올이 당신의 뇌신경을 마비시킨 것입니다. 당신같이 의지가 약한 사람은 특별히 조심해야 합니다. 술이 당신의 뇌세포 일부를 엉망으로 파괴했으니까요. 술이 곧 극약이란 걸 잊지 마십시오.―

세진은 골목길을 접어들었다. 어시장이 있는 골목길에 단골로 다니던 '등대옥'의 간판이 보였다. 그는 반가운 친구를 보는 듯한 기분이었다.

"어서 오세요."

무심코 말하던 주모가 "아니, 김 선생 아니세요?" 하고 반긴다.

세진은 미소를 지었다. 그는 이 나이 든 주모가 늘 마음에 들었다. 늘 친절하고 명랑했다. 도무지 불평이란 걸 몰랐다. 그래선지 단골손님도 퍽이나 많았다.

"병은 다 나았나요?"

주모가 물었다.

"네."

"참 반가와요. 여기 앉으세요. 뭘로 드릴까요?"

"오징어회가 어떨까?"

"오징어회라구요?"

주모가 목청을 높였다. 그러더니 깔깔 웃었다.

"농담두, 생선회라니…… 원, 돼지갈비로 하시겠어요? 아니면 곱창, 족발도 있어요."

세진은 자신의 실수가 무엇인지 얼른 알아챌 수 없었지만 얼떨결에 돼지갈비를 청했다.

"선생님, 참, 재미있는 농담이십니다."

옆에 앉았던 술꾼이 그에게 불쑥 술잔을 내밀며 말했다.

"제기랄…… 오징어회 한 접시…… 쌍, 옛날 생각 간절합니다."

술꾼은 소주병을 기울여 그의 잔에 철철 넘치도록 술을 따랐다.

"결례 같습니다만, 한 잔 죽— 드십시오. 나도 쌍놈의 생선회가 먹고 싶어서, 등이 굽었건, 몸에 반점이 있건 가리지 않고 한 번 회쳐 먹었다가 꼭 열흘을 앓았습니다."

"큰일 날 뻔했군요."

세진은 진심으로 말했다.

"겨우, 사오 년밖에 안된 지난 일이, 이처럼 까마득한 옛날얘기 같으니 말이오."

사내는 울화를 삭이듯 술을 입속으로 쏟아부었다. 세진이 몇 잔의 술을 비웠을 때였다.

"어이, 김 선생, 오랜만이네."하고 악수를 청하는 사람이 있었다.

세진은 얼핏 그가 기억되지 않았다. 세진은 그들에게 손을 잡힌 채, 애매하게 미소 지었다. 그들은 세진의 옆자리에 앉았다.

"자네, 그동안 왜 통 소식이 없었나? 단골집에 그렇게 발을 딱 끊는 게 아닐세."

"그 선생님 병원에 있었잖아요."

주모가 돼지갈비를 뒤척이며 거들었다.

"그래? 얼굴색이 안 좋아 보이는군. 배창자에 구멍이 났었던 게지."

"그래, 술병이지."

세진은 우물우물 얼버무렸다.

"하긴 술 처먹는 놈치고 배창자에 구멍이 안 뚫린 놈 없다니까……
더구나 자네같이 지독하게 마시는 놈은 처음 봤으니까."

"그랬던가?"

"그랬던가라니…… 자네는 아무리 독한 소주라도 사발로 퍼마셨으
니까…… 기억 나나?"

"글세……"

"글쎄라니…… 난 맨날 자네 술주정 받느라고 땀을 빼곤 했지."

세진은 술잔을 그에게 내밀었다. 그의 입에서 무슨 말이 나올지라도
세진은 전혀 이해할 수 없을 터였다. 세진은 그가 말하는 어떤 것들도
기억나지 않았다. 세진은 그가 무슨 말을 더 꺼내기 전에 자리에서 일
어났다.

세진은 가슴이 찢기는 아픔을 느꼈다. 세진은 그를 잘 알고 있는 듯
한 많은 사람들 앞에서 그 자신이 전혀 무방비 상태임을 깨달았다. 제
법 취기가 올라 발걸음이 비틀거렸다. 그는 분명 술주정뱅이였고 많은
술친구들을 갖고 있었던 모양이다. 하지만 무엇도 기억나는 것이 없었
다. 그는 낯선 사람들 앞에서 늘 친근한 듯한 미소를 지어야 할 자신을
생각하자 오싹 소름이 돋았다.

어디를 어떻게 돌아다녔는지 멀리서 통금을 알리는 싸이렌 소리가
들려왔다. 세진은 문득 발걸음을 멈추었다. 그리고 그는 자신이 가야
할 곳이 어딘가를 생각했다. 그를 기다리고 있을 옥녀라는 여인이 생각
났다. 결코 그녀의 옆에 눕고 싶은 생각은 나지 않았다. 어디로 갈 것인

낯선 도시

가? 그는 망연히 찌푸린 하늘을 쳐다보았다. 그렇다! 그때 섬광처럼 떠오른 얼굴이 있었다. 성희를 만나면 모든 것을 알 수 있으리라. 그는 골목길을 꺾어 돌았다.

성희는 어릴 때부터의 소꿉친구였다. 그녀가 어렸을 때는 서로 옆집이었으므로 그들은 늘 함께 어울렸다. 너무 가까운 사이어서였던지 세진은 그녀를 한 번도 여자로 의식하지 않았다. 그녀는 남자처럼 활발했기 때문에 남자들이 하는 모든 것도 잘해냈다. 땅뺏기, 자치기는 물론 항복받기 놀이 같은 것도 했다. 그녀는 세진보다 힘이 세었으므로 항복받기를 할 때면 그녀가 세진의 배를 타고 앉아 항복을 받기 위해 그의 목을 조였다.

자라서 성인이 되어서도 그랬다. 이렇게 통금이 지난 시간이면 그녀의 자취방에 몰래 스며들었다. 그녀의 이불 속을 파고들어 자고 가겠다고 투정을 부리면 그녀는 장난끼 있는 웃음을 떠올리며, 그래, 자고 가라. 우리 애기. 고추나 좀 구경하자. 하며 대뜸 허리춤 속으로 손을 디밀었다. 그것이 질색이어서 세진은 도망을 치곤했다. 여자지만 남자처럼 화끈했다.

세진은 걸음을 빨리했다. 저만치 성희의 자취방이 보였다. 그녀의 방은 골목길보다 낮은 지대에 있어서 키 작은 창문으로 방안이 들여다보였다. 그와 동갑이었으니 성희도 설흔두 살일 것이다. 아직 결혼을 안했을지 모른다. 워낙 별난 여자였다. 세진이 그녀의 중매를 몇 차례나 서 주었다. 그때마다 성희는 픽 웃었다. 걱정 마, 그녀는 남자처럼 말했다. 시시한 남자 얻어 상전으로 모실 생각은 털끝만큼도 없다구……

세진이 홀어머니의 외아들이었으므로 일찍 결혼하여 한동안 그녀를 찾지 않았을 때였다. 성희에게서 전화가 걸려왔다. 너 결혼했다고 그러기야. 그 목소리가 아주 시비조였다. 그녀의 자취방에 불려가서 세진은 밤새도록 술을 마셨다. 집에 돌려 보내지 않겠다는 그녀의 고집 때문이었다. 그러니 그들은 남자들만이 갖고 있는 그런 우정 같은 것을 갖고 있었다.

세진은 몸을 굽히고 낮은 창문을 노크했다.

"누구요?"

졸린 목소리가 들려왔다.

"세진인데."

"세진이가 누구요?"

"성희 씨 방이 아닙니까?"

"성희 씨라니?"

창문이 빼꼼 열렸다. 사십 대의 여인이 이상하다는 듯 얼굴을 내밀었다.

"여긴 그런 사람 없어요."

"네? 실례했습니다."

"원, 재수없게."

창문이 그의 눈앞에서 소리를 내며 닫겼다. 세진은 얼빠진 사람처럼 그대로 서 있었다. 세상의 모든 문들이 그의 앞에서 닫기는 듯했다. 그는 심한 외로움을 느꼈다. 습관처럼 세진은 다시 찌푸린 하늘을 쳐다보았다.

세진은 꼬박꼬박 졸았다. 그는 졸면서 전축에서 흘러나오는 경음악을 들었고, 레지의 발소리를 들었고, 왁자지껄한 사람들의 떠드는 소리를 들었다. 창밖으로 지나가는 자동차의 소음, 찻잔 부딪치는 소리, 파리가 귓가를 지나며 날개짓하는 소리를 들었다. 지난밤, 그는 허술한 여인숙에서 밤새도록 잠들지 못했던 것이다. 술꾼들의 고함소리, 창녀들의 웃음소리, 그런 모든 것들이 그를 잠들지 못하게 했다. 세진은 의자에 깊숙이 누운 채, 다가오는 졸음에 몸을 내맡기고 있었다. 무의미한 많은 소음들 중에 문득 그의 귓속을 파고드는 말소리가 있었다. 세진은 반사적으로 몸을 긴장시켰다.

"이봐, 저 작자 세진이 아냐?"

"어디?"

"저기, 졸고 있는 녀석 말야."

"그렇군, 그래, 맞군."

"어제 윤창현을 만났더니 저 작자 애길 하더라구. 방파제에서 만났는데 자길 몰라 보더라는군."

"그럼, 아직 병이 다 나은 게 아닌 모양이군."

"그런 모양이야."

그때 다른 목소리가 불쑥 끼어들었다.

"왜, 그렇게 된 거야?"

"너, 소식 몰랐었냐?"

"아프다는 건 알았지만, 왜 그렇게 된 건지는 몰랐지."

"저녀석, 여기 초등학교 선생질 했었잖아?"

"그랬었지."

"그런데 학급애들이 일본과 북한이 축구를 하면 어느 쪽을 응원할거냐고 티격태격하더라는군."

"그래? 북한을 응원해야 한다고 했었나?"

"뭐, 그렇지도 않았나봐. 쟤 아버지가 6 · 25때 공산당 한테 죽었잖아. 소방대장이었지."

"그런데?"

"어쨌든, 조사를 받았던 모양이야. 자식이 워낙 소심하거던. 그때부터 좀 이상해진 거지."

아, 그랬었다. 세진은 생각을 해낼 수 있었다. 한 녀석이 말했다. 일본을 응원해야 돼. 북한은 공산당이거든. 다른 녀석이 말했다. 일본은 36년간 우리를 압박했어. 지금도 우리나라를 멸시하고 있단 말야. 먼저 녀석이 말했다. 하지만 일본은 우리의 우방이다. 나중 녀석이 말했다. 그렇다고 원한이 그렇게 쉽게 잊혀지냐? 결론이 나지 않으니 애들이 우— 세진이에게로 몰려왔다. 선생님에게 물어 보자. 선생님은 아실게다. 세진은 책상에 앉은 채 그들의 얘기를 모두 듣고 있었다. 선생님, 누구 말이 옳아요? 세진은 애들의 초롱초롱한 눈망울을 들여다보며 잠시 생각했다. 그도 얼른 결론을 내리기가 난처했다. 선생은 애매한 문제에 대해서 결론을 쉽게 내려서는 안 된다. 선생의 편견은 학생들에게 평생토록 잘못된 인식을 심어줄 수도 있기 때문이다. 그래서 세진은 이런 문제는 너희들이 더 큰 다음에 생각해 보는 게 좋을 것 같다 하는 식으로 넘겨버리고 말았던 것이다.

그것이 어떻게 와전되었던지 그는 중앙정보부의 조사를 받았다. 사상이 의심스럽다는 것이다. 그렇게 간단한 문제마저도 결론을 내리지 못할 이유가 뭐냐는 것이다. 상당히 시달리긴 했지만 세진의 부친이 6·25때 공산군에게 살해되었다는 정상이 참작되어서 더 이상의 곤욕은 치르지 않았다. 그런데 문제는 그다음에 있었다. 주위 사람들의 견딜 수 없는 눈초리였다. 그들은 그를 전염병균에 오염된 환자처럼 대했다. 공산당 이념에 동조하는 사상범으로 의심하고 멀리했다. 그것은 그를 견딜 수 없게 했다. 평소 술이 과했던 그였지만 그 사건 이후 그는 온통 술집에서만 살았던 것 같다. 그들은 그때의 이야기를 하고 있었다. 세진은 의자에 깊숙이 몸을 누이고 그들의 얘기에 귀를 기울였다.

"우린 처음엔 그가 돌았다고는 생각지 못했었지. 맨날 등대옥에 틀어박혀 술만 퍼마셨지. 그리곤 자신은 결코 공산당이 될 수 없는 성분이라니 어쩌니 하며 횡설수설 했는데…… 그런 말은 술김이래도 절대로 해서는 안되는 말이 아니던가? 그래서 술주정치고는 좀 심하다는 생각을 하긴 했었지. 그러나 특별히 이상한 것 같지는 않았어. 처음엔 말야."

세진은 더 이상 듣고 싶지가 않았다. 그는 찻값을 치르고 똑바로 걸어나왔다. 그는 의자에 앉아 있는 녀석들을 힐끗 바라보았다. 두남이와 창구였다. 한 녀석은 이름이 기억되지 않았다. 세진이 그들 옆을 지나치자 창구가 말했다.

"창현이 말대로야. 우릴 못 알아 보는군."

세진은 그들의 얘기를 등뒤로 들으며 다방을 나왔다. 하늘이 잔뜩 찌푸려 있었다. 금방이라도 비가 쏟길듯 음습한 바람이 불어왔다. 그는 낯선 거리를 무작정 걸었다. 가끔씩 알만한 얼굴을 만났는데 그들은 말이라도 걸듯 주춤거렸지만 세진은 꼿꼿한 자세로 그들을 무시했다. 세진에겐 아내만이 문제였다. 혜선을 찾아야 한다. 연희를 찾아야 한다. 그들만이 이 낯선 도시에서 뿌리를 잃고 방황하는 그를 구원해줄 것이다.

세진은 길거리를 지나치는 여자들을 유심히 살폈다. 스물일곱. 자주색 투피스를 입었다. 굽 높은 구두를 신어 키는 그리 작아 보이지 않는다. 이런 찌푸린 날씨에는 바바리 코트를 들고 다닌다. 그녀는 코트를 입고 다니는 것보다 들고 다니는 것을 더 좋아했다. 조금 사색적이지만 아주 건강하다. 때때로 턱없이 높은 목소리로 웃었는데 그 쨍쨍한 웃음소리는 햇살처럼 밝았다. 그녀는 탄탄한 두 다리를 갖고 있었는데 걷는 것이 여간 경쾌하지 않았다. 아마도 연희를 데리고 있을 것이다. 엄마를 쏙 빼닮은 연희를 장식물처럼 데리고 있을 것이다. 아내를 찾습니다. 혜선을 찾습니다. 세진은 중얼거리며 걸었다. 연희야 연희야. 골목길 어귀에서 불쑥 튀어나오는 계집애, 길가에서 공깃돌을 받고 있는 계집애. 연희야 연희야. 세진은 중얼거리며 걸었다.

빗살이 그의 옷을 적셨다. 세진은 뿌옇게 흐려오는 빗살 속을 걸었다. 그리고 문득 그는 그의 앞을 막아선 강줄기를 보았다. 그제서야 그는 어느덧 송정리까지 와 있는 자신을 깨닫게 되었고 그것은 그를 매우 놀라게 했다. 이 개울을 건너면, 비안개 속에 흐려 있는 언덕에 혜선의 친정집이 있었던 것이다. 왜? 여길 오면 된다는 것을 미처 생각하지 못했을까? 그럼에도 불구하고 그의 발길은 무의식중에도 이곳을 찾아든 것이 아닌가? 세진은 그것이 이상스럽게 여겨졌다. 저 언덕에 혜선의 친가가 있고, 그녀의 부모가 있고, 오빠가 있고, 그녀를 닮은 여동생이 있다.
빗방울이 더욱 흩날렸다.
─언덕에 서면 안개가 모여 빗방울을 만드는 모습을 볼 수가 있어요. ─ 혜선은 그렇게 말하곤 했었다.
세진은 흐르는 강물을 내려다보았다. 빗발이 꽂히면서 강물에다 동그라미를 만들었다. 물방울이 퐁, 퐁, 튀어 올랐다. 나는 얼마나 이 개울을 자주 건넜던가? 세진은 그렇게 생각했다. 혜선을 처음 만난 곳도 바로 이 강에서였다.
여름이 되면 세진은 으레 이 강물로 왔다. 물속에 몸을 담그고 더위를 식히고 있노라면 혜선을 만날 수 있었다. 강의 양안에 연결된 로프 줄을 따라 미끄러지는 배 안에 그녀가 서 있곤했다. 고등학교 교복 차림이었다. 약간 검게 탄 얼굴, 서늘한 눈동자, 긴 속눈썹…… 조무래기 애들이 혜선이 누나 혜선이 누나, 하며 뱃전에 매달렸다. 빳빳하게 풀 먹여 세운 흰 칼라, 잘록하게 들어간 허리, 오뚝한 콧날…… 그녀가 풀밭을 걸어 그녀의 집으로 사라질 때까지 그는 오래도록 그녀의 뒷모습을 바라보곤 했다.

그날도 그랬다. 무척 무더운 날씨였다. 대문 안으로 사라졌던 그녀가 다시 나타났다. 아예 집에서부터 수영복 차림이었다. 풀밭의 녹색 바탕에 빨간 원색이 눈부셨다. 그녀는 익숙하게 헤엄치며 세진의 옆을 지나쳤다. 세진은 문득 그녀의 시선에 떠도는 미소를 느꼈는데 그가 낯설지 않음을 의미했다. 그 미소가 세진에게 용기를 주었고 그래서 그는 그녀의 뒤를 따랐다. 그녀는 한 마리의 백조처럼 강을 따라 흘렀다. 바다가 가까워지자 파도가 일었다. 그녀의 몸도 풀잎처럼 흔들렸다. 그녀는 몸을 뒤채어 곧장 파도 속으로 뛰어들었다. 물고기가 헤엄을 치듯 그녀는 파도를 가르며 빠른 속도로 나아갔다. 그녀의 겨드랑이에 새로 돋은 지느러미가 너울거렸다. 그녀의 다리에 물고기의 꼬리가 돋아났다. 모자를 쓰지 않은 그녀의 머리카락이 바람에 흩날렸다. 세진은 그녀의 곁을 바짝 추격했고 곧 나란한 모양이 되었다.

"수영을 좋아하나 보죠?"

혜선은 스스럼 없이 물었다.

"무척."

"자주 뵙는 것 같았어요."

그들은 상당히 먼 곳까지 헤엄쳐 나갔다. 바다가 청색에서 녹색으로 변하고 또 암청색으로 변해갔다. 바닷물이 차갑게 느껴지기 시작했다. 세진은 걱정이 되기 시작했다. 하지만 돌아가잔 말을 할 수가 없었다. 해변을 돌아보니 까마득했다. 사람들의 머리가 수박통처럼 작게 보였다. 아무래도 여자에겐 무리한 거리였다.

"너무 멀리 나온 것 같은데요……."

세진이 걱정스럽게 말했다.

"어머!"

그녀가 뭍을 돌아보더니 깜짝 놀라 소리쳤다.

그들은 방향을 바꾸었다. 그녀의 헤엄치는 속도가 갑자기 뚝 떨어졌다. 이곳은 강물과 연접 지점이어서 강물이 밀고 내려오는 물줄기의 힘 때문에, 바다로 나가는 것은 쉽지만 뭍으로 올라오기에는 여간 힘들지 않았다. 혜선은 그점을 미처 계산하지 못한 것이다. 어쩌면 바짝 뒤쫓는 그를 의식하느라 깜박한 것이지 모른다.

바닷물이 한쪽으로 쏠리면서 그들을 잡아채었다. 혜선이 몸을 뒤채어 배영을 시작했다. 힘이 빠진 모습이 역력했다. 그들은 물결 따라 남쪽으로 쏠리고 있었다. 혜선이 몸을 뒤채더니 다시 크롤형으로 헤엄을 쳤다. 두 팔이 허공을 날면서 물방울을 튀겼다. 혜선이 당황하고 있음을 느낄 수 있었다. 이런 때일수록 침착하게 힘을 아껴야 하는 것이다. 혜선의 숨소리가 가쁘게 들려왔다.

"안되겠어요."

혜선이 다시 배영으로 몸을 뒤채면서 말했다.

"물결을 따라 갑시다. 곧장 강쪽으로 간다는 건 힘들겠어요."

세진은 그녀에게 주의를 주곤 엇비슷 남쪽으로 방향을 잡았다. 그녀도 천천히 세진을 따랐다. 강어귀에 있던 동산이 저만큼 물러서고, 강물은 동산에 가려 보이지 않았다. 새로운 해안이 나타났다. 그들은 물결 따라 일렁이며 천천히 흘러갔다. 혜선이 다시 배영을 시작했다. 이미 녹초가 된 그녀는 그저 간신히 물에 떠 있는 모습이었다. 세진도 피로가 몰려왔다. 세진은 그녀의 몸을 슬몃슬몃 밀어주었다.

해안에 닿기도 전에 우려했던 일이 벌어졌다. 혜선의 다리에 쥐가 난 것이다. 혜선은 세진의 목에 팔을 감고 늘어졌다. 매우 당황스러웠다. 바닷가에서 성장한 그들이라 수영에는 자신이 있다고 믿었지만 바다는 예기치 않은 때에 그들을 급습했다. 그런 사고로 해마다 십여 명이 목숨을 잃곤 했다.

세진은 혜선을 등에 업은 모습으로 헤엄을 쳐야 했다. 파도는 자꾸만 그들을 바다 깊숙이로 끌어냈다. 이미 지친 터라 그런 조류를 거스르기가 쉽지 않았다. 세진은 자꾸만 역류하는 조류와 사투를 벌여야 했다. 세진의 발에 모래가 밟혔을 때 그의 다리에도 경련이 일었다. 그들은 강에서 십여 리도 넘게 떠밀려 와 있었다.

그들은 모래사장에 쓰러져 누웠다. 어둠이 성큼성큼 다가왔다. 혜선은 죽은 듯 늘어져 있었다. 세진도 그러했다. 다행히 모래는 따뜻했다. 하늘에는 별들이 돋아나기 시작했다. 죽음의 직전에서 살아난 다행함 때문이었을까. 훈훈한 바람과 초롱초롱한 별들, 묵묵한 솔숲까지도 너무나 아름다웠다. 그리고 그런 모든 것들이 그들을 행복하게 했다.

오랜 시간 후. 그들은 서로 입술을 포개었다. 여자의 입술은 꽃잎처럼 부드러웠다. 소금끼를 머금은 입술은 간간하고 짭조름했다. 키스의 맛이 너무나 달콤했다. 꿀맛이었다. 여자의 입술이 그처럼 달콤하리라고는 상상도 못한 일이었다.

그들은 깊은 어둠 속을 손을 잡고 걸었다. 파도가 하얗게 부서질 때마다 거품 속에 야광충이 물맴을 돌았다. 반딧불이 같았다. 파도 속을 맴도는 수많은 반딧불이들…… 그들은 뒤채는 파도의 물줄기를 따라 걷다가 발이 엉키면서 넘어지곤 했다. 그럴 때마다 다시 입맞춤을 했다. 입맞춤을 위해서 넘어지기도 했다. 황홀한 밤이었다.

세진은 지난날의 기억을 씹으며 강가에 서 있었다. 빗발이 점점 거세어 졌다. 그는 후줄근히 젖은 채, 저쪽 강안(江岸)에서 다가오는 배를 보고 있었다. 배가 서서히 다가왔다. 몇 사람의 행인이 내리고, 세진은 배를 탔다. 배가 강을 건너자 그는 풀밭 언덕을 올랐다. 혜선의 집, 대문을 들어서자, 마루에 멍— 하니 앉아 있는 노인이 보였다.

"아버님."

세진은 그렇게 불렀다.

노인의 얼굴에 놀라움이 스쳤다. 그리고 뚫어져라 세진을 응시했다. 순간 노인의 턱수염이 부르르 떨렸다. 분노와 격정의 표현인지 모른다. 잠시 후, 노인의 눈은 다시 생기를 잃고 멍해져 버렸다. 아니, 얼굴 근육이 딱딱하게 굳어져 주름살이 이마에 깊이 파였다.

"아버님. 제가 왔습니다."

세진은 다시 말했다. 그는 아버지를 일찍 여의였으므로 장인어른을 아버지라 불렀고 장인도 그렇게 불리기를 좋아했다. 그러나 노인은 그의 머리 너머로 바다를 바라본 채 눈길을 돌리지 않았다. 그때 방에서 마루로 나오던 장모님이 화들짝 놀라 멈추어 섰다. 그녀는 화석이 된 채 굳어 있었다.

"누가 왔나요?"

방안에서 처남의 굵직한 목소리가 들려왔다.

"모르겠다. 웬 자가 나를 아버지라 하는구나."

장인이 가래침을 돋구어 탁 뱉았다. 그 목소리에 노여움이 깃들여 있었다.

장인과 장모가 쫓기듯 방안으로 들어갔다. 밀창문이 그의 앞에서 탁— 닫겼다. 세진은 가슴이 찢어지는 듯했다. 장인과 장모는 딸을 그에게로 시집보내는 것을 탐탁하지 않게 생각했었다. 홀어머니의 외아들이란 이유가 가장 컸었고 또한 초등학교 선생이란 직업도 마뜩하지 않게 생각했다. 하지만 장인 장모가 결혼을 반대해야겠다고 마음먹었을 땐, 이미 너무 늦어 있었던 것이다. 혜선의 뱃속에서 연희가 자라고 있었기 때문이다.

우람한 체격의 처남이 마루로 나왔다. 그는 세진을 연민의 눈으로 바라보았다. 그리고 조용히 말했다.

"자네가 누군지, 이 집에서 알 사람은 아무도 없네, 어서 돌아가게."

"형님, 저를 왜 모른다고 합니까, 제가 김 서방이 아닙니까. 혜선인 어딜 갔습니까? 제 아내 말입니다."

"다시 말하지만, 우리 중에 아무도 자넬 알지 못하네. 자네가 어서 돌아가 주기만을 바랄 뿐이야."

세진은 완강하게 버티고 선 처남을 바라보았다. 그리고 오래 정들었던 집들을 둘러보았다. 잿빛 개와, 굵은 기둥, 대청마루…… 모든 것들이 예전 그대로인데 혜선은 어디에도 없고 그들은 한결같이 세진을 모른다고 하는 것이다. 이것은 생시일 수 없다. 세진은 그렇게 생각했다. 이것은 꿈이다. 질 나쁜 종류의 악몽이다. 세진은 꿈을 깨려는 듯 머리를 세차게 흔들었다. 그래도 처남은 마치 그가 방안으로 쳐들어갈 것이 걱정되는 사람처럼 마루에 버티고 선 채 꿈쩍도 하지 않았다.

세진은 힘없이 걸음을 돌렸다. 대문을 나오니 차마 발걸음이 떨어지지 않았다. 그는 우두커니 바다를 내려다보았다. 송정리에서 발한리에 이르는 거대한 항구가 보였다. 일일이 바다의 밑바닥을 파서 만들었다는 항구에는 수백 척의 화물선들이 들어차 있었다. 부두에 시설된 크레인이 화물을 들어 올리면 화물은 에스컬레이터에 실려 트럭으로 운반되었다. 반대로 트럭으로 운반된 화물은 같은 경로를 거쳐 화물선에 실려지고 있었다. 인간은 어디에도 없고 거대한 기계들만이 살아서 움직였다.

과수원집

세진은 문득 비현실적인 전쟁터를 떠올렸다. 그리스 신화에 나오는 트로야 전쟁터. 목마에 군사들을 숨겨서 트로이에 내려놓은 그리스의 거대한 전함들…… 포구에 늘어선 화물선들은 출진의 준비를 끝낸 함선들 같았다. 아니, 그 함선들은 피비린내를 미처 씻어내지도 못한 채, 전쟁터에서 돌아와 잠시 휴식하고 있는 듯했다. 세진은 그런 비현실적인 세계에 그 자신 잘못 초대된 것 같음을 느꼈다. 그는 꿈을 깨려는 사람처럼 다시 머리를 흔들었다.

"형부."

그때, 누군가 세진의 팔을 잡았다. 세진은 화들짝 놀라 돌아섰다. 혜숙이었다. 아내였다. 아니, 처제였다. 세진은 그녀의 손을 잡았다. 네가 혜숙이지? 세진은 다급하게 물었다. 언니와 너무나도 닮았지. 이제야 아내의 얼굴 윤곽이 잡히는구나. 아내는 너처럼 예뻤어, 아니, 훨씬 더 예뻤지, 예뻤고 말고.

"네가 혜숙이지?"

"그럼요."

그녀가 울먹였다. 세진도 왈칵 서러움이 솟구쳤다.

"나의 아내는 혜선이었고, 넌, 그 동생이었어, 그렇지?"

"그럼요."

"나의 딸은 연희였고, 엄마를 닮았지, 그렇지?"

"그래요. 모두 맞아요."

"나는 꿈을 꾸고 있는 것도 아니고 미친 것도 아니야. 그렇지? 내가 지금 꿈을 꾸고 있는건가?"

세진은 다급하게 모든 것을 한꺼번에 물었다. 그는 확인받고 싶어했다.

"그래요. 꿈도 아니고, 돌지도 않았어요."

"그런데 왜, 모두들 나를 모른다고 하는건가? 왜? 그리고 내 아내는 어디에 있는건가? 내 딸은?"

"모두 죽었어요."

"왜? 어떻게 해서, 왜 죽은거야. 누가 죽인거야?"

"그냥 죽은 거예요."

"그냥 죽다니. 그건 말이 안 돼, 말이 될 수 없어."

세진은 소리를 질렀다. 그리고 머리를 싸쥐고 오열했다. 이것은 도무지 믿을 수 없는 일이다. 어떻게 믿을 수 있는가? 한참 후에 세진은 머리를 들었다.

"언니 사진이라도 한 장 구할 수 없을까?"

세진은 간절한 마음으로 말했다.

"나는 때때로 혜선의 얼굴 윤곽이 잡히지 않아. 그래서, 난 때때로 혜선이 나의 아내였었다는 사실이 환상같게만 여겨질 때도 있어. 집엔 웬 낯선 여인이 나의 아내라고 버티고 있어. 웬 낯선 아이가 나의 아들이라고 하는군."

"그녀가 형부의 아내예요. 또, 그 아이가 형부의 아들이구요."

"그럴 수가 없지. 그럴 수가 없어. 그녀가 너의 언니가 될 순 없잖아?"

"물론이지요. 하지만 형부의 아내인 것만은 틀림없어요."

"그건 말이 안 돼. 논리에 맞지 않아. 꿈을 꾸고 있다면 몰라도……"

"그래요. 꿈이에요. 형부는 꿈을 깨지 않는 쪽이 더 좋은지 몰라요."

혜숙이 소리를 내어 흐느꼈다. 그때, 카랑카랑한 장인의 목소리가 들려왔다.

"혜숙아, 어서 못들어 오겠니?"

혜숙이 몸을 돌렸다. 세진이 황급히 그녀를 붙들었다.

과수원집

"안 돼! 설명해야 돼. 내게 무엇이 일어났는가를……"

그러나 혜숙은 그의 손을 뿌리쳤다.

"형부. 안녕히 가세요."

그녀는 흐느끼며 대문 안으로 뛰어들어갔다.

빗발이 더욱 거세져 사정없이 그의 얼굴을 후려쳤다. 그는 빗줄기가 좀 더 굵고 딱딱한 것이어서 그가 의식을 잃도록 두들겨 주었으면 좋겠다는 생각을 했다. 아니 그것이 칼날이어서 그 날카로운 날로 그를 갈기갈기 찢어 놓았으면 좋겠다는 생각을 했다. 아니, 빗줄기뿐 아니라 세상의 모든 것들이 모두 본래의 자신의 모습이 아닌 전혀 다른 어떤 것이 되어 있기를 간절히 원했다.

"드디어 찾아냈군."

문을 열고 들어서는 세진을 보고 성희가 말했다. 그녀는 웃고 있었다.

"윤창현을 만났다며, 자길 못 알아 보더라고 하더군. 난 웃었지. 그리고 네가 날 찾아오길 기다린거지."

"넌, 조금도 변하지 않았군."

"왜, 많이 변했지. 어때? 전보다 예쁘다는 생각 안 들어?"

"그래, 많이 예뻐졌군."

세진이 건성으로 말했다.

"실망했는데, 그런 식으로 말하지 말고, 다시 자세히 쳐다봐."

"제발, 어디 좀 앉게 해줘. 난 사뭇 헤맸으니깐."

세진은 의상실을 두루 살피며 말했다.

"우선, 여기 좀 앉아."

그녀는 의자에 놓인 책들을 한쪽으로 치우고 자리를 만들어 주었다.

그는 그녀가 가리키는 의자에 앉았다. 피로가 한꺼번에 몰려왔다. 조명등이 화려하게 커진 의상실은 매우 넓었고 여러 명의 종업원들이 바쁘게 움직였다. 긴 소파에서 잡지를 뒤척이던 중년 여인이 그녀에게로 다가왔다.

"이게 어떨까?"

그녀는 패션 잡지에 실린 의상을 하나 가리켜 보였다.

"아니, 언니에겐 이게 더 어울릴거예요."

성희가 다른 것을 지적해 보였다.

"너무 노출이 심하지 않을까?"

"웃기지 마세요. 마네킹마저도 벗겨야 기웃거리는 판인데……"

"그럼, 어디 용기를 내볼까?"

"지금 시대는 자극을 어떤 식으로 극대화 시키느냐가 문제라니까. 요즘은 지나친 자극에 모두 만성중독자가 돼버려서 웬만큼 새로운게 아니면 아예 거들떠보지도 않아요."

"하여간, 못 당한다니까. 그럼, 그걸로 하지."

성희는 종업원을 불러 언니라고 불린 중년 여인의 몸 치수를 재게 했다.

"한 대, 피우지 않을래?"

성희가 담배를 권했다.

"그러지."

세진이 담배를 받자 그녀가 익숙하게 라이터에 불을 당겼다. 가스라이터의 불길이 휙 치솟아 그를 깜짝 놀라게 했다.

"어때? 이 라이터. 둔한 사람은 눈썹 그슬리기 꼭 알맞지. 이 라이터의 포인트는 여기에 있는거야."

그녀는 웃으며 그에게 불을 붙여 주곤 그녀는 자신의 담배에도 불을

과수원집

당겼다.

"그래, 내가 윤창현일 알아봤다는 건 어떻게 알았어?"

"네가 바다를 찾았다는 거지. 넌, 바다를 좋아했으니깐. 병원에 오래 갇혀 있던 네가 제일 먼저 바다를 찾았을 거라는 건 당연한 일이지."

"그래, 바다가 보고 싶었어."

세진은 한숨처럼 길게 연기를 내뿜었다.

"그다음엔 넌 바다뿐 아니라 모든 것들이 변한 것을 깨달았을 테지. 집이며, 도시며, 사람들까지도……"

"그래."

"그러니, 다음엔 날 찾아올 수밖에…… 나는 곧장 전에 살던 자취방엘 찾아갔었지. 아니나 다를까. 깊은 밤중에 네가 다녀갔더군."

"그래."

"그래서, 난 기다렸지. 날 찾는데 며칠이나 걸릴 것인가 하구……"

"그리 오래 걸리지는 않았어."

세진은 다정한 누이를 만난 듯 마음이 놓였다. 이제야 그는 모든 것을 알 수 있으리란 확신이 들었다. 창밖을 지나치던 한 떼의 직공애들이 의상실을 들여다보고 있었다. 의상실은 여러 가지 아름다운 색상의 옷들과 화려한 조명으로 찬란했다. 저 애들이 왜 저렇게 넋을 잃고 기웃거리는지 아니? 그녀가 웃으며 말했다. 마네킹 때문이야. 마네킹이 섰다가 앉았다가 누웠다가 할 때마다 짧은 치마 속이 아슬아슬하게 내비치거던, 그러니 저희들끼리 내기를 하는 거야. 마네킹의 거기에도 모발이 있을까 없을까? 하고, 그 마네킹은 바로 그 아슬아슬한 곳에 포인트가 있는 거지…… 그러면서 그녀는 발을 꼬았는데 세진은 저도 몰래 그녀의 아슬아슬한 다리 사이로 시선이 갔다.

"너도 그렇구나. 내 얼굴에는 관심이 없으면서 말야……"

성희가 장난스럽게 킥킥 웃었다. 세진은 얼굴이 붉어진 채, 눈길을 거두었다. 그리고 용건을 꺼냈다.

"처가엘 갔었지."

"벌써, 거기까지 갔었나? 난, 내가 먼저일 줄 알았는데……"

그녀가 익살을 부렸다.

"나는 농담하고 있는 게 아냐."

"그래, 미안해."

성희가 정색을 했다.

"죽었다고 하더군."

"팔자지, 그녀는 빨리 죽을 관상이었어. 난 대번에 알았지. 네가 처음 소개할 때부터."

"처음 듣는 소리군."

"여자가 너무 예뻐, 거기에다 지나치게 조용하구, 청승 같은 게 엿보이는 여자였어."

"농담하듯 지껄이지 말라니깐."

"알았어. 하지만, 내가 네 아내 얘길 못 지껄일 이유도 없지. 넌 결국, 그 아내 얘길 듣고 싶은 것 아냐?"

"그래."

세진은 머리를 끄덕였다.

세진은 아내 얘길 듣고 싶은 것이다. 그는 또 한 개비의 담배를 뻗쳐 물었다. 손가락이 가늘게 떨렸다. 그는 청천의 벽력 같은 얘기라도 태연히 들어 내리라고 결심한다. 차라리 안 들은 것만도 못할 수도 있으리라. 하지만 들어야만 한다. 세진은 겨우 타들어 가기 시작하는 담배를 재떨이에 힘주어 부벼 껐다. 그리고 물었다.

"그래, 내 아내는 왜 죽은 건가?"

과수원집

두 사람의 시선이 교차되었다. 팽팽한 긴장이 떠돌았다. 성희가 시무룩한 표정이 되며 말했다.

"우리, 어디 술집에라도 가자. 이렇게 맹맹한 기분으론 말하고 싶지 않군."

그녀가 자리에서 일어났다. 세진도 하는 수 없이 그녀의 뒤를 따랐다. 의상실을 나오자 그녀는 곧 택시를 잡았다.

"클럽, '인디안'으로 갑시다."

운전사는 말없이 차를 몰았다. '클럽, 인디안'은 떠들썩했다. 담배연기가 자욱한 속을 그들은 들어갔다. 밴드들이 목청을 돋구고 드럼이 속도를 올렸다. 무용수가 춤을 추었다. 무대 아래에서도 수십 쌍의 남녀들이 허리를 잡고 돌아갔다. 시끌시끌한 소음으로 말소리가 잘 들리지 않았다.

"어이구, 마담 최, 오랜만입니다."

나비 넥타이를 한 중년 사내가 허리를 굽신거렸다.

"지배인은 점점 뚱뚱해지시는군요."

"이렇게 찾아주신 덕택입니다."

"우린 좀 독한 걸로 주세요."

"위스키가 좋은 게 있습니다."

"스트레이트로 주세요."

"알겠습니다."

지배인이 종업원을 불러 주문을 시켰다. 술이 오자 성희가 세진의 잔에 그녀의 잔을 쨍그랑 부딪쳤다.

"만난 것을 축하해서."

그들은 술잔의 술을 조금씩 마셨다.

성희가 말을 시작했다.

"바다를 보았겠지? 거대한 정화조라구…… 이 시대는 어떻게 된건지 모든 것이 조금씩 이상해지더니 지금은 완전히 변하고 말았어. 이 빠른 변화에 적응하자면 몇 가지 비결을 터득해야 돼. 그 비결이 뭐냐구? 첫째, 돈을 버는 거지. 둘째, 즐기는 거구. 즐긴다는 말은 현재의 순간순간만 살아있음 되는 거니까 미래를 생각지 않는다는 거야. 셋째는, 과거의 모든 것을 잊어 버리는 거야. 오늘날은 과거도 미래도 없고 현재만이 문제인데, 그 현재를 즐기며 극대화하는 것에 돈이 필요한 거야. 결론적으로 말하면 돈만이 문제로다. 그런 거지."

"뭘 말하려는 거야."

세진이 퉁명스럽게 말했다.

"뭘 말하긴, 모두 잊어 버리라는 거지. 그리고 돈 벌 궁리나 하라는거지."

"그건, 네 의견일 뿐이야."

"그게 잘못이란 거야. 우리에겐 의견이란 게 필요없어. 기계문명 시대엔 기계처럼 살아야 하는 거야. 돈을 벌고 즐기다 보면 끝나는 거지."

세진은 조금 멍청해진 기분으로 성희를 보았다. 술이 올라 발그레 해진 건강한 두 볼이 보기에 좋았다. 그런데도 그녀의 목소리에선 모래알 서걱이는 소리가 났다.

"마담 최. 한 번 추시겠습니까?"

지배인이 다가왔다.

"그러지요."

성희가 자리에서 일어났다. 그녀는 세진에게 양해를 구하느라 웃어 보였다. 푸르스름하던 조명이 붉은 색깔로 변해 있었다. 곡이 빠른 템포로 바뀌었다. 춤을 추는 사람들의 몸동작에 활기가 돌았다. 대부분의 여자들이 치마의 양옆을 깊게 탄 옷들을 입고 있어서 회전을 할 때마다 허벅지와 대퇴부가 드러나 보였다. 그러고 보니 성희도 그런 의상이었다. 붉은 조명 속에서 살갗이 불타오르고 있어 모두들 불길 속에 있는 것 같았다. 그러자 문득 어떤 상념, 그러니 꿈같기도 하고 환상 같기도 한 어떤 불길이 기억되었다. 불꽃은 바람을 타고 맹렬히 휘돌이쳤다. 깜깜한 어둠 속에 핏빛 불길은 어떤 종류의 의식과도 같았다. 장작더미였던가? 김유신이 혼전 간음으로 애기를 밴 누이동생을 태워 죽이려고 하늘 높이 쌓아 둔 장작더미에 불길이 붙은 것이다. 불은 혓바닥을 날름대며 하늘하늘 치솟았고 그 불길 속으로 그는 정신없이 뛰어들었다. 그런데 어떤 힘이, 자장에 의해 형성된 것 같은 어떤 힘이, 공처럼 그를 뒤로 튀겼다. 그는 눈에 보이지 않는 그 탄탄한 힘과 싸우느라 악을 바락바락 써야 했다.

성희의 빨간 의상이 특히 돋보였다.

진홍의 원피스에 주렁주렁 매달린 인조 다이아몬드가 붉은 조명을 받아 불빛을 일제히 흩뿌렸다. 사이키 조명이 빠르게 돌았다. 성희가 불길 속에 타고 있었다. 흰색 예복에 나비 넥타이를 맨 사내가 능숙하게 여자를 리드했다. 그는 빠른 스텝으로 여자를 빙글빙글 돌렸다. 불꽃의 돌풍이 성희의 몸에서 뻗어 나왔다. 김유신의 누이같이 그녀는 불길 속에서 길길이 뛰었다. 언니의 오줌꿈을 사들인 여자답게 관능이 넘쳤다. 성희는 너무나 관능적인 몸동작을 보여주고 있었다. 정염이 불타고 있었다.

의사는 온통 피칠해 놓은 세진의 그림을 보며 말했다.

―당신이 처음 입원할 때의 그림입니다.

세진은 크레파스로 짓뭉개 놓은 붉은 색깔을 보았다.

―당신은 이것이 불타고 있는 장면이라고 했지요. 당신은 이렇게 불

타는 어떤 장면에서 쇼크를 받았습니다.

젊은 의사는 무슨 말을 더할 듯하다가 입을 다물었다. 말을 할 시기가 아직 안되었다고 판단한 듯싶었다. 의사가 더하고자 했던 말은 무엇이었을까?

"미안해. 혼자 있게 해서."

성희가 돌아와 있었다. 그녀의 진홍의 옷색깔은 어둠 속으로 들어오자 까만 숯검정으로 변해 있었다. 그녀의 몸에서 춤에 의해 신들린 열기가 후끈 끼얹어 왔다. 세진은 자신에게 옮겨 붙을지도 모를 열기를 식히려 얼음에 잠긴 술잔을 입속으로 쏟아부었다.

"결혼을 하지 그랬어?"

세진이 말했다.

"그건 해서 뭘해, 부담이 될 뿐이지."

성희는 언제나처럼 말했다.

"요즘은 돈과 결혼을 하는 것이 가장 확실해. 돈만 있으면 남자는 줄 줄이니까."

"멋있는 생활이군."

세진이 조금 비꼬아 말했다.

"그렇고 말고, 생활이란 게 뭔데, 먹고, 마시고, 즐기고 그리고 또 뭐가 있어?"

그때 어떤 젊은이가 다가왔다.

"춤추시는 걸 봤습니다. 저와도 한 번 추실까요?"

"아니, 지금은 동행이 있어서."

성희는 점잖게 거절했다.

"그럼, 나중에 뵙겠습니다."

젊은이가 멀어져 갔다.

"안면이 많군."

"그럼, 네가 빈정델 줄 알았어, 조금 더 있어 보라구, 무더기로 덤벼올테니까, 이래뵈도 인기가 있다구."

"돈이 많으니까."

"그럼, 우리 같은 노파에겐 돈만이 매력이지."

"그렇게 늙진 않았는데……"

"모르는 소리 마. 저 애들 안 보여, 쟤들 나이가 얼마나 될 것 같애? 열대여섯, 그것이 요즘은 전성기야."

그녀의 말을 듣고 보니 춤추는 패거리엔 열대여섯 살쯤 되는 애들이 많았다. 잠시 침묵이 흘렀다. 성희가 자리에서 일어났다.

"아무래도 안되겠군."

그녀가 갑자기 정색을 하고 말했다.

"난, 이런 떠들썩한 자리라면 네 얘기를 할 수 있을 줄 알았는데…… 여기도 적당하지 못하군."

"그런가?"

"우리집엘 가자."

세진은 어쩔 수 없이 성희의 뒤를 따랐다. 그녀의 아파트는 높은 언덕에 있었다. 별장처럼 아늑했다. 세진은 창가에 붙어 서서 멀리 내려다보이는 시가지의 집들을 보았다. 높은 언덕의 아파트에서 내려다보이는 시가지는 납작한 성냥갑의 모형도시 같았다.

"술 한잔하겠어?"

성희가 물었다. 세진이 머리를 끄덕였다. 성희가 술잔을 내밀었다. 성희는 술잔에 얼음 몇 조각을 집어넣었다. 가슴이 답답했다. 이럴 땐 찬 얼음으로 내장을 지지는 일밖에 처방이 없었다.

"한때, 난 네게 실연당했다는 생각을 했었지."

성희가 말했다.

"금시초문이군. 난 너를 내 가장 남자다운 친구라고 생각했었는데."

"난, 그게 섭섭했던 거야. 여자는 남자보다 예민하거든…… 난, 내가 못생겨서 그런다고 생각했었지. 결과적으로 넌 굉장한 미인 아내를 얻었으니깐……"

"넌, 못생기지 않았어."

"지금은 나도 그걸 알아."

성희가 그에게로 다가섰다. 두 사람은 나란한 모양이 되어 항구의 불빛들을 내려다보았다.

"나는 때때로 너희 집이 불타던 모습을 생각하곤 해. 바람을 타고 불길은 맹렬했지."

아, 그것이었구나! 세진은 술이 확, 깨는 것을 느꼈다. 지금껏 가슴을 짓눌러 오던 그 답답한 종류의 불길이 그것이었구나. 하지만 어떤 구체적인 모습은 떠오르지 않고 그 답답함과 안타까움만이 남아 가슴을 짓눌렀다.

"넌, 그때 이미 알코올중독자였고, 정신도 온전한 것 같지 않았어. 너는 불길로 자꾸만 뛰어들려고 했었지. 사람들이 너를 붙잡았어."

"아내는!? 연희는!?"

"그 불길에서 나오지 못했지. 불은 한밤중에 났고, 아직도 그 화재의 원인은 밝혀지지 못했어. 다만, 추측하는 것은 너의 독한 아내가 아이를 껴안은 채 불길 밖으로 나오려 하지 않았던 것은 아닐까. 하는 것이지. 숯검정된 너의 아내와 연희는 누운 자리에 그대로, 서로 꼭 껴안은 모습으로 발견되었으니까…… 술중독으로 이미 정상이 아닌 너마저도 뛰어나왔는데 말야……"

세진은 감각을 잃어버린 사람처럼 창가에 그대로 서 있었다. 이상하

과수원집

게 가슴이 텅 빈 채, 아무런 느낌도 생기지 않았다. 그것이 집이 불타는 모습이었군. 세진은 그렇게 생각했다. 그가 정신병원에서 색칠한 그 빨간 색깔이 집이 불타는 거였다고 의사는 말했었다. 그때 무엇인가 알듯 알듯 하던 답답함을 느꼈었지. 성희가 춤출 때, 붉은 조명등에서도 그런 것을 느꼈었지. 그것이 그 불길이었군. 새빨간 고추를 새빨간 고추장에 찍어 먹던 그 맵고 독한 성격의 아내가 정말로 자살을 한 것일까. 정신 이상이 된 남편…… 술중독이 된 남편에 절망한 나머지 많은 사람들의 추측처럼 자살을 한 것일까.

"너, 우는 건, 아니지. 난, 남자가 우는 건 질색이야."

성희가 억지로 웃어 보였다.

"전에 도살장에 매어 놓은 황소가 우는 걸 본적이 있었지. 그 순한 황소가 자신의 죽음을 예견하고 음매— 하고 우는 소리는 너무나 선량해서 나는 미칠 것 같았어. 그래서, 난 선량한 울음소리엔 질색이야."

"아니, 괜찮아."

세진은 바닥에 남은 술을 마저 마셨다. 그는 성희를 외면한 채 무겁게 물었다.

"그럼 새 아내는 어떻게 된 건가? 윤구란 아이도?"

"집이 불타고 넌 완전히 폐인이 됐지. 완전히 미친 거였어. 아마도 너희 어머니는 어떻게든 손자를 보고 싶었던 모양이야. 넌 외아들이었으니깐…… 생각하면 모두들 불쌍한 사람들이지……"

그렇게 된 거군. 그제서야 세진은 모든 것을 알 수 있을 것 같았다. 어머니는 손자를 원했다. 그래서 정신이상자인 세진을 서둘러 결혼시킨 것이다. 매파에게 돈푼깨나 집어주었을 것이다. 여자의 친정집에도 그렇게 했을지 모른다. 아무튼 그것은 일종의 거래였을 것이다. 그렇지 않고서야 정신이상자에게 시집올 여자가 어디에 있을 것인가?

"이젠 가 봐야겠어."

"왜? 내가 괜한 얘기를 했나?"

"아니야. 정말 고마워, 아무도 얘기하려 하지 않더군. 결국은 알게 될 애긴데 말야."

"그래, 결국은 알게 될 얘기지."

"그럼, 잘 있어."

세진이 문을 나왔다.

"잠깐."

성희가 그의 팔을 잡았다.

"어디로 갈거야?"

"모르겠어."

"여기서 자면 안 돼? 방도 많구. 네가 좋다면 내 침대에 널 재우고 싶어."

"괜찮아."

"정말이라니깐. 난 언제나 너랑 자고 싶었어. 함께 있어줘."

그녀가 응석을 부리듯 세진에게 매달렸다. 그리고 세진의 눈을 들여다보았다.

"아니."

세진은 머리를 흔들었다. 그리고 조그맣게 웃어 보였다. 내 마음을 풀어주려고 그러는 거, 고맙다. 고마와, 세진은 속으로 중얼거렸다. 하지만 지금은 아무와도 같이 있고 싶지가 않아 정말이지. 성희는 세진의 마음을 돌릴 수 없음을 깨달은 듯 그의 팔을 놓았다.

"그럼, 잘 가."

성희가 나즉한 목소리로 말했다. 그녀답지 않게 그녀의 목소리에 눈물이 맺혀 있었다. 세진은 천천히 어둠 속으로 걸어 나왔다.

세진이 어머니의 방으로 들어섰을 때 어머니는 눈을 감고 있었다. 세진은 어머니 옆에 무릎을 꿇고 앉았다. 어머니가 조용히 눈을 떴다. 세진은 어머니의 파리한 얼굴을 조용히 건네다보았다. 일찍 남편을 여의고 외아들을 키우는 보람만으로 살아오신 불행한 어머니의 모습이 납덩이처럼 가슴을 짓눌렀다. 어머니는 6 · 25동란 민족의 수난시기에 남편을 잃었다. 그리고 유복자로 세진을 겨우 얻었다. 그러나 그 전쟁의 망령은 아직도 살아 있어 결국 그 아들마저 그녀의 옆을 떠나게 하고 있는 것이었다.

"어머니, 성희를 만났습니다."

세진은 조그만 목소리로 말했다. 어머니는 꿇어앉은 아들을 묵묵히 바라보았다. 한참만에 그녀는 말했다.

"나를 좀 일으켜 다오."

세진은 어머니를 부축하여 앉혀 드렸다. 어머니는 벽에 몸을 기댄채 세진을 물끄러미 바라다 보았다.

"그래, 네가 하려는 것은 뭐냐?"

세진은 말없이 방바닥만을 내려다보았다. 차마 입이 떨어지지않았다.

"떠나겠다는 거겠지."

한참만에 어머니가 먼저 말했다.

"그렇습니다."

다시 한참 침묵이 흘렀다.

"그래, 네가 그동안 알아낸 것이 뭐냐? 이 엄마가 친엄마가 아니란 거냐?"

"아닙니다."

"그럼. 네 아내는? 네 자식은? 이 집은 모두 너와는 상관 없는 것들이라고 말하진 못하겠지?"

"그렇습니다."

"그래, 이곳은 네가 태어난 집이다. 네가 자란 도시다. 나는 너를 낳
았고 결과야 어찌 됐던, 네 아내와 자식이 있다. 그래도 떠나야 하겠다
는 거냐?"

"……"

어머니의 말씀은 모두 옳았다. 하지만 세진은 생각했다. 이곳엔 내가
마음 붙일 아무것도 없다고……

"어머니, 여긴 제게 너무나도 낯선 곳입니다. 제가 참을 수 없을 만
큼……"

"그렇다 치자, 그러면 여기보다 덜 낯선 곳이 있다는 말이냐?"

세진은 말문이 막혔다. 그것은 사실이었기 때문이다. 아무리 많이 변
했음에도 불구하고 여기엔 각종 추억이 배어 있다. 이곳엔 그가 예전
것을 그리워하게 하는 인연이 맺혀 있는 곳이다. 세진은 오히려, 그 견
딜 수 없는 인연 때문에 이곳을 떠나려 하는 것이다.

"물론 불행한 일이다. 네게 일어난 모든 일이…… 하지만 누구에게
도 그런 불행들은 예고없이 다가온다. 그러나 모두들 참고 견디며 살아
간다."

어머니는 한숨처럼 말했다. 그녀는 세진의 미동도 않는 표정에서 더
이상의 설득이 무의미함을 깨달은 듯 나즉히 물었다.

"그래, 어디로 가겠다는 거냐?"

"모르겠습니다."

"쓸데 없는 고집이다. 너의 그 고집을 어렸을 때 고치지 못한 걸 나는
늘 후회했다. 좀 더 크면 고치지. 좀 더 크면…… 하고 이때껏 미루어
왔는데 결국 지금껏 이 모양이구나."

과수원집

어머니는 다시 눈을 감았다. 세진은 어머니께 큰절을 올렸다. 그리고 방을 나왔다. 마당에는 옥녀와 윤구가 서 있었다. 옥녀는 겁먹은 눈으로 그를 멀뚱히 바라보았다. 세진은 그녀에게 심한 연민과 자책감을 느꼈다. 그래서 윤구라 불리는 녀석의 머리라도 쓰다듬어 주려고 다가섰다. 그런데 녀석은 한방 쥐어박힐 것이 겁나는 놈처럼 옥녀의 뒤로 몸을 감췄다.

세진은 머리를 떨어뜨리고 대문을 나섰다. 문득 '김세진(金世鎭)'이라 씌어진 문패가 눈에 띄었다. 그는 문패를 잡아 뜯었다. 문패를 손에 쥔 채 그는 천천히 걸음을 옮겨 놓았다. 그의 발에 밟히는 모든 풍경들이 그에게는 참을 수 없을 만큼 생소했다. 몸보다 마음이 먼저 이곳을 떠나고 있음을 그는 절실히 실감했다.

형과 형수

겨울 바다가 새파랗게 날을 갈고 으르렁거렸다. 눈발마저 흩날리고 있어서 바다는 더욱 음산했다. 철민은 형의 유골이 담겼던 빈 상자를 물끄러미 내려다보았다. 형의 영혼을 가두었던 상자곽. 지금쯤 형의 영혼은 세찬 바람을 타고 하늘 끝까지 솟구치고 있을 것이다. 아니면 거친 파도의 능선을 헤치며 파도꽃을 피우고 있을지 모른다. 육신의 무게를 벗어 던진 가벼움으로 어머니의 품속으로 스며드는 것이다. 이미 오래전에 영혼이 되어 떠돌고 있는 어머니의 품.

철민은 어머니의 유골이 바다에 뿌려진 사실을 형에게서 들었다. 너는 모르겠지만…… 어머니에 대해서 말할 때 형은 그런 식의 전제를 달곤 했다. 엄마의 뼛가루가 바다에 뿌려지던 때, 그때는 바람이 몹시 불었지. 너 기억나니? 철민은 그런 기억이 자신의 두뇌 속에 남아 있는지 어떤지를 뒤져보곤 했다. 기억나지 않을 게다. 하긴 나도 어떨 땐 희미하거든. 눈발이 푸설푸설 날렸었지. 몹시 추웠고. 넌 꽁꽁 얼어서 울지도 못했으니까.

어머니에 대한 기억을 묻는 형의 갑작스런 질문을 받을 때마다 철민은 곤혹스러웠다. 언뜻 생각날 것도 같고. 어머니가 돌아가신 것은 철민이 네 살 때였다. 그러니 어머니에 대한 기억이 희미할 밖에. 형은 그보다 다섯 살이나 위여서 어머니에 대한 정이 남달랐던 것 같다. 그래서 어머니에 대해서 뚜렷한 기억을 지니지 못한 철민이 매우 불만인 모양이었다.

형은 밥을 먹다가, 또는 외출을 하려고 문을 열다가 갑자기 물었다. 너 엄마가 기억나니? 그렇게 묻는 형의 억양에는 다분히 철민을 몰아세우려는 기세가 역력했다. 엄마도 기억하지 못하는 멍청한 놈. 또는 다른 의미가 있는지 모른다. 아무리 네게 잘해 주어도 계모는 계모야. 엄마가 될 수는 없어. 그러니 새엄마에게 아양떠는 짓은 그만두란 말이야.

철민은 자신이 새어머니에게 아양을 떤다고는 생각지 않았다. 새어머니가 친엄마처럼 잘해 주니까 잘 따를 뿐이다. 그런데 형은 그게 못마땅한 모양이었다. 철민은 수시로 형에게 닥달을 당하지만 어머니에 대한 기억은 언제나 분명치 않았다. 꿈을 깨고 났을 때 꿈속 풍경처럼 몽롱했다. 아련한 안개에 가려진 사물처럼. 때로는 포근한 어머니의 젖가슴 감촉과 향긋한 체취가 갑자기 기억날 것 같은 때도 있었다.

형은 새어머니가 아무리 잘 챙겨주어도 거들떠보지 않았다. 철민은 새어머니가 뒷방에 몸을 숨기고 숨죽여 우는 것을 여러 번 보았다. 네 형은 어쩌면 너하고는 그렇게 다르냐? 그런 새어머니를 아버지가 다독거렸다. 사춘기가 지나면 달라질 거요. 그러니 조금만 더 참구려.

그러나 형은 사춘기를 마치기도 전에 가출하고 말았다. 그 이후로 형은 바람처럼 불쑥 집으로 나타나기도 하고 또 그렇게 사라지곤 했다. 대체로 곤궁해져서 돈이 필요할 때만 불쑥 나타났던 것이다. 형이 그렇게 불쑥 나타날 때마다 아버지는 노발대발해서 당장 나가라고 고함을 질렀다. 네놈은 이제 자식도 아니다. 그러나 새어머니는 형이 요구하는 얼만큼의 돈을 아버지 몰래 마련해주는 듯싶었다. 그런 사실이 들통나면 아버지의 호된 꾸지람을 들어야 했다. 내가 자식이 아니라는데 임자가 왜 나서는 거요. 세월이 약이라지 않아요. 그러니 당신이 참으셔야지요. 새어머니는 마음씨가 무던한 편이었다. 세월이 약이란 말은 흔히 쓰이는 말이지만 형에게는 별로 통하지 않았다. 세월이 지나도 형은 변하지 않았기 때문이다.

형은 아버지의 갑작스런 죽음도 알지 못했다. 아버지의 죽음은 전혀 뜻밖이었다. 한약방을 경영하시는 아버지는 자신의 건강에는 남다른 정성을 쏟았다. 만년에는 술도 담배도 하지 않았다. 때때로 보약을 챙겨 드셔서 항상 혈색이 좋았다. 건장한 체구의 아버지가 장식용 지팡이를 건들거리며 걷는 모습은 매우 멋스러워 보였다.

저런 풍채니 한약방집 맏딸을 꼬셔냈지. 마을 사람들의 질시가 곁들인 험구였다. 어머니가 그 풍채에 빠져서 퍽도 따랐던 모양이다. 딸만 셋이던 외할아버지의 한약방은 자연스럽게 맏딸의 사위인 아버지의 몫이 되었다. 약재에 대해서는 아버지보다 어머니가 더 밝았다. 어려서부터 할아버지의 귀여움을 받으며 약재를 익힌 탓이다.

건장하시던 아버지가 갑작스럽게 돌아가신 날은 공교롭게도 새어머니와 재혼한 지 7년째 되는 날이다. 새어머니의 꿈에 돌아가신 어머니가 나타났다는 것이다. 영실아. 이제 너도 그만큼 살았으면 됐다. 이젠 내가 데려가야겠다. 꿈속에 나타난 어머니의 그 말에 새어머니는 펄쩍 뛰었다는 것이다. 언니, 그게 무슨 말이유. 한 마을에 살던 처지라 어머니와는 언니, 동생으로 자별한 사이라고 했다. 언니, 그런 말 마요. 처녀로 시집와서 겨우 칠 년인데. 새어머니도 아버지를 흠모해서 과년하도록 결혼을 미루다가 막상 상처를 하게 되자 그 후처를 자청했다고 한다. 꿈속에 나타난 어머니가 새어머니의 말엔 들은 척도 않고 말하더라는 것이다. 그러게 빌려준 게 아니냐. 네가 시집도 안 가고 버티는 게 안쓰러워서 말이다. 하지만 이젠 데려갈 때가 되었다.

새어머니는 그 말을 듣자 눈앞이 캄캄하더라는 것이다. 언니. 해도 너무 해요. 겨우 칠 년인데. 그러다 퍼뜩 잠이 깼다는 것이다. 꿈이 너무도 생생해서 옆에 누워 있는 남편의 몸을 더듬어 보았다는 것이다. 그때 남편은 이미 싸늘한 시체가 되어 있었다. 잠자다가 심장마비가 왔던 것이다. 세상에 그럴 수가 있니? 새어머니는 한동안 실성한 사람 같았다. 아무리 제 남편이 좋기로서니. 산 사람을 그렇게 데려갈 수 있냐? 결혼기념일 음식으로 아버지의 장례식을 치르며 새어머니는 도무지 믿을 수 없어 했다.

새어머니에게는 자식도 없었다. 새어머니는 그것도 분했다. 제 자식 잘 키우라고 자식 낳는 것도 방해한 거여. 병원에서도 아무 이상이 없다고 하고, 좋은 한약재는 다 썼는데도 자식을 못 낳은 이유를 그제야 알겠드먼. 죽은 어머니의 혼령이 방해해서 자식을 밸 수 없었다는 것이다. 주위에서 우연의 일치가 아니겠냐고 위로를 해도 새어머니는 조금도 자신의 주장을 굽히지 않았다. 그게 어찌 우연의 일치유. 꼭 칠 년째, 정확히 결혼 날짜에 맞추어서 데려갔는데, 꿈속에 나타나기까지 해서 말이요. 그게 어찌 우연일 수가 있느냐구요.

남편을 어이없이 잃은 새어머니는 그나마 철민이에게 위안을 찾으려고 했다. 새어머니는 철민의 등을 토닥이며 자신을 위로하곤 했다. 너 하나라도 있으니까 내가 열심히 살아야지. 안 그러니? 그럼요. 제가 어머니를 잘 모실게요. 돌아가신 아버지는 잊으세요. 새어머니는 나름대로 마음을 다잡으려고 퍽도 애를 쓰는 눈치였다. 그러나 철민이 대학생이 되자 홀연 외국으로 이민을 신청했다. 벌써 이민을 떠난 친정 식구

과수원집

들이 그녀를 설득한 것이다. 자식도 없이 언제까지 그냥 살 테냐? 마음
을 정해라. 새어머니는 대학생이 된 철민을 대견하게 여겨서 말했다.
남겨진 재산이 좀 있으니 이젠 네 힘으로 자립해라. 이젠 너도 대학생
이 아니냐.

형은 그런 집안의 북새통도 알지 못했다. 형은 몇 년 동안이나 집안
에 얼굴을 비치지 않았던 것이다. 철민이 재산을 정리하고 대학을 졸업
한 후에 서울의 작은 사립 중학교에 교편을 잡게 된 어느 날 형이 불쑥
얼굴을 내밀었다. 그리고 대뜸 하는 말이 돈 좀 줄 수 있겠니? 하는 것
이었다. 철민의 주소를 어떻게 알았는지, 그동안 무엇을 하며 지냈는
지, 아버지의 죽음과 새어머니의 이민에 대해서는 알고 있었는지 어쨌
는지 전혀 묻지도 않았고 관심도 없는 듯했다.

그가 동생을 만나서 한 첫마디가 '돈 좀 줄 수 있니?' 였고 그 다음
말이란 게 '넌 어머니 모습이 기억나니?'가 전부였다. 어머니가 형을
끔찍이 위했을 것이란 것은 짐작이 되는 일이었다. 형은 철민이 태어나
기 전까지 5년 동안이나 한약방집 외아들이었다. 거기에다 평소 정이
많은 어머니의 남다른 사랑을 받았을 것이다. 이웃들이 그런 사실을 증
언했다. 빨리 죽으려고 그랬던 모양이다. 우리 철영이, 우리 철영이, 하
고 노상 입에 달고 살더니. 이웃 부녀자들의 말이다. 얼굴도 제 아비를
빼 닮았어. 똑같다니까. 소꿉친구 때부터 그리 좋아하더니. 어머니는
소꿉놀이 때도 아버지를 꼭 남편으로 삼았고, 아버지 없이는 소꿉놀이
도 하지 않았다고 했다. 한약방집 맏딸이란 유세가 있어서 그런 억지가
통했던 모양이다.

어머니가 아버지를 위하는 정성은 대단했던 모양이다. 이웃으로부터
단편적으로 들은 이야기지만 집안에서 큰소리가 난 일은 한 번도 없었
다고 한다. 아버지는 마음이 약한 분이라 생시엔 큰소리 낼 이유도 없

형과 형수

었지만 어쩌다 몹시 화가 나서 술이 제법 취한 때라도 어머니의 능숙한 접대에 그냥 넘어가고 만다는 것이다. 어머니는 술취한 남편을 잘 달래는 요령을 알고 있었다. 당신 술이 모자라지 않아요. 나랑 한 잔 더 해요. 어머니는 따끈하게 뎁힌 정종을 예쁜 사기 주전자에 담고 맛깔스런 안주를 곁들인 술상을 마련하여 대작을 청한다는 것이다. 일본 기생처럼 무릎을 꿇고 술을 따르는 모습이 그렇게 보기에 좋을 수가 없었다고 한다. 술에 약한 아버지는 어머니의 미인계에 넘어가서 몇 잔 더 마시지도 못하고 그냥 곯아떨어지는 것이다.

술꾼 남편을 둔 이웃들은 모두 한약방집을 부러워했다고 한다. 그러나 아무나 흉내 낼 수 있는 것도 아니었다. 대부분의 아낙들이 술취한 남편을 타박하다가 대판 싸움이 붙어 얻어 맞기도 하고, 기물이 부서지기도 하고, 온 동네가 떠들썩하도록 창피를 떠는 것이 대부분이었다. 그런 난리를 부리고 다음날 정신이 돌아온 남정네들은 계면쩍게 뒤통수를 긁으며 한약방 아낙네 같이 했으면 아무 탈이 없었을 것을, 하고 제 아내를 나무란다는 것이다. 그걸 아무나 하요. 아낙네들은 그렇게 퉁명스럽게 받아치며 멍든 눈두덩을 흘키는 것이다.

어머니는 그처럼 아무나 할 수 없는 일을 아주 자연스럽게 해냈는데, 본디 타고난 천성이 그렇기도 했겠지만 남편에 대한 극진한 사랑이 그런 행동을 가능하게 했을 것이라고 말하기도 했다. 어머니는 약초에 익숙하지 않은 아버지를 위해서 험한 산속까지도 함께 다니며 약초를 수집하기도 했다는 것이다. 큰 약초 보퉁이를 메고 부부가 함께 하산하는 것을 보고 모두들 하늘이 맺어 준 천생배필이라고 했다는 것이다.

그런 어머니에 대한 기억 때문인지 형은 어머니가 죽은 이후로 마음을 잡지 못하고 평생을 떠도는 삶에서 헤어나지 못했다. 아무튼 모처럼 나타난 형은 대뜸 상당한 액수의 돈을 요구했고, 철민은 형을 만난 반

과수원집

가움 때문에 두말없이 형이 요구하는 대로 돈을 마련해 주었다. 그렇게 한 번 길을 트니 형의 내방은 부쩍 늘었다. 그때마다 돈타령이었다. 일정한 직업이 없이 떠돌며 먹고살자니 돈이 필요했을 것이다. 그러나 철민이 결혼을 하고부터는 형편이 여의치 않았다. 아내의 동의가 필요했기 때문이다.

그렇게 되자 형이 돈을 뜯어 가는 방법이 점점 비열해졌다. 가게를 장만하려니까 빚보증을 서달라는 식이다. 그렇게 보증을 서고 나면 한 달도 안 돼서 빚쟁이가 들이닥쳤다. 그러니 빚은 이미 예전에 진 것이고 돈을 받아 내려고 빚쟁이와 짜고 빚보증을 서게 한 것이다. 그렇게 여러 번 속고 나니 형이 무슨 말을 해도 믿을 수 없었다. 그래서 근래에 들어서는 형이 막무가내로 협박하면 마지못해 몇 푼쯤 보태주는 것으로 끝내곤 했다.

그러니 꼭 1년 전이다. 그에게 형이 죽었다는 부고가 날아왔다. 형이 죽은 후의 뒷감당을 하고 싶은 마음은 조금도 없었지만 그래도 하나뿐인 혈육의 죽음인데 모른 척할 수가 없었다. 그는 부랴부랴 양구의 '해안마을'이란 곳으로 달려갔다. 바다도 없는데 '해안'이란 마을 이름이 이상해서 물어보니 '돼지 해(亥)'에 '편안 안(安)'이란다. 이곳 지형이 높은 산으로 둘러싸인 분지라서 뱀이 많다는 것이다. 그래서 돼지를 키워야 편안해 지는 마을이라고 해서 그런 이름을 붙였다는 것이다. 돼지가 뱀을 잘 잡아먹는다는 것은 널리 알려진 일이다.

듣고 보니 그럴 듯했다. 마을은 마치 진흙땅에 주먹으로 한방 쥐어박기라도 한 듯 옴폭 파인 분지인데 농토가 비옥해서 곡식이 잘 자랐다. 그리고 분지의 주위로는 험한 산의 능선이 울타리처럼 둘려져 있었다. 워낙 산세가 험해서 온갖 산짐승들이 우글거릴 만했다. 그러니 야생 산짐승들이 먹이가 귀해지면 곡물을 훔쳐먹으려고 분지로 기어들기 마련이었다. 뱀들이라고 예외가 아니었다. 뱀들은 분지에 풍부한 생쥐나, 무논에 사는 개구리를 사냥하려고 또한 마을로 기어들었던 것이다.

해안마을은 휴전선과 바로 연접한 곳이어서 그곳 주민들 외에는 아무나 드나들 수 있는 곳도 아니었다. 마을로 들어가는 입구에는 헌병과 경찰이 합동으로 단속을 벌였다. 그리고 낯이 익은 마을 주민들 외에는 일일이 주민증을 확인했다. 북한의 땅굴이 있는 곳이라 그만큼 경비가 삼엄했던 것이다. 철민은 그런 이상한 곳에 형이 정착하게 된 동기를 도무지 이해할 수 없었다.

하긴 형에 대해서 이해할 수 있는 것이라고는 아무것도 없었다. 형은 새어머니가 들어오고부터 수시로 가출했고 그 이유를 한 번도 말한 적이 없었다. 아버지의 무서운 매에도 불구하고 입을 열지 않았다. 지 에미 귀신이 씐 거여. 아버지는 그렇게 한숨을 쉬었다. 형은 중학교만 겨우 졸업하고 고등학교는 다니는지 마는지 했다. 그렇게 떠돌다 보니 변변한 직장생활도 하지 못했다. 그래서 나이가 들어서는 먹고는 살아야 하니까 집 짓는 곳에 가서 미장이 일도 거들고 목수 일도 거들었다. 때로는 막품팔이도 했다. 한 번은 목수 노릇 하겠다면서 톱이며 대패 같은 공구 일체를 사 내라고 해서 거금을 들여 장만해 준 적도 있었다. 그러나 그렇게 장만해 준 공구를 가지고 목수 일도 제대로 해내는 것 같지가 않았다.

아무튼 그렇게 떠돌던 형이 해안마을에 정착한 것은 군대생활과 관계되지 않을까 하고 추측해 볼 뿐이다. 해안마을은 접전지역이어서 이 지역 출신이 아니고는 출입이 자유롭지 않았다. 그리고 여기저기 군부대가 진을 치고 있어서 군사작전이 수시로 진행되는 특수지대였다. 특별한 인연이 아니고는 일반인이 접근하기 어려운 곳이다. 그러니 형이 이곳에 정착하게 된 동기를 군생활과 연관짓지 않을 수 없는 것이다.

과수원집

그러나 형은 자신의 근황에 대해서는 한마디도 하지 않았기 때문에 그저 추측이나 해 볼 뿐이었다.

철민은 이런저런 생각에 잠기며 부고가 보내어진 주소지를 찾아갔다. 주소지는 우체국 옆의 작은 식당이었다. 그가 작은 식당의 밀창을 열고 얼굴을 디밀자 탁자에서 소주잔을 기울이던 형이 대뜸 반겼다.

"야, 철민이 왔구나."

철민은 피둥피둥 살아있는 형을 보자 어리둥절했다.

"형, 어찌 된 거야. 부고장은?"

"임마. 부고장이라도 보내니까 찾아오지. 그렇지 않으면 이곳에 오기나 할 건가? 아무튼 이 형이 죽지 않고 살아 있으니 좋지? 안 그래? 넌 내 하나뿐인 동생인데."

형은 거침없이 내뱉았다. 웬만한 철면피가 아니고는 부고장을 보고 찾아온 동생에게 이렇게 태연하게 지껄이지는 못할 것이다. 참으로 어이가 없었다. 철민이 쭈빗거리며 서 있자 형이 말했다.

"어서 올라 와라. 네가 지금쯤은 올 때가 되었다 싶어서 널 기다리며 술잔을 기울이던 참이다."

그렇게 되어 철민은 형과 식당에서 소주잔을 대작했다. 몇 잔의 술이 돌자 형이 말했다.

"사실은 말야 돈이 좀 필요해선데."

형이 부고장까지 보내면서 사람을 오라고 할 때야 돈 때문이란 것은 짐작하고도 남았다. 그런데 그 이유가 좀 엉뚱했다.

"내가 장가를 가려고 해선데."

형이 새삼 장가를 가겠다는 말이 도무지 믿어지지 않았다. 돈을 뜯어 내려고 이 핑계 저 핑계 다 대다가 이제 장가 타령이 나온 것이 아닌가 하는 생각도 들었다. 그런데 얼마의 돈이 왜 필요해서 이런 거짓말까지

하게 되었단 말인가?

"그래선데 이 식당을 세낼 생각이다. 장가를 들어서도 떠돌이 생활을 할 수는 없지 않니? 네 형수감이 음식 솜씨는 제법이거든. 마침 이 식당이 잘 안 돼서 주인이 세로 내놓으려던 참이라…… 네 신세를 좀 져야겠다는 생각을 한 거다."

형의 말은 그런대로 조리가 있었다. 어떻게든 동생을 설득해야겠다고 나름대로 생각하고 연습한 게 분명했다.

"얼만데?"

"시골 식당이야 얼마 되니? 천만 원쯤이면 돼."

철민은 눈앞이 캄캄했다. 중학교 선생에게 천만 원이란 참으로 거금이었다. 설혹 형에 대한 애정 때문에 그가 승낙한다 하더라도 아내가 동의할 리가 없었다. 거기다 난데없이 결혼이란 게 뭔가? 형은 지금껏 한 번도 제대로 결혼이란 걸 한 적이 없다. 어쩌다 한 여자를 만났는가 싶다가도 서너 달이 못되어서 헤어지곤 했다. 생활력이 없는 남자에게 시집올 여자도 없었겠지만 형도 한 여자에게 지속적인 관심을 보인 적이 없었던 것이다.

"어떤 여잔데?"

"곧 나타날 거야."

그때 밀창이 드르륵 열리며 주방 쪽에서 어떤 여자가 불쑥 얼굴을 내밀었다. 주방에서 방금까지 일을 하던 중이었던지 앞치마를 두른 모습이었다. 철민은 순간 훅 숨을 들이마셨다. 호리호리하고 날씬한 몸매였다. 철민은 이 여자가 바로 그 여자구나 하고 대뜸 알아 볼 수 있었다. 어릴 때 돌아간 어머니의 영상이 갑자기 확대되어 나타났기 때문이다.

"이리 와서 인사해요. 서울서 선생질하는 내 동생이야. 내가 늘 말했지. 착한 내 동생은 나와는 다르다고. 나같은 떠돌이에게 믿을 게 뭐가

과수원집

있느냐고 당신은 말했지. 여기 동생이 있지 않나. 식당 차릴 천만 원을 선뜻 내놓을 동생이란 말이네. 식당 차릴 능력이라도 되면 청혼을 받아들인다고 하지 않았었나?"

형은 잔뜩 들떠서 그렇게 주워섬겼다. 여자가 잔잔하게 웃으며 철민을 건네다보았다. 형님 말이 모두 맞나요? 여자는 그렇게 묻는 듯했다. 철민은 서둘러 말했다.

"축하합니다. 형님이 이제야 자리를 잡을까 보네요."

철민은 해안마을을 떠나오면서 줄곧 그 여자의 모습을 떠올렸다. 어쩌면 어머니를 그토록 빼닮았을까? 철민은 그 여자를 보는 순간 그동안 잊었던 어머니의 모습이 모두 되살아나는 것을 생생히 느낄 수 있었다. 안개 속에서 몽롱해진 영상이 햇빛과 더불어 또렷해지듯이, 머릿속에서 꿈결처럼 어렴풋하던 기억들이 생생해졌다. 어쩌면 그리 닮았을까? 여자는 어머니의 친동기간 같았다. 아니면 딸이라고 해도 될 정도였다. 형이 그토록 열정을 쏟을 만했다. 조용조용한 말씨며, 잔잔한 웃음, 심지어는 음식 솜씨마저도 그렇게 닮을 수 없었다.

철민이 아내의 불평에도 불구하고 천만 원을 선뜻 빌려 준 것은 결국 그 형수에 대한 신뢰였다. 받지 못할 돈이란 것을 알면서도 은행 빚을 냈던 것이다. 그만큼 형수는 철민에게 깊은 인상을 주었다. 형도 그녀와 살림을 차리고는 별 탈 없이 사는 듯싶었다. 그 이후로는 한 번도 동생에게 아쉬운 소리를 하지 않았기 때문이다.

그런데 형은 채 1년도 살지 못하고 갑자기 죽었다. 형수로부터 온 부고였던 것이다.

"간암이었다고 하데요."

형수는 담담하게 말했다. 형은 이미 결혼하기 전에 암이었던 모양이다. 불규칙한 생활과 과도한 음주가 그를 그렇게 만든 모양이었다. 자

신의 병을 속이고 결혼을 하다니. 형수를 볼 면목이 없었다. 철민이 그렇게 사과하자

"형보고 결혼했나요? 시동생보고 결혼했지요."

형수는 그렇게 말했다. 형과 결혼하기 전에 형수는 이 식당의 종업원으로 일했다. 형은 식당 일을 거드는 형수의 옆을 줄창 맴돌았다. 결혼해 달라고 목을 매었다. 미장이질 같은 막노동으로 겨우 생계나 꾸리는 주제면서도 그녀에 대한 열정은 절대적이었다. 그래 견디다 못해, 누구든 믿을 만한 동기간이 있어서, 한 명이라도 데려오면 결혼해 주겠다고 했던 것인데 생각지도 못했던 시동생이 나타났다는 것이다. 거기에다 식당까지 선뜻 차려주니 빈말로 한 약속이지만 지키지 않을 수 없었다는 것이다.

"착한 사람이었어요. 결혼 후에는 술주정 한 번 없었어요."

형수의 말은 매우 의외였다. 형의 불규칙한 그동안의 생활을 생각하면 믿기지 않았다.

"그 성미로 보아서 공연히 불끈 할 때도 있었을 텐 데요."

"다른 사람들과는 더러 그런 일도 있었던가 봐요. 그렇게 기분이 안 좋아 보이는 날은 제가 술상을 마련해서 대작을 청했지요. 저랑 술 마시면서 모두 풀어버려요 라고요. 그러면 어린애마냥 고분고분해 지지요."

형수는 추억을 더듬듯 먼 산을 바라보며 잔잔히 미소 지었다. 그런 모습을 보자 아버지와 대작하셨다는 어머니의 영상이 겹쳐 왔다. 일본 기생처럼 단정한 옷차림으로 남편의 술잔에 술을 따르는 다소곳한 여인상이었다.

"그런데 참 이상한 일도 있지요."

형수는 한참 동안 뜸을 들이더니 나직한 목소리로 속삭이듯 말했다.

과수원집

죽기 바로 직전이었어요. 어떤 나그네 부부가 들렀어요. 약초 캐는 사람이었어요. 약초를 한 보퉁이씩 배낭처럼 걸머지고 왔었지요. 된장찌개가 맛있다며 밥 한 상을 더 시키데요. 동동주 한 되를 두 부부가 나누어 들고는 늦기 전에 가야겠다며 일어서데요. 안방의 문이 빼꼼히 열린 상태여서 환자의 모습이 언뜻 엿보였던지 누구냐고 묻데요. 남편이 앓고 있다고 했지요. 무슨 병이냐고 묻길래 간암이라고 했지요. 여자가 혀를 차며 암엔 약이 없다지요. 하며 약초 한 꾸러미를 내 놓으며 달여서 먹여 보라고 하더군요. 된장찌개가 너무 맛있어서 거저 주는 거라며. 지성이면 감천이란 말도 있으니 정성을 다 기울여 보라고요. 그러자 남편 되는 사람이 허, 임자. 간암엔 약이 없다는 걸 뻔히 알면서 그러네. 어서 가기나 해요. 하고 닥달하더라구요.

형수는 눈시울을 적시며 이야기를 계속했다. 약초 캐는 부부가 떠나간 후에 남편이 묻데요. 누구냐고요. 약초 캐는 부부라고 했더니 지금은 약초 캐는 시기가 지났는데. 하더군요. 듣고 보니 그렇데요. 11월이니 눈발이 날릴 때도 됐잖아요. 남자가 키가 크더냐고 묻길래 당신만큼 크더라고 했지요. 그럼 여자는 당신만큼이나 호리호리 했겠네. 남편이 장난삼아 그러기에 듣고 보니 그렇네요. 하고 대답했지요.

약초 캘 시기도 아니고 아무나 산에 들어갈 수 있는 곳도 아닌데…… 남편은 혼잣말처럼 중얼거리더군요. 듣고 보니 그래요. 이곳은 사방에 군사기지가 있고 또 지뢰가 매설되어 있어서 약초를 캐러 산속으로 들어갈 수 있는 곳이 아니거든요. 지금 어디쯤 갔을까? 그렇게 묻길래. 글쎄요. 인제 쪽으로 가는 것 같았는데, 강어귀에 이르렀을까? 그러다가 문득 남편의 관심이 지나치다 싶어서 뭐 궁금한 것 있어요? 가서 불러올까요? 그렇게 물었더니, 아냐, 머리를 흔들고는 글쎄, 내가 따라가는 게 옳겠지. 강은 건넜을까? 그렇게 몇 마디 하더니 그냥 까무룩 혼수상태에 빠지더라고요.

형수는 눈물을 훔쳤다. 죽어가는 그 경황에도 여보. 그동안 고마웠소. 하고 인사를 잊지 않았지요. 착한 사람이지요. 병을 속이고 결혼한 것을 생각하면 괘씸하다가도 나름대로 극진한 사랑 때문에 그랬거니 하고 용서하고 싶어지기도 하고요. 죽은 뒤에 생각하니 그 약초 캐는 부부도 부쩍 의심스럽데요. 전에 그런 나그네를 한 번도 본적이 없거든요.

철민은 형수의 말을 들으며 머리가 어수선해지는 느낌이었다. 아버지와 어머니가 약초 보퉁이를 걸머지고 돌아오던 모습이 불쑥 떠올라서였다. 확실한 기억은 못되지만 몇 번이나 체험한 느낌이기도 했다. 아버지와 어머니의 혼령이 아들을 위해서 잠시 머물렀던 것일까? 그걸 알고 형은 서둘러 그 뒤를 좇은 것일까? 그렇게 생각하니 형이 형수를 만난 것도 어쩌면 평생의 한을 잠시라도 덜어주려는 혼령들의 세심한 배려가 아니었나 하는 생각마저 드는 것이었다. 황당한 이야기도 어떨 때는 절실한 느낌으로 다가올 수 있다. 이번의 경우는 그렇게밖에 설명할 수 없었다.

형수는 형의 유언이라며 화장한 뒤에 뼛가루를 동해 바다에 뿌려 달라고 했다. 어머니의 뼛가루가 뿌려진 곳이 동해 바다란 것을 아는 사람은 철민뿐이었다.

"이곳에서 한계령을 넘으면 바다지요."

형수는 그렇게 말했다. 해안마을에서 바다로 가는 가장 가까운 고개가 한계령이었다. 철민은 따라오겠다는 형수를 뿌리치고 혼자 형의 뼛가루를 안고 한계령을 넘었다. 그리고 가장 가까운 바다 작은 포구로 향했다. 바람이 몹시 거세었다. 방파제에 나가서 뼛가루를 뿌렸다. 어머니의 뼛가루가 뿌려진 그 바다였다. 인간이 태어났다가 사라지는 것

과수원집

은 순식간이다.

푸설푸설 눈발이 쌓이기 시작했다. 서둘러 차를 몰았다. 한계령을 넘자 눈은 폭설로 변했다. 앞을 볼 수 없었다. 여기저기서 순경들이 길목을 막았다. 폭설로 교통이 통제되기 시작한 것이다. 그렇더라도 서둘러 서울까지 가야 했다. 상고로 인한 휴가는 오늘로 끝이었다. 자신 때문에 학생들을 쉬게 할 수는 없었다. 순경들이 막아선 길을 돌아 사잇길로 빠지기를 몇 차례 하다 보니 그만 길을 잃고 말았다. 어둠이 갑자기 다가왔다. 차가 언덕을 넘고 있었다. 헤드라이트가 눈길을 비추었다. 얼마를 달렸을까. 문득 눈발에 가려진 이정표가 눈에 들어왔다.

"여기부터는 해안(亥安)마을입니다. 어서 오십시오."

그러자 형수의 모습이 차창을 가득 메우며 다가오기 시작했다. 어쩌면 잊혀졌던 어머니의 모습인지 모른다.

해파리

바다는 부글부글 끓었다. 그것은 가슴 깊이 풀어버리지 못한 욕망의 덩어리였다.그래서 바다는 햇살 가득한 모래톱을 향하여 자꾸만 기어올랐다. 쨍쨍한 햇살…… 모래톱엔 언제나 그런 햇살로 가득했다. 모래알들이 제각기 반사하는 햇살들은 서로 엉겨서 프리즘의 색깔로 번득였다. 눈이 부셨다. 나는 눈을 감았다. 감은 눈꺼풀 가장자리로도 햇살의 미립자들이 사정없이 달라붙었다. 기억의 저편 유년기적 체험들이 한꺼번에 우—하고 몰려들었다. 그들의 편편이 모두 쨍쨍한 햇살의 조각이었다.

"선생님. 여기에 계셨군요."

나는 번쩍 눈을 떴다. 연희였다. 지연희. 엄마를 참 많이도 닮았구나.

"여기쯤에 계실 거라고 그러셨어요. 엄마가요."

연희는 그렇게 말하며 환하게 웃었다. 햇살에 그으른 건강한 얼굴이 보기에 좋았다. 시골아이답게 천진하고 또한 발랄한 표정이었다.

"중학생이라고 했던가?"

"네. 중3이에요."

연희가 나의 옆으로 다가앉으며 말했다. 그래 그런 나이었군. 네 엄마에게도 너와 같은 중3 시절이 있었지. 젊고 아름답고 그리고 꿈꾸는 듯한 눈을 하고 있었단다.

"선생님은 어릴 때 죽은 외삼촌과는 친구분이라고 하셨지요?"

"죽은 외삼촌이라구?"

나는 연희의 말에 잠시 어리둥절해졌다. 그러나 곧 그 말뜻을 이해했다.

"그렇지. 그렇구나. 그렇구말구. 소꿉친구였지……"

연희가 어려서 죽은 외삼촌이라고 한 것은 석이를 두고 하는 말이었다. 석이는 키가 매우 작았다. 바우재에는 마을이라곤 모두 네 집 뿐이었고 그중에서 친구가 될만한 아이라고는 동갑인 석이밖에 없었다. 그래서 둘은 매일 붙어 살았다. 바닷속에 깊이 잠수하여 조개를 잡기도 하고 날게 를 뒤쫓기도 했다. 물안경을 쓰고 바닷속을 들여다보면 다리 끝에 날개를 달고 날아다니는 바닷게를 볼 수도 있었다. 게가 날아다닌다고 해서 그것을 날게 라고 불렀는데 너무 빨리 달아나서 좀처럼 잡기가 어려웠다.

날씨가 궂은 날이거나 물빛이 이상하게 흐린 날에는 커다란 해파리들이 떼를 지어 밀려들기도 했다. 해파리들은 커다란 쟁반을 엎어 놓은 모습인데 물결 따라 일렁이며 빙글빙글 돌았다. 투명하고 흐물흐물한 해파리가 몸에 닿으며 공연히 섬뜩한 느낌이었다. 그래서 나는 해파리만 보면 저만치 도망을 쳤다. 덩치가 큰 내가 그처럼 도망치는 것을 보고 석이는 재미가 있어서 자꾸만 해파리를 잡아서 나에게 집어던지곤 했다.

"어릴 때 죽은 외삼촌과는 무얼하고 놀았어요?"

연희가 물었다. 글쎄. 무엇을 하고 놀았던가? 나는 연희에게 어떤 식

과수원집

으로 설명해야 할 것인지를 생각했다.

"복어를 본 적이 있니?"

"복국집에서 파는 복어 말인가요?"

"그래. 장마철이 되면 새끼복어들이 파도에 밀려서 모래톱 여기저기 뒹굴어 다녔지. 그걸 우리는 뽁쟁이라 했는데, 이놈들은 물 밖으로 나오면 공기를 들여 마실 줄만 알고는 내쉴 줄을 모르는 게야. 그러니 배때기가 바람든 풍선마냥 탱탱 부풀어 오른단다. 공이 귀할 때라 그놈을 공 대신으로 삼아서 축구를 하였지. 뻥뻥 발길질하면 뽁쟁이는 럭비공처럼 엉뚱한 방향으로 달아났는데 그래서 게임이 더욱 재미가 있었단다."

내가 연희를 돌아보자 연희는 멀리 수평선을 바라보고 있었다. 연희는 처음부터 그런 얘기엔 관심이 없는 듯했다.

"우리 엄마하고도 소꿉놀이를 하였었나요?"

연희의 비약적인 질문에 나는 잠시 당황하다가 웃으며 얼버무렸다.

"그야……더러 했었지. 깨어진 질그릇이나 조개껍질을 주워서 그것을 밥그릇이라 하고 흙으로 밥을 만들고 풀잎으로 반찬을 만들고……"

"가시버시 놀이로군요. 선생님이 아빠가 되고 우리 엄마가 각시가 되어서 아기를 잠재우는 그런 거죠?"

"뭐, 그런 것 같기도 하다……하도 오래전 일이라서……"

나는 그렇게 얼버무렸지만 오래전 일이라 해서 쉽게 잊혀지는 것은 아니었다. 오히려 유년시절의 기억들은 나이가 들수록 아주 사소한 것까지도 햇살처럼 반짝이며 다가오기 마련이었다.

석이보다 네 살이나 아래인 숙이는 한사코 우리들 뒤를 좇아 다녔다. 같은 마을에서는 동무 될 만한 다른 아이가 없었다. 석이는 그게 싫어서 걸핏하면 누이동생을 웅덩이에 밀어 넣곤 했다. 숙이는 울면서 그

일을 아버지에게 고자질했다. 그러면 성미 급한 석이 아버지는 무서운 목소리로 호통쳤다. 이놈으 자슥아. 제 동생 하나 있는 걸 그렇게 귀찮아하고 못살게 구니 어디 사람 구실하겠나. 한 번만 그따위 짓을 더하면 아예 다리 몽둥이를 분질러 놓을 게다. 석이 아버지의 호통이 두려워서 우리들은 어쩔 수 없이 숙이를 매달고 다녀야 했다.

겨울의 매운 바람이 몰아치는 그런 때에는 바다에 나갈 수가 없어서 양지 바른 둔덕 밑에서 소꿉놀이를 했다. 흙을 파서 찻길을 만들었다. 새로 생긴 신작로를 본따서 그럴 듯한 커브길도 만들고 얕은 고갯길도 만들었다. 그리로 낡은 고무신짝 자동차가 부릉부릉 소리를 내며 달렸다. 자동차는 언덕길을 오를 땐 연기를 내뿜으며 헐떡이는 소리를 내었고 내리받이 길에서는 씽씽—바람을 일으키며 가볍게 내달렸다. 그럴 때면 숙이는 나의 아내가 되어서 갓난아이를 등에 둘쳐업은 모습으로 부엌에서 밥상을 차리는 일을 했다. 소꿉놀이란 으레 그렇게 해야 하는 것으로 알았던 것이다.

"엄마가 선생님을 대할 땐 눈빛이 달라지는가 봐요."

"그게 무슨 뜻이지?"

"선생님이 안 계실 때 엄마와 아빠가 심하게 다투었어요. 아빠가 그러시데요. 당신은 왜 그 친구를 대할 때면 눈빛이 달라지느냐구요?"

나는 연희를 돌아보았다. 그녀의 콧등에 송글송글 땀방울이 맺혀 있었다. 매운 가을 햇살에 그녀의 얼굴이 발그레 익어 있었다. 시집을 가지 않겠다고 그렇게 고집하던 숙이가 뒤늦게 시집가서 낳은 딸이 연희였다. 연희. 그것은 숙이가 나에게 몰래 편지를 보낼 때 사용하던 그녀의 숨겨진 이름이기도 했다. 연희. 나는 얼마나 그 이름을 자주 불렀던가. 꿈에서조차도 그 이름은 내 곁에 있었다.

나는 자리에서 일어섰다. 그리고 파도가 밀려와 부서지고 있는 젖은 모랫벌을 향하여 걸었다. 파도의 거품이 발밑까지 밀려왔다. 태풍이 한 차례 휩쓸고 지나간 뒤여서 젖은 모랫벌엔 바닷말들이 어지러이 흩어져 있었다. 쇠어서 구멍이 뚫린 미역이며, 파래, 말치, 그리고 진저리도 있었다.

"불강아지를 잡아 본 적이 있니?"

그의 물음에 연희는 머리를 흔들었다.

"예전엔 참 많았었는데……"

나는 모래톱에 흩어져 있는 검불더미에서 나무 삭정이 하나를 골라 내었다. 그리고 젖은 모래톱에 뚫린 작은 구멍 앞에 쭈구려 앉았다. 먼저 구멍에다 나뭇가지를 꽂았다. 모래가 허물어져서 구멍이 메워지는 것을 막기 위해서였다. 나뭇가지가 쓸어지지 않도록 조심하면서 나뭇가지 주변의 모래를 조금씩 긁어내었다. 그러자 마침내 나뭇가지에 짓눌린 하얀 불강아지가 나왔다. 수십 개의 다리를 가진 작은 벌레였다.

"어머. 참 깨끗하게 생겼네요. 불강아지라고 하기에 새빨간 벌렌줄 알았어요."

"뻘 — 강아지란 뜻이 아닌가 싶다. 모랫벌 할 때 뻘 — 이란 말을 쓰지 않니? 그리고 우리는 한번도 이놈을 벌레라고 생각해 본 적이 없단다."

불강아지는 메뚜기나 잠자리 또는 나비와 같은 것에서 느껴지는 그런 종류의 동물이었다. 흔히 벌레라고 하면 노린재나 굼벵이, 또는 송충이 같은 종류에서 느껴지는 그런 싫은 혐오의 감정이 생기기 마련인데 불강아지에게서는 그런 느낌을 가질 수 없었기 때문이었다.

내가 연희의 손바닥에 불강아지를 올려 놓아주자 그놈은 수십 개의 발을 가슴팍에 감추고 사지를 동그랗게 오무렸다. 동그랗고 딴딴한 둥근 공의 모습이었다. 연희가 손바닥을 기울려 공굴리기를 하듯 이리저리 굴려 보고 있는데 불강아지는 조금 안정이 되었는지 슬그머니 몸을 펴더니 갑자기 팔짝 뛰어서 손바닥 밖으로 빠져나가고 말았다.

"어머. 참으로 맹랑한 놈이네요."

연희는 얼결에 속임수를 당한 느낌인지 깜짝 놀라서 소리쳤다.

나는 그저 빙그레 웃었다. 나는 불강아지가 그런 모양으로 달아날 것을 이미 알고 있었던 것이다. 사람이 살아가는 동안 예기치 못한 일이란 얼마나 많은가. 경험으로 겪어서 깨닫게 될 때는 이미 불강아지는 손바닥에서 사라진 후가 되기 마련이었다. 연희는 손바닥에 묻은 모래를 탁탁 털어버리고는 불쑥 말했다.

"선생님은 왜 엄마와 결혼하지 않으셨어요?"

나는 연희가 이 질문을 위해서 지금껏 조바심치고 있었다는 생각이 문득 들었다. 나는 어떤 식으로 대답을 해야 할 것인지를 생각하지 않을 수 없었다. 연희를 태어나게 하기 위해서……그런 말이 어울릴 것인가. 숙이의 부모가 허락하지 않아서……그런 말이 적절할 것인가. 사실 지금에 와서 그런 것들은 다 무의미한 대답일 뿐이었다. 그저 우연한 기회에 어떤 일이 일어났고―그것은 다분히 운명적이기까지 했는데― 그것이 지금껏 평온하던 모든 관계를 뒤흔들어 놓았을 뿐이었다. 그리고 그런 일은 살아가는 동안 으레 있는 일들이기도 했다.

그날도 그랬다. 갑자기 바다의 물빛이 칙칙 어두워 왔다. 해파리들이 떼를 지어 몰려왔다. 내가 물 밖으로 달아나려는데 석이가 나를 제지했다.

"봐라. 뭐가 무섭냐?"

석이는 해파리를 잡아다가 손바닥으로 짓뭉개기 시작했다. 여러 조각으로 토막난 해파리들이 파도를 따라 빙글빙글 맴돌았다. 해파라의 주둥이는 연분홍빛을 띄고 있었는데 이상한 꽃무늬가 있었다. 봐라. 이놈은 물지 않는 놈이다. 석이는 해파라의 입구멍에다가 자신의 손가락을 집어 넣었다. 봐라 아무렇지도 않다. 정말 아무렇지도 않았다.

"겁쟁이. 너는 겁쟁이다."

사실 나는 겁이 많았다. 키는 석이 보다 두뼘이나 더 컸지만 씨름이나 달음박질에는 늘 석이에게 뒤졌다. 그러나 겁쟁이란 말을 정면으로 듣고 나자 나도 오기가 생기지 않을 수 없었다.

"그깐 정도는 나도 할 수 있다."

나도 해파리의 입에다가 검지손가락을 집어넣었다. 투명한 해파리가 어딘가에 날카로운 이빨을 숨겼다가 덥석 물 것만 같았다. 톱으로 썰리는 나무토막처럼 검지손가락의 매듭이 뭉텅 잘려나갈 것 같기도 했다. 그러나 실제로는 아무 일도 일어나지 않았다.

"어쭈. 제법인데."

석이는 그렇게 비웃으며 말했다.

"이번에는 좀 더 어려운 시합을 하자."

석이는 해파리의 입에다가 자신의 잠지를 집어넣었다. 해가 구름속으로 숨어 버려서 바다의 기온은 갑자기 뚝 떨어졌다. 아니 실제로 하늘에는 비구름이 잔뜩 몰려와 있었다. 아이들에게는 수영복이 없었다. 그래서 우리는 모두들 발가숭이 채로 목욕했다.

"이렇게 할 수 있어? 할 수 있느냐구?"

해파리의 입에다 잠지를 집어넣는 일은 기이한 흥분을 자아냈다. 할 수 있어? 할 수 있느냐구? 나는 온몸이 떨렸다. 뚝 떨어진 기온 때문이라고 생각했다. 입술이 파래졌다.

"너 떨고 있구나? 병신. 안 하면 그만이지. 떨긴 왜 떨어?"

"추워서 그런 거지."

"병신. 무서워 그러면서⋯⋯"

나는 해파리가 물지 않는다는 것을 알고 있었다. 손가락을 직접 넣어 보았기 때문이었다. 그러나 그 기분 나쁜 구멍에 잠지까지 넣고 싶지는 않았다. 그런데 석이란 놈이 자꾸만 놀리니까 나는 마침내 석이가 하듯이 해파리의 입구멍에 잠지를 넣어 보이지 않을 수 없었다. 그러자 송곳으로 잠지 끝을 찌르는 듯한 놀라운 통증이 왔다. 나는 털썩 주저앉았다. 잠지가 순식간에 퉁퉁 부어 오르기 시작했다. 내가 정신없이 눈물을 글썽이고 있는데 석이는 좋아라고 손뼉을 치며 웃었다.

"병신. 나 봐라. 나는 얼마든지 해도 괜찮다. 병신."

석이는 해파리의 입구멍에 연신 잠지를 넣어 쑤셔대면서 나를 놀렸다. 병신. 이것도 못해. 병신. 나는 마침내 모욕감을 참을 수 없었다. 심한 통증에도 불구하고 점점 분노가 머리끝까지 치솟았다. 개새끼. 죽여버릴 테다. 나는 모래톱에 뒹구는 주먹만한 돌멩이를 집어 들었다.

"개새끼. 죽여버릴 테다."

돌멩이가 쌩— 소리를 내며 석이의 귓볼을 스쳤다. 석이는 깜짝 놀라서 나를 바라보았다. 그동안 나는 이미 다른 돌멩이를 집어들고 있었다. 석이는 후닥닥 달아나기 시작했다. 돌멩이가 다시 머리끝을 스쳤다. 주먹만한 돌멩이였다. 정통으로 맞기만 하면 머리통이 으깨질 것이 분명했다. 죽여버릴 테다.

석이는 힐끔힐끔 뒤돌아 보며 앞으로 내뛰었다. 모래톱엔 주먹만한 돌멩이가 얼마든지 있었다. 갑자기 하늘에서 천둥이 울며 번개가 번쩍일었다. 마침내 돌멩이 하나가 석이의 등판을 후려쳤다. 석이의 발걸음이 휘청했다. 그때 석이의 눈에 변압기가 올려진 전봇대가 보였던 모양이다. 석이는 돌멩이를 피하려고 전봇대 뒤로 숨었다. 그리고 그 끔찍한 일은 바로 그 순간에 일어났다.

그것은 정말 믿을 수 없는 일이었다. 석이가 전봇대를 감싸듯이 하는

과수원집

바로 그 순간에 번쩍 번갯불이 일었다. 그러자 석이의 몸은 놀라운 불꽃으로 휩싸였다. 그것이 번갯불 자체였는지 아니면 전봇대의 변압기에서 땅속으로 내려진 전선줄에서였는지 그것은 정확하지 않았다. 아무튼 순간적으로 석이의 몸은 번쩍하는 불꽃으로 감싸이는 듯싶었고 그리고 처절한 비명과 더불어 석이의 몸뚱이가 전봇대의 둘레로 빙글빙글 맴돌았다. 팔랑개비처럼 맴돌았다. 몸뚱이 자체가 팔랑개비가 된 듯싶었다. 몸의 어느 부분이 전봇대에 붙들린 채 빙글빙글 돌았다. 그것은 원심돌리기의 실험에서 한끝에 매달린 쇠추가 사람의 손목 둘레로 빙글빙글 도는 것과도 같았다.

그러한 끔찍한 모양이 어느 정도나 계속되었는지 나의 기억에서는 확실하지 않다. 몇 초로 헤아려지는 짧은 순간이었는지 아니면 몇 분의 긴 시간이었는지 나는 도무지 기억나지 않았다. 두 손에 돌멩이를 움켜 쥔 채 멍하니 정신을 잃고 있는 나의 가슴팍을 때리며 울부짖은 것은 숙이었다.

"우리 오빠 살려내라. 우리 오빠 살려내!"

그제서야 정신이 돌아와 바라보니 석이는 전봇대 바로 옆에 벌떡 나자빠져 있었다. 그리고 코에서 입에서 눈에서 귀에서 온통 피가 흘렀다. 피는 그뿐이 아니었다. 열 개의 손가락 끝끝에서도 피가 나왔고 발가락 끝마디에서도 피가 나왔다.

"네가 우리 오빠를 밀었다. 내가 봤다."

숙이는 키가 작고 앙칼진 데가 있었다. 작은 악마처럼 길길이 날뛰며 오빠를 살려내라고 아우성쳤다.

"네가 밀었다. 네가 밀었어. 내가 봤다. 내가 봤다구."

솔숲에서 송진을 줍던 숙이는 소나기가 쏟길 것 같으니까 걱정이 되어서 오빠와 내가 목욕하고 있던 곳으로 달려오던 중에 그런 끔찍한 광경을 목도하게 되었던 것이다. 숙이가 어찌하여 내가 오빠를 미는 것을 보았다고 주장하게 된 것인지 그 이유는 확실치 않다. 그러나 어린 숙이가 내가 오빠를 미는 것을 직접 보았다고 한 주장은 나로하여금 살인자의 혐의를 받게하는 중대한 증언이 되었던 것이다.

"무서운 일이다. 쬐끄만 놈이 그런 끔찍한 짓을 저지르다니……"

"쌍둥이처럼 친하게 자라던 놈들이 그런 무서운 일을 저지를 수 있단 말인가? 끔찍한 세상이다."

이것은 이웃 사람들의 말이었다.

현장을 조사하러 나왔던 관계관들은 말했다.

"이런 일은 누가 밀어서 일어난 일이라고 만할 수도 없습니다. 천둥 번개에게도 죄가 있습니다. 불량 전기를 제거하려고 설치한 아스의 선이 좋지 않은데도 원인이 있고요. 아무튼 불가항력이라고 보아야지요. 하필 천둥 번개가 치는 그 순간에 그 아스선을 만졌으니 말이요. 더구나 목욕하던 물 묻은 손 그대로 말이지요. 그러니 어린아이만을 너무 나무랄 일이 아닙니다."

그러나 그런 말을 그대로 들을 석이네가 아니었다. 석이의 할머니는 우리 부모가 들으라고 낮이고 밤이고 고래고래 소리를 질렀다. 내손자 살려내라. 내 손자 살려내. 석이는 외아들이었다. 석이네는 원래 손이 귀한 집안이어서 그 아버지도 독신인데다가 석이마저 독신이어서 불면 날아갈세라 모두들 극진히 감싸며 키웠다. 이거, 우리 석이 줄려고 사왔다. 이건 우리 석이 입힐 옷이다. 이건 우리 석이 먹일 과일이다. 석이의 집에 가면 모든 것이 석이를 위해서 있었다. 그런 집안이었으니 그의 할머니가 그처럼 길길이 뛰는 것도 어쩌면 당연한 일인지 모른다.

석이의 아버지 또한 예외가 아니었다. 성미가 급한 석이의 아버지는 술만 취하면 우리집으로 달려왔다.

"혁이 고놈으 자식 어디 있나. 지놈이 내 아들 죽였는데 나라고 그런 짓 못할까. 이 낫으로 고놈으 자식 목아지를 댕강 잘라놓고 말 테다."

석이 아버지가 낫을 휘두르며 달려올 때면 온 식구들이 벽장이며 장독대로 숨었다. 우리가 황급히 이사를 가게 된 것도 그런 연유에서였다. 나도 심한 충격으로 몇 달을 앓았다. 몸이 극도로 쇠약해져서 학교도 쉬어야 했다.

그러는 동안 전쟁이 일어났다. 6·25였다. 전쟁의 발발이 내게는 오히려 구원이 되었는지 모른다. 군대들이 몰려와서 서로를 죽이는 끔찍한 전쟁은 나의 내면의 깊은 상처를 어느 정도 무디게 해주었기 때문이었다.

전쟁의 후유증은 참으로 컸다. 석이가 죽고부터 매일 술이던 석이의 아버지가 이 전란통에 돌아가시고 말았다. 석이가 죽고부터 시름시름 앓던 석이의 할머니도 전란 중에 돌아가셨다. 그래서 석이네는 어머니와 딸, 모녀만 남게 되었다. 석이 어머니는 혼자서 큰 살림을 꾸리었다. 원래 농토가 많은 터라 머슴을 둘씩 두고도 힘에 겨울 정도였는데 이제 석이의 아버지도 없는 처지가 되고 보니 석이 어머니의 농사일은 더욱 고될밖에 없었다. 그래도 석이 어머니는 일점 혈육인 숙이에게 기대를 걸고 열심히 살았다. 숙이 만이 그 어머니의 유일한 위안이었다.

내가 숙이를 다시 만나게 된 것은 전쟁이 끝나고도 몇 년이나 지나서였다. 우연히 길거리에서 낯익은 얼굴과 부딪친 것이다. 숙이도 대뜸 나를 알아 보았다.

"오빠. 혁이 오빠로구나."

숙이는 그렇게 말했다.

"오빠네가 이곳 읍내로 이사한 건 알고 있었지만……"

숙이는 놀랍게 숙성해 있었다. 그들은 작은 구멍가게에 앉아서 지난 얘기를 나누었다.

"엄마는 공연한 일로 좋은 이웃을 떠나게 했다고 지금도 마음 아파하신다. 오빠네가 옆에 있으면 엄마는 퍽도 마음 든든하실 텐데……"

바우재 마을엔 우리집이 이사 가고는 아무도 그곳으로 이사 오는 집이 없어서 마을이 세 집으로 줄게 되었고, 또 혼자가 된 숙이의 어머니는 말벗이 없어서 늘 적적해 하신다고 했다.

"나마저 공부한다고 읍내로 나오게 되니 더구나 적적해 하시지……"

나는 이젠 제법 성숙한 그녀를 만나자 악몽 같은 지난 일들이 주마등같이 떠올랐다. 나는 그녀가 어찌하여 내가 오빠를 밀었다고 바작바작 우겼던지 도무지 이해되지 않았다. 그래서 물었다.

"지금도 너는 내가 너의 오빠를 떠밀었다고 생각하니?"

나의 말에 숙이는 눈을 동그랗게 뜨고 반문했다.

"누가 누굴 밀었다구?"

"너는 내가 네 오빠를 전봇대에 떠밀어 죽게 한 것을 똑똑히 보았다고 여러 사람 앞에서 몇 번이고 되풀이 말했었지……"

"설마, 내가 그랬을까?"

숙이의 대답은 엉뚱했다. 나는 어이가 없어서 다시 물었다.

"오빠가 사고를 당하던 그때의 모습은 생각나냐?"

"그럼. 오빠가 전봇대 주위를 빙글빙글 돌던 기억이 악몽처럼 떠오를 때가 자주 있지."

"그때에 나는 어디에 있었지?"

"전봇대에서 한참 떨어진 곳에서 오들오들 떨고 있었던 것 같았는데……글쎄 기억이 정확한 건지 어떤지……"

"그래. 바른 기억이다. 그런데 너는 모든 사람에게 내가 네 오빠를 떠밀어 죽게 했다고 말했지. 악을 쓰고 울며 끝내 그 주장을 굽히려 들지

　　　　　　　　　　　　　　　　　　　　과수원집

않았어."

숙이는 머리를 흔들었다.

"내가 왜 그랬을까? 그럴 만한 이유가 전혀 없는데……내가 솔숲에서 달려오는데 무엇인가 눈앞에서 빙글빙글 돌았어. 그리고 혁이 오빠는 한참이나 떨어진 곳에서 두려워 벌벌 떨고 있었는걸. 지금도 분명히 기억나는데……"

그래. 그랬었구나. 나는 그제서야 알 것 같았다. 숙이는 그때 빙글빙글 돌던 물체가 마침내 나가떨어지면서 피를 토하고 쓰러지는 것을 목격했다. 그리고 그것이 다름 아닌 석이 오빠라는 것을 알게 되었다. 너무나도 놀란 충격으로 그녀는 나에게 매달리는 심정이었을 것이다. 그래서 무슨 투정이든 부려야 했을 것이다. 놀란 마음을 그런 식으로라도 진정시키지 않으면 안되었을 것이다. 그런 어린아이의 마음을 알길 없는 어른들은 숙이의 말만 믿고 나를 동무를 죽인 살인자로 몰았던 것이다.

"그럼 나 때문에 오빠네가 이사하게 되었구나."

"꼭 너 때문이겠니? 다 운명의 장난이겠지."

나는 그때 제법 어른스런 말투로 그렇게 말했던 것 같다. 석이가 죽은 이래로 나는 갑자기 성숙한 애어른이 되고 말았던 것이다.

"그래서 오빠네는 한번도 고향길에 얼굴을 비치지 않았던 거구나?"

"엄마 한테서는 아무 말도 없었니?"

"지난 일에 대해서는 일체 입을 열지 않으셨어."

숙이는 나를 말끄러미 쳐다보았다. 그 눈동자에 물끼가 어려 있었다.

나와 숙이의 관계가 급작스레 가까워진 것은 이런 해후의 결과였다. 숙이가 고등학교를 졸업하고 시골 면사무소에 직장을 구하게 되자 우리는 결혼문제를 논의하게 되었다. 그러나 그런 사실을 알게 된 숙이의 어머니는 눈에 불을 켰다.

"내가 죽은 후라도 안 된다. 그런데 내 눈에 흙이 덮이기도 전에 감히 결혼이라고……이 철없는 것아. 경우야 어찌 되었든, 석이가 죽고 할머니와 아버지가 돌아가신 것이 모두 누구 때문이냐? 잘잘못을 떠나서라도 그 아이와는 씻을 수 없는 악연을 맺어온 우리 집안이란 말이다."

숙이 어머니는 나에게도 분명하게 말했다.

"석이의 죽음이 우리 집안에 온갖 불행을 몰고 온 것은 세상이 다 아는 일이야. 그리고 자네로 하여 석이가 죽게 된 것도 세상이 다 아는 일이고…… 어디에 여자가 없어서 굳이 내 딸만이라야 된다는 말이던가? 이제 내 가슴에 마지막 못질을 해야만 속이 후련하겠다는겐가?"

숙이 어머니의 추상 같은 싸늘한 목소리에 나는 으스스 몸이 떨렸다. 한 여자의 원한이 이렇게 뼛속까지 사무쳐 있는 것을 알고서야 어찌 그 딸과 결혼을 강행할 것인가.

"선생님. 제가 묻지 않았어요? 왜 엄마와 결혼하지 않았었느냐구요?"

숙이가 묻고 있었다. 그러나 나는 묵묵히 바다만을 바라보았다. 파도가 밀려오고 있었다. 바람이 거세어지고 있는지 파도꽃이 자주 일었다. 그 위로 갈매기들이 끼루룩거리며 파도를 탔다. 언제 보아도 바다는 예전과 조금도 다름이 없었다. 나는 마지 못해 말했다.

"연희를 태어나게 하려고 하느님이 그렇게 운명을 주신 거겠지."

"피— 그런 대답이 어디 있어요."

연희가 입을 삐죽 내밀었다. 그러나 나는 말하고 싶었다. 인생이란 그렇게 해답이 없는 거란다라고……저 파도를 봐라. 끝없이 밀려와도 성이 차지 않아서 계속 되풀이 밀려오고 있느냐고. 이게 아니라고 하면서……그렇게 말하면서……그러면서도 어쩔 수 없이 평범한 되풀이로

과수원집

사는 것, 끝내 해답을 발견하지 못하며 사는 것, 그것이 인생인지도 모른다고……

내가 바라보고 있는 사이에 바다의 물빛이 칙칙하게 검어지고 있었다. 어디선가 한 무리의 해파리들이 몰려올 것만 같았다. 나는 문득 연희에게 이런 말만은 꼭 들려주고 싶다는 생각을 했다. 네가 이곳에서 결혼하여 아이를 낳아 기르게 된다면, 그 아이에게 해파리의 입구멍 속에다가 잠지를 넣는 장난일랑 아예 하지 말게 하라고……그렇게 단단히 주의를 주라고……

박넝쿨

바닷마을에서 학교로 가는 길목에 연희네 집이 있습니다.

연희는 과부 할머니의 외동딸답게 예쁘기 그지없습니다. 그래서 바닷마을 아이들은 연희의 집 울담을 지날 때면 공연히 마당 안을 기웃거리거나 울담에 발길질을 해대곤 합니다. 연희 집의 울담은 목재를 켜고 남은 껍질을 세운 것이어서 한 번 발길질에도 담장 전부가 들썩거립니다. 더구나 다른 집에는 없는 대문까지 있는데 그 문에다 쇠방울을 달아 놓아서 쇠방울 울리는 소리가 요란합니다.

그러면 연희의 늙은 할머니가 부지깽이를 들고 달려나옵니다.

"어느 놈의 종자냐? 남의 집 울담에다 발길질하는 놈이 어떤 놈이냔 말이다."

그러면 아이들은 돌팔매 당한 피래미 새끼들처럼 와르르 흩어져서 달아나곤 합니다. 어깨에 둘러멘 책보퉁이 속에서 몽당연필이 딸랑거리는 소리가 요란합니다.

"그 할망구 괜히 우리만 갖고 야단이네."

"우리가 나룻가 애들이라고 그러는거야."

연희가 살고 있는 모산봉 사람들은 나룻가 애들을 아주 싫어합니다. 개궂하다고 해섭니다. 아버지가 배를 타는 바닷마을 애들이 장난이 심한 것은 사실입니다. 어른들이 매일 술마시고 싸우니까 애들도 따라서 그럽니다. 그렇지만 아이들이 연희를 못살게 구는 것은 아닙니다. 연희는 아이들보다 두어 학년이나 밑이고 오빠 오빠 하며 그들을 잘 따릅니다. 그래서 그들은 연희를 잘 위해 줄려고 하지만 연희의 과부 할머니는 공연히 그들만 보면 눈에 불을 켜고 화를 내는 것입니다.

"요 잡년의 종자들. 한 번만 더 내 집 앞에 얼씬만 해봐라. 다리몽둥이를 분질러 줄테다."

연희의 할머니가 아무리 그래도 그들은 그 집을 비켜갈 수가 없습니다. 연희네 집은 그들이 학교로 가는 길목에 있기 때문입니다. 그래서 마음 약한 아이들은 울담 옆을 살금살금 걸어서 후닥닥 달아나곤 합니다. 그리고 담이 큰 아이들은 울담에 냅다 발길질을 하고는 후닥닥 달아납니다.

마을 사람들은 연희의 할머니에 대해서 퍽 동정적입니다.

"그 과부댁이 그처럼 화를 낼만도 하지. 뒤늦게 손녀를 하나 두었는데 헤식은 그 아들이 딸자식 자랑하다 죽었으니 말이다."

연희의 아버지가 죽게 된 사연은 이렇습니다. 바닷마을로 술타령 와서 예쁜 딸자랑을 늘어지게 한 모양입니다. 듣다 못한 뱃사람이 놀린 모양이지요.

"자식 자랑하는 놈은 팔불출이라데. 여북 못났으면 그럴까? 아들놈도 아닌 딸년을 두고 말이네."

"내 딸 내가 자랑하는데 네놈이 뭐야?"

"제 딸 제가 자랑하는데 누가 뭐람. 하지만 눈치가 있어야지. 나이 쉰에 가깝도록 자식이 없다가 겨우 본 딸이네. 정말 지놈 자식인지 아니면 지나가던 중놈 자식인지 알게 뭐냔 말야."

이런 욕을 먹고 가만 있을 연희 아버지가 아닙니다. 그래서 두 사람이 서로 엉켜서 치고박고 싸웠는데 연희 아버지가 땅에 넘어지면서 돌에 머리를 부딪친 모양입니다. 그래서 어이없이 죽고 만 것입니다. 연희의 아버지가 죽자 연희의 어머니는 그 충격을 이기지 못해 집을 나가고 말았습니다. 그래서 연희의 할머니는 바닷마을 사람만 보면 화를 참지 못합니다. 바닷마을 아이들을 봐도 마찬가지입니다.

한여름이 되면 매미의 울음소리가 극성입니다.

아이들은 바다에서 놀다가 싫증이 나면 모산봉 빨래터로 달려갑니다. 그곳은 개울물이 깊어서 멱을 감기가 좋습니다. 그러나 무엇보다 더 좋은 것은 참외서리입니다. 그곳엔 참외밭도 많습니다. 특히 연희네 참외밭의 참외는 달기가 소문났습니다. 연희네 할머니가 억척으로 잘 가꾸기 때문이지요.

아이들이 빨래터에서 물장구를 치면서 노는 소리만 들려도 연희 할머니는 부지깽이를 들고 달려옵니다.

"이놈들. 넓은 바다를 두고 왜 이곳에 와서 말썽이냐?"

머리 큰 아이들이 말대꾸를 합니다.

"이 개울도 할머니네 껀가요?"

"누구꺼든……여긴 모산봉이야. 모산봉 아이들이 아닌 너희들이 멱 감을 데가 아니란 말이다."

"그럼 모산봉 아이들은 바다엔 얼씬도 못하겠네요."

"얼씬 하던 말던……아무튼 여기선 안 돼."

"그런 억지가 어디 있어요."

그러나 그런 항의가 먹힐 턱이 없습니다. 연희 할머니는 부지깽이를 들고 개울로 들어섭니다. 그리고 닥치는 대로 후려칩니다. 아이들은 놀라서 달아납니다. 미쳐 달아나지 못하면 붙들려서 매맞기 마련입니다. 그렇게 흠씬 얻어맞고 집에 가서 부모님께 항의해도 소용 없습니다.

"하필 모산봉 개울만 개울이냐? 넓은 궁바다는 버려 두고 왜 그곳만이냐? 맞아도 싸지."

바닷마을 사람들은 연희 아버지가 뱃사람과 다투다가 죽은 일을 늘 미안하게 생각합니다. 그래서 누구든 아이들 편을 들지 않습니다. 바닷마을 아이들은 그것이 분합니다. 그래서 밤이면 연희네 참외밭으로 숨어듭니다. 그리고 닥치는 대로 참외를 서리해 옵니다.

다음날이 되면 바닷마을엔 난리가 납니다.

연희 할머니가 온통 머리를 산발하고 고래고래 고함을 지르기 때문입니다.

"이놈들. 내 참외밭의 참외 내놓아라."

"참외 물어내고 참외순 살려내라."

하루 종일 마을을 돌며 소리소리 지르면 아이들은 바닷마을에서 멀찌기 떨어진 궁바다 솔숲으로 도망을 갑니다. 그리고 솔숲에 숨어서 얼굴을 내밀지 않습니다. 마을 사람들이 돈을 추렴해서 참외값을 물고 잘못을 빕니다. 그렇게 달래고 달래서 겨우 집으로 돌려보냅니다.

아이들은 한밤중이나 되어서야 집으로 숨어들지만 어른들에게 혼줄이 나기 마련입니다.

"이놈의 자석들. 하필 연희네 참외밭 서리냐?"

"불쌍한 과부댁이 얼마나 공들인 건데 말이다."

집집마다 매맞는 소리가 요란합니다. 그러니 아이들은 연희 할머니만 보면 마귀할머니를 대하듯 합니다.

연희의 할머니는 마귀할미처럼 무섭지만 연희는 천사입니다.

할머니가 아이들을 야단치는 것을 미안하게 여겨서 할머니 몰래 감자도 가져오고 누룽지도 가져옵니다.

"우리 할머니 불쌍한 할머니다."

연희는 그렇게 할머니를 변호합니다.

"우리도 다 그런 줄 안다. 하지만 너무하지 않니? 길목으로 지나가지도 못하게 하고 먹감지도 못하게 하고……"

"그렇지만 너희들을 그렇게 혼내준 다음에 혼자 우신단다. 내가 왜 그러는지 모르겠다고 하시면서 말이다."

"네 아버지 생각해서 그러시겠지."

"그런지도 모르지. 늘 아버지 말씀을 하신다. 집안에 하나밖에 없는 아들이라고 퍽도 위했지만 끝내 사람 구실 못하고 죽고 말았다고……"

"그게 어디 마음대로 되는 일이냐?"

아이들은 그렇게 어른스럽게 말하면서 연희를 위안합니다. 연희에게 미안한 마음이 들기 때문입니다. 이젠 연희에게도 연희 할머니에게도 잘해 주어야 겠다고 마음을 먹기도 합니다.

모산봉 부근의 집들은 집집마다 과일나무 몇 그루씩 기르고 있습니다. 어떤 집은 복숭아, 살구, 자두나무를 기르고 어떤 집은 능금, 사과, 배나무를 기릅니다. 호도, 모과나무를 기르는 집도 있고 포도나무를 기르는 집도 있습니다. 어디에나 밤나무와 감나무는 지천입니다.

이런 것들이 배고픈 바닷마을 아이들을 유혹합니다.

바다에도 먹을 것이 없는 것은 아닙니다. 아이들은 밤이면 솜망치에 기름을 묻혀 만든 횃불을 들고 방파제로 나갑니다. 횃불이 밤바다를 비추기 시작하면 온갖 것들이 몰려옵니다. 달랑게는 쪼르르 달려오고, 우렁이는 엉금엉금 기어옵니다. 성게는 긴 가시를 움직여서 성큼성큼 다가옵니다. 바위에 납작 붙어사는 전복이며 따개비 같은 것들도 거의 눈치를 채지 못하게 살금살금 다가옵니다. 심지어는 미역이나 파래 같은 바닷말까지도 불빛을 향해서 너울거립니다.

아이들은 그렇게 다가오는 것들을 무더기로 잡아내지만 그것들로는 배를 채울 수 없습니다. 그것은 입속에서 녹는 사탕만큼이나 달콤하긴 하지만 배가 부르지는 않습니다.

아이들은 작살을 들고 물고기 사냥을 하기도 합니다. 물안경을 쓰고 바닷속으로 잠수해 보면 물고기들이 노는 모습을 살필 수 있습니다. 알록달록한 무늬를 지닌 놀래미는 주로 바위의 틈서리에서 놉니다. 가자미 같이 납작한 놈들은 바위반석이 깔린 땅바닥에 납작 기어다닙니다. 학꽁치 같이 떼를 지어 다니는 놈들도 있습니다.

아이들의 작살에 꿰어지는 놈은 주로 바위 틈서리에서 한가하게 낮잠이나 자는 놀래미나 우럭 같은 놈들입니다. 그런 놈들은 몸이 둔하고 사람을 의심하지 않아서 작살을 몸뚱이 바짝 드리대도 날 잡아 잡수시오 하는 식으로 곁눈도 주지 않고 입만 뻥긋댑니다. 그런 놈이라 하더라도 아무의 작살에 꿰어지는 것은 아닙니다. 물개처럼 물에 익숙한 또래의 대장격인 두남이의 작살에만 십여 마리 잡힐 뿐입니다.

두남이는 아이들보다 키도 머리 하나쯤 더 컸지만 몸집도 크고 힘도 셉니다. 수영도 잘하고 달음박질도 잘합니다. 물속 깊이 잠수했다가 직업적인 해녀들처럼 제법 오랫동안 지나서야 휴— 하는 휘파람 소리를 내며 수면으로 떠오르기도 합니다. 그럴 땐 작살 끝에 알록달록한 색깔의 놀래미나 등줄기에 푸른 줄무늬가 있는 남종바리가 꿰어 있곤 했습니다. 하지만 그런 잡고기 몇 마리엔 흥미가 없습니다. 바닷가 아이들은 어선에 가득가득 잡혀 오는 명태, 오징어, 고등어, 꽁치 같은 물고기

　　　　　　　　　　　　　　　　　　　　과수원집

들에 익숙해 있기 때문입니다.

작살로 물고기를 잡는 것보다는 발끝으로 조개를 잡는 일이 훨씬 쉽습니다. 조개는 민물과 바닷물이 합수지는 갯목에 많습니다. 갯목바다에는 개울물에 휩쓸려 온 모래가 쌓여 있어서 바다 멀리까지도 깊지 않습니다. 그래서 아이들은 물 위에 목을 내놓고 발로 바닥의 모래를 헤집는 작업을 합니다. 발가락 끝에 반들반들 매그러운 감촉이 느껴집니다. 아이들은 발바닥의 감촉만으로도 조개의 모양이나 크기를 짐작할수 있습니다. 주로 대합이지만 더러는 밥주걱 모양의 가리비도 있습니다.

아이들은 그렇게 밟히는 조개를 엄지발가락과 검지발가락 사이에 끼워서 건져 올리기도 하고 개구리처럼 자무락질해서 손으로 움켜 내기도 합니다. 물안경을 갖고 있는 아이들은 솔개미가 병아리를 노리듯 수면을 헤엄치면서 모래이랑에 너풀대는 파래만을 보고도 조개를 잡아냅니다. 파래의 크기만으로도 모래 속에 숨겨진 조개의 크기를 짐작할 수있기 때문입니다. 때로는 모래이랑 사이로 날고 있는 날게를 발견하기도 합니다. 날게는 새끼발가락에 날개가 있어서 그것으로 물속을 빠르게 납니다. 그러나 수면 위에서 솔개미처럼 내리덮치는 아이들의 손아귀를 벗어날 수는 없습니다.

그렇게 물속에 오래 있다 보면 아이들의 입술은 파랗게 얼어버립니다. 바닷물은 여름이나 겨울이나 언제나 샘물처럼 차기 때문입니다. 아이들은 해변에 밀려온 삭정이 나무들을 주워서 불을 피우고 잡은 대합이나 가리비를 구워서 나누어 먹지만 배를 채울 수 없기는 마찬가지입니다.

그래서 아이들의 발길은 다시 모산봉 쪽으로 향하기 마련입니다.

바닷마을 아이들이 모산봉 부근에 떼를 지어 나타나면 모산봉 사람들은 모두 긴장합니다. 그리하여 평소 쳐다보지 않던 과일나무도 살펴보고 감자밭이나 콩밭도 살펴봅니다. 그뿐 아닙니다. 애들이 개울 옆 모래밭에 뒹굴며 놀고 있는 곳까지 다가와서 애들의 동태를 살핍니다.

바닷마을 아이들은 그런 모산봉 어른들의 감시도 모른 척하고 신나게 놉니다. 모래에 금을 그어 땅뺏기 놀이도 하고, 말타기 놀이도 합니다. 편을 갈라 공차기도 합니다. 새끼줄을 둘둘 말아서 만든 공은 아무리 힘들여 차도 그리 멀리 나가지 않습니다. 그래서 서로 부딪치고 넘어지고 하다보면 온통 온몸이 모래투성이가 됩니다. 그러면 개울물로 뛰어들어 멱을 감습니다. 민물은 바닷물과 달라 매우 따뜻합니다. 거기에다 연희도 함께 와서 놀기 때문에 더욱 즐겁습니다. 연희 할머니는 외동 손녀인 연희를 바닷가 근처에는 얼씬도 못하게 합니다. 그렇기 때문에 연희는 아이들이 모산봉 부근에서 놀 때만 함께 어울립니다.

아이들이 재미있게 놀고 있는 모양을 보며 모산봉 어른들은 마음을 놓습니다. 그러나 아이들은 그냥 놀고 있는 것만은 아닙니다. 두남이의 지시에 따라 아이들의 한 패는 나무를 주워 모읍니다. 개울옆의 모랫벌에는 장마때 떠내려 온 나무들이 여기저기 널려 있습니다. 아이들은 그 나무들 중에서 잘 마른 것만을 골라 모으고 다른 한 패는 논뚝길을 헤매며 마른 쇠똥을 주워 모읍니다. 마른 쇠똥도 땔감으로 사용할 수 있다는 것을 알게 한 것은 두남이입니다. 그것은 어른들도 잘 모르는 대단한 발견입니다. 아이들은 마른 쇠똥이 참나무숯처럼 발갛게 불꽝을 낸다는 사실을 알게 되자 또래의 대장인 두남이를 더욱 존경하게 되었습니다.

그렇게 땔감이 모아지면 한 패는 감자 서리에 나섭니다. 그리고 다른 한 패는 콩서리에 나섭니다. 그러니 아이들이 가위 바위 보를 하며 놀

과수원집

이를 하는 것은 여러 패를 나누는 것이란 것을 어른들은 알지 못합니다. 감자 서리 콩서리에 나서지 않은 아이들은 발가숭이 몸으로 먹을 감다가 불을 지핍니다. 먼저 모래를 널찍하게 파서 자리를 잡습니다. 그리고 그 위에 나무 삭정이를 놓고 불을 지릅니다. 그렇게 모래를 달군 다음 감자를 제일 밑바닥에 가즈런히 깔아둡니다. 그리고 한겹 모래를 깔고 그 위에 다시 삭정이를 올려놓고 다시 불을 피웁니다. 이번에는 불광이 한참 좋을 때를 기다려 마른 쇠똥을 올려놓습니다. 그리고 그 위에 꺾어온 콩을 포기째 올려놓습니다. 콩꼬투리가 노랗게 타들어갈 무렵에 다시 모래를 덥습니다. 모랫벌에 동그란 모래무덤이 만들어집니다.

아이들은 그 모래무덤을 빙 둘러싸고 다시 씨름판도 벌이고 기마전도 합니다. 그렇게 뜸을 들인 다음에 모래를 헤집고 잘 익은 콩부터 골라 먹습니다. 다음에는 감자입니다. 두남이는 어느만큼 불을 집히고 언제 모래를 덮고 어느 만큼 뜸을 들여야 하는지를 정확히 알고 있습니다.

아이들은 서리해온 콩이며 감자를 먹으면서도 개울 저쪽을 감시하는 일을 게을리 하지 않습니다. 마을의 어른들은 아이 땐 으레 그런다 싶어서 별로 까다롭지 않습니다. 그러나 연희 할머니만은 다릅니다. 언제나 피해를 제일 많이 보는 쪽이 연희네 이기도 해서입니다. 연희 할머니는 애들이 할머니를 막아서서 무래무덤을 아무리 감추려 해도 속지 않습니다. 할머니는 들고 온 막대기로 모래무덤을 파헤치고야 맙니다. 그러면 영락없이 그 속에서 콩이며 감자들이 수북이 쏟아져 나오기 마련입니다.

두남이는 사과나 배를 침들이는 묘한 방법도 알고 있습니다. 아이들이 과일 서리를 할 때는 손에 닥치는 대로 따기 때문에 아직 맛이 들지 않은 과일도 많습니다. 두남이는 그것들을 모아서 개울의 가장자리로 가져갑니다. 개울의 가장자리에는 물의 소용돌이에서 벗어나 그냥 괴어 있는 물줄기도 있습니다. 그곳엔 속이 빠진 감자껍질이나 먹다 버린 옥수수 대궁 같은 것들도 밀려와 있습니다. 물이 흐르지 못해서 물거품이나 비누방울처럼 뿌연 물방울도 떠돕니다. 그런 곳에 모래를 헤집고 맛이 들지 않은 풋과일들을 묻어둡니다. 그렇게 이삼 일 지나면 풋과일들은 알맞게 침들어서 싱싱한 과일보다 더 달콤한 맛을 냅니다.

바닷마을 아이들이 무엇보다 좋아하는 놀이에는 새알 뒤지기도 있습니다. 모산봉은 숲이 깊어서 새들이 많습니다. 아이들은 잡목나무 숲속에 묘하게 숨겨진 새집에서 새알을 훔쳐냅니다. 그렇게 꺼내온 새알을 맛있게 요리하는 일은 두남이의 몫입니다. 두남이는 밭에 자라고 있는 큰 파를 몇 개 골라 뽑습니다. 그리고 연필깎이 면도칼로 파의 위쪽을 싹뚝 잘라내고 그 속에 새알을 깨뜨려 조심스럽게 붓습니다. 그리고 파의 위쪽을 정성스레 묶은 다음 그것을 깨진 질그릇 조각에 물을 조금 넣고 끓입니다.

그렇게 익혀진 새알은 마치 처음부터 대파 속에서 자라난 열매처럼 보입니다. 두남이는 잘록잘록 자리가 난 모습대로 칼질을 해서 아이들에게 골고루 새알을 나누어 줍니다. 대파 껍질 속에 든 새알의 달콤한 맛은 무엇과도 비교할 수 없습니다. 아이들은 그 맛을 잊을 수 없어서 숲속을 뒤져서 새알을 찾습니다. 때로는 미루나무 높직이 지어진 까치집 속의 까치알도 욕심내게 됩니다.

연희네 대문 옆에 큰 미루나무가 한 그루 있습니다. 매우 오래된 나무여서 멀리서도 보입니다. 모산봉보다 더 높이 자란 나무입니다. 그 미루나무 꼭대기에 까치집이 있습니다. 여름이 지나고 까치들이 알을 낳을 때가 되었습니다. 그러니 아이들 마음에 좀이 슬게 되지요. 연희 할머니가 집을 비울 때만을 노리고 있었는데 마침내 기회가 왔습니다. 연희 할머니가 송림마을의 친척집 잔치에 참석한 것입니다.

까치집을 터는 일은 아이들의 대장격인 두남이가 맡았습니다. 두남이는 나무도 잘 타고 담력도 컸습니다. 그러니 힘든 일은 늘 그의 몫입니다.

두남이가 미루나무로 기어오르자 아이들은 나무 밑에 죽 둘러서서 구경을 했습니다. 바람이 없어 보이는 날도 미루나무 꼭대기엔 세찬 바람이 입니다. 미루나무는 나무질이 연해서 금방이라도 꺾어질 듯 휘청거립니다. 두 마리의 까치가 무섭게 짖어댔습니다. 까치는 짖기만 할 뿐 아니라 날갯짓을 치면서 까치집으로 접근하고 있는 두남이를 위협합니다. 눈알을 쪼기라도 할 듯이 가까이 다가옵니다. 휙휙 바람을 일구며 달려드는 까치의 날개가 선뜻선뜻 이마를 스칩니다. 그럴 땐 아예 눈을 감고 있어야 합니다. 여차직하면 눈알이 뽑힐 것이기 때문입니다.

"조심해. 조심하라구. 까치가 또 내려온다."

아이들은 와— 와— 소리를 치며 응원을 합니다. 연희의 할머니에게 들키면 큰일입니다. 그래서 연희의 할머니가 오기 전에 서둘러 끝내야 합니다.

"와— 눈을 감아. 눈을 감으라고……"

두남이는 눈을 감았습니다. 까치의 발톱이 그의 손등을 할큅니다. 두남이가 손을 휘젓자 까치의 몸체가 둔탁하게 손등에 부딪칩니다. 까치집의 구멍이 어디쯤인지도 찾기가 쉽지 않습니다. 두 마리의 까치가 필사적으로 달려들기 때문에 한 손으로는 나무둥치를 잡고 다른 손으로는 까치를 쫓으면서 또 까치집을 더듬어야 합니다. 두 눈을 감고 그런 일을 해야 한다는 것은 쉬운 일이 아닙니다.

간신히 까치집 출입구를 발견해도 까치알은 깊숙한 구석지에 있어서 팔뚝이 미치지 않습니다. 휘청휘청 흔들리는 나뭇가지에 매달려서 까치와 싸우면서 까치집 구석지에 있는 까치알들을 하나 둘 끄집어 내서는 윗주머니에 간직합니다. 대여섯 개의 알 중에서 한 두개는 끝내 꺼내지 못하기 마련입니다. 황급한 마음에 서둘다 보면 손끝에 만져지면서도 자꾸만 더 구석지로 박혀 버리기 때문입니다.

그렇게 힘들게 꺼낸 알을 깨뜨리지 않고 윗주머니에 간직한 채 나무를 내려오는 일도 쉬운 일은 아닙니다. 그때쯤엔 까치 부부는 완전히 미쳐 있어서 필사적으로 공격해 오기 때문입니다. 까치는 그 자신의 몸뚱이를 돌멩이처럼 부딪쳐 오기도 합니다. 단단한 부리와 갈고리 같은 발톱마저도 잊은 것 같습니다. 나무 밑에서 쳐다보던 아이들이 와ー와ー 소리를 지르며 까치를 쫓습니다. 그러나 까치는 필사적입니다.

골목대장으로서 두남이의 위치는 까치집을 뒤지는 것으로 해서 더욱 높아지곤 합니다. 까치알은 파르스름하면서도 알록달록한 무늬를 지니고 있어서 신기한 느낌을 자아냅니다. 제각기 돌려가면서 만져 보면 따뜻한 온기가 그때까지 남아 있곤 합니다.

아이들이 기대를 갖고 쳐다보고 있는데 갑자기 연희 할머니의 호통 소리가 들려왔습니다.

"이놈들. 이 못된 놈들."

아이들은 혼비백산해서 달아나기 시작했습니다. 그러다 보니 미루나무에서 내려오던 두남이만이 나무에 갇힌 꼴이 되고 말았습니다. 연희 할머니는 빨랫줄을 떠받치는 긴 바지랑대를 들고 왔습니다.

"이놈. 어서 내려와라."

바지랑대로 사정없이 두남이를 후려칩니다. 두남이는 할 수 없이 이번에는 도로 나무를 타고 기어오릅니다. 그러자 이번에는 나무를 마구 흔들기 시작했습니다. 작은 바람결에도 휘청휘청 흔들리던 미루나무가 꺾어질 듯 흔들립니다.

"이놈. 그 불쌍한 까치의 귀한 알을 훔치다니⋯⋯이 못된 놈. 벼락 맞아 죽을 놈. 하늘이 무심치 않을 게다. 하늘이 무심치 않아."

두남이는 나무에서 떨어지지 않으려고 안간힘을 쓰지만 그동안 나무를 기어오르고 까치와 싸우면서 까치알을 훔치느라 힘을 모두 써 버린 터여서 몸이 후둘후둘 떨리고 더 이상 지탱할 수 없습니다.

"할머니. 내려 갈게요. 더 이상 흔들지 마세요."

두남이는 마침내 애걸하기 시작했습니다. 그러나 연희 할머니는 막무가냅니다.

"이놈. 무슨 잔말이냐. 어서 내려오란 밖에⋯⋯"

두남이는 할 수 없이 나무를 내려옵니다. 그러자 바지랑대가 엉덩이를 쑤십니다. 놀라서 몸을 움찔하는데 그만 손에 힘을 잃고 밑으로 굴러 떨어지고 말았습니다.

두남이는 머리를 땅에 부딪쳤습니다. 병원에 가서 머리를 열 바늘도 더 꿰맸습니다. 허리도 삐었습니다. 그래서 보름이나 학교를 결석해야 했습니다. 그뿐이 아닙니다. 아버지에게 매를 맞았습니다. 그리고도 아버지의 명령을 어길 수 없어서 연희 할머니를 찾아가 무릎을 꿇고 빌어야 했습니다. 골목대장으로서 체면이 말이 아니었습니다.

"복수를 하고 말거야."

두남이는 그렇게 말했습니다.

"어떻게?"

아이들이 물었습니다.

"내게 방법이 있어. 그냥 호락호락 당할 수는 없어."

아이들은 걱정스런 표정을 지었습니다.

"이제 그런 장난 안 하면 되잖아."

"가만 있지 않을 거라고……"

두남이가 몇 번이나 다짐을 하는 바람에 아이들은 걱정이 되었습니다. 연희 할머니에게 복수하는 길이 어떤 것인지 알지 못했기 때문입니다. 혹이나 연희 할머니가 제일 귀하게 여기는 연희를 다치게 하지나 않을까 하는 걱정도 했습니다. 연희는 착하고 예쁩니다. 그리고 무슨 일이 생길 때마다 할머니 편을 들기보다는 그들 편을 들었습니다. 그런 연희에게 나쁜 일이라도 생기면 참으로 낭패입니다.

"가만 있지 않을 거야. 곧 알게 될 테지……"

두남이는 고집을 꺾지 않았습니다. 그러나 두남이가 허리를 다 나아서 학교에 다시 다니게 되어서도 아무 일도 일어나지 않았습니다. 연희에게도 그리 나쁘게 대하지 않았습니다. 그래서 모든 일은 잊혀지고 예전의 그대로 돌아가는 것 같았습니다. 그래서 아이들은 두남이가 혼자 몰래 무엇인가를 계획하고 있는 것을 전혀 눈치채지 못했습니다.

그날도 두남이는 병원에 들러야 한다며 다른 애들을 따돌리고 늦게서야 집을 떠났습니다. 그는 연희네 집이 보이는 멀찌기에서 조밭속으로 숨어들었습니다. 그리고 살금살금 기기 시작했습니다. 한참을 기어서 연희네 집의 울담에 이르렀습니다. 두남은 한참 동안이나 연희네 집의 동정을 살폈습니다. 연희 할머니가 들판으로 일하러 간 것인지 연희네 집은 조용했습니다.

두남은 더욱 조심스럽게 기어서 울담을 타넘고 두엄을 쌓아두고 나뭇재를 모아두는 잿간 옆으로 다가갔습니다. 잿간의 처마밑으로 박줄기가 뻗어올랐습니다. 두남은 박줄기를 손에 잡고 땅을 헤집어 팠습니다. 모래땅이라 금방 한 뼘쯤 구멍이 생겼습니다. 그러자 두남이는 새

과수원집

알을 품었던 윗주머니에서 면도칼 하나를 꺼냈습니다. 평소 연필깎이로 사용하던 것입니다. 그는 박줄기 깊숙이 밑둥을 면도칼로 싹둑 잘랐습니다. 그리고 본래대로 흙을 덮었습니다. 그리고 그 옆으로 기어가서 다른 박줄기의 밑둥을 파기 시작했습니다. 십여 분만에 20여 개의 박줄기가 밑둥이 잘렸습니다.

두남은 일을 마치고 도로 조밭을 기었습니다. 그리고 멀찌기 모산봉 산등성이로 올라갔습니다. 산등성이에서 내려다보니 연희네 집이 한눈에 들어왔습니다. 박넝쿨이 지붕 가득 덮여서 아름다웠습니다. 주먹만한 조롱박이 여기저기에 대롱거렸습니다. 싱싱한 잎새들이 바람에 하늘거렸습니다. 무서운 일을 저질렀다는 후회가 밀물처럼 밀려왔습니다.

"가만 있지 않을 거라고 했지……"

두남은 자꾸만 캥기는 마음을 그런 말로 다독거렸습니다.

학교에 가니 오늘따라 모두들 그를 반겼습니다.

"그래. 건강은 어떠니? 아픈 것은 좀 덜하냐?"

선생님도 그의 머리를 쓰다듬었습니다. 그러나 두남은 종일 마음을 안정할 수가 없었습니다. 하학길이 되자 바닷마을 아이들이 그를 에워쌌습니다. 영웅스런 자신의 대장에 대한 예의였습니다. 그들은 평소처럼 웃고 떠들며 모산봉길을 걸었습니다. 그러자 문득 연희네 집의 지붕이 그의 눈에 잡혔습니다.

두남은 저도 몰래 우뚝 걸음을 멈추었습니다.

그렇게 싱싱하고 파랗던 지붕 위의 박넝쿨들이 휘딱 몸을 뒤집고 하얗게 말라가고 있었습니다. 웅덩이에 약을 풀었을 때 물고기들이 하얗게 배를 드러내고 둥둥 떠 있던 모습과도 다르지 않았습니다. 그때 아이들도 그것을 본 모양입니다. 모두들 순간 숨을 멈추었습니다. 학교에 등교할 때만 해도 거름밭을 받아 싱싱하게 뻗어오르던 박넝쿨들이 어쩌면 반나절도 안되어서 저렇게 휘딱 몸을 뒤채고 시들어 갈 수 있을까요?

아이들은 놀라서 한참을 바라보았습니다. 그들은 길거리에 버려진 시체를 보는 듯한 표정이 되었습니다. 숨도 쉴 수 없었습니다. 그러자 누가 먼저랄 것도 없이 걸음을 옮기기 시작했습니다. 모두들 머리를 푹 숙인 채였습니다. 차마 죽어 넘어간 박넝쿨을 바라볼 수는 없었습니다. 헤어질 때도 서로 인사를 나누지도 않았습니다. 모두들 두려운 듯 서둘러 자신의 집으로 사라졌습니다.

두남이도 그런 모양으로 자신의 집으로 돌아왔습니다. 그러자 몸에서 열이 나기 시작했습니다. 해딱 등을 뒤집고 죽어 늘어진 박넝쿨이 눈앞을 뿌옇게 채웠습니다. 햇살에 말라가는 박넝쿨에서는 시체 썩는 냄새가 났습니다. 저녁을 들지도 못하고 두남은 방에 드러누웠습니다. 열이 점점 높아졌습니다. 방안이 갑자기 콩알만큼 졸아들기도 했습니다. 방바닥이 배 밑창처럼 일렁거렸습니다.

두남은 열흘이나 앓았습니다. 그가 간신히 몸을 추스리고 다시 학교로 가게 되었지만 아무도 그에게 박넝쿨에 대해서 말하는 사람은 없었습니다. 아버지도 어머니도 아무 말이 없었습니다. 친구들도 아무 말이 없었습니다. 연희도 연희 할머니도 아무 말이 없었습니다. 그래서 지난 일은 마치 꿈만 같았습니다. 그러나 등굣길에도 하굣길에도 연희네 지붕을 덮었던 박넝쿨은 볼 수 없었습니다. 마치 애초부터 박넝쿨이 없었기라도 한 것처럼 말끔히 치워져 있었습니다. 그러나 두남의 눈에는 여전히 하얗게 죽어 넘어진 박넝쿨의 환영을 볼 수 있었습니다.

아이들은 아무도 그에게 다른 놀이를 제안하지 않았습니다. 그들은 갑자기 어른이 된 것 같았습니다. 연희네 집 울타리를 걷어차는 아이도 없었습니다. 연희네 할머니도 얼굴을 내밀지 않았습니다. 너무나 큰 병을 앓고 난 뒤같이 갑자기 그들은 어른이 된 것입니다. 그것은 슬픔과도 같은 종류였습니다.

홀로 흔들리며

카메라의 앵글 속에 철이의 모습이 잡혔다. 녀석은 이빨을 닦으려는 것처럼 이빨만 드러낸 채 억지로 웃어 보였다.

"자, 철아. 좀 더 크게 웃어야지. 좀 더 크게 활짝 웃으란 말야."

나는 그렇게 말했다. 그러자 이번에는 해를 삼키려는 것처럼, 목구멍이 들여다보이도록 입을 딱 벌렸다. 그 표정이 너무나 순진무구했다. 나는 왈칵 쏟기려는 눈물을 삼키며 좀 더 바짝 아이게로 다가갔다. 머리끝에서 발끝까지 귀엽지 않은 데가 없었다. 카메라의 앵글 속에는 온통 철이만이 보였다. 들판도 하늘도 보이지 않았다. 입을 딱 벌리고 환하게 웃는 철이의 창백한 얼굴에 발그스레 윤기마저 떠돌았다. 나는 셔터를 눌렀다. 또 눌렀다. 금방 햇살 속으로 증발되는 이슬이라도 되는 듯이 그렇게 조바심치며 또 셔터를 눌렀다.

"아빠. 이제 된 거야?"

철이가 울상을 지으며 물었다.

"뭐라구?"

"이제 된 거냐구?"

"아, 그래. 그럼. 됐구말구."

나는 풀섶에 털썩 주저앉았다. 땀방울이 목덜미로 기어내렸다. 초가을의 매운 햇살이 쨍쨍 내려쬐었다. 빨간 고추잠자리들이 떼를 지어 맴을 돌았다. 저만치 언덕 밑으로 누렇게 익은 벼의 물결이 보였다.

"아빠."

철이가 가까이 다가왔다.

"내일 또 병원엘 가야 하는거야."

"그럼. 싫으니?"

"이젠 주사맞는 게 지겹다."

"그래야 빨리 낫지."

"그렇긴 하지만……"

철이는 시무룩한 표정을 지었다. 창백하다 못해 파르스름하기까지한 해말간 얼굴에 병색이 완연했다.

"아빠. 백혈병이란 어떤 거지?"

철이의 갑작스런 질문에 나는 무엇이라 대답해야 좋을지 몰라 멈칫거렸다.

"어떤 병이냐니깐?"

"아, 그건. 그러니 핏속에 백혈구가 많아지는 병이지."

"백혈구가 뭔데?"

"피의 한 종류인데……그러니 병균을 잡아 죽이는 일을 하는 거다."

"그게 많으면 왜 나빠? 병균을 잡아 죽인다면서?"

"글쎄, 뭐라고 해야 할까…… 전쟁을 하지 않을 땐 많은 군대가 필요 없지? 그러니 필요 이상의 군대가 많다는 것은 어딘가에서 전쟁이 터졌다는 말과도 같거든……즉 꼭 알맞게 있어야 할 백혈구가 지나치게 많다는 것은 몸속 어딘가에 질병이 있는 증거라고 보는 거다."

과수원집

"그 원인을 왜 모를까?"

"원인을 알 수 없는 병이란 얼마든지 있단다. 암(癌)같은 것도 그렇지. 원인만 안다면 고치는 것도 가능한데……"

"그럼. 백혈병도 못 고치는 병인가?"

철이는 아주 진지한 표정을 지었다. 나는 잠시 할말을 잊었다.

"너, 왜 그런 걸 묻지?"

"아니, 그냥……"

나는 머리를 한 대 얻어맞은 기분이었다. 아니, 그냥……하고 대답하는 철이의 뭔가 숨기려는 어른스러움이 가슴을 찌르르 울렸다.

의사는 말했다.

"아직, 단정은 못하겠습니다만, 검사 결과를 보아야 하니까요……그러나 비장이 지나치게 커졌고, 빈혈이 심하며, 열이 많다는 게 아무래도 심상치 않습니다."

의사는 백혈병으로 단정하는 듯싶었다. 그 의사의 말을 철이도 엿들었는지 모른다.

"이제 좀 걸을까?"

나는 자리에서 일어났다. 될수록 많은 사진을 찍고 싶었다. 한적한 산길이어서 공기가 신선했다. 흰 풀꽃들이 여기저기 피어 있었다. 산밤나무에는 작은 밤송이들이 숭글숭글 매달려 있었다.

"아빠. 이꽃 이름이 뭐지?"

"글쎄, 들국화 종류 같구나."

철이는 이상하다는 듯이 머리를 갸우뚱거렸다.

"아빠, 백조는 하얀 새지?"

"그래."

"백합은 하얀 꽃이고?"

"그럼."

"그러니 이 꽃도 '백' 자가 든 이름이 붙어야 할게 아냐?"

나는 저도 몰래 머리를 끄덕였다.

"듣고 보니 그렇구나."

그 풀꽃은 들국화는 아니었다. 철이의 말대로 '백' 자가 든 어떤 이름이 어울릴 것 같았다. 이럴 때의 철이는 매우 조숙해 보였다. 자주 앓았기 때문에 생각이 더 깊어진 것인지 모른다. 그런 철이지만 어떨 땐 너무나 천진했다.

한번은 놀러나간 아이가 도무지 돌아오지 않았다. 병원에서 퇴원한 지 얼마 되지 않았던 때여서 여간 걱정이 되지 않았다. 이곳저곳을 수소문하며 찾았지만 종적이 없었다. 철이는 어둑해질 무렵에야 지친 얼굴로 나타났다.

"어딜 갔었었니?"

나는 엄한 목소리로 물었다.

"학교엘 갔었다. 친구들이 보고 싶었단 말야."

녀석은 울멍거리며 말했다.

"운동장도 텅 비고, 교실도 텅 비었어. 공부시간이 이미 끝났었던가봐"

나는 차마 야단을 칠 수 없었다.

"기왕 온 김이데 선생님께 인사나 드리려고 교무실까지 찾아갔었지. 그런데 담임 선생님마저도 어디로 나가셨다잖아."

철이의 눈에 마침내 눈물이 그렁그렁 맺혔다. 얼마나 학교엘 가고 싶었으면……나는 가슴이 뭉클해져서 녀석을 외면했다.

철이가 일 학년 때였다. 녀석의 그림 일기장을 넘기다가 어느 한 귀절에서 멈추었다. 그 내용이 재미 있어서였다.

— 철이하고 영수하고 윤기하고 같이 학교로 갔다. —

"철아, 일기에단 철이하고란 말은 안 쓴다. 그냥 영수하고 윤기하고
학교로 갔다 라고만 쓰면 되는 거야."
　나의 말에 철이는
"그럼, 나는 어디 있어?"
　하고 묻는 바람에 가족들이 한바탕 웃은 일도 있었다. 그럴 땐 너무
나 천진했다.
"글쎄 말예요."
　한번은 아내가 말했다.
"애가 학교수업이 끝나지도 않았는데 불야불야 돌아오지 않았겠어
요. 왜 왔느냐고 물었더니 공부시간에 가만히 생각해 보니 돌아올 차비
가 없더라지 않아요. 그래서 돌아올 차비를 가질러 집까지 서둘러 걸어
왔다는 겁니다."
　철이는 그런 녀석이었다.
　어떨 땐, 너무나 천진하여, 도무지 나이 들지 않는 꼬마 요정 같았고,
어떨 땐 너무 숙성하여 남보다 빨리 달음박질치듯 나이를 먹고 있는 듯
한 느낌을 주었다.
"애가 왜 저렇지요? 전 늘 불안한 걸요."
　아내는 그렇게 말하기도 했다.
"당신이 지나치게 애를 감싸고 돌아서 그런 거야."
"그래서 그럴까요. 쟤만은 왠지 별난 아이만 같아요."
"어떤 엄마도 자기 자식이 그렇게 보이는 법이야. 지나치면 청승떤다
고 남들이 흉봐요."
　나는 그렇게 아내를 윽박질러 아내의 과보호를 말렸다. 그러나 아이

홀로 흔들리며

들 중에는 묘하게도 연민을 불러일으키는 그런 아이가 있기 마련이다. 철이가 그랬다. 어디에 있어도 사람들의 눈길에 채었다. 지나는 사람들마다 아이의 머리를 쓰다듬어 주곤 했다. 한번은 기차여행을 하는데 아이가 뒤뚱거리며 차 안을 한 바퀴 돌고 오자 주머니에 동전이 그득했다. 아이가 귀엽다며 승객들이 제가끔 아이의 주머니에다 동전 한 푼씩을 넣어 주었기 때문이었다.

"야, 강이다."

철이가 좋아서 환성을 울렸다.

강줄기가 보였다. 강물은 햇빛에 번득이며 부드러운 몸짓으로 뒤척였다. 모래를 채취하는 준설선이 강물에 떠 있었다. 그것은 고생대의 맘모스처럼 거대한 몸뚱이로 버티고 서서 철그럭거리는 소리를 내었다.

철이가 갑자기 풀섶에 쪼그려 앉았다. 얼굴이 핼쑥했다.

"왜 그러니? 머리가 아프니?"

철이는 머리를 흔들었다.

"아무래도……자 머리를 만져 보자."

녀석의 머리를 만져 보니 제법 열기가 느껴졌다.

"머리가 뜨거운 걸, 머리가 몹시 아픈 거지?"

"아니라니깐……"

녀석은 끝내 우겼다.

나는 더 이상 묻지 않았다. 녀석은 자주 아파했지만 좀처럼 내색을 하지 않았다. 언젠가 그런 철이를 아내가 윽박질렀다.

"너는 왜 바른대로 말하지 않니? 항상 바른대로 말하라구."

"아무렇지도 않다니깐."

"아무렇지도 않긴? 머리가 이렇게 뜨거운데."

"정말이라니깐."

그렇게 우기던 녀석이 갑자기 앙— 울음을 터뜨렸다. 아픔을 숨겨보려는 아이다운 마음을 몰라준 데 대한 원망인지 모른다. 그럴 땐 도무지 아이답지 않다는 생각이 들기도 했다.

"풀밭에 좀 누울래? 바람이 시원하고 좋구나."

내가 먼저 묘등지에 등을 대고 비스듬히 누웠다. 그러자 철이도 옆에 나란히 누웠다. 멀리 발밑에 고깃배 한 척이 내려다보였다. 고깃배에는 어부가 혼자서 그물질에 열심이었다.

"아빠. 사람이 죽으면 왜 땅에 묻히는 거야?"

철이가 불쑥 물었다.

"집이 필요하니까. 묘지는 죽은 사람의 집이란다."

"답답하지 않을까? 이렇게 땅 위에 누워 있어도 숨을 쉬는 게 힘이 드는데."

"너, 숨이 가쁘니?"

"아니야. 지금은……하지만 가끔 그렇거든."

"죽은 사람의 영혼에겐 땅속도 그리 가깝지 않는 모양이다."

"누가 죽었다가 살아나 보았나?. 난 아무래도 갑갑할 것 같애. 내가 지금 이런 묘지에 묻혀 있다 싶으면 갑갑해서 미칠 거야."

"……"

"내가 죽으면 이렇게 묻지 말아 주었으면 좋겠어."

"왜 그런 생각을 할까? 철이는 아직 아이인걸. 이제 겨우 초등학교 3학년인걸. 아이는 그렇게 쉽게 죽지는 않는단다."

"병원에선 매일 아이들이 죽던걸……"

나는 또 말문이 막혔다. 어쩐지 녀석이 오래 살 것 같지 못한 불길한 예감이 들었다.

오늘 아침이었다.

"여보. 이상한 꿈도 있지요."

아내가 말했다.

"유리병 속에 한양 토끼 한 마리가 갇혀 있겠지요. 눈알이 유난히 빨갰어요. 유리병을 빠져나오고 싶어 간절한 표정을 지었어요. 어쩌나 불쌍하던지…… 그런데 난 어쩌자고 그 토끼를 꺼내주지는 못할 망정 오히려 헐거운 유리병의 마개를 꼭 닫았는지 모르겠어요. 마개가 막힌 유리병 속에서 질식해 죽어가던 토끼의 빨간 눈을 잊을 수 없어요. 지금도 생시처럼 생생하게 떠올라요."

"그런 꿈이야, 모두 개꿈이지……"

나는 그렇게 대수롭지 않다는 듯이 넘겨 버렸지만 마음속으로는 여간 언짢지 않았다. 한양 토끼의 죽어가는 빨간 눈. 유리병의 꼭 막힌 마개……아내도 두려운 듯 더 이상 다른 말이 없었다. 다른 때 같았으면 아내는 말했으리라.

"아이가 아플까 봐요?"

아내가 악몽을 꾸고 난 다음날에는 으레 철이가 아팠다. 하긴 아내의 꿈이 아니라도 철이는 자주 아팠다. 태어날 때부터 약골이었다. 이상하게도 돈이 없을 때만 골라서 앓았다. 그래서 집안에 돈이 떨어지면 이제 아이가 아플 거라고 지레짐작을 하기도 했다.

"아이가 아플까 봐요."

아내는 그런 말을 하고 싶었으리라. 하지만 아내의 꿈은 너무나 섬뜩한 종류였고 그래서 나도 그 꿈에 대해서는 더 이상 말하고 싶지 않았다. 꿈이란 때로는 계시처럼 들어맞는 수도 있었다. 나는 그런 께름한 기분을 떨쳐 버리려고 아이를 데리고 산책을 나섰던 것이다. 아내가 카메라를 건네어 주었다. 사진 좀 많이 찍어 오세요. 아내는 그렇게 말하

과수원집

고 싶었으리라……

나는 악몽을 떨쳐버리듯 자리에서 일어났다.

"자. 강에나 가보자."

"정말?"

철이는 뛸 듯이 좋아했다. 나는 얼른 카메라의 앵글을 맞추었다. 그리고 급히 셔터를 눌렀다. 이렇게 즐거운 표정을 찍어야 한다. 찰칵. 카메라의 앵글 속에 철이의 웃는 얼굴이 잡혔다. 찰칵, 찰칵. 연신 셔터가 눌러졌다.

강변엔 보트가 여러 척 있었다.

"팔당 수문을 열어 놓아서요. 물살이 여간 세어야죠. 조심해서 타야합니다."

보트장 주인은 염려가 된다는 듯이 말했다. 물살이 세어서인지 휴일임에도 불구하고 보트를 타는 사람은 많지 않았다.

"강의 가장자리로 조심조심 타야 합니다."

보트장 주인은 거듭 주의를 주었다.

나는 보트장 주인의 주의대로 강변에 바짝 붙여서 보트를 저었다. 철이는 손을 내밀어 흐르는 물살을 움키기도 하고, 물위에 떠도는 물풀을 줍기도 했다. 제비떼들이 새까맣게 몰려왔다. 제비들은 낮게 날면서 벌레들을 잡았다. 때로는 꼬리로 수면을 차기도 했다.

"아빠. 참 신나지?"

철이의 두 볼에 발그레 홍조가 일었다. 퍽도 즐거운 모양이었다.

"제비들이 이렇게 낮게 나는 모습은 처음이네."

"나도 그렇다."

"제비처럼 날아보고 싶어요."

"그럴 수도 있겠지."

"어떻게요?"

"행글라이더란 말 들어 보았니? 몸에 날개를 붙이고 허공을 나는 것 말야."

"응, 텔레비전에서 본 적이 있어."

"그래. 네가 커서 그걸 타면 되지."

"아. 그렇구나! 그걸 타면 제비들처럼 멀리 날 수 있겠구나."

철이는 손뼉을 치며 좋아했다. 그러나 곧 시무룩한 표정이 되었다.

"아빠, 나도 백혈병이 아니었음 좋겠다."

"뭐라구?"

"백혈병이 아니었으면 좋겠다구."

"누가 너보고 백혈병이라든?"

"아니, 그냥 그렇게 말해 본 거야."

나는 순간 정신이 아득했다.

철이의 빈혈 증세는 점점 더 심해갔다. 불빛을 견딜 수 없어 했다. 머리에다 계속 찬물 찜질을 해야 했다. 땅이 흔들리고, 천장이 내려앉는 것 같다고 했다. 벽면이 졸아들고 방안이 빙빙 돈다고도 했다. 퍽이나 참을성이 많은 녀석인데도 어떨 땐 고통을 참을 수 없어 엉엉 울기까지 했다. 철이가 울면 아내도 따라 울었다.

처음엔 도무지 병명이 잡히지 않았다. 어떤 병원에선 감기라 했고, 다른 병원에선 빈혈이라 했다. 또 어떤 병원에선 심장에 이상이 있다고 했고, 다른 병원에선 뇌에 이상이 있다고 했다. 그러나 그들 병원에서 지어주는 어떤 처방도 효험이 없었다. 그러다가 근래에 이르러서는 백혈병에 대한 의심으로 굳어지는 양상이었다.

내가 생각에 젖어 있는 동안 갑자기 뱃머리가 휙 뒤틀렸다.

"아빠 뭘하는 거야."

철이의 날카로운 부르짖음에 나는 후딱 정신을 차렸다. 그러나 이미 보트는 센 물줄기에 머리를 얻어맞고 휙 방향이 뒤틀려 있었다. 내가 황급히 노를 잡는 순간 한쪽의 노가 나의 손아귀에서 미끄러져 나가고 말았다.

"아니 저를 어째. 저를……"

그렇게 당황하고 있는 사이에도 배는 격류에 휘말려 빠르게 흘렀다. 한쪽의 노만으로는 뒤틀린 배의 방향을 바로잡을 수 없었다. 강은 너무나 넓고 물살은 더없이 빨랐다. 강변 쪽에 한두 척의 보트가 보일 뿐 소리쳐 구원을 청해볼 아무것도 눈에 띄지 않았다.

내가 그렇게 당황해서 허둥대는데 철이의 목소리가 들려왔다.

"아빠. 아빤 수영을 할 줄 알잖아."

"뭐라구?"

"수영 말야."

"그래서? 하지만 너는 수영을 못하잖니?"

"아빠가 이 배를 밀면 될 텐데 뭘?"

"배를 민다구?"

아. 그렇구나. 나는 순식간에 기운이 솟았다. 철이의 말뜻을 깨달았기 때문이었다.

어쩌면, 쬐끄만 녀석이……그토록 신통할까?

나는 그렇게 감탄했다. 강의 물살이 매우 빠르긴 하지만 하류로 내려갈수록 약해질 것이 틀림없었다. 그리고 또한 강줄기는 굽이를 좇아 구불거렸음으로 방축에 가까운 쪽으로 접근할 때도 있을 터였다. 그런 때 헤엄을 치면서 보트를 강변으로 밀면 되는 일이었다. 수영을 할 줄 아는 나로서는 그리 어려운 일이 아니었다.

쬐끄만 녀석이……

나는 새삼 기운이 솟았다. 어린 철이만도 못한 자신의 판단력이 새삼 부끄러웠다. 그러는 아빠를 보고 철이는 환하게 웃었다. 그것 봐요. 내 말이 맞지요. 녀석은 그렇게 말하려는 표정이었다. 얼마나 대견한 녀석인가? 마음의 평온을 도로 찾은 나는 다시 카메라의 렌즈를 조절했다. 그리고 햇살처럼 환히 웃고 있는 철이의 모습을 카메라의 앵글 속에 잡았다.

내 집을 방문한 친지들은 앨범을 구경하다가 놀란다.

"아니? 웬 사진을 이리 많이 찍었나요?"

앨범에는 온통 철이의 사진만으로 그득했다. 친지들은 그런 분량에 놀라고 다음에는 사진의 내용에 놀란다.

"아니, 사진엔 아이만 있고 배경은 하나도 없네요."

나와 아내는 배경 같은 것엔 조금도 신경을 쓰지 않았다. 오직 아이의 얼굴과 몸통만이 문제였다. 아내는 빚을 내서 카메라를 장만했다. 그리고 내게 미안한 듯이 변명했다.

"왠지 끝없이 찍어두고 싶어요."

나는 아내를 탓하지 않았다. 녀석이 워낙 약하고 자주 앓았음으로 나중에 남길는지도 모를 후회를 의식해서였다.

배는 물결따라 조용히 흘렀다.

마음이 안정되고 보니 물살도 그리 센 것 같지는 않았다. 나는 만약에 대비해서 신발도 벗고 웃통도 벗었다. 강변의 양쪽으로 우뚝우뚝 솟은 아파트들이 나타나기 시작했다. 제법 많이 떠내려 온 모양이었다.

강변의 집들과 나무들을 바라보던 철이가 뱃전에 반듯하게 누웠다.

"철아. 머리가 어지럽니?"

"응"

"배멀미를 하는 모양이다. 눈을 감고 잠을 청해 보렴."

"응."

녀석은 시키는 대로 눈을 감았다.

나는 잠든 듯 누워 있는 철이를 내려다보았다. 헬쑥하게 여윈 얼굴이 여간 안쓰럽지 않았다. 어떻게 얻은 자식인가? 아내는 골반이 작은데 비하여 뱃속의 아이는 머리통이 유난히 컸다. 그래서 정상 분만이 쉽지 않았다. 하는 수 없이 수술을 하기로 했다. 수술을 하고 아이는 무사히 낳았지만 아내는 수술의 후유증을 오래 겪어야 했다. 아내는 상처가 좀처럼 낫지 않는 특수한 체질의 이상피부를 지니고 있었다. 그녀의 수술 자국은 좀처럼 낫지 않았다. 실로 꿰맨 자국이 실밥 따라 곪았다. 의사는 곪은 자국을 메스로 째고 일일이 고름을 짜내지 않으면 안되었다. 곪은 자국을 째고 고름을 짜낼 때마다 아내는 고통으로 새까맣게 죽었다. 아내가 두번 다시 애를 배지 않으려고 자궁 수술을 받은 것도 그 때문이었다.

그러니 그들에게 철이는 둘도 없는 소중한 존재였다.

철이는 흔들리는 배의 이 물쪽으로 머리를 두고 조용히 잠들었다. 나는 다시 카메라의 촛점을 맞추었다. 흔들리는 배의 이물 건너 쪽으로 물살이 빠르게 흘렀다. 카메라의 접안렌즈를 통하여 철이의 평화로운 얼굴이 잡혔다. 너무나도 화평한 얼굴이어서 녀석은 흐르는 강물의 혼령 같았다. 물살은 햇빛을 받아 아름답게 번득였다. 어룽대는 물살무늬가 철이의 머리맡에 후광처럼 빛보라를 일으켰다.

나는 물살 속에 동동 떠가는 철이의 영상을 카메라에 잡았다.

찰칵.

철이는 아주 태평스런 잠 속으로 숨어 버렸다. 철이는 반짝이는 물살과 함께 햇빛이 되어 노닐고 있었다.

찰칵.

물살의 소용돌이 속에서도 태연할 줄 알았던 철이……질병으로 단련된 것인가? 그처럼 평화로울 수가 없었다.

찰칵.

다음 순간이었다. 나는 어떤 충격으로 몸이 휘청 흔들렸다. 내가 급히 다리를 뒤로 옮겨 균형을 잡으려는 순간 풍덩 물속으로 빠져들고 말았다. 순식간의 일이었다.

어푸. 어푸.

물위로 간신히 솟구쳐오른 나는 입속의 물을 뱉았다. 나는 잠시 동안 정신을 차릴 수 없었다. 몸이 다시 물속으로 기어들었다. 팔로 첨벙대며 나는 다시 수면 위로 솟아올랐다. 한강을 가로지르는 다리의 교각이 손끝에 스쳤다. 그제서야 나는 보트가 교각에 부딪친 것을 깨달았다. 나는 헤엄을 쳐서 물의 소용돌이에서 벗어나고자 했다. 철이가 탄 보트를 찾아야 한다. 나는 간신히 헤엄쳐 교각 부근의 소용돌이에서 벗어났다.

그러자 저 만치 보트의 윤곽이 잡혔다. 내가 물의 소용돌이에서 허우적거리는 동안 보트는 아무 일도 없었던 듯이 그냥 흘러가고 있었다. 얼핏 보아서도 보트가 전복된 것 같지는 않았다. 그런데 철이는?

나는 물위로 길게 목을 빼고 철이의 흔적을 찾았다. 그러나 태양의 역광 때문에 철이의 모습은 식별되지 않았다. 철이는 어쩌면 아직 잠든 그대로 흘러가고 있는지 모른다. 내가 물에 휩쓸린 것도 알지 못하고 말이다.

나는 멀어지고 있는 보트를 향하여 힘껏 헤엄을 치기 시작했다. 그러자 문득 묵중한 것이 나의 목에 매달려 왔다. 나는 목에 거추장스럽게 매달리는 놈을 떨쳐 버리려고 손을 가져갔다. 그것은 카메라였다. 나는 헤엄치는 것을 방해하고 있는 카메라를 목에서 벗어 팽개치려다가 주

과수원집

춤했다. 아. 목에 팔을 감고 매달려 오는 것은 철이 자신의 모습이었기 때문이다.

철이는 그렇게 자신을 아빠의 목에 매달아 두고 홀로 흔들리며 흘러간 것이다. 빠른 세월의 물살 속에 인간이 잡을 수 있는 것이라고는 이처럼 허무한 허상(虛像)일 뿐이란 말인가?

철아!

나는 울부짖었다. 굵은 눈물이 볼을 타고 흘렀다. 멀리 태양의 역광 속에 아직도 철이를 태운 배는 반짝이는 물살과 더불어 멀어지고 있었다. 험한 바다가 있는 강의 하류로 홀로 흔들리며 흘러가고 있었다.

홀로 흔들리며

어떤 귀향

생선의 공판은 어촌계장인 뭉치가 주관했다. 그는 공판의 결과를 적은 치부책을 손에 든 채 새벽 바다를 바라보고 있었다. 멀리서 조업을 하고 있는 배들이 여러 척 눈에 들어왔다. 해가 뜨기 전인데도 부두에는 많은 사람들로 법석였다. 장화를 신은 어부들이 절벅거리며 어판장을 오르내렸다. 함지박을 든 아낙네들과 리어커의 손잡이를 잡은 남정네들이 부두에 늘어서서 배가 들어오기를 기다리고 있었다. 며칠 날씨가 궂어서 출어를 하지 못했던 뒤끝이라 어선이 한 척씩 들어올 때마다 장삿군들은 큰 기대를 가지고 우르르 몰려들곤 했다.

"오늘은 좀 잡아야 할 텐데."

어촌계장 뭉치는 그런 걱정을 하고 있었다. 그동안 횟집마다 횟감이 동이나서 너나 없이 생선 확보에 혈안이 되어 있었다. 그러다 보니 장삿군 사이에서도 작은 분란이 끊일 사이가 없었다.

"타관내기라고 괄세를 해도 유분수지. 그럴 수가 없다구요."

뭉치는 아까부터 울산댁의 종알대는 목소리를 귓등으로 흘리고 있었다. 배 위에서 그물을 간추리고 있던 순동이가 제 아내를 위로한답시고 퉁명스럽게 말했다.

"알았다. 그만해 둬라."

"저들끼리 짜고서 싹쓸이를 하믄 우린 뭘 먹고 살까요."

"어디 한두 번 당하는 일이가?"

"참는 것도 한계가 있지요."

어판장에 들어온 생선은 일단 공판의 절차를 밟아서 입찰가가 높은 쪽으로 팔리게 되는데 타관내기인 그들에게 좀처럼 기회가 주어지지 않아서 불만인 것이다.

"공평하믄사 누가 뭐래요. 저들끼리 서로 눈짓해가믄서 턱없이 값을 올리는 일도 예사로 하니 우리 같은 사람은 아예 얼씬도 말라는 수작이제요."

울산댁이 저들끼리라고 말한 것은 어촌계장인 뭉치와 그 아내인 영진댁을 일컫는 말이었다. 영진댁의 함지박에는 큼지막한 문어가 이미 다섯 마리나 담겨 있었다. 울산댁이 그처럼 직접 면전에서 걸고 넘어지는데 참고 있을 영진댁이 아니었다. 이 바닥에서 산전수전 다 겪은 영진댁이었다.

"듣자 듣자 하니 못할 말이 옶네. 값을 적게 써넣은 자신이 불찰이지. 공연히 담합입네 뭐네 하며 욕질은 왜?"

"욕 먹을 일을 하니 그렇제요."

"이년아, 그렇다면 증거를 대."

"증거야 많제요. 문어 한 마리에 3만 원도 넘게 써넣는 게 온전한 정신이요?"

"십만 원인들 못 적을까?"

"그렇게 비싸게 값을 치면 뭐가 남을꼬?"

"그러게 이번 입찰은 내게 양보하라고 했지. 집안에 잔치가 있어서

과수원집

내가 꼭 써야겠다고……"

"양보할게 따로 있지요. 손님들은 밀려오는데 횟감이 없어서 파리 날리듯 하는 처지인 것을 알면서 그래요?"

"너만 그러냐? 그동안 날씨 탓에 다 같은 입장이지. 한번만 더 담합 입네 어쩌네 하면 아예 주둥이를 찢어 놓을라."

영진댁의 표정이 험악했다. 뭉치는 마음이 조마조마했다. 저러다 젊은 새댁이 아내에게 머리끄덩이를 잡히고 한바탕 당할 것이 분명했기 때문이었다. 영진댁의 성미야 남편인 자신이 가장 잘 안다. 아들 녀석이 읍내 횟집에 횟감을 대고 있기 때문에 그 뒤를 봐주느라 영진댁도 눈에 불을 켜고 있는 처지였다.

그러나 그것보다 더 문제는 뭉치가 자주 울산횟집을 드나든다는데 있었다. 어제도 느닷없이 영진댁이 시비를 걸어왔다.

"아예 울산댁과 동업을 하지 그래요?"

"뜸금없이 동업은 또 뭐야?"

"맨날 그 집에서 살잖아요?"

"군에서 수산과장님이 출장 와서 들른건데 뭘 그래?"

"우리 마을에 울산횟집밖에 없답디까?"

뭉치는 어이가 없었다.

"그 집 음식 솜씨가 좋다고 수산과장이 먼저 그 집을 택했네."

"음식 솜씨 좋아하네요. 그년이 순녀를 꼭 닮았다며요?"

"젠장할. 난데 없는 순녀는 또 뭐야?"

"뭐긴요. 순년가 뭔가 하는 당신 옛날 애인 아들이란 자가 찾아왔습디다."

뭉치는 영진댁의 말에 놀라서 물었다.

"두선이 아들놈이 찾아왔더란 말인가?"

"두선이 아들놈인지 순녀의 아들놈인지 아무튼 두어 시간이나 기다리다가 내일 오겠다며 그냥 갔수."

"용건이 뭐래?"

"내가 알우. 옛날 집터를 돌아보고 왔다는 둥 하는 것을 보니 그 집터를 팔러 온 모양이지요."

"그럼 그렇게 말할 일이지. 난데없는 울산댁은 왜 물고 늘어져?"

"그년은 별종이라서 말도 못꺼내우."

영진댁은 그렇게 빈정거렸다. 영진댁은 무슨 꼬투리만 있으면 울산댁을 헐뜯었다. 여자다운 본능으로 뭉치의 속마음을 알기 때문이었다. 뭉치는 지난밤에 아내와의 일도 있고 해서 웬만하면 울산댁이 참아주기를 바라는 마음이었지만 그만 한 일로 기죽을 울산댁도 아니었다.

"어촌계장하는 제 사내와 눈을 꿈쩍이면서 신호를 주고받는 걸 모두다 아요. 내가 어디 소경이가? 그것도 모르게."

어판장에서 공판을 주도하는 사람이 어촌계장이다. 그러니 어촌계장이 제 아내에게 다른 사람의 입찰가를 미리 신호로 귀띔해서 정보를 주고 있다는 것이 울산댁의 주장이다.

"이 싸가지 옳는 년아. 눈들이 모두 이렇게 시퍼렇게 살아 있는데 그게 될 뻔이나 한 소리야? 한 번만 더 나불 대면 그 주둥이를 찢어 놓던지 눈알을 뽑아 놓던지 할테다."

"내 입가지고 할 말 왜 못하오. 어디 그래 보소."

울산댁이 얼굴을 디밀자 영진댁이 거침없이 여자의 머리끄덩이를 잡아채었다.

"이년이, 감히 뉘 앞에서 행패야."

"아니 이년이, 사람 잡네."

두 여자는 마침내 맞붙어서 서로 잡아 뜯기 시작했다.

"허참, 성미두."

뭉치는 혀를 찼다. 아내도 아내지만 젊은 울산댁의 성미도 볼만했다. 제 말대로 저는 타관내기인데다가 나이도 한참 어린 터이니 그렇게 맞붙어 이겨내기가 어려울 텐데도 제 성미에 못이겨 갈 때까지 가고 보는 것이다.

그런 울산댁을 보니 두선이 처가 된 순녀가 생각났다. 젊고 빼어난 용모도 용모지만 불같은 성미마저도 너무나 닮았다. 순녀는 영덕 바로 옆에 있는 죽산이 고향이라 했다. 그래서 죽산댁이라 불리었다. 사실 순녀에게 먼저 눈독을 들인 것은 그였지만 순녀는 어찌 된 건지 그들보다 나이가 한참 위인 팔푼이 취급당하는 두선의 아내가 된 것이다. 두선의 성격이야 무던하지만 그게 지나쳐서 좀 모자랄 정도라는 것은 세상이 다 아는 일이었다. 그런데도 급하게 결혼을 서둘게 된 것은 선주 집의 외아들인 규서란 놈 때문이란 소문도 있었다. 그러나 그런 소문은 확인할 수 없는 종류여서 두선은 벼락 횡재에 싱글싱글 했지만 뭉치는 몇 년이고 이를 갈며 분해했어야 했다.

아무튼 그렇게 결혼해서 잘 사는 듯싶더니 호사다마라고나 할까 결혼한 지 서너 해 만에 두선은 풍랑을 만나 불귀의 몸이 되고 말았다. 그리고 얼마 후에 죽산댁은 네 살짜리 아들을 데리고 이곳을 떠나고 말았다. 그 애 이름이 준석이었던가? 뭉치는 그 애가 자신을 찾아 왔더라는 아내의 말을 떠올렸다. 오랫동안 버려져 있던 집터를 팔려는 모양이라고 했다. 이곳을 떠나서 한 번도 발걸음을 않았었는데……

영진댁과 울산댁이 엎치락뒤치락하는데 지금껏 싱글벙글 싸움구경을 하던 여인네들이 그제서야 우르르 나서서 두 여자를 떼어놓았다.

"언제는 성님, 아우 하며 찰떡 궁합이더니 잘들 논다 잘들 놀아."

아낙네들이 까르르 웃었다. 울산댁이 머리칼이 한 줌이나 뽑힌 게 분해서 다시 달려들었다.

"보소. 어촌계장 사나 둔 게 그리 대단한 유세요?"

"그렇다. 어쩔테?"

영진댁이 달려드는 울산댁의 머리칼을 잡고 휘돌이를 치니까 울산댁은 저만치 나가 떨어졌다. 힘에는 도저히 당하지 못하는 것이다. 치부책을 들고 눈살을 찌푸리고 있던 뭉치가 누구랄 것 없이 핀잔을 주었다.

"그만들 해요. 그만들 해. 이제 고깃배가 계속 들어올 텐데 뭘 그래?"

그때까지 배 위에서 그물을 손질하던 순돌이가 갑자기 배 위에서 펄쩍 뛰어내렸다. 제 아내가 두 번이나 머리끄덩이를 끌리며 패대기를 당한 게 분한 것이다.

"씨팔, 타관놈은 이렇게 당하기만 해야 하나? 그래. 한번 붙어 보자."

그는 웃통을 훌훌 벗어던지더니 맨살 가슴을 드러낸 채 곧바로 뭉치에게로 달려들었다.

"씨팔, 한번 붙어 보잔 말이야."

그는 차마 주먹질은 못하고 뭉치의 턱밑에 머리를 쳐박고 밀고 들어왔다.

"허, 이 사람!"

뭉치는 뒤로 밀리면서 웃었다. 산돼지처럼 머리를 쳐박고 밀고 오는 모양이 흡사 두선을 연상케 했다. 두선도 걸핏하면 웃통을 벗어부치고 타관놈은 이렇게 당하기만 해야 하느냐고 머리를 드리밀던 것이다. 그의 말대로 타관놈이어서 차마 주먹질할 입장이 못되었는지 모른다. 두선이가 좀 푼수이기는 했지만 감히 타관놈 주제에 일을 벌였다가는 뒷

과수원집

감당할 능력이 없다는 것쯤은 알고 있었는지 모른다. 그래서 곰처럼 머리를 디밀고 미닥질만을 치던 것이다. 순돌이도 그렇게 머리를 밀고 들어왔다. 뭉치가 어이없어 하며 뒤로 밀리고 있는데 어느새 울산댁이 달려와서 제 사내의 등짝을 손바닥으로 후려쳤다.

"이봐요. 미쳤소? 여자들 일에 남자가 왜 끼어드요."

"쌍, 죽기밖에 더할 께야?"

"이런 일에 죽긴 왜 죽소. 남부끄럽지도 않소."

여자가 사내의 허리끈을 잡아채었다. 둘러서서 구경하던 여인네들이 일제히 거들었다.

"놔도라. 놔도. 순돌이가 제 여편네 머리끄덩이 끄들린 것이 분해서 그런갑다."

"에이. 빙충맞은 놈. 여자들 일에 부끄러운 줄도 모르고……이놈아. 불알 두쪽 떼 내라. 떼내."

"붙어 보긴? 제 여편네 하고 밤에 붙어 볼 일이지. 신 새벽부터 뭘 붙어 봐."

여인네들이 다시 까르르 웃음을 터뜨렸다. 그제서야 머쓱해진 순돌이가 뒤로 물러나더니 주섬주섬 웃통을 입기 시작했다. 그가 멋적어서 배 위로 올라가려는데 그의 아내가 다시 바지춤을 잡고 호통쳤다.

"그냥 갈끼요? 어서 어촌계장님께 사과하소!"

"그래. 순돌이 사과해라."

여인네들이 합창했다. 순돌은 주위 여자들이 시키는 대로 시죽시죽 어촌계장 앞에 가더니 소학교 학생이 선생님께 인사하듯 꺼북 머리를 숙였다.

"죄송합니더."

"허, 이 사람, 하던 일이나 하게. 여자들이 괜히 놀리느라 그러는 것을……"

다른 여자들이 이제는 울산댁을 보고 말했다.

"울산댁. 그래도 사나 하나는 잘 만났다. 시키는 대로 고분고분 말 듣는 것 봐라. 니도 좀 배와라. 순돌이처럼 말이다."

그제서야 울산댁도 영진댁 앞에 가서 사과했다.

"성님요. 지가 잘못했심니더."

"괜찮다. 니 불같은 성미를 내가 모르나. 하지만 그 성미 좀 죽여라."

"하믄요. 그런 줄 알면서두요……"

그러는 동안에 두 척의 배가 부둣가로 들어오기 시작했다. 모두들 언제 싸웠느냐는 듯이 함지박을 들고 선착장으로 우르르 몰려갔다.

어판장은 좀 더 많은 사람들로 붐볐다. 고깃배들이 잇달아 들어왔다. 배들은 잡아 온 물고기들을 어판장에 부려 놓았다. 어촌계장이 장삿군 여인네들에게 종이쪽을 나누어 주고 입찰가를 적어내게 했다. 어부들은 뒤로 조금 물러서서 그들의 고기가 흥정되는 모습을 살폈다. 선주의 입회하에 어촌계장은 입찰가가 적힌 종이들을 모두어서는 하나 둘 폈다. 그리고 제일 많이 써낸 가격을 찾아내었다.

"여기 놀래미는 5만 2천 원에 낙찰이요. 5만 2천 원. 이거 울산댁꺼지?"

"그러요."

그는 다른 함지박의 물고기에 대해서 같은 방법으로 입찰을 시작했다.

"여기 문어와 소라는 합쳐서 7만 3천 원에 낙찰이요. 이것도 울산댁 껀가?"

"그러요."

과수원집

울산댁의 얼굴에 웃음꽃이 피었다. 저도 몰래 입이 함박만큼 벌어졌다.

"어이구, 저 웃는 꼴 좀 봐라. 언제는 가격담합이니 뭐니 하며 악다구니를 치더니 이번에는 지년이 어촌계장과 담합한 모양이다."

한 여자가 그렇게 빈정대자 울산댁은 발그레 상기한 얼굴이 되어서 잽싸게 물고기를 자신의 그릇에 쏟아부으며 말했다.

"그래서 잘못했다고 사과하지 않은기요?"

"이제 웬만하면 그만 물러서라. 우리도 좀 사자."

"아직 턱도 없이 부족하요."

"니년만 횟집하냐? 억척 좀 그만 떨어라."

어촌계장의 아내가 만류했다.

"놔둬라. 젊은 것들이 한번 살아 볼려고 그러는 건데……지 말대로 타관내기 설움이 어디 한두 가지것나? 그렇게 억척을 떠니 입에 밥이 들어가지."

"아무튼 우리 성님이 최곤기라요."

울산댁의 말에 다른 여자들이 일제히 눈총을 주었다.

"저런 소갈머리 읎는 년. 방금 머리끄덩이를 끄들리며 발광을 칠 땐 언제고?"

"그땐 그때지요."

울산댁의 말에 아낙네들이 일제히 웃음을 터뜨렸다.

"아무튼 저년의 넉살엔 아무도 못당한다니까?"

다시 배들이 들어왔다. 울산댁은 한 마리의 횟감이라도 더 확보하려고 팔을 내저으며 그리로 달려갔다. 그동안 날씨 때문에 출어를 못했다가 모처럼인데 다행히 배들마다 고기를 제법 잡았다. 영진댁도 벌써 몇 광주리째의 물고기를 작은 리어커에 실어서 집으로 보냈다. 그렇게 입찰해서 모은 생선은 그의 아들이 맡아서 해수욕장이나 유원지의 횟집으로 보내진다. 남편이 어촌계장이라는 것이 아무래도 유리했다.

아침 해가 덩그머니 떠오르기 시작했다. 출어를 나갔던 배들도 웬만큼 들어온 모양이다. 함지박에 물고기를 가득가득 확보한 아낙네들이 하나 둘 자리를 떴다. 울산댁도 남편 순돌이와 더불어 자리를 뜬 지 오래였다. 그러나 영진댁은 여전히 남아 있었다.

"해동호는 아직 안 들어왔지요?"

영진댁은 남편을 향해서 물었다.

"그러네. 읍내 포구로 갔나?"

이곳에서 주문진 포구가 십여 리 밖에 되지 않았다. 그래서 출어한 배들 중에 더러는 그곳으로 가서 고기를 팔았다. 어가를 좀 더 많이 받아 볼 심산에서 그러는 것이지만 낙찰가를 예측할 수 없는 것이어서 그저 복불복이었다.

"저기 해동호 선주가 와 있네요."

영진댁이 입술을 삐죽였다. 해동호 선주란 규서의 아비인 학순영감을 말했다. 한때는 이 마을의 모든 배를 소유할 만큼 부호였다. 배뿐 아니라 농토의 대부분도 그의 소유였다. 그러던 것이 해방이 되어 토지의 분배가 이루어지고 6 · 25가 되자 어선이 공산군에게 모두 몰수되는 등으로 재산이 줄기 시작했다. 그러더니 망나니 외아들이 이런저런 사고를 저지르면서 재산은 더욱 줄어서 이제는 겨우 통통배 하나뿐이었다.

그래도 마님이 살아계실 때는 후한 인심 때문에 사람들이 붐비었는데 마님마저 돌아가시자 지니고 있던 집 하나도 관리하기가 어려워서인지 큰집은 비워두고 마을 어귀에 작은 구멍가게를 차려서 애들의 코

묻은 돈까지 챙기며 인색하게 살고 있었다.

그들이 말을 나누고 있는 사이에 해동호 선주인 학순영감이 천천히 다가왔다.

"우리 배는 아직 안 왔나?"

목소리가 쨍― 했다.

"아직 안 들어왔습니다."

"이놈들이 뭣하느라 아직 안 들어온 거여."

학순영감은 눈을 들어 먼바다 언저리를 훑었다. 팔순 노인이어도 눈은 여전히 밝고 귀도 어둡지 않았다.

"배가 들어 오면 연락해주게."

학순영감은 두 손을 뒷짐지고 느릿느릿 모랫벌을 걸어갔다. 영진댁은 오만해 보이는 뒷모습을 보며 여전히 입을 삐죽여 말했다.

"그 말투 봐요. 언제나 사람을 종놈 취급한다니까요?"

"몸에 배서 그런 거지."

"시대가 얼마나 변했는데 그래요?"

그렇게 말하던 영진댁이 갑자기 생각난다는 듯이 물었다.

"두선의 아들은 만났어요?"

"못 만났네."

"이제 새삼 나타나서 집터를 팔겠다는 것을 보면 죽산댁이 죽기라도 했는지 모를 일이지요."

영진댁의 말에 뭉치는 명치끝이 찌르르 울림을 느꼈다. 그런 생각을 문득해 본 것은 사실이지만 아내의 말을 듣고 보니 더욱 그럴 것 같은 생각이 들었다.

순녀가 이곳을 떠난 지가 삼십 년이 넘고 보면 살아 있어도 60객이 가까이 왔을 것이다. 영진댁은 남편의 눈치를 힐끗 살피고는 마음깨나 쓰리겠네요. 하고 면박하고 싶은 눈치를 보였다. 그러나 그렇게 말하는 대신 바다 쪽을 가리키며 말했다.

"저기 배 한 척이 들어오네요."

뭉치가 눈을 가늘게 뜨고 가물가물 다가오는 배를 바라보았다. 햇살이 바다 가득 퍼져 있어서 파도가 일렁일 때마다 반사광선이 눈을 찔렀다.

"해동호일세."

"느직이 들어오는 것을 보니 좀 잡은 모양이지요."

"그런 모양이네."

"늦게까지 기다린 보람이 있을려나……"

영진댁이 남편에게 눈웃음을 보였다. 그들의 작전이 맞아떨어진 것이다. 영진댁이 초반에 어가를 바짝 올려놓는 바람에 장삿군 여자들은 이미 밑천이 다 떨어져서 더 이상 입찰에 참여할 수 없었다. 그래서 아직 남아 있는 사람들은 그저 심심풀이 삼아 구경꾼들에 지나지 않았다.

해동호가 들어왔다. 역시 짐작대로 만선이었다. 배 위에는 살아 있는 오징어가 펄펄 뛰었다. 횟감으로 최상품인 광어와 도다리도 풍성했다.

"늦었네들 그려."

뭉치의 말에 선장격인 형구가 머리를 끄덕였다.

"풍랑이 지나가며 바다를 뒤집어 놓은 모양이지요. 모처럼 좀 잡았습니다."

그는 다리를 심하게 절었다. 그물질하다가 다리가 감겨서 심하게 다친 적이 있는데 그게 도진 것이다.

"선주님은 안 나온 모양이지요."

"지금은 안 보이네."

형구는 배 위에서 물고기를 점검하던 젊은이를 향해서 말했다.

"용만아. 선주님 모셔 와라."

"선주님은 무엇하느라 아직 안 나왔대요?"

"임마. 그걸 알면 네게 심부름 시킬 건가?"

"젠장할 노인 같으니라구……"

용만은 그렇게 투덜거리며 마을 쪽으로 달려갔다. 한참만에 머리가 백발인 학순영감이 나타났다. 키 작은 몸을 꼿꼿이 세우고 꼬장꼬장 걸어왔다. 그는 어판장에 부려진 물고기를 확인하고 주위에 둘러선 몇 안 되는 장삿군을 한번 훑어 보고는 눈살을 찌푸렸다. 그는 형구를 보고 질책하듯 말했다.

"이만큼 많은 양이면 읍내 포구로 갈 것이지……"

"횟집 아줌마들이 아우성을 치길래 꽤나 사람들이 몰렸을 줄 알았지요."

뭉치가 끼어들었다.

"다른 배들도 많이 잡아서 모두들 살만큼 샀네."

"한참 잡히는 판에 그물을 걷어올리기도 뭣하구 해서……"

"하지만 너무 늦게 입항한 거지……"

뭉치는 학순영감을 보고 물었다.

"입찰에 붙여 볼까요?"

"사람이 있어야지."

학순영감의 쨍한 쇳소리에 장삿군들이 목을 움추렸다.

"그럼 다시 배에 싣고 읍내로 가시던가?"

뭉치가 심드렁한 목소리로 말했다. 변덕이 죽 끓듯 하는 노인과 상대하는 것이 신물이 난다는 표정이었다.

"이걸 다시 싣고 읍내로 가자면 한나절이 될 텐데요……"

형구가 펄쩍 뛰었다.

"그럼 공판도 끝날 테구요, 지금쯤은 이미 거기도 파장일 텐데요."

형구의 말에 학순영감은 입맛만 쩍쩍 다셨다. 그러더니 주머니에서 담배 한 개비를 뽑아서는 휠터를 씹어 가며 연기를 뻑뻑 빨아들였다. 어째 사태가 신통찮다 싶은지 장삿군 여인네들이 함지박을 들고 자리를 뜰 채비를 했다.

"팔든가 말든가."

한 여인네가 들으라는 듯이 투덜거렸다.

"그러게 말이지. 다른 사람들은 군말이 없드만……"

"그 집 물고기는 별난 종잔 모양이지."

학순영감은 종알대는 여자들을 한번 흘켜보고는 마침내 말했다.

"어쩔 수 없지. 입찰에 부쳐볼밖에……"

그제서야 뭉치가 한 발 앞으로 나섰다.

"오징어 따로. 광어와 도다리 따로. 그리고 잡고기들은 몰아서 하지요."

"그러게."

입찰이 시작되었다. 영진댁의 얼굴이 활짝 펴졌다. 종이쪽이 나누어지고 낙찰가가 결정되기 시작했다. 오징어는 사천집에 낙찰되었다. 광어와 도다리는 영진댁에게 낙찰되었다. 횟감으로 알짜는 광어와 도다리였다. 잡고기는 안인횟집 차지였다. 미리 예정되었던 대로였다.

"뭣하는 짓이야. 그런 가격이 어디있어?"

학순영감의 얼굴이 벌겋게 상기 되었다.

"아침 일찍만 들어왔어도……"

뭉치가 우물우물 대답했다.

"그래도 그렇지. 그런 값으론 절대로 못 팔아."

"그럼 아예 물건을 내놓지를 말지. 이미 낙찰이 끝났는데 뭘 그래

　　　　　　　　　　　　　　　　　　과수원집

요.”

“그래도 안되는 건 안 돼. 이봐 형구. 물고기를 다시 배에다 실으라고⋯⋯주문진으로 가져 가.”

그러자 뭉치도 버럭 소리를 질렀다.

“누굴 뭘로 보는 거야. 내 바닥에서 낙찰이 끝난 걸 되실어 간 적이 있나? 누가 입이 있으면 말해 봐.”

뭉치가 주위를 한번 둘러보자 모두 그의 시선을 피했다. 그는 학순영감은 거들떠보지도 않고 공판에 참여한 아낙네들을 향해서 말했다.

“모두 싣고 가요. 책임은 내가 질 테니까.”

장삿군 가족들이 리어커를 움직이기 시작했다.

“이놈 봐라. 네가 책임을 지겠다고? 네놈이 뭔데?”

“어촌계장이요.”

“그게 얼마나 높은 벼슬이냐?”

“높든 낮든. 고기 입찰에 대해선 내 소관이요. 싫으면 이곳을 떠나든지⋯⋯”

“이곳을 떠나라고⋯⋯? 감히 네놈이 내께다가⋯⋯”

학순영감의 손바닥이 대뜸 뭉치의 뺨따귀로 올라갔다.

“이놈. 다시 말해 봐라.”

“씨팔. 이게 어디다가 손찌검이야.”

뭉치가 학순영감의 멱살을 바짝 움켜잡았다.

“이 좀만한 것이⋯⋯옛날 생각만 하고⋯⋯그냥 한 주먹에⋯⋯쌍.”

그가 팔을 흔들어 댈 때마다 학순영감의 머리가 수숫대궁처럼 흔들거렸다. 어찌나 목을 조였던지 영감의 얼굴이 까맣게 죽어갔다. 그러나 아무도 그들 사이를 말리는 자가 없었다.

"이봐요. 노인에게 이게 무슨 행패요?"

뭉치는 억센 손이 자신의 팔을 비틀어서야 제정신이 돌아왔다.

"넌 뭐야?"

"노인에게 너무하지 않소?"

"너무할 것도 없어. 이런 자는 혼줄이 좀 나야 한다구. 세상이 어떻게 바뀐지 좀 알아야 한다구. 이 마을이 온통 자기 것이고, 마을 사람들이 자기 종복인 줄 아는 그런 버르장머리를 고쳐놓아야 한다 그 말이야."

그러던 뭉치의 손이 갑자기 힘이 풀렸다. 학순영감이 그 자리에 맥없이 주저앉았다. 뭉치는 그런 노인에게는 눈도 주지 않고 그의 팔을 잡은 젊은이를 뚫어지게 쳐다보았다. 그리고 놀라서 물었다.

"자네 말이야. 자네 규서 아들이지?"

젊은이가 흠칫해서 물러섰다.

"아니, 자네 말이야……"

뭉치는 한참을 머뭇거리다가 자신의 말을 정정했다.

"자네, 두선이 아들이지?"

"그런데요?"

"그래? 너 두선이 아들놈이야. 허, 참, 너 이름이 준석이지 아마?"

"그렇습니다."

"허, 참. 살다보니 이런 일도 있군."

뭉치는 머리를 절래절래 저었다.

"어쩌면 그렇게 빼닮았을까……?"

그는 혼잣말처럼 몇 번이나 입안의 말로 웅얼거렸다. 그는 한참만에 새삼 정신이 들어서 말했다.

"어제 나를 찾아 왔었다며? 내가 뭉치 아재다."

뭉치의 말을 듣자 준석의 표정이 활짝 밝아졌다.

"아, 아저씨가 뭉치 아재군요?"

"자네, 조반 전이지?"

준석은 머리를 끄덕였다.

"가자. 할 이야기도 있고. 나를 따라와."

뭉치가 먼저 성큼성큼 걸음을 옮겨 놓았다. 그가 준석을 데리고 들어선 곳은 울산횟집이었다.

"어촌계장님 오셨습니꺼?"

마당에서 횟감을 뜨던 순돌이가 황급히 일어나 허리를 굽신했다. 뭉치는 그저 싱긋 웃었다. 녀석 하는 짓이 꼭 두선이야. 그는 그렇게 속으로 생각했다. 두선은 누구에게나 허리를 굽히고 굽신거렸다. 그런 것은 억지로 지어서 되는 것이 아니고 타고나서 몸에 배어야 되는 종류였다.

"아주머닌 어디 갔나?"

"부엌에 있제요."

부엌에서 도마질을 하던 울산댁이 얼굴을 내밀었다.

"어촌계장님 오시었소. 아침부터 어쩐 일이요?"

"싱싱한 횟감을 많이 들여놓는 걸 봤으니까. 해장이나 좀 하려네."

"그려요. 아침에 지가 지은 죄도 있응께 돈도 안 받을라요."

울산댁이 웃으며 말했다. 화끈한 성격이었다. 그러면서 더 없이 나긋나긋한 성격이기도 했다. 순녀의 성격을 그대로 빼닮았다. 순녀는 이름과는 딴판으로 성미가 팔팔했다. 그러면서 제 용모만큼이나 무슨 일도 똑 불어지게 해냈다. 울산댁이 꼭 그 꼴이었다. 경상도라는 지역적 특성에서 생긴 성격인지 아니면 개인 성격이 그렇게 닮은 것인지는 몰라도 두 여자는 너무나도 닮았다.

"괜한 소리고……귀한 손님을 모시고 왔으니께. 한상 잘 차리소. 회뜨고 남은 걸로는 매운탕도 끓이고……조반도 여기서 해야겠네."

그들은 대청마루로 올라가 탁자를 사이하고 앉았다.

"이곳엔 몇 년 만이던가? 집 떠나곤 처음이지 아마?"

"처음입니다. 삼십 년도 넘었습니다."

"허. 그렇게 되나……자네 별명이 곰이었지. 고마야, 고마야 하고 부르던 때가 어끄제 같은데……"

곧 술상이 들어왔다. 멍게와 해삼 안주였다.

"지금 광어회를 뜨고 있는 중이니 우선 이걸로 안주하소."

"놀레미회도 좀 뜨게."

"그러지요."

뭉치가 소주잔을 준석에게 돌리며 물었다.

"집터를 팔련다고 했던가?"

"그래서 들렀습니다."

뭉치는 잠시 뜸을 들였다가 다시 물었다.

"어머니가 그렇게 시키던가?"

"어머니는 당신이 돌아가신 뒤에 그러라고 하셨습니다."

뭉치는 머리를 끄덕였다.

"어머니는 언제 돌아가셨는데?"

"작년 여름입니다. 꼭 일 년 됐습니다."

뭉치는 다시 머리를 끄덕였다.

"그래? 집터는 돌아보았던가?"

"어제 한 바퀴 돌아보았습니다."

준석은 마을로 들어오는 길로 어릴 때의 기억을 더듬어서 자신의 집을 들러보았다. 그동안 전혀 인적이 없어서 폐가가 되어 있었다. 흙담은 무너져 내리고 마당에는 잡초만이 가득했다. 그래도 흙벽돌이 견고해서인지 집의 윤곽은 그대로였다. 무심코 툇마루 쪽을 들여다 보니 뜻

과수원집

밖에도 웬 사내 하나가 길게 누워서 잠들어 있었다. 거적자리 옆에는 빈 소주병이 두 개 놓여 있었다. 준석이 웬 사낸가 싶어서 상체를 기울여 얼굴을 들여다보니 몇 날이나 세수를 않았는지 땟국이 덕지덕지인데 수염이 텁수룩 돋아서 누구의 눈에도 행려병자로 보였다. 준석은 자신이 보았던 사내 얘기를 할까 어쩔까 하고 망서리는데 뭉치가 그럴 틈을 주지 않고 물었다.

"자네 생각엔 집터가 몇 평이나 될 것 같은가?"

"백여 평 되는 듯싶었습니다."

"백열다섯 평이야."

뭉치는 얼른 술잔을 기울였다. 그 집터는 순녀가 선주집에서 열심히 일한 몫으로 선주 마님이 떼어 준 것이다. 순녀가 만약 뭉치와 결혼했다면 바로 그 자신의 집터가 되었을 것이다.

"그래? 얼마에 팔 생각인가?"

"글쎄요? 이곳 땅값도 모르고요……"

준석은 잠시 머뭇거리다가 말했다.

"어머님께선 뭉치 아재께 부탁하면 다 알아서 해줄 꺼라고 하셨습니다."

"다 알아서 해줄 꺼라고 했단 말이지……"

뭉치는 눈시울이 화끈 달아올랐다. 그는 순녀가 왜 팔푼이 같이 어리숙한 두선을 남편으로 선택했는지 준석의 얼굴을 보고서야 깨달을 수 있었다. 준석은 두선을 닮은 것이 아니라 규서를 닮아 있었던 것이다. 그대로 빼닮아 있었다.

"그래. 이곳 땅값은 평당 십만 원 정도네. 앞으로 더욱 오르겠지만……돈은 당장 필요한가?"

"그 일로 두세 번 걸음하기가 쉽지 않지요?"

"그렇겠지. 내가 천만 원에 맡아 줄까? 자네가 이곳에 머물면서 작자를 잘 물색하면 더 받을 수도 있겠지. 하지만 급히 팔려면 그 정도 이상은 받기 어려울 게야."

"그래 주신다면 더없이 고마울 뿐입니다."

"고맙긴……자네 부친을 생각한다면……"

뭉치는 속으로 자네 모친을 생각한다면……하고 말을 바꾸고 있음을 느꼈다.

"그 정도의 일은 해야지."

울산댁이 큰 쟁반에 횟거리를 수북히 쌓아서 들여왔다.

"광어, 도다리, 놀래미, 우럭…… 골고루요. 싱싱한 놈이라서 먹을 만해요."

"허. 아침에 순돌이한테 당한 봉변을 갚고도 남겠네."

"공연히 지나간 일로 부끄럽게 하지 마소."

울산댁이 곱게 눈을 흘켰다.

"허허, 내가 농담이 지나쳤나. 아무려나 쫓아내지는 말게."

뭉치가 그렇게 농치며 다시 준석에게 술잔을 돌렸다.

술판이 길어졌다. 소주병 서너 개가 순식간에 따졌다. 아침 해장술인데 이미 제법 취해왔다. 뭉치는 준석을 찬찬히 다시 살폈다. 아무리 따져 보아도 두선이 아들은 아니었다. 그때였다. 어지러운 발걸음과 더불어 규서가 나타났다.

"뭉치, 이새끼 나와라."

규서는 키가 팔척이나 되었다. 그는 이제서야 아비인 학순영감이 당한 봉변 소식을 들은 모양이었다. 그는 섬돌에 버티고 서서 대청 마루에 앉아 있는 뭉치를 향하여 삿대질을 하며 호통쳤다.

"이새끼야. 그럴 수 있어. 이 날강도 같은 놈아."

"미친 자식."

뭉치는 픽 웃어 버리고는 자신의 술잔을 비웠다.

"한 잔 할래?"

"개자식. 그럴 수 있어? 네놈이 우리 아버지에게 그럴 수 있어?"

"왜 못해?"

"이 새끼야. 네 나이가 몇이야. 네놈이 감히 팔순 노인에게 그럴 수 있다고?"

규서는 당장 요절이라도 낼 듯이 길길이 뛰었다.

"그런 네놈은 몇살인데 날 보고 해라냐?"

뭉치는 느물느물 웃었다.

준석은 바로 이 사람이 자신의 허물어진 폐가의 봉당방에 누워 있던 자라는 생각이 들었다. 텁수룩한 수염은 그대로인데 그동안 세수를 했던지 잘 때 모습처럼 흉칙하지는 않았다. 뭉치는 이자를 달래는 요령을 잘 알기라도 하듯 태연히 술잔을 내밀며 달래듯 말했다.

"자, 이리 올라 와서 한 잔 받아라."

그런데 어찌된 것인지 그렇게 기세등등하던 규서가 어느 사이에 수 굿해져서 슬그머니 대청마루로 오르더니 뭉치의 술잔을 받는 것이었다. 뭉치가 술잔 가득 술을 채워주자 그는 안주도 없이 그냥 홀짝 마셨다.

"후례 삼배라더라. 한 잔 더 받아라."

뭉치가 거듭 술잔을 따라 주니 거듭 마셨다.

"이젠 안주 좀 들어라."

"안주는 무슨."

규서의 눈이 금방 게슴츠레 풀어졌다. 알코올 중독자 특유의 표정이었다. 코끝이 더욱 발갛게 달아올랐다. 준석이 눈여겨 보니 술잔을 내민 손은 왼손이었고 술잔을 든 손이 사뭇 떨렸다. 그의 오른쪽 손은 무릎 위에서 건들거렸는데 팔목 안쪽으로 수술하고 꿰맨 흔적이 흉칙하게 남아 있었다.

"안주를 들어. 그렇지 않으면 술 더 안 준다."

그제서야 그는 마지 못해 오징어회 한 점을 입속에 넣었다.

"그 모양이니. 술 중독이지. 안주를 많이 먹으란 말이다."

"술맛 없게 안주는 웨."

그는 더 이상 안주를 들려 하지 않았다. 그런 그의 술잔에 뭉치가 다시 술을 채워주었다. 그는 누군가 자신의 술잔을 가로채 가기라도 하는 듯 황급히 술잔을 기울였다. 그리고 술잔을 뭉치에게 돌렸다. 술을 따르려는데 술병을 쥔 손이 왼손이라 아무래도 어색했다.

"오른손은 어디 두고 왼손질이야?"

뭉치가 놀리듯 말했다.

"괜히 그러네."

규서가 희죽 웃었다.

"계집질하다 팔목 잘릴 뻔했지?"

"흥, 괜히 그러네."

규서의 혀놀림이 어눌했다. 눈동자가 이상하게 풀어지고 있었다.

"손목이니 망정이지. 가운데 다리가 뭉청 잘렸어야 했는데……"

뭉치의 말을 듣자 준석은 갑자기 하나의 생각이 섬광처럼 떠올랐다. 깊은 밤이었다. 어떤 흐느낌 같은 내밀한 움직임이었다. 그는 잠결에 자신이 꿈을 꾸는 거라고 생각했다. 헉헉 막히는 숨소리와 뒤채임 소리. 갑자기 비명소리가 들렸다. 문이 펄쩍 열렸다. 찬바람이 훅 끼쳐 오면서 준석은 잠이 깨었다. 네 살인가 다섯 살 때의 일이었다. 피비린내가 물씬 풍겨왔다.

"엄마!"

준석이 엄마를 찾았다.

"가만 누워 있거라!"

엄마의 목소리가 유달리 무섭게 느껴졌다. 준석은 몰래 엄마를 엿보았다. 엄마는 어둠 속에 우뚝 솟아 있었다. 머리는 산발한 채였고 옷은 하나도 걸치지 않은 모습이었다. 그리고 한 손에 칼을 들고 있었다. 식칼이었다. 엄마는 아버지가 죽고부터 머리맡에 식칼을 두고 잤다. 무우를 깎아 먹고 그냥 두는 척했지만 일부러 그렇게 두는 거라고 준석은 알고 있었다. 문풍지를 울리는 바람소리가 무서워서 그런건지 모른다. 아무튼 어머니는 식칼을 든 채 부들부들 떨고 있었다. 유령 같았다. 준석은 저도 몰래 이불을 머리끝까지 뒤집어썼다. 그렇게 떨다가 잠들고 말았다. 그런지 며칠 후에 어머니는 짐봇다리를 쌌다. 그렇게 그들은 이곳을 떠났던 것이다.

뭉치가 문득 말했다.

"규서야. 너 두선이 알제?"

규서가 게슴츠레 눈을 뜨고 그를 쳐다보았다.

"이 애가 두선이 아들이다. 기억나냐? 그 형님과 꼭 닮았제?"

"괜히 그러네."

규서는 믿기지 않는다는 표정이었다.

"두선이 처가 이 애 보고 너를 한 번 만나 보라고 했다더라."

"괜히 그러네."

규서는 그렇게 말하면서도 어딘가 캥기는 것이 있는지 서둘러 신발을 꿰신더니 후닥닥 달아나는 것이었다.

"저 녀석이 너를 네 아버지로 착각한 갑다. 하긴 나도 처음에 두선이 성님이 살아온 줄 알고 화들짝 놀랄 정도였지……"

뭉치는 쓴 웃음을 지으며 말했다.

"그런데 왜 나를 보자 그렇게 도망을 쳤지요?"

"지은 죄가 있어서 그런 게지."

"지은 죄라니요?"

"그야 누가 아남……"

뭉치는 그렇게 얼버무리며 그에게로 술잔을 돌렸다. 그래 누가 알랴? 그러니 순녀가 규서의 애를 밴 것은 이미 두선과 결혼하기 전임에 틀림이 없었다. 그 눈치를 알고 마님이 서둘러 순녀를 두선과 짝지어 준 것이다. 순녀도 후일의 우환을 염려해서 마님의 권유대로 푼수인 두선을 받아들인 모양이었다. 뭉치는 그런 줄도 모르고 그녀를 얼마나 원망했던가? 열 길 물속은 알아도 한 길 계집년 마음은 알 수 없다면서 매일 말술을 마셨다. 술 먹은 개라고 싸움질깨나 했다. 그러다가 덜컥 두선이가 죽었다. 고기잡이 나갔다가 풍랑을 만난 것이다. 뭉치는 비록 헌 계집이 되었지만 그녀에 대한 집착을 버릴 수는 없었다. 더구나 두선이 죽지 않았던가? 그런데 순녀는 여전히 쌀쌀했다. 나는 한 번 시집간 여자요. 애도 있소. 그 애가 준석이었다. 쌍, 애가 있으면 어때? 뭉치가 그렇게 끈덕지게 치근거리는 중에 뜻밖의 사고가 생긴 것이다.

규서가 그녀의 방으로 월방했다가 칼을 맞은 것이다. 식칼을 어떻게 휘둘렀던지 오른손 동맥이 여러 가닥으로 잘라졌다. 그래서 여러 차례의 수술에도 불구하고 끝내 병신손이 되고 말았다. 규서는 거구에다 힘깨나 있었는데 가장 중요한 오른손과 팔목을 전혀 쓰지 못하는 불구가 되자 어린아이들에게 마져도 놀림감이 되었다. 아무도 그를 두려워하지 않았다. 원래 말술을 마시던 그였지만 그 이후에 더욱 술로만 살더니 근래에는 술중독이 심해서 아예 폐인이 되고 만 것이다. 뭉치는

과수원집

그런저런 사정을 소상히 알고 있었지만 순녀의 아들이 규서의 자식일 것이란 것만은 상상도 하지 못했었다.

"허참, 세상살이란 게……"

뭉치는 그렇게 한탄했다.

다음날 뭉치는 종일 누워 있었다. 술병이 난 것이다.

"나이값 하소."

영진댁이 종종거렸다.

뭉치는 준석을 대접한답시고 아침부터 과음을 했던 것인데 아내의 말대로 나이에는 장사가 없어서 꼼짝없이 종일 끙끙거리며 앓았다. 아침에 준석이 떠난다고 인사를 왔을 때도 그는 겨우 벽에 기댄채 대충 인사를 받았다.

"아저씨가 집터를 맡아준다고 하셨으니 더 있어야 그렇구요. 부산까지 가자면 아침 일찍 서둘러야 합니다."

"그런가?"

뭉치는 다시는 녀석을 보지 못하겠지 싶어서 코허리가 찡했다.

"아무튼 건강하고……땅값은 한달 안으로 지로로 보내주끄마……"

뭉치는 그 말만으로는 아무래도 미진하다 싶어서 "아버지가 살던 곳이니…… 잊지는 말아라……" 하고 덧붙였지만 자신도 뭘 잊지 말란 말인지 불분명했다.

뭉치는 종일 드러누워 앓으면서도 녀석에게 규서가 진짜 아버지란 것을 들려주었어야 했던 것은 아닌가 하는 생각을 되풀이했다. 녀석도 설흔이 넘은 나인데 참된 진실을 알아야 할 것이 아닌가? 운명의 장난이든 무엇이든……더구나 규서에게는 아들이 없고……그러니 학순영 감에게도 대를 이을 손자가 있게 되면……그나마 남은 재산도 있으니……뭉치는 그렇게 생각에 지치다 못해 아직 연락할 길은 남아 있으니 하고 생각은 다음에 하지 하고 머리를 흔드는데 마실갔다 들어오던 영진댁으로부터 뜻밖의 말을 듣게 되었다.

"규서가 죽었다요?"

"규서가!? 어제까지 멀쩡했는데 죽긴 왜 죽어?"

"그러게 말이지요."

뭉치는 아무래도 믿기지 않아서 다시 물었다.

"그래, 어디서 죽었다는 겐가?"

"어디긴요? 죽산댁 그 빈집 봉당 마루지요."

마을 사람들은 규서가 근래에 그 빈집에 거처하는 일이 많다는 것을 알고 있었다. 영진댁이 덧붙여 말했다.

"누가 돈푼이나 집어주었던지 빈 소주병이 열 병도 넘더라데요."

마을 사람들은 그의 술중독을 모두 알고 있어서 한두 잔의 술을 주긴 하지만 절대로 병술을 파는 일이 없었다.

"누가 그러데요. 두선이 아들인가 하는 청년이 학순영감 구멍가게에서 술과 안주를 잔뜩 사들고 자기 옛집으로 들어가는 것을 보았다고요."

그게 사실이라면 경우야 어쨌던 그는 그 자신의 아버지를 살해한 셈이 되었다.

"허참, 사람살이란 게……"

뭉치는 그렇게 한탄하지 않을 수 없었다. 삼십 년 만에 갑자기 나타난 놈이 결국 아버지를 죽이고 떠나야 했으니 말이다. 마치 그런 임무가 있어서 찾아오기라도 했다는 듯이 말이다.

"허, 세상살이란……"

진실이란 항상 밝혀지기 마련이라고 했지만 이런 경우는 꼭 그런 것 같지도 않았다. 뭉치는 준석에게 자신의 아버지가 규서란 것을 가르쳐 주어야 할 일거리가 하나·없어진 것을 느꼈다. 그런데 그건 옳은 일인 지 어쩐지……그는 다시 머리가 지끈지끈 아파 오기 시작했다.

제삿날

대숲을 흔드는 바람소리가 쏴, 들려왔다. 열린 창문으로 스며든 바람이 촛불을 흔들었다.

"유수 같은 세월이라더니……"

강촌댁이 중얼거리듯 말했다. 전쟁이 터진 지 어느덧 삼십 년이 넘었다.

"왜 아니랍니꺼. 그놈의 전쟁인지 지랄인지……"

영두네도 맞장구를 쳤다.

그녀들은 남편들을 앗아간 6·25를 생각하고 있었다. 이웃을 원수로 만든 전쟁, 청대 같은 목숨들이 무더기로 죽어간 전쟁, 제삿날이면 어쩔 수 없이 그 전쟁을 기억할 수밖에 없었다.

종현은 어머니인 강촌댁과 바로 옆집인 영두 어머니의 말소리를 들으며 아버지의 영정을 바라보았다. 삼십 년, 세월의 앙금처럼 사진은 누렇게 변색되어 있었다. 혼백도 나이를 먹는 것인지 사진 속의 아버지는 그리 젊어 보이지는 않았다.

"지금쯤은 다 드셨겠지."

강촌댁이 웃으며 말했다.

"냉수를 떠올까?"

"그러지요."

강촌댁이 부엌으로 나가 냉수를 떠왔다. 종현은 국그릇을 내보내고 냉수에다 젯밥을 세 술 떠서 말았다. 세 술째 밥을 뜨던 그는 멈칫했다. 희끗희끗한 머리칼 한 올이 보였던 것이다.

종현은 콧날이 찡해왔다. 어머니도 이젠 늙으셨구나 하는 생각이 들었다.

강촌댁은 매사에 정결했다.

종현이 결혼한 첫해였다. 아내가 부주의해서 젯밥에 머리칼 한 올을 빠뜨렸다. 그것을 발견한 강촌댁의 얼굴빛이 순식간에 변했다.

애야, 제사상에 올릴 음식은 그처럼 소홀히 다루는 것이 아니다.

옛날 이런 얘기가 있느니라. 어느 나그네가 동구 밖 묘지에서 잠을 자게 되었더란다. 그런데 깊은 밤, 곤한 잠결에 두런두런 얘깃소리가 들리더라지. 죽일 연놈들이 있나? 배고팠던 김에 한 상 잘 먹겠거니 하고 밥주발 뚜껑을 여니, 큰 먹구렁이가 길게 누워 있는 기라. 어떻게나 놀랐던지, 경상도 말로 시껍했능기라. 어찌나 분하고 괘씸턴지 손주 녀석을 화로에다 확 밀어넣었지……한데, 지금 생각하니 좀 안된 생각도 드는군. 십중팔구는 앉은뱅이가 될낀데, 단 하나뿐인 손주 녀석이거든…… 우물가의 가죽나무 진을 바르면 나을 낀데 그것들이 알기나 할는지, 하더란다. 잠결이긴 하지만 하도 신기해서 마을로 들어가 지난밤, 제사 지낸 집을 물어 찾아갔더니, 그 집은 온통 난장판이더란다. 외아들 손주가 화로에 데어 기절한 채 아직 깨어나지 못하고 있었으니, 그럴 수밖에……

그래, 나그네의 처방대로 우물가에 있는 가죽나무의 껍질을 벗겨 그

과수원집

진을 바르니, 그 손주가 정신이 돌아오더란다. 나그네로부터 자초지종을 전해 들은 제주가 젯밥의 뚜껑을 열고 보니, 시커먼 머리칼 한 올이 젯밥 위에 있더란다. 아가야, 혼백이 없단 말로 못하는 것이……기왕에 마음먹고 지내는 제사인 것을…… 정성이 최고니라……

그렇게 엄하게 타이르시던 어머니였다. 그런 어머니도 나이에는 어쩔 수 없는 모양이구나― 종현은 그렇게 생각했다.

종현은 이번 기회에 집과 논밭을 처분하고 어머니를 서울로 모셔야겠다고 다시 한번 결심했다.

제사를 끝내고 음복잔을 내오며 강촌댁이 문득 말했다.

"그래, 자넨 언제 떠나는감?"

"내일이라도 떠나야제요."

영두네가 대답했다. 그녀는 영두가 있는 울산으로 가기 위해 이미 논밭을 모두 처분했다고 했다. 이 강변에 두 집만이 외떨어져 살아왔는데 영두네마저 떠난다고 하니 강촌댁도 마음이 흔들리는 모양이었다.

"흠, 야도 모두 팔고 떠나자고 극성이구먼……"

"허긴 성님도 고만 떠나소마. 지만 떠나기가 아무래도 미안해서 미적미적해 왔구만. 손주 얼굴도 좀 보고 해야제요."

"그렇긴 하네만……자네네 건, 돌뿔네 작은아들이 모두 맡았다며?"

"그랬지예. 이장 일을 보느라고 돈을 좀 모은갑디더."

돌뿔네는 영두네와는 사촌간이었다. 그러니 돌뿔네 작은아들인 이규는 영두와는 육촌간인 셈이다.

"사람이 워낙 착실하니……"

"새마을지도자로 상금받은 돈도 있고예, 비닐하우스를 해서 돈 깨나 벌었지예."

"하긴, 우리 마을에선 보배지."

"성님네도 팔려면 그 조카님에게 부탁해 보소."

"그럴까?"

"그럼예, 모두 신세진 사람들인데예."

영두네가 신세를 진 사람들이란 6·25때를 말한다. 돌뿔네 작은아들인 이규는 의용군으로 나갔다가 돌아온 사람이다. 이곳 마을의 우익을 대표하다시피 한 강촌댁이 사방팔방으로 주선해 주어서 그의 목숨을 구해준 것이다.

종현은 음복잔에 술을 따랐다.

"술잔 드십시오."

종현이 술잔을 권했다.

"자, 영두네도 들게."

"그럼예, 성님요. 그 왜, 속이 트지할 때는 술이 최고라고 안 했능기요. 속이 트지할 때마다 마신 주량이라 내사 한 되는 너끈히 해치울 끼구먼요."

"어따, 술꾼 하나 더 늘었군."

강촌댁은 술 좋아하는 종현을 빗대어서 그렇게 말했다. 술잔이 몇 잔 돌자 술에 약한 강촌댁은 숨을 가쁘게 몰아쉬더니 벽에 상체를 기댄 채 금방 잠이 들고 말았다.

"영두는 울산에 있다면서요? 장사는 잘 된답니까?"

종현은 영두 어머니를 향하여 물었다.

"내사 모르겠다. 잘 된다고 가자 카이 가긴 간다마는 썩 내키지는 않는데이……"

"얼마나 사신다고 그러십니까? 자식 손자들과 같이 사셔야지요."

종현은 노인네들의 한결같은 고집에 어떤 벽을 느끼며 달래듯 그렇게 말했다.

"왜, 고향에 살면 어때서? 니 말마따나 얼매나 산다고 고향 떠날 끼고?"

"그래도……"

"말 마래이. 하도 성화를 대싸니 가긴 간다만, 사람이란 게 평소 살던 자리를 옮기면 죽는 기라. 내사 죽으러 가는 기분이다. 여기서 혼자 죽으면 치와줄 사람도 없을끼구."

술이 오른 탓도 있겠지만 영두네의 눈 가장자리가 유난히 붉어졌다. 곧 눈물이라도 쏟아질 것 같았다.

"니한테니 말이다만, 우리 목숨은 이미 벌써 죽은 기라. 삼십 년 전에 말이다. 혼백은 쑥 뽑히고 꺼풀만 돌아댕기는 기라."

영두네는 음복잔의 술을 다시 홀짝 들이마셨다.

"비 오시는 날이면 산등성이에서 우, 하는 소리가 안 나나. 귀신들 노는 소린 기라. 귀신들도 병정놀이하는 기라."

귀신들도 병정놀이하는 기라…… 영두네의 그 말은 이상한 여운을 남겼다.

종현은 6·25 때의 아슴푸레한 추억들이 떠올랐다.

일천구백오십 년에……새로 인민위원장이 된 영두 아버지가 연단에 올라서서 연설을 했다. 햇살이 쨍쨍 내려쬐는 한낮, 개펄로 끌려나온 사람들은 땀을 뻘뻘 흘리며 연설을 들었다. 일천구백오십 년에……킥킥, 웃는 사람도 있었다. 노래도 불렀다. 누나들이 골방에서 몰래 노래를 불렀다. 김일똥 장군, 종현은 뽕나무에 올라가 큰 소리로 노래 불렀다. 김일똥 장군, 이놈, 댓골양반이 호통을 쳤다. 영두 아버지인 댓골양반이 호통을 쳤다. 이노옴…… 한 철부지 어린애가 한 짓을 가지고……아버지의 한숨 섞인 푸념. 강촌양반은 그 일 때문에 내무서에 끌려다녔다. 성님요, 성님요. 영두네의 은밀한 속삭임. 강촌양반과 종현은 영두네 도장방에 숨었다. 쌀독 속에 숨었다. 영두네 뒷마당엔 공산군과 좌익분자들이 모여있었다. 모조리 해치우라구. 씨를 말리는 거여. 댓골양반의 우렁우렁한 목소리가 들려왔다. 오늘 안으루다 끝내야 합네다. 시간이 없으니까 실수가 없어야 하겠시요. 인민군인 듯한 이북 말씨도 들려왔다. 도장방 문이 덜컥 열렸다. 술단지가 어느 것이지? 종현이 숨은 쌀독의 뚜껑이 마저 열렸다. 보소, 뭐하능 기요? 쨍한 영두 어머니의 목소리. 사나가 도장방엔 뭣하러 들어가요? 술단지를 찾는 거지……나한테 말하면 될 꺼로, 빨랑 나오소 마. 허참, 성미도…… 허허, 위원장 동무, 아주머이 앞엔 고양이 앞에 쥐구만, 허허. 종현은 살이 축축했다. 오줌을 쌌던 모양이다. 좌익분자들이 모두 떠나자, 참 씨껍했니더. 도장방에 들어온 영두네가 강촌양반에게 속삭였다. 고맙네. 고맙긴예, 우리가 어디 남인교? 그래, 다른 곳엔 모두 연락이 됐겠지? 지금쯤은 모두 피했을 테지예. 깜깜한 밤인데 어디서 찾을 낍니꺼. 고맙네. 집사람도 잘 숨었겠지? 연락을 맡은 것은 종현이 어머니였다. 강촌댁은 몰래 집을 빠져나가 마을을 돌았다. 새벽녘이었다. 멀리서 총소리가 들려왔다. 허참, 감쪽같이 해낸다고 한 일인데. 댓골양반이 허둥대며 말했다. 낮말은 새가 듣고 밤말을 쥐가 듣는다며요. 영두네의 퉁명한 목소리. 우리집에 모일 때꺼정도 아무도 모르는 일이었다니까. 빨리 옷이나 내 오소. 왜요? 왜긴, 탱크가 벌써 들이닥친거요. 산으로 피해야 돼. 위원장 동무, 위원장 동무. 다급한 목소리. 웬일들이시오? 여기 뒷산에 숨읍시다. 토치카가 있으니까 밤까지 버티다가 밤중에 바다로 뜹시다. 배를 징발해서…… 그때 따따따, 하는 총소리가 들려왔다.

공산군과 국군은 종현네 뒷산 토치카를 중심으로 대치했다. 밤새 입

과수원집

장이 뒤바뀐 것이다. 우익 청년들이 죽창을 들고 국군들의 뒤를 따랐다. 치열한 총격전이 벌어졌다. 죽여라, 죽여. 고함소리, 비명소리. 숫자에 있어서 중과부적인 공산군은 순식간에 사살되고 말았다.

귀신들도 병정놀이하는 기라……영두네는 그때의 기억을 말하고 있는 것이었다.

"어쩜 예전의 아버지를 그처럼 **빼닮았으까?**"

영두네는 술에 익어 빨개진 얼굴로 종현을 바라보았다. 이제 종현의 나이도 예전 돌아가시기 직전의 아버지 나이와 비슷해진 것이기도 했다. 게슴츠레해진 영두네의 눈길이 핥듯 종현의 손을 더듬었다.

"지금에사 말이지만, 느이 아버지같이 허무한 죽음도 없을라."

영두네는 그렇게 말했다.

영두네는 강촌양반이 허무하게 죽게 된 내력을 말하고 싶어했다. 국군은 빠른 속도로 진격을 했다. 국도를 따라 죽죽 진격을 했다. 미처 도망갈 수 없었던 공산군들은 산으로 숨어들었다. 그렇게 숨어든 패잔병의 숫자들은 점점 늘어났고, 그렇게 늘어난 패잔병들은 대관령에 집결해서 영동지방을 덮쳤다. 그때 국군들은 양양, 고성을 지나 통천까지가 있었다. 강촌양반은 이번에도 피난갈 사이가 없었다. 그래서 영두네 쌀독에 다시 숨었다. 그러나 지방 좌익분자들과 합세한 공산군들은 집집마다 샅샅이 뒤져 우익들을 잡아냈다. 강촌양반도 이때 붙들려 결국 공산군들이 사살된 토치카에 끌려가 죽음을 당하고 말았다.

"참, 내가 죽일 년이지. 그 경황 중에……"

종현은 어리둥절해서 영두네를 바라보았다. 술에 익어 빨개진 그녀의 얼굴이 젊은 여자처럼 그리움에 넘쳐 있었다. 젊을 땐, 퍽이나 미인이었던 그녀였다. 댓골양반은 농사에 관심이 없고 툭하면 집을 비웠으므로, 강촌양반이 알게 모르게 그녀를 돕곤 했다. 우차에 나뭇단도 실어 주고, 거름도 퍼내 주었다. 어지간한 성미의 강촌댁도 참지를 못해 강촌양반에게 대들곤 했다. 그래서 주먹다짐까지 오가곤 했다. 영두네는 강촌댁의 투기를 받을 만큼 미인이었던 것이다. 성격이 활달하기도 했고, 특이한 경상도 악센트가 그렇게 정겨울 수가 없었다.

영두네는 취한 목소리로 말을 계속했다.

"차마 거절할 수가 없은 기라……얼매나 신세를 졌었노……하필 그때 이규란 녀석이 들이닥친 기라."

종현은 취중에도 그 말이 화살처럼 귓등에 꽂혔다. 그는 영두네를 보았다. 그녀는 눈을 감고 있었다. 그녀는 자신이 무슨 말을 하고 있는지도 모르는 듯, 어떤 것인가를 설명하려고 애를 썼다. 하필 그때 말이다……

아침이 되었을 때, 종현은 머리가 지끈지끈했다. 그러면서도 어제 영두네에게서 들은 말이 제일 먼저 떠올랐다. 차마 거절할 수가 없은 기라. 얼매나 신세를 졌었노. 하필 그때 이규란 녀석이 들이닥친 기라. 그러니 강촌양반은 이규에게 끌려가 죽음을 당한 것이 틀림없었다. 그런 줄도 모르고 강촌댁은 이규가 공산군 패잔병으로 쫓겨다니다가 몰래 돌아와 살려달라고 애걸했을 때, 앞장서서 그를 옹호해 주었다. 스스로 보증인이 되어 주었을 뿐 아니라 다른 사람들의 보증도 주선해 주었던 것이다. 서슬이 시퍼렇던 당시의 상황에서 이규의 목숨은 강촌댁의 손에 달린 것이나 다름이 없었던 것이다.

종현은 종일 착잡한 심정이었다. 아버지는 이규에 의해서 죽음을 당했다. 이규에 의해서……30년이 지난 지금에서야 그것을 알게 되었다. 그런데 나는 무엇을 어떻게 해야 하는가? 종현은 그렇게 자신에게 묻고 또 물었다.

한낮이 넘어서야 종현은 이규의 집을 방문했다.

술상이 들어오자 종현은 논밭과 집을 정리해야겠다는 말을 했다. 이규도 들어서 알고 있다는 듯 자신이 알아서 처리해 주겠다고 했다. 술잔이 몇 순배 돈 다음, 종현은 불쑥 말을 꺼냈다.

"형님, 이건 지나간 얘기입니다만, 아버지가 형님에게 끌려가던 날 말입니다."

"아니, 이 사람이……"

이규가 화들짝 놀라며 종현을 바라보았다. 두 사람은 잠시 서로를 노려보았다. 침묵이 소리를 내며 지나갔다. 종현은 입술에 침을 바르며 다음 말을 계속했다.

"영두 어머니와 잠자던 방에서 말입니다."

이규의 얼굴이 딱딱하게 굳어지더니 차츰 파랗게 변색되었다. 그것이 사실이었구나, 종현은 그렇게 확신했다. 한참 만에 이규가 조그만 목소리로 말했다.

"당숙모님이 그러시던가?"

종현은 머리를 끄덕였다. 종현은 갑자기 이 자리가 참을 수 없었다. 분노도 원망도 없었다. 다만 참을 수 없다는 감정만이 그를 에워쌌다. 그는 급히 이 자리를 떠나고 싶었다. 그래서 벌떡 일어났다.

"동생, 내 말을 좀 듣고 가게."

그제서야 정신이 돌아온 듯 이규가 황급히 일어나 종현의 팔을 잡았다.

"잠깐만 말일세."

이규는 종현이 그를 뿌리치기라도 한다고 믿었는지 애원하는 표정을 지었다.

종현은 이규의 손에 이끌려 다시 자리에 주저앉았다.

"내 나이 이미 쉰이 넘었네. 자식들도 모두 장성했고…… 내가 지금 죽게 된다고 해도 후회는 없네…… 하도 엄청난 일이었으니 말일세."

이규는 떨리는 목소리로 띄엄띄엄 말했다.

"하루도 마음 편할 날이 없었지. 삼십 년을 말일세. 요즘에 사두 집 다 떠난다기에 마음이 조금 놓이던 차였는데……이게 인생살이인지."

이규는 길게 한숨을 쉬었다.

"의용군에 끌려갔다가 패잔병이 되어 돌아오니 집안이 쑥대밭이 안 되었겠나. 아버지도 당숙도 모두 죽음을 당했으니…… 우익들의 집을 뒤지다가 문득 당숙모한테 조문이라도 해야겠다고 생각했지. 급히 쫓기고 있었으니까, 문을 퍼뜩 열었다. 문이 덜컥 열리더군. 어떻게 되었는지 문을 잠그는 것을 잊었던 모양이야. 순간 눈에서 불이 확 일더군. 당숙이 죽은 지 일주일도 채 안 됐는데 말일세……"

이규는 술잔에 눈을 떨어뜨렸다.

"나이 탓도 있었지. 겨우 20대 초반이었거든. 총을 메고 있었겠다, 더구나 쫓기는 몸이었으니……"

말을 하는 동안 이규는 점점 평정을 되찾은 듯 차분하게 결론을 맺듯 말했다.

"처분만 바랄 뿐, 죄인이 무슨 할 말이 있겠나. 강촌아저씨는 많은 사람을 살리고도 그렇게 허무하게 죽음을 당했는데, 나같은 놈이야 백 번 죽어도 용서받지 못할 놈일세."

종현은 어떻게 그 집을 나왔는지 모른다. 이규가 한사코 붙잡았지만, 종현은 쫓기듯 자리에서 일어났고 그리고 허둥지둥 집으로 돌아왔다.

"네 얼굴색이 왜 그러냐?"

강촌댁이 놀라서 물었다. 종현은 아무 말도 할 수 없었다. 이런 일을 당했을 때 보통 사람들은 어떻게 하는 것일까? 종현은 그렇게 속으로 자문해 보았다. 이런 엄청난 일을 확인했을 때 남들은 어떻게 해야 하는 것인가? 이것은 참으로 묘한 아이러니가 아닐 수 없었다. 어떻게 보면 인생이란 여간 희극적이 아니다. 남편을 죽인 자를 위해 어머니는 그처럼 애를 썼으니 말이다. 그리고 남편의 정부(情婦)를 지금도 친동생처럼 감싸주고 있으니 말이다. 이런 것을 인생의 숙명이라 하는 건가? 종현은 침통한 얼굴로 머리를 쥐어뜯었다. 나는 어떻게 해야 하는 것인가?

해가 설핏해서야 종현은 강촌댁의 재촉에 못 이겨 성묫길에 나섰다. 강촌댁은 영두네 보고도 함께 가자고 졸랐다.

"내사 머."

영두네가 여러 번 사양했지만 강촌댁이 굳이 우겼다. 결국 그들은 함께 갔다.

강촌양반의 무덤은 개울 건너 야산에 있었다. 전에는 붉은 산이었던 것이 그동안 조림사업으로 소나무와 오리목나무로 온통 숲을 이루고 있었다. 워낙 집에서 늦게 출발했기 때문에 묘지에 당도했을 때는 땅거미가 깔리기 시작했다. 성묘를 끝내고도 금방 일어서기가 안 되어서 잠시 멈칫거리며 얘기를 나누다 보니 돌아오는 길은 칠흑 어둠 그대로였다. 그믐이다 보니 달도 없었다.

"그때도 이런 밤이었구먼."

영두네가 말을 꺼냈다.

"하필 쌀독에 숨겼으까? 머리들이 모자랐지. 한번 소문이 난 일인데……"

강촌댁이 아쉬운 듯 말했다.

"그러게 말이시더. 무식한 소치제요."

영두네는 지난밤 취중에 한 말을 전혀 의식하지 못하는 듯 천연스레 말을 받았다.

"분명, 지방 빨갱이가 섞여 있었을 텐데⋯⋯"

"그게 그러니, 워낙 깜깜한 밤인데다가 엉겁결에 당한 일이라서예."

"하긴, 누군들 그 경황에 누굴 알아보고 자시고 할 사이가 있었겠나."

야산을 모두 내려오자 개펄이 나타났다. 갈대숲에서 푸드득거리는 새의 날갯짓 소리가 잠깐 들려왔다.

"지금에서 말이다만, 그 양반 자넬 엥간히 좋아했지."

"원, 성님도. 공연히 생사람 잡네요."

"아니다. 나무를 해도 영두네 걸 먼저 해오니 내 눈에 쌍심지가 안 솟게 됐나?"

두 노파는 서로 손을 잡고 깔깔 웃었다. 그러다가 강촌댁이 갑자기 웃음을 딱 그쳤다.

"쉿, 저 소리 들어봐라."

세 사람은 동시에 발을 멈추었다.

다리 건너 저쪽에서 낄낄거리는 웃음소리가 들려왔다. 어이 시원해, 어이구, 호호호, 허허허, 두 남녀가 어울려 목물을 하며 시시덕거리는 소리가 틀림없었다. 종현은 머리를 갸웃했다. 지금은 늦가을이고, 오늘은 제법 냉기가 스며드는 싸늘한 날씨였던 것이다. 이런 날씨에 강에 들어가 목물을 한다는 것이 도무지 믿어지지 않았다. 찬물을 몸에 끼얹을 때마다 흑, 하고 숨을 흐느끼는 소리가 역력히 들려왔다. 순간적으로 종현은 머리끝이 쭈뼛했다. 생전 처음으로 이것이 귀신이나 도깨비 종류가 아닌가 하는 의구심이 들었다. 아이구, 시원해라. 흑, 흑, 아이, 아이⋯⋯여자의 간드러진 목소리. 무엇이라고 두런두런 지껄이는 남

과수원집

자의 목소리. 강촌댁이 먼저 쪽나무 다리 위로 올라섰다. 그들은 부지
런히 걸어서 두 남녀가 목물하는 곳으로 가까이 다가갔다. 물방울 튀기
는 소리, 두런거리는 얘깃소리가 가까이 다가갈수록 점점 작아지더니,
바로 이 자리다 싶은 곳에 이르렀을 때는 곧 잠잠한 정적만이 감돌았
다. 종현은 떨리는 손으로 라이터를 찾아 불을 켰다. 불빛이 어둠을 밀
어냈다. 종현은 담배에다 불을 댕기면서 우정 불빛을 이리저리 비추어
보았다. 어둠이 깃든 수면에는 잔잔한 물결만이 조용히 흔들리고 있을
뿐이었다.

"어서 가입시더."

영두네가 떨리는 목소리로 길을 재촉했다. 그들이 다리를 다 건너 밭
둑길로 들어섰을 때였다. 뒤에서 다시 목물 소리와 웃음소리가 들려오
기 시작했다. 이번에는 아까보다 훨씬 또렷했다. 여자의 간드러진 목소
리가 몸에 와 감기듯 정겨웠다. 남자가 여자의 어디를 간지르는지 여자
는 몸을 꼬며 키득거렸다.

집으로 돌아오자 그들은 서로의 얼굴들을 바라보았다. 두려움으로
이마에 온통 땀방울이 맺혀 있었다.

"내사 무서워서 혼났구먼."

영두네가 이마에 맺힌 땀방울을 훔치면서 말했다.

"오늘은 여기서 잘랍니다. 원, 가시나가 그렇게 간드러질꼬."

그들은 잠시 말이 없었다. 방금 들은 목물하던 목소리가 귓가에 쟁쟁
했다. 한참만에 강촌댁이 종현을 보고 말했다.

"너도 똑똑히 들었제?"

"네."

"이 찬 날씨에 물속에 들어가 목물할 사람이 있겠냐. 귀신이 틀림없
다. 그렇지?"

"글쎄요……"

"틀림없다. 네가 불빛으로 비추어 보기까지 했지 않나?"

"그랬었지요."

"그것 봐라. 장마 때면 강에서 사람 살려달라고 아우성치는 소리 때문에 밤마다 잠을 설친단다. 강물에 빠져 죽은 혼백들이 그러는 게지."

강촌댁은 그렇게 말하더니 종현을 똑바로 쳐다보았다.

"나는 아무래도 여길 떠날 수가 없을 것 같다. 서울같이 먼 곳까지 느이 아버지 혼백이 어찌 올 것인가? 내가 여기 있어야 해마다 기제사라도 지내드리지. 나는 여기서 그냥 살겠다."

종현은 어이가 없어 담배만 뻐끔뻐끔 빨았다. 다 된 밥에 재를 뿌린다더니, 그놈의 목물하던 소리가 아무래도 기괴하기 그지없었다.

"우야꼬, 이럴 줄 알았더면 나도 전답을 파는 게 아인데……성님 말 듣고 보니 그렇구면요. 울산인가 어딘가, 공장뿐이라는데 거기서 우에 살 끼고……"

영두네가 탄식을 했다.

"영두네, 이러면 어떨까?"

강촌댁은 깊이 생각하는 어조로 말했다.

"우리집에서 함께 살면 어떨까? 집도 크고, 땅도 많으니까."

"글쎄예……"

영두네는 얼른 대답을 못한다.

"지금사 말이다만, 그 목물하던 남자 목소리가 바로 애 아범 목소리였네."

강촌댁의 갑작스런 말에 종현과 영두네는 아연한 표정을 지었다.

"그리고 말일세, 그 간드러진 여자 목소리가 바로 젊었을 때 자네 목소리였다니까."

과수원집

"원, 성님도, 노망한 것도 아닐 테고······"

"노망이 아니다."

강촌댁이 딱 잡아서 말했다.

"내가 유심히 들은 기라."

종현은 정말 어머니가 망령을 부리는 것이나 아닌가 하는 생각이 들었다. 그것은 너무도 턱없는 말이었기 때문이었다.

"바른 대로 실토를 하게. 같이 목물한 적이 있었지?"

"허참, 성님도. 애먼소리 마소. 생사람 잡겠네요."

영두네가 발뺌을 했다. 그러나 왠지 그 목소리에 힘이 없었다.

"그 양반이 자네가 떠나는 게 아쉬워서 그렇게 나타난 게야. 내 말이 틀림없다. 그 여자 목소리도 분명 자네 젊었을 때 목소리 그대로였네."

영두네는 말없이 눈을 내리깔았다. 그러다가 한참 만에 떠듬거리며 물었다.

"성님요, 그게 정말 젊었을 때 제 목소리였능교?"

"그럼, 틀림없구말구."

"지가 그처럼 방정맞았능교?"

"방정맞긴, 이 사람아. 여자다웠지. 그 양반이야 맨날 날 보고 나무토막 같다고 안 했나."

"그렇다곤 해도······지는 이처럼 살아 있는데예."

"귀신이야 무슨 재주가 없겠나. 자네네 논밭은 모두 물 건너에 있었잖았나?"

"그랬었지예."

영두네 논밭은 대부분 물 건너에 있었고 약간만 집 근처에 있었다. 이곳 사람들은 들판 일을 끝내고 돌아올 땐 강물에서 몸을 씻었다. 캄캄한 밤에는 옆이 잘 보이지 않았으므로 다릿목에서 그냥 목물을 하는 경우가 많았다. 강촌양반은 영두네 집 일을 자주 거들어 주었으므로 돌아오는 다릿목에서 목물을 함께 했을 가능성이 아주 없지도 않았다.

"아무튼 그건 그렇다치고, 우리 이 집에서 함께 사세."

강촌댁은 영두네가 끝내 마음을 정하지 못하자 그렇게 달래듯 말했다.

"예, 생각해 보입시더."

영두네도 솔깃해진 마음인지, 그렇게 말했다.

다음날 종현은 차를 타러 큰길로 나갔다. 이규가 미리 와서 그를 기다리고 있었다. 이규는 강촌댁과 영두네의 눈을 피해 종현에게 다가와 속삭이듯 말했다.

"동생 볼 면목이 없네."

종현은 아무 말도 할 수 없었다. 그는 마음속에 아무런 결심도 못 하고 있었던 것이다.

"그래, 모친은 언제 모실 껀가?"

이규의 질문에 종현은 두 분 다 당분간은 떠날 것 같지 않다는 것을 간단히 들려주었다.

"그렇다면 내가 알아서 모시지. 자넨, 아무 걱정 말게."

이규는 그렇게 말하면서 길가에 부려놓은 짐을 가리켰다.

"아내가 준비한 선물일세. 건어물하고 차좁쌀 약간인 모양인데, 받아주게."

"선물은 무슨……"

"원래 고향 왔다가는 빈손으로 가는 법이 아닐세."

이규가 굳이 우겼으므로 종현은 더 이상 사양할 수가 없었다.

곧 버스가 왔다.

종현은 차창 밖으로 강촌댁과 영두네를 보았다. 두 사람은 다정한 자

과수원집

매처럼 손을 잡고 나란히 서 있었다. 그 뒤쪽에 이장인 이규가 손을 흔들어 보였다. 우뚝 서 있는 이규가 왠지 바위처럼 든든해 보였다. 두 분 어머님을 잘 모셔주리라는 확신 같은 것이 생겨서인지 모른다.

아버지의 장례날

버스는 빙판길을 털털거리며 달렸다. 워낙 낡은 차체인데다가 파인 웅덩이가 많아서 차는 쉴 새 없이 튀어올랐다. 승객들은 대부분 꾸벅꾸벅 졸았다. 워낙 새벽인데다가 눈길에 막혀서 여러 시간이나 오들오들 떨었기 때문이었다. 차창 밖은 먹물 같은 어둠뿐이었다. 그래선지 헤드라이트의 불빛만이 살아서 꿈틀거렸다. 험한 산길이었다. 길은 계속 구불거렸고 길옆까지 늘어선 나뭇가지가 수시로 차체를 후려갈겼다. 꽈당꽈당 하는 소리가 요란했다.

"굉장하군요."

옆에 자리를 잡은 중년 사내가 말했다. 그는 박 아무개라고 자신을 소개했다. 이곳 근방의 초등학교 선생이었다. 군청소재지에 있는 교육청으로 출장을 갔다가 눈길에 발목이 잡혔다고 했다.

"어쩌다가 이런 길을 떠났습니까?"

그는 그렇게 물었다.

"아버지가 돌아가셨습니다. 오늘이 장례날입니다."

눈 때문에 길이 막히지 않았다면 벌써 고향 집에 있어야 할 몸이었다.

"저런!"

박 선생은 매우 안되었다는 듯이 혀를 찼다.

"상주가 여럿입니까?"

"웬걸요. 저 혼잡니다."

누님이 한 분 있긴 하지요. 나는 그렇게 말하려다가 그만두었다. 워낙 멀리 사는 누님에게 부고가 제대로 전달되었을 것 같지가 않았다.

"나도 아버지를 일찍 여의었지요."

그는 위로라도 하듯 그렇게 말했다.

"어렸을 때라 별로 슬픈 줄을 몰랐었는데 나이가 드니 점점 그리워집디다."

차가 갑자기 붕— 떠오르는 느낌이었다. 그러다가 꽈당— 소리를 내며 무엇엔가 부딪치더니 그냥 멈추어 서고 말았다. 차가 웅덩이에 처박힌 모양이었다. 멈출 때의 충격으로 가슴이 얼얼했다.

"지독하게 달리는군요."

"군대에서 배운 솜씨인 모양인데 매우 거친 사람들이지요."

박 선생은 운전사가 개병대 출신이라는 소문이 있다고 덧붙였다. 운전사가 시동을 다시 걸고 앞뒤로 움직이면서 용을 쓰더니 겨우 웅덩이에서 차를 뺐다. 차가 다시 움직이기 시작하자 헤드라이트가 벼랑밑 어둠을 향하여 건들거렸다. 차가 또다시 겅중 튀어올랐다. 꽈당— 하고 얼음판에 차체가 부딪치는 소리가 났다. 승객들은 놀란 가슴에 손을 얹었다. 차는 한층 더 속도를 높였다. 구불거리는 굽잇길을 차는 이리 꽝, 저리 꽝, 부딪치며 미친듯이 달렸다. 승객들은 어안이 벙벙해서 손잡이에 힘을 주었다. 졸음이 싹 가시고 두려움에 몸이 떨렸다.

"여보슈, 운전사양반."

참다 못했던지 어떤 젊은이가 운전사를 향해 버럭 소리를 질렀다.

"좀 천천히 갑시다."

운전사는 그 말에 대꾸하듯 악셀을 더욱 세게 밟았다. 차가 붕— 떠올랐다.

"이것 봐요."

젊은이가 좀 더 큰소리로 말했다.

"그렇게 급할게 뭐요?"

그러자 운전사가 백밀러를 흘끔거리며 신경질적으로 대꾸했다.

"아따. 젊은이. 무서우면 내리라구."

"그게 말이라고 하는 거요?"

"쌍, 말이 아니면 말지 그래."

운전사가 갑자기 브레이크를 밟았다. 차가 급정거하며 승객들의 몸이 휘청 앞으로 쏠렸다. 여기저기서 비명소리가 터졌다. 운전사가 차장을 놀아보며 소리쳤다.

"그새끼. 내리라고 해."

차장이 딱, 딱, 소리내어 씹던 껌을 퉤— 뱉았다.

"아저씨, 내리세요!"

차장이 승강구의 문을 열고 명령조로 말했다. 젊은이는 갑작스레 당하는 일이라 당황한 표정을 지으며 응원이라도 청하듯 승객들을 둘러보았다. 승객들은 모두 창가로 머리를 돌려 그를 외면했다.

"빨리 내리세욧. 누구는 생명이 아깝지 않아서 가만들 있는 줄 알아요."

"여기가 어딘데 내리라는 거야."

"어디든요. 무서워서 이 차를 못타겠다면서요?"

차장은 젊은이를 싹 무시하는 듯한 말투로 윽박질렀다.

"아저씨도 남자세요?"

차장이 '아저씨도 남자세요?' 하고 내뱉는 어감이 어찌나 경멸조인지 몇 사람의 승객이 킥킥대며 웃었다. 그 말은 마치 '아저씨도 그걸 달고 있나요?' 하는 말처럼 들렸던 것이다. 젊은이는 얼굴이 벌겋게 상기된 채 가쁜 숨만 씨근덕거렸다.

"운전사양반. 그만하고 갑시다."

승객 중의 한 사람이 운전사를 달래었다.

"이 사람은 아마 초행인가 보우다."

다른 사람이 젊은이를 나무랐다.

"여보슈, 공연히 운전사양반 신경 긁지 마슈. 가뜩이나 빙판길인데."

여러 승객들이 그 말에 동조했다.

"당신만 타고 있는 게 아니지 않소? 누군들 목숨이 아깝지 않겠소? 그러니 이런 때엔 그저 가만히 있는 거요."

승객들은 그런 식으로 젊은이를 몰아세웠다. 젊은이는 머쓱한 표정을 지었다. 그는 승객들이 자신을 편들거라고 지레짐작한 것 같았다.

"원, 재수가 없어서."

운전사는 투덜거리며 차의 시동을 걸었다. 차가 다시 움직이기 시작했다. 차는 분풀이라도 하듯 더욱 빠른 속도로 어둠 속을 돌진했다. 이젠 아무도 항의할 엄두를 내지 못했다.

"노선이 하나밖에 없어서 운전사의 횡포가 말이 아니지요."

박 선생이 속삭이듯 말했다.

"심하면 손찌검까지 당합니다. 주민들도 아예 체념하고 살지요. 이 노선마저 없어지면 큰일이란 생각도 있겠지만……그동안 관료들의 횡포에 길들여져 있다고나 할까요…… 누르면 누를수록 온순해지는 게

과수원집

서민들 아니겠소."

박 선생은 그러면서 담배 한 가치를 뽑아서 내게 권했다. 나는 담배
에 불을 붙이고는 한숨처럼 길게 연기를 내뿜었다. 가슴이 답답했다.
아무쪼록 사고나 나지 말았으면 싶었다. 생전의 아버지 모습이 눈에 선
했다.

아버지는 우차를 끌었는데 힘이 장사였다. 심하게 날뛰던 황소도 아
버지가 두 손으로 쇠뿔을 잡고 버티면 마침내는 조용해졌다. 채찍으로
황소의 엉덩짝을 후려치며 끼랴! 이놈의 소! 하고 호통치는 소리가 찌
렁찌렁했다. 술이라도 한잔 걸친 날이면 동구안으로 들어설 때부터 이
미 그 호통 소리를 들을 수 있었다. 그러면 집안이 갑자기 조심스러워
졌다. 어머니는 서둘러 된장찌개를 화덕에 올려놓고 저녁상을 다시 살
폈다. 얼른 마중 나가라. 어머니의 재촉을 받으며 나와 누님은 서둘러
마중을 갔다.

아버지는 네 살 때인가에 고아가 되었다고 한다. 할아버지가 선염병
으로 갑자기 돌아가신 것이다. 그리고 할머니는 친정엘 다니러 갔다가
붙잡혀서 강제로 개가하고 말았다. 그래서 아버지는 큰집에서 사촌들
과 자랐다. 부모를 잃고 고아가 되어 큰집에서 더부살이하며 성장한 서
름이 퍽도 컸던 모양이다. 그래서 아버지는 밤낮을 가리지 않고 열심히
일을 하셨다. 산비탈이나 하천부지에 작은 공터라도 있으면 남들이 눈
독 들이기 전에 서둘러 개간을 했다. 남들이 편히 쉬는 겨울에도 왕골
자리를 짜거나 가마니를 쳐서 팔았다. 그렇게 노력한 보람이 있어서 자
식들이 성장할 때쯤에는 상당히 번듯한 가옥도 장만했고, 중농이란 말
을 들을 정도로 논과 밭도 제법 되었다. 우차도 구입하고 황소도 두 마
리나 길렀다. 남들이 갖추지 못한 탈곡기며 새끼틀 같은 농기구도 모두
갖추었다. 그렇게 농사에는 자신만만한 아버지이지만 자식이 농사꾼

되는 것만은 한사코 반대였다.

"너는 농사꾼이 되지 말아라."

아버지는 늘 그렇게 말씀하셨다. 농사일이 너무 힘들기 때문에 아예 농사일을 배우지도 말라는 소박한 생각에서였다. 그래서 자식들의 공부에 남다른 열성을 보였다. 전답을 잡히고 우차를 팔아서까지 자식들 공부에 매달리신 것이다. 그렇게 공부시켜서 서울에서 제법 알려진 회사에 취직까지 시켰는데도 늦도록 장가를 가지 않는 아들이 늘 섭섭하신 모양이었다.

"너도 이제 설흔 셋이다."

너도 이제 설흔 셋이다. 그런 아버지의 말씀을 들으면 가슴이 철렁해지곤 했다. 나는 고아로 자란 아버지의 외아들이었던 것이다.

차는 계속 내달렸다. 고삐풀린 망아지 같았다. 승객들은 마음을 졸이면서도 감히 항의할 엄두를 내지 못했다. 한번 도전했던 젊은이마저도 꿀먹은 벙어리처럼 입을 다물고 냉가슴만 앓았다. 내리받잇길로 들어서서 계속 달리기만 하던 차가 갑자기 덜컥 멎었다. 박명의 빛 그늘 속으로 집들의 윤곽이 어렴풋이 보이기 시작했다. 사람들이 우르르 내렸다.

"해장국이나 마십시다."

"하긴, 머리도 좀 식혀야지."

"소변을 참느라고 혼났구먼요."

승객들은 그동안 마음속에 품고만 있던 생각들을 제각기 한마디씩 했다.

"야. 차장."

그때, 우렁우렁한 목소리가 차장을 불렀다.

"이 차. 광업소까지 가는 거지?"

과수원집

"오늘은 시간이 없어 못 간대요."

차장이 그렇게 대답하곤 운전사가 들어간 식당 쪽으로 쪼르르 달려
갔다.

"원, 싸가지가 없는 것들, 제멋대로라니까. 말이라도 해야지. 광업소
까진 못 가니까 그리 알라든지…… 여기서 몇 분간이나 쉰다든지……"

승객 중의 몇 사람이 짐보따리를 내리며 투덜거렸다. 아마도 광업소
까지 가는 사람들인 모양이었다.

"바깥에 나가서 바람을 좀 쐬는 게 좋을꺼요. 저치들 삼십 분은 노닥
거릴 테니까……"

박 선생이 재촉했다. 나는 마지못해 그의 뒤를 따랐다. 박 선생은 운
전사가 들어간 식당 안으로 나를 이끌었다.

"막걸리 한 되만 주시오."

박 선생이 주모를 향해서 술을 청하고는 내게 물었다.

"식사를 못하셨지요?"

나는 애매하게 웃어 보였다. 어머니의 전보를 받고부터 물 한 모금
입에 대지 않았다. 도무지 정신이 없었던 것이다.

"자. 한 잔 받으슈."

박 선생이 탁주잔을 내밀었다. 한 잔 술이 뱃속을 화끈하게 달구기
시작했다.

"미리 좀 먹어두어야 합니다. 뱃속이 비면 곡(哭)도 못하거든요."

박 선생은 그렇게 말하며 해장국 두 그릇을 첨가해서 주문했다.

"아주머니, 갈비탕이 이게 뭐요?"

저쪽 난로가에 앉아 음식을 들던 운전사가 주모를 타박했다.

"이러면 차를 아예 광업소에다 세워야겠어."

"원, 아저씨두."

주모가 싹싹 비는 시늉을 했다.

"좀 기다려요. 고기로만 듬뿍 더 드릴게."

"쌍, 잠을 설쳤더니 죽을 지경이군."

"푹 쉬구랴. 난로불도 따끈따끈하겠다. 쉴만도 하지."

"난로불만 따끈따끈하면 뭘하우. 아줌마 손목도 한 번 못 쥐게 하면서."

"웬걸요. 말씀만 잘해 보시구랴. 뭔들 못 주랴!"

그들은 그렇게 말하며 까르르 웃었다.

해장국을 마시던 승객들이 그쪽을 흘끔거리다가 하나, 둘 자리를 떴다. 박 선생과 나도 밖으로 나왔다. 어둠이 한결 엷어져 있었다. 그래서 주위의 풍경들이 좀 더 또렷해졌다. 웅크린 듯 엎드린 초가집들, 지붕에 쌓인 눈, 늘어진 나뭇가지…… 근래에 보기 드문 대설(大雪)이어서 길에는 치워진 눈이 담벽처럼 높았다. 버스 안에 들어가 한참을 기다려도 운전사는 나오지 않았다. 승객들은 몸을 떨면서 손에 입김을 쐬었다. 다시 식당 안으로 들어가는 승객도 있었다.

"이렇게 오래 지체할 걸 왜 그처럼 달렸담."

운전사에게 항의하던 젊은이가 아무래도 억울하다는 듯이 투덜거렸다.

"난롯가에서 오래 쉬고 싶어 그랬겠지유."

옆 좌석의 여인네가 비꼬듯 말했다.

"법도 없는 놈들이로군."

"이런 시골에서야 으레 그런 거지유. 시골 사람들이 어디 사람인가유."

차가 멈추어 있으니 추위가 더욱 느껴졌다. 나는 식당 쪽만을 바라보았다. 승객들도 지루함을 견디지 못해 식당 문을 흘끔거렸다. 운전사와 차장은 좀처럼 얼굴을 내밀지 않았다.

"하참. 한 잔 더 걸치는 건데."

박 선생도 초조한 눈치였다. 날씨가 너무 찼다. 작업복을 걸친 한 떼의 사람들이 우르르 몰려왔다.

"쌍, 운전사 새끼 어디 있어? 광업소까지 올라와야 할게 아냐?"

광부들이었다. 순식간에 광부들이 차 안을 가득 채웠다. 차창 밖에서 광부 하나가 창문으로 들여다보며 말했다.

"야, 용팔아. 너, 아주 떠난다면서…… 인사도 안 해?"

"씨팔, 인사는 무슨, 어쨌든 나와주어서 고맙다."

"그래? 어디로 간다고? 화순이락캤나?"

"아무 곳이든, 여기보다야 났겠제."

"나도 여기 간조가 나오면 날아버릴 거다. 나중에 보자."

"지미랄 나중 좋아하네. 술병이나 하나 디밀어라."

밖의 사내가 식당 안으로 들어가더니 사홉 소주 한 병과 오징어 한 마리를 사서 차 안으로 디밀었다. 그때서야 차장이 차 안으로 들어왔다.

"자. 표를 끊어요."

차장이 새로 차에 오른 사람들의 표를 끊으며 통로를 지나갔다.

"야. 차장. 너그덜 왜 그 모양이고. 광업소까진 왜 안 와?"

광부 중의 하나가 버럭 소리를 질렀다.

"시간이 없어서요."

"시간이 없다면서 식당 안에서 노닥거려."

"노닥거리는 것 좋아하네. 어서 차표나 끊으라구요."

차장은 버릇이 된 듯이 남을 싹 무시하는 듯한 경멸조의 억양으로 말했다.

"야. 씨팔. 내가 좋아하는 게 뭔지 알어?"

사내가 어떻게 했는지 차장이 갑자기 비명을 질렀다.

"야, 이새끼야. 어딜 만져. 어딜?"

"누가 우쨌다고 그래쌌노?"

다른 목소리가 거들었다.

"이 새끼야. 내가 창년줄 알아? 어딜 함부로 만지냔 말야?"

"어딜 만졌다는거야. 쌍. 이거 생트집인데."

"자식, 어딜 만졌기에 그래? 젖통을 만졌냐?"

다른 사람이 또 거들었다.

"웃긴다구. 그까짓 것. 만질게 뭐가 있어."

"야, 이 새끼야. 안 만졌어? 안 만졌어?"

차장이 얼굴이 벌개져서 대들었다.

"이 씨팔새끼야. 내가 창녀니, 창녀야? 내가 느 여편네니? 술처먹었
으면 곱게 처먹어."

차장이 징징 울면서 대들었다.

"그거 입정머리 고약하군. 말끝마다 씨팔이야. 확 박아 놓아야 정신
을 차릴 모양이다."

사내가 느물거리며 말했다.

"임마, 참아라 참아. 남자가 참는 거라구."

"누가 뭐래? 괜히 그러는 거지."

"괜히 그런다구? 이 새끼야. 네가 안 만졌어? 안 만졌어?"

그렇게 욕지거리가 오가는데 그제서야 운전사가 요지로 이빨을 쑤시
며 식당에서 나왔다. 그는 운전석엘 오르다가 뒤를 돌아보며 물었다.

"왜 그러는 거야?"

차장이 응원군이라도 만난 듯이 목청을 높였다.

"이 새끼야. 내가 창녀니? 창녀야?"

"허참, 이걸 그냥……"

"야. 임마. 참아라. 참아. 네가 만졌으니 그런 것 아냐?"

"만지긴 뭘 만져? 계집년이 공연히 생트집이지……"

"생트집이라구? 안 만져다구? 이 새끼야. 이 개새끼야."

그제서야 운전사가 사태를 짐작했는지 색안경을 눈에 걸치며 말했다.

"야. 그 새끼들 내리라고 해!"

차장과 싸우던 광부가 콧방귀를 뀌었다.

"엿장수 맘대로?"

"뭐얏!?"

시동을 걸던 운전사가 뒷좌석 쪽으로 걸어왔다.

"어떤 새끼야?"

"나다."

"이 새끼가?"

운전사가 광부의 멱살을 잡았다.

"어. 이게 겁두 없어."

멱살 잡힌 광부가 대뜸 운전사의 면상을 후려쳤다. 곧 치고받는 싸움이 벌어졌다. 운전사의 색안경이 바닥에 떨어져 박살이 났다. 투닥거리는 발길질이 오고갔다. 승객들이 이리저리 몸을 피했다. 여인네의 비명 소리가 들렸다. 운전사가 그 위로 넘어진 모양이었다. 그제서야 승객들이 운전사의 앞을 가로막았다.

"운전사양반. 참으슈. 참아요. 술이 취했는데, 술 취한 사람 건드리는 게 아니요."

"광산에서 쫓겨나는 사람들인가 본데. 참아요. 아가씨도 참는 거라고."

여러 사람들이 말리는데도 운전사와 광부는 서로 으르렁거리기를 그
치지 않았다. 누군가가 예비군 한 명을 데려왔다. 그는 총을 멘 채, 버
스 안으로 들어왔다.

"왜들 그래요?"

"보면 몰라!"

광부들 중의 하나가 거칠게 말했다. 면상을 얻어맞은 운전사가 숨을
씨근덕거리며 광부들 쪽으로 달려들려고 했다. 예비군이 운전사를 끌
어다 운전석에 앉혔다.

"저치들, 멀리 안 갑니다. 오저출장소에서 떼어야 할 서류가 있거든
요. 그냥 참고 가시유."

"자, 운전사양반. 참고 갑시다."

승객들도 운전사를 달랬다. 모두들 그렇게 나오자 하는 수 없었던지
운전사가 거칠게 기어를 잡아당겼다. 차가 움직이기 시작했다. 하늘은
눈발이라도 내릴 듯, 잔뜩 찌푸려 있었다. 그래서 어둠은 아직도 물러
날 줄 모르고 공기 중에 칙칙하게 매달렸다. 승객들이 제각기 지껄이기
시작했다. 졸음도 가시고 목적지도 점차 가까워지는 모양이었다. 마늘
팔던 얘기며, 내년 농사 이야기, 겨울 추위에 대한 이야기, 서울에서 겪
었던 얘기…… 그런 얘기들로 왁자지껄했다. 그러는 동안 차가 오저마
을까지 왔다. 광부들이 우르르 내렸다. 차가 다시 떠나기 시작하자 아
직 분을 풀지 못했던 차장이 차창 밖을 내다보며 소리를 질렀다.

"이 개새끼들아! 잘 되져라."

누군가가 돌멩이를 집어 던진 모양이었다. 차체에 꽝— 하고 돌멩이
부딪는 소리가 들렸다. 차는 그냥 도망쳐 달렸다. 오저를 지나고 한참
을 내려오던 차가 갑자기 기우뚱 기울더니 덜컹 멎었다. 운전사가 기어

과수원집

를 바꾸면서 뒷걸음을 시도했다. 찻바퀴가 헛돌았다.

"쌍! 아침부터 재수가 없더라니, 천천히 가자. 어쩌자, 쌍."

운전사가 가래침을 탁, 뱉았다. 그는 운전석 옆에 있는 비상구를 열고 땅으로 뛰었다. 그리고 웅덩이에 빠진 찻바퀴를 살폈다. 운전사는 영. 가망이 없어 보이는 건지 멀뚱이 하늘을 쳐다보다가 주머니에서 담배 한 가치를 뽑아 물었다. 사람들이 하나 둘, 차에서 내렸다. 나도 차에서 내려 바퀴가 빠진 웅덩이를 살펴보았다. 웅덩이는 심하게 패고 얼어서 차가 쉽게 빠져나올 것 같지 않았다.

"가마니라도 몇 장 있으면 쓰겠는데……"

누군가가 말했다.

"마을도 없고."

골짜기로 내리부는 바람이 매섭게 쏟아졌다. 볼이 따끔따끔했다. 나는 시계를 보았다. 7시가 되어 있었다. 어머니의 모습이 떠올랐다. 아버지의 시신을 모신 관 앞에서 실신해 있는 어머니의 모습이었다. 이제 어머니에게 힘이 되어 줄 사람은 아들밖에 없었다. 그런데도 나는 엉뚱한 곳에서 여태껏 머뭇거리고 있지 않는가?

"네가 어서 결혼이라도 해야 할 텐데…… 그래서 네게 합쳐야지…… 안 그러냐?"

어머니는 그렇게 말씀하셨다. 어머니는 자식 공부시키느라 줄어든 재산을 남에게 드러내는 것이 퍽도 싫은 모양이었다.

"우린, 이젠 옛날 같지 않다."

어머니는 그렇게 말씀하시곤 했다. 얼마 전에는 빚에 몰려 황소까지 팔았다는 소식이었다. 황소의 잔등을 후려치며, 이랴! 이놈의 소! 하고 호통치던 그 당당한 아버지의 모습이 근래에 와서 왠지 고통 속에서 추억되곤 했다.

"다른 차라도 왔으면 싶은데……"

나는 마음을 졸이며 산모퉁이로 휘몰아치는 바람을 바라보았다. 잿빛 그늘만이 길바닥에 녹아 있을 뿐, 차 같은 것은 아예 올 것 같지 않았다. 사람들은 추위를 견디다 못해 길바닥에 모닥불을 피웠다. 눈에 파묻힌 나뭇가지를 뽑아 모아서 그 위에 휘발유를 뿌리고 불을 붙였다. 불길은 잘 번졌다. 나무는 연기를 내 뿜으며 탁, 탁, 소리를 냈다. 승객들이 주워온 나뭇가지를 계속 불길 속에 집어넣었다.

부릉, 부릉, 차 소리가 났다. 사람들은 길모퉁이를 바라보았다. 삼륜차 하나가 툴툴거리며 나타났다. 막걸리를 배달하는 양조장 차였다. 삼륜차는 버스 앞에 적당한 거리를 남겨놓고 멈추었다. 워낙 좁은 길이라 비켜갈 수가 없었다. 삼륜차 운전사가 내렸다.

"자식, 웅덩이가 있는 줄 몰랐어? 조심했어야지?"

삼륜차 운전사가 버스 운전사를 향하여 핀잔을 주었다. 서로들 잘 아는 처지인 모양이었다.

"쌍, 신경이 곤두서 있었거든. 광산패거리들과 한바탕했었지."

"그 새끼들을 건들긴 왜 건들어?"

"내가 건들었나? 그 새끼들이 시비를 건 거지."

"어쨌든…… 한번 끌어나 보자."

그는 차 속으로 들어가 쇠줄을 끌어왔다. 고리로 된 쇠줄이 철그덕거렸다. 차는 서로 앞을 마주하고 쇠줄로 연결지었다. 삼륜차가 뒷걸음질치며 잡아당기기 시작했다. 바퀴가 헛돌았다.

"자, 모두들 밀어요!"

버스 운전사가 지휘를 했다. 사람들이 버스 뒤로 몰려가 차를 밀었다. 차바퀴가 헛돌며 얼음조각이 튀었다. 한바탕 힘을 겨루었지만 가망 없는 노릇이었다.

"아무래도 안 되겠는걸. 가마니 뙈기라도 있어야 하겠어."

"어디가서 구한담."

"저기 산꼭대기에 집이 보이는군."

사람들은 개울 건너, 산언덕에 있는 오두막집을 바라보았다. 화전을 일구고 사는 집인 듯 오두막집은 까마득한 산비탈 언덕에 조그맣게 보였다. 산비탈로 오르는 비탈밭에는 눈이 하얗게 쌓여 있었다.

"누구를 보내지 그래?"

삼륜차 운전사가 말했다.

"오늘따라 조수도 없단말야."

"그렇다고 언제까지나 이러고 있을 거야.?"

삼륜차 운전사가 그렇게 따지자 버스 운전사는 그렇게라도 해야겠다는 표정으로 승객들을 둘러보았다. 사람들은 갑자기 난처한 표정을 지으며 운전사의 시선을 외면했다. 그들은 높은 언덕에 있는 초가집을 바라보았다. 너무나 먼 거리였다 그렇다고 길이 있는 것도 아니었다. 키 넘게 쌓인 눈을 헤치고 무작정 기어올라야 할 판이었다. 바람에 날리는 눈보라를 보아서도 그곳엔 매우 거센 바람이 불고 있다는 것을 짐작할 수 있었다. 분위기가 아주 이상하게 얼어붙었다. 운전사가 문득 저만치 외떨어져서 혼자 있는 젊은이를 보고 말했다.

"여보슈, 당신 좀 갔다 오슈. 당신 때문에 초반부터 기분 잡쳤단 말씀이야."

젊은이가 얼굴을 붉히며 당황스레 두리번거렸다. 사람들은 옳다구나 싶어 모두 운전사의 말에 동조했다.

"젊은 사람이 갔다 오슈. 언제까지 이러고 있을 수야 없지 않소?"

젊은이는 도무지 임무를 회피할 수 없는 입장에 몰리고 있었다. 그는 암담한 표정으로 멀리 오두막집을 쳐다보았다. 그곳엔 눈보라가 뿌옇게 일었다. 산등성이어서 바람이 여간 세차 보이지 않았다. 어디로 가야 할지 길도 보이지 않았다.

"자 얼른 다녀오슈."

사람들이 그의 등을 밀었다. 젊은이는 도저히 모면할 수 없다고 체념한 듯했다. 그는 내키지 않는 듯 천천히 걸음을 옮겨 놓았다. 차도의 밑은 층계논이었다. 그는 층계논을 내려가 개울을 건넜다. 개울바닥을 지나다 두 번씩이나 넘어졌다.

"길도 없는데 허우적거리며 갔다 오자면 삼십 분이 넘겠는걸."

"삼십 분이 뭐야. 한 시간도 넘겠는데…… 그나마나 가마니는 있을려나?"

"농사짓는 집에 가마니가 없을까?"

사람들이 그를 화제로 삼아 지껄이는 사이에도 젊은이는 부지런히 산비탈을 올랐다. 눈발을 동반한 바람이 그의 앞뒤로 휘돌이쳤다.

"여보슈, 막걸리나 좀 파슈, 원 추워서 못 견디겠구먼."

누군가가 양조장 차인 삼륜차 운전사를 보고 말했다.

"돈만 내슈."

"그럼, 공짜로 달랄 줄 알았오? 자. 추렴을 합시다."

"그럽시다."

모두들 몇 푼씩 돈을 추렴했다. 운전사가 한 말들이 술통 하나와 굵은 소금 한 됫박을 가져왔다. 그 소금을 안주로 해서 때아닌 술판이 벌어졌다. 젊은이가 멀리 오두막집에서 나오는 것이 보였다. 가마니가 양손에 들려 있었다.

"저걸로 되긴 될까?"

"웬걸 한번 해보는 거지."

술이 바닥나기 시작했다.

"한 통 더 내오슈. 제길, 감질나서"

모두들 술이 벌겋게 올랐다. 이젠 아무도 모닥불에 나무를 집어넣지 않았다. 드디어 젊은이가 가마니 몇 장을 포개들고 왔다.

"아. 젊은이 수고했어요."

사람들은 가마니를 받으며 치하했다. 그는 혼자서 사그러지고 있는 모닥불에 언발을 녹였다. 신발이 모두 젖어 있었고 무릎까지 눈가루가 얼어붙어 있었다. 그가 불가에 쪼그려 앉자 옷에서 김이 오르기 시작했다. 운전사가 가져온 가마니를 차바퀴 밑에다 깔았다. 두 차는 아까처럼 쇠줄을 걸고 다시 싱갱이질을 하기 시작했다. 사람들이 모두 매달려 영차, 영차, 소리를 질렀다. 술 마신 힘까지 합하여 불끈불끈 힘을 주자 차는 움찔움찔 움직였다. 차바퀴에서 튀는 얼음부스러기들이 사정없이 얼굴을 때렸지만 승객들은 조금도 물러서지 않고 있는 힘을 다하여 버티었다. 그러나 끝내 차는 웅덩이를 벗어나지 못했다. 사람들은 모두 허탈해져서 제각기 길옆에 주저앉았다. 언제까지 이러고 있을 것인가? 그때 저쪽에서 버스가 올라왔다.

"허, 벌써 이렇게 되었나?"

사람들이 시계를 보며 투덜거렸다. 8시 30분이었다. 버스가 삼륜차 뒤에서 시동을 끄자 사람들이 우르르 내렸다.

"어떻게 된 거야?"

그쪽 운전사가 다가오며 물었다.

"어떻게 되긴? 빠졌지."

"병신. 눈이 없어? 맨날 다니던 길에……"

"쌍, 신경이 곤두서 있었다니까."

"그러나 저러나 어떻게 하지?"

"와이어로 잡아당겨도 꿈쩍 않는군."

사람들은 운전사의 얘기를 듣자 암담한 기분이 되었다. 결국 오도가도 못할 형편이었다.

"큰일 났수다. 댁은 한시가 급할 텐데……"

박 선생이 걱정스레 말했다.

"그렇습니다."

나는 시계를 보았다. 초침이 재깍재깍 달음박질했다. 분침마저도 부지런히 걷고 있었다. 시침이 움찔움찔 움직였다. 시간이 정신없이 흘러가고 있었다. 어머니는 이제나저제나 조바심치며 나를 기다릴 것이다.

"외아들이란 아무래도 불안하구나. 밤이나 낮이나 마음을 놓을 수 없단다."

어머니는 걸핏하면 눈물을 흘리셨다. 아버지의 시신(屍身)을 앞에 두고 아들이 돌아오기를 학수고대할 어머니를 생각하니 가슴이 터질 것 같았다.

"여보슈, 운전사양반."

박 선생이 내 처지를 생각했던지 앞으로 나섰다.

"언제까지 이러고 있을 수만도 없는 일이 아니겠소? 그러니 승객을 바꿉시다. 이쪽 승객을 저쪽 버스에 태워 차를 돌려 가면 될 것이오. 그리고 저쪽 승객은 여기서 기다렸다가 새로 버스가 오면 돌려가는 거지요."

"그게 좋소. 그게 좋아요."

술 마신 승객들이 일제히 손뼉을 쳤다.

"하지만 그쪽 차가 안 오면 어떻게 한단 말이요."

그쪽 버스에서 내린 우람한 체격의 사내가 퉁명스레 말했다.

"안 오긴 왜 안 와요."

이쪽 승객들이 말했다.

"흥, 봐야 알지. 그렇겐 못하겠소."

"못하긴 뭘 못해!"

술 취한 승객들이 일제히 소리를 질렀다. 금방 싸움이라도 벌어질 것 같았다.

"아, 그만. 그만들 둬요."

박 선생이 그들을 제지했다.

"뭐 당장 어쩌자는 게 아니라, 생각 좀 해 보시라는 거요? 하. 답답하니까 무슨 방법이라도 찾아 보자는 것 아니겠소?"

우람한 체격의 중년이 이쪽을 힐끔 건네어 보았다. 그는 피워 놓은 모닥불과 빈 술통을 보더니 자기 쪽 승객들을 보고 말했다.

"이럴게 아니라. 우리도 술 한 잔씩 하면서 생각해 봅시다."

"좋소. 그렇게 합시다."

그쪽 승객들이 모두 찬성했다. 술통이 따지고 막걸리 잔이 돌았다. 이쪽 승객들도 뒤질새라 다시 술을 청했다. 하늘에서는 기어코 희끗희끗한 눈발이 날리기 시작했다. 나는 다시 시계를 보았다. 9시가 넘어 있었다.

상주인 외아들을 기다리다가 지친 아버지의 상여가 떠나고 있었다. 눈발을 헤치며 평소 절친하던 이웃들의 전송을 받으며 사십여 리 떨어진 선산으로 떠나고 있었다. 모두 낯익은 사람들인데 사랑하는 외아들만 보이지 않았다. 상여는 그래서 머뭇거리며 비틀거리며 흔들렸다. 흔들리는 상여 위로 눈발이 휘돌이쳤다. 워—허 워—허. 선소리는 분명 돌뿔네 아저씨가 멕일 터였다. 돌뿔네 아저씨는 젊어서부터 목청이 좋았다. 그래서 할머니가 돌아가셨을 때도 돌뿔네 아저씨가 요령을 흔들며 선소리를 먹였다. 할머니에게는 개가한 후에 아들이 둘이나 있었지만 임종 때만은 큰아들 집으로 옮겨왔다. 큰아들이 간절히 소망해서였다. 아버지는 할머니를 할아버지 옆으로 모실 수 있게 된 게 너무나 좋아서 마을이 떠들썩하도록 크게 장례식을 치루었다. 선산까지가 40여리나 되었기 때문에 상두꾼들을 두 패로 나누어서 상여를 번갈아 메게 했다. 그리고 십 리 길마다 노제를 지내게 해서 상두꾼들과 문상객들을 푸짐히 먹였다. 그런 아버지였지만 정작 당신이 돌아가시게 되어서는 외아들 상제마저 없이 쓸쓸히 선산길로 떠나시는 것이다. 어찌 눈물이 없을손가. 그 눈물이 매운 눈발이 되어 휘돌이치는 것이다.

"차장. 차편이 어떻게 되는 거야. 곧 내려오는 게 있는 건가?"

박 선생이 답답하다는 듯 물었다.

"글쎄요, 차를 이쪽으로 돌려줄는지 모르겠어요. 우리가 올라가야 그쪽이 이리로 오고, 우리는 그쪽으로 가고, 그렇게 바꾸어 뛰거든요."

"그러니, 막연하다는 애기군."

"이러다 눈발이 더 날리면 길이 막힐 텐데……"

사람들은 다시 하늘을 쳐다보았다. 눈송이들이 점점 굵어지고 있었다. 산간지방의 눈이란 순식간에 허리까지 차는 법이다. 이렇게 길이 막히면 오도가도 못한 채 며칠씩 산간 초가집에서 시간을 허송하지 않으면 안되는 것이다. 방법은 없고, 그래서 사람들은 애꿎은 하늘만 멀뚱히 바라보았다.

그때였다. 모닥불에 옷을 말리던 젊은이가 불끈 일어섰다. 사람들의 시선이 갑자기 젊은이에게 쏠렸다. 사람들은 지금껏 타박만하던 젊은이에게 한 가닥 기대라도 거는 듯한 표정을 지었다. 젊은이는 곧바로 잡담을 늘어놓고 있는 운전사에게로 다가갔다.

"어떻게 할겁니까? 이렇게 앉아서 잡담만 할 수는 없잖소? 언제는 천천히 가잔다고 호통을 치더니 차를 쓸어박고도 술만 마시겠다는거요?"

과수원집

"누군 가기 싫어서 그러나? 눈으로 보면서 뭘 그래?"

"눈으로 보니까 하는 말이요, 당신은 이 승객들을 목적지까지 실어줄 의무가 있오. 그것도 제 시간에 안전하게 모셔드려야 하는 거요?"

술판을 벌리던 사람들의 시선이 일제히 젊은이를 향했다. 허, 보기보다 그 젊은이 기특하군. 그런 표정들이었다.

"방법을 강구하시오!"

젊은이가 목청을 돋구었다.

"방법이 없으니까 이러는 거지."

"방법을 찾아봐야 할 게 아니냔 말요. 승객을 바꾸던지 누군가를 오 저파출소로 보내서 사업소로 전화를 하던지……"

"네가 해보지 그래?"

"아니, 이 사람이?"

"이 사람이라니? 야, 눈 똑바로 뜨면 어쩌겠다는 거야? 이 새끼, 보자보자하니 겁도 없이 까불어."

"그래요? 나는 겁이 많아 지금껏 참았소. 하지만 더 이상 당신들의 행패에 참을 수 없소!"

"야, 그 젊은이. 잘한다 잘해!"

술취한 승객들이 일제히 젊은이를 응원했다.

"자식들, 영 무책임하단 말씀이야. 저 새끼들, 어영부영 시간 끌다가 승객들이 제각기 지쳐서 걸어가길 기다리는 거라구, 개새끼들……"

승객들의 돌연한 변화에 운전사는 주춤해져서 주위를 둘러보았다. 술취한 얼굴들이 차츰 분노로 이글거렸다.

"젊은이가 그러는 게 아니야."

사태가 이상하게 돌아간다 싶었던지 삼륜차 운전사가 중재에 나섰다.

"우린 모두 같은 처지란 말일세. 누구의 잘잘못을 따질 형편이 아니란 말일세."

"그러니 의논해 보자는 것 아니오?"

젊은이는 꼿꼿이 버티었다.

"그래. 뭘 의논하자는 거야?"

"몰라서 묻는 거요?"

얘기는 자꾸 비꼬여 갔다. 승객들이 하나, 둘, 청년을 편들기 시작했다. 나는 차츰 얼어오는 손발을 의식하며 제법 쏟기는 눈송이를 쳐다보았다. 아버지의 상여가 산자락으로 오르고 있었다. 상여는 자꾸만 미끌어지며 비틀거렸다. 상여에 올라탄 돌뿔네 아저씨가 애절한 목소리로 선소리를 먹였다.

—이 길이 무슨 길고
북망 가는 길이로다.
워-허, 워-허,
생떼 같은 귀한 목숨
생주검이 웬 말이고
워-허, 워-허
처자 권속 많다 하나
누가 있어 따라 갈꼬
워-히 워-워—

눈발이 허옇게 흩날리는 산비탈에 아버지가 탄 꽃상여가 밀리며, 미끌어지며 흔들린다. 그런데도 나는 아직 웅덩이에 빠진 버스 옆에 웅크리고 있는 것이다. 암담함이 가슴을 채웠다.

과수원집

"쌍놈의 새끼. 젊으면 다냐?"

"그러는 당신은? 그렇게 횡포를 부려도 되는 거요?"

"그래, 어쩔 테냐?"

"이 사람이!"

기어코 두 사람이 엉겨붙는 모양이었다. 그리고 그건 곧장 집단 싸움으로 번졌다. 처음에는 말린다고 끼어들다가 운전사와 차장들은 자기 패를 돕고 승객들은 젊은이를 돕는 모양이 된 것이다. 세 명의 운전사와 두 명의 차장이 승객들을 상대하여 싸우는 꼴이었다. 치고받고 뒹굴고 하는 싸움이었다. 여인네들이 이리저리 쫓겨 다니고, 싸움을 말리려는 사람들이 중간에 끼어들어 무엇이 어떻게 된 건지 알 수 없었다.

"참는 것도 한계가 있지요, 모처럼 시원하게 붙는가 봅니다."

박 선생이 활짝 밝은 얼굴로 싸우는 사람들의 무리 속으로 뛰어들었다. 나는 그가 싸움을 말리려는 건지, 아니면 승객들을 편들려는 건지 얼른 알아채지 못한 채 그의 등뒤를 멀거니 바라보았다. 그때였다. 시커먼 발길이 나의 턱을 걸어찼다.

"자식, 아직도 구경만 할 텐가? 젊은 새끼가."

아뜩한 정신에도 그런 목소리가 들려왔다. 나는 뒤로 벌렁 넘어진 채 잠시 정신을 잃었다. 차츰, 의식이 돌아오면서 나의 눈에 들어온 것은 잿빛 하늘이었다. 희끗희끗한 눈발이 쓰레기처럼 흩날리고 있었다. 아직도 구경만 할 텐가? 젊은 새끼가…… 그에게 발길질하던 목소리가 아득하게 들려왔다. 그렇다. 나도 끼어야 하는 건데…… 제일 급한 사람은…… 제일 피해를 본 사람은 바로 난데…… 나는 그렇게 조바심치면서도 움쭉도 할 수 없었다. 음울한 겨울 하늘만이 나의 얼굴 가득 쏟아지고 있었다.

겁화경 劫火經

1

임 노인은 돌각담에 기댄 채 꼬박꼬박 졸았다. 나른한 햇살이 내려쬐었다. 햇살이 포근했다. 벌써 오월인걸. 임 노인은 그렇게 생각했다. 몸속에 열기가 부족해서인지 따뜻한 것이 좋았다. 햇살의 미립자들이 눈꺼풀에 매달려 스물거렸다. 얼굴을 가슴에 파묻고 졸던 임 노인은 퍼뜩 눈을 떴다. 몸이 땅으로 기울고 있었다. 땅바닥에 누워 편히 잠들고 싶은 유혹을 느꼈다. 하지만 땅은 아직 차고 습기도 많았다.

임 노인은 불타고 있는 산을 바라보았다. 산불은 점점 번져서 성황신(城隍神)을 모신 수리봉 중턱에서도 연기가 풀썩였다. 높새바람 때문이었다. 메마른 바람이 기승스럽게 불어 불길은 더욱 빨리 번졌다. 하늘엔 꺼뭇꺼뭇한 재티가 날아다녔다. 매캐한 연기가 코끝에 느껴졌다. 불길을 잡으려고 허둥대는 마을 청년들의 모습도 어렴풋이 보였다. 낫으로 나뭇가지를 치고 괭이로 도랑을 파고, 맞불을 질러 불길을 잡아보려는 것이지만, 산불은 바람을 타고 경중경중 뛰고 있어서 번번이 허탕만

쳤다. 그렇다고 속수무책으로 앉아만 있을 수도 없는 노릇이었다. 아녀자들과 노인들도 물동이에 물을 길어다 초가지붕에 끼얹어야 했다. 바람을 타고 날아오는 불티 때문이었다.

될 대로 되라지, 임 노인은 체념하면서 다시 졸기 시작했다. 세상만사, 인력으로 되는 일이 없다는 것을 그는 잘 알고 있었다. 모든 것을 하늘에 맡기고 기다릴 뿐이다. 햇살이 드러난 목덜미를 간지르며 기어다녔다. 그런 햇살의 포근함 때문에 다시 졸립기 시작했다. 임 노인은 다시 꼬박꼬박 졸았다.

―슬, 슬, 슬슬슬.

어렴풋한 잠결 속을 뱀들이 헤집고 다녔다. 고운 비늘을 반짝이며 슬슬 배밀이를 했다. 뱀들은 산불을 피해 마을 쪽으로 오고 있다. 혓바닥을 날름대며…… 어떤 놈은 찔레 덤불 속으로 스며들고, 어떤 놈은 돌자갈 같이 드러난 개울 바닥에서 머뭇거리고, 또 어떤 놈은 소나무 뿌리가 구불텅 삐져나온 비탈길에 멈추어 있다. 선량한 작은 눈을 빤히 뜨고 머리를 홰홰 내두른다. 임 노인을 찾기라도 하듯…… 꿈결 속에서도 임 노인은 뱀들의 그런 친근한 몸동작이 여간 정겹지 않다. 어릴 때, 함께 소꿉 놀던 돌이며 분이며 철이를 생각나게 한다. 흙으로 밥을 짓고, 풀잎으로 반찬을 만들고, 넌 엄마고, 난 아빠지, 그렇게 놀면서 조금도 심심하지 않던 분이년, 돌이 녀석…… 구렁이 같이 능글거리던 돌이 녀석, 살모사 같이 매운 분이년, 그래, 그 분이년이 생각난다. 그 독살스런 세모꼴 눈, 얇은 입술, 잘 나불대던 혓바닥, 몸에 착 감겨오던 부드러운 감촉, 그 분이년이 새삼 그리워 온다.

임 노인은 뱀의 환상 속에 분이년을 떠올렸다. 살모사 같은 분이년…… 환한 대낮이었다. 마을은 텅 비어 있었다. 엉겁결에 보리밭속으로 분이년을 밀어 넣었다. 보리 이삭이 노랗게 타고 있었다. 보리밭

　　　　　　　　　　　　　　　　　　과수원집

이랑에 그녀를 눕혔다. 아이! 싫대두, 싫대두, 그녀는 발버둥을 쳤다. 치마를 올리고 속곳을 잡아채었다. 아! 그 눈부신 살결. 오랫동안 숨어서 가꾼 말갛고 하얀 속살, 머리끝에 피가 몰려 미칠 것만 같았다. 정신을 차릴 수 없었다. 보리밭이 온통 뭉개졌다. 보리수염이 따끔따끔 살갗을 쏘았다. 하늘이 노래졌다.

임 노인은 졸면서 분이년을 생각했다. 그리고 그 분이년 같은 살모사 한 마리가 비탈길 양지에 있음을 보았다. 뭘하니? 뭘하니? 분이년은 그렇게 그를 채근했다. 세모꼴 머리를 내두르며 웃음을 흘렸다. 여전히 쏘는 듯 매운 눈……

임 노인은 졸음을 쫓아버렸다. 그리고 타고 있는 산불을 한 번 쳐다보았다. 그는 부르르 몸을 떨었다. 살모사의 영상에서 벗어나려는 듯. 그러나 더는 참지 못하고 돌각담에서서 몸을 일으켰다. 그리고 허리를 쭉— 펴보았다. 그러나 그의 몸뚱이는 꼿꼿해지지 않았다. 언제부터인지 모른다. 그는 구부러진 허리를 펼 수가 없었다. 그는 자신의 인생이 끝장나고 있음을 예감했다. 그래서인지 세상만사가 귀찮기만 했다. 햇살이나 쬐며 끝없이 잠이나 자고 싶었다. 하지만 인생이란 그렇지도 못해서 그는 뱀을 잡아야 했다. 그것이 그의 직업이었기 때문이다.

임 노인은 돌각담에 세워 둔, 뱀잡이 집게를 찾아들고 어슬렁어슬렁 걸었다. 길에 가득 쌓인 재티가 풀썩풀썩 일었다. 칠순에 가깝도록 다닌 길이라 눈을 감고도 익숙했다. 파인 웅덩이, 돌출한 바위, 깨진 유리조각, 흙덩이, 애들이 걷어 찬 깡통…… 임 노인은 그런 모든 것들의 위치까지도 잘 알고 있었다. 그는 문득 발길을 멈추었다. 길바닥에 무엇인가 어른거렸다. 시커먼 물체가 바위틈으로 사라지고 있었다. 구렁이 같다. 임 노인은 그렇게 단정했다. 바위틈에는 주먹 하나가 겨우 들어갈 구멍이 뚫려있었다. 보약으론 구렁이만 한 것이 없다. 이런 구멍이 때로는 횡재를 안겨주는 것이다. 임 노인은 뱀잡이 집게를 땅에 내려놓았다. 그리고 이 구멍 속을 더듬어 보기로 했다. 그는 땅에 쭈구려 앉았다. 구멍에 손을 넣었다. 쑥쑥, 팔뚝이 들어갔다. 온몸에 전율이 일었다.

지난겨울이었다. 산판길을 내느라고 닦은 길옆에서 이런 종류의 구멍을 발견했다. 구멍은 안으로 들어갈수록 점점 넓어졌는데 곡괭이로 흙을 모두 파헤치자 깊숙한 구멍 속에 겨울잠을 자던 뱀들이 오르르 뭉쳐있었다. 여러 종류의 뱀들이 제각기 서로 몸을 틀고 있었는데 어떻게 보면 언 똥덩이 같았다. 아무튼, 두 바께쓰나 잡아냈으니 근래에 없던 횡재를 한 셈이었다.

임 노인은 전율을 느끼며 계속 팔을 디밀었다. 구멍은 너무 깊어서 팔뚝 하나가 다 들어가고도 끝이 잡히지 않았다.

"뭘하십니까?"

임 노인은 팔을 구멍에 넣은 채, 소리나는 쪽을 바라보았다. 아랫마을 곰자리에 사는 김 선생이었다.

"구렁이를 찾지요."

임 노인은 턱으로 흘러내리는 침을 손바닥으로 훔쳤다.

"그러다 물리면 어쩔려구요?"

"웬걸요, 이놈은 워낙 순해서……"

임 노인은 씩 웃었다. 구렁이는 원체 순해서 좀체로 사람을 물지 않는다.

"영감께서 그러고 있으니, 마치, 그 구멍 속으로 들어가려는 것 같습니다."

"허허, 그래요."

임 노인은 다시 씩 웃었다.

"이놈을 꼭 잡아야 할 낀데…… 김 선생님. 몸보신엔 최고라구요."

"아이구, 그만 질려버렸습니다."

김 선생이 손을 내밀며 질색을 해 보였다. 워낙 약한 체질이라 그러면서도 선뜻 떠나지 못하는 것은 구렁이에 대해서 관심이 있다는 증거였다.

"그래도, 이게 가장 효험이 크지요. 사모님은 건강하지요?"

"네, 덕분에, 하지만 뱀새끼를 낳을까 봐 걱정이 태산같습니다."

"원, 농담두."

임 노인은 다시 씩 웃었다. 김 선생이 그런 말을 하는 사연을 잘 알고 있어서다. 그의 아내는 애기를 낳지 못했다. 그래서 구렁이 알을 구해 달라고 졸랐다. 구렁이 알이 임신에 효험이 있어서였다. 특별히 노력해서 다섯 알을 구해 주었다. 그런 며칠 후, 김 선생이 헐레벌떡 달려왔다. 얼굴이 온통 사색이었다. 그를 따라 급히 달려가니 그의 아내가 혼수상태였다.

"여길 보세요, 여길요."

김 선생이 부인의 잠옷을 헤치고 목덜미를 보여주었다. 그녀의 목둘레로 뱀이 지나간 자국처럼 벌겋게 살갗이 부풀어 있었다.

"어제 말입니다. 영감께서 주신 구렁이 알을 독수리 알이라고 속여서 먹였죠. 그 일 때문은 아닌지요?"

김 선생이 근심스럽게 물었다.

임 노인도 물론 알 수가 없었다. 임 노인은 부인의 손목을 잡고 맥박을 헤어 보았다. 그리고 손바닥을 펴서 몇 번 쓰다듬다가 손가락을 젖히고 자세히 들여다보았다. 신경이 파랗게 내비치었다. 경기였다. 무엇엔가 몹시 놀란 듯했다. 몹쓸 꿈을 꾸었는지도 모른다. 임 노인은 허리춤에서 침통을 꺼냈다. 그리고 침을 하나 골라 뒷머리에 여러 번 문지른 다음 부인의 양 손목과 발목의 혈에다 침을 놓았다. 까만 핏방울이 이슬처럼 배어나왔다. 놀래서 까매진 피였다. 한참 후에, 여자가 긴 한숨을 쉬며 눈을 떴다. 그녀는 영문을 모르겠다는 듯 눈을 껌벅였다. 그리고 그녀를 내려다보고 있는 남편과 임 노인을 쳐다보더니 손을 목으로 가져갔다. 그리고 부풀어 오른 자국이 만져지자 흠칫 몸을 떨었다.

"어떻게 된 거요?"

김 선생이 채근하자 부인은 떠듬떠듬 말했다. 비몽사몽간에 어떤 여인이 달려들어 그녀의 목을 조이더라는 것이다. 내 어린 자식들을 내놓으라는 거였다. 꿈속에서도 그녀는 모르는 일이라고 버티었다. 네년이 시침을 뗀다고 내가 그냥 물러날 듯싶으냐고 여인이 악을 쓰더라는 것이다. 말을 하는 그녀의 두 눈에 눈물이 그렁그렁했다. 그녀의 목에 목졸린 흔적이 너무나 뚜렷했으므로 임 노인도 혀를 찼다. 우연이라기에는 그 시기가 너무나 일치해서 임 노인과 김 선생은 아예 꿀먹은 벙어리처럼 입을 열 수가 없었다.

"정말 뱀새끼는 아니겠지요?"

김 선생은 다짐하듯 다시 물었다. 구렁이 알 때문인지는 몰라도 그의 부인에게는 태기가 있었다.

"공연한 걱정이지요."

임 노인은 그런 말로 그를 위로했다. 하지만 생각할수록 뱀이란 영물이란 생각이 드는 것이다. 다른 짐승에게 느낄 수 없는 어떤 종류의 품격까지도 느끼게 되는 것이다. 그래서 사람들은 뱀을 만나면 공연히 섬뜩해지는 것인지 모른다.

임 노인은 김 선생과 헤어져서 스적스적 걷기 시작했다. 갈림길에서 그는 발을 멈추고 잠시 생각에 잠겼다. 어느 쪽으로 갈 것인지 망설여져서였다. 돌자갈이 드러난 개울, 찔레 덤불이 있는 논뚝, 또는 솔바우

　　　　　　　　　　　　　　　　　　　　　과수원집

재의 비탈길…… 그렇게 망설이다가 그는 소나무 뿌리가 구불텅 삐져나온 비탈길 쪽으로 방향을 잡았다. 꿈결에 보았던 살모사의 환상 때문이었다. 분이년 같은 살모사 한 마리가 비탈길에서 슬슬 배밀이를 하던 환상 말이다. 어쩌면 지금껏 그를 기다리고 있을지 모른다. 구렁이 구멍 때문에 공연히 길바닥에서 시간을 보냈다는 후회가 느껴졌다. 마음이 조바심되었다. 그는 발걸음을 서둘렀다. 몸이 뒤뚱거렸다. 몸이 마음을 따르지 못했다.

숨을 헐떡이며 비탈길에 이르렀다. 임 노인은 햇살이 내리쬐는 양지쪽을 쭉 훑었다. 순간, 호흡을 멈추었다. 살모사였다. 햇살에 비늘이 반짝였다. 뱀은 무심하게 머리를 쳐들고 있었다. 아니, 임 노인을 바라보고 있었다. 작은 눈과 날름대는 혓바닥이 너무나 친근하다. 어서 오잖구, 뭘하느라 꾸물거렸니? 분이년은 그렇게 핀잔을 주었다. 넌 언제나그 모양이지. 그렇게 꾸물대기를 좋아한다니까. 뱀은 그렇게 혓바닥을 날름대었다. 아무렴. 네 말이 맞지. 하지만 기다릴 걸 알고 있었지. 네가 어디로 갈끼고. 임 노인도 그렇게 중얼거렸다. 영혼끼리 교감하고 있는 이 알 수 없는 힘, 임 노인은 그런 힘을 느끼고 있었다. 그가 돌각담에서 졸고 있을 때부터 이 살모사가 줄기차게 그를 끌어당기고 있었다는 생각이었다.

임 노인은 뱀잡이 집게를 내밀었다. 막대기가 뱀의 몸뚱이에 살그머니 닿았다. 살모사는 기다렸다는 듯이 막대기를 도르르 감았다. 허공에 덜렁 치켜올리자 뱀은 몸을 비틀었다. 머리와 꼬리를 흔들었다. 아니, 온몸을 꼬며 교태를 지었다. 키들키들 웃었다. 막대를 통하여 전달되는 이 율동감, 전율이 등줄기를 찌르르 울렸다.

그때가 열아홉이었던가? 보리가 누렇게 익고 있었다. 그런 때의 날씨는 으레 사람을 나른하게 했다. 바람든 풍선마냥 온통 달뜬 상태였다. 마을은 텅— 비어 있었다. 마을 사람 대부분이 화전을 일구고 농사를 지었음으로 사람들은 제각기 산굽이를 돌아 멀리 떨어진 산기슭에서 밭일을 했다. 그가 어쩌다 마을로 돌아 왔었는지 지금엔 기억되지 않는다.

저만치 길섶에 분이년이 앉아 있었다. 너, 웬일이냐? 임 노인이 물었다. 점심밥, 그녀는 짤막하게 대답했다. 그녀의 옆에 밥그릇이 든 함지박이 있었다. 햇살이 쨍쨍해서 그녀는 눈이 부신듯 눈을 가늘게 뜨고 웃어 보였다. 얼굴이 환했다. 햇살처럼 눈이 부셨다.

그는 얼른 주위를 살폈다. 초여름 오후의 정적이 쫙 깔려 있었다. 사람이라곤 아무도 눈에 띄지 않았다. 왜, 그렇게 서있니? 그녀가 배시시 웃었다. 그리고 다리를 모두었다. 깡총한 치맛자락 속으로 속곳이 보였다. 애두 우습다. 그녀가 일어섰다. 머리가 아찔했다. 다음 순간 그는 그녀의 작은 몸을 달랑 들어 올렸다. 싫대두. 싫대두. 분이년은 한사코 발버둥을 쳤다. 살모사처럼 몸을 꼬았다. 발길질을 했다. 안 돼. 안된단 말야. 손톱으로 할퀴고 이빨로 물어뜯었다. 끝내는 꺼이꺼이 울음을 터뜨렸다.

임 노인은 후유— 한숨을 쉬었다.

어린시절의 추억들이 엊그제 같은데 벌써 칠순 노인이라니…… 의식하지도 못하는 사이에 뜀뛰기하듯 껑충, 나이를 먹은 것이다. 그렇게 턱없이 나이 먹고 병들어, 모두들 저승으로 갔다. 돌이도 철이도 모두 저승으로 갔다. 그래서 그들의 영혼이 뱀으로 변신하여 임 노인에게로 자꾸만 몰려오는 것이다.

임 노인은 턱으로 흘러내리는 침을 핥았다. 혓바닥을 날름대며 침을 핥는 그를 애놈들은 뱀노인이라고 했다. 뱀 같다고 해서였다. 그래서 애놈들에게 돌팔매질을 당하기도 했다. 임 노인도 그런 버릇을 애써 고쳐보려 했지만 되지 않았다. 애들에게 놀림을 받을 때마다 임 노인은 심하게 외로움을 느꼈다. 사람이란 이상해서 늙으면 늙을수록 어린 때의 일만 기억나는 법이다. 그 많은 경험의 중허리를 분질러 버리고 어릴 때의 기억들만 햇살같이 뇌리에 반짝이기 마련이다. 그런데, 그런 어린시절의 자신 같은 애놈들에게 돌팔매질을 당하다니…… 어서, 죽어야지…… 그는 그렇게 중얼거리는 때도 있었다. 어서 죽어서 소꿉친구들 곁으로 돌아가고 싶은 때도 많았다.

2

임 노인이 살모사를 잡아들고 집으로 돌아오니 박 영감이 먼저 와 있었다. 그는 멍석자리에 앉아 담배를 뻐끔거리며 말을 건네었다.

"수지 맞았네 그랴."

임 노인은 습관처럼 그저 빙긋 웃었다. 그는 집 뒷곁으로 돌아갔다. 굴뚝 옆에 뱀독이 있었다. 땅을 파고 묻어 둔 뱀독에는 이십여 마리의 뱀들이 서로 엉켜 있었다. 임 노인은 잡아 온 살모사를 뱀독 속에 살며시 놓아주었다. 살모사는 낯선 환경에 어리둥절해서 멈칫거리다가 몸을 들고 주위를 돌아보았다. 그러다 슬슬 배밀이를 하며 미끌어지다가 다른 뱀의 몸뚱이에 부딪치자 목을 움츠렸다. 그리고 더 나갈 것을 단념하고 스스로 몸을 똬리치더니 머리를 몸통 속에 틀어박았다.

임 노인은 뱀독을 들여다보며, 살모사, 능구렁이, 율무기들을 일일이 점검해 보았다. 그들을 보면 잡힐 때의 모습이 하나하나 떠오른다. 부지런히 달아나는 놈, 놀라서 멈칫거리는 놈, 몸을 뒤틀며 발버둥치는 놈…… 제각기 다른 특징대로 모두들 정겹고 친근했다.

임 노인은 자신도 죽으면 뱀으로 환생될 것이라고 굳게 믿었다. 흔히 사람이 죽으면 그 영혼이 쥐나 새로 환생한다고 한다. 그래서, 사람들은 죽은 사람의 방 앞에 쌀겨나 보드라운 모래를 깔아둔다. 다음날 아침. 새나 쥐가 된 영혼의 발자국을 찾아보기 위해서다. 임 노인은 그 자신이 죽는다면 쌀겨 위로 뱀이 지나간 긴 자국이 남을 것을 의심하지 않았다. 어차피 사람은 죽기 마련이고 그 자신은 늘 뱀과 더불어 살아왔기 때문에 그가 뱀으로 환생되는 것이 가장 자연스러울 것 같았다. 그렇게 뱀으로 환생되어 그 자신과 같은 땅꾼에 붙잡혀 끓는 물속에 익혀진다 해도 그렇게 억울할 것 같지는 않았다. 그것이 생명 있는 모든 것들에게 주어지는 필연적인 운명일 것이기 때문이다.

임 노인은 한참만에야 뱀독에서 떨어져 앞마당으로 나왔다. 박 영감이 빙그레 웃으며 말했다.

"또, 무슨 얘기를 그렇게 오래 주절대었노?"

박 영감은 임 노인이 뱀을 향해서 혼잣말로 중얼거리는 습벽을 알고 있었다. 그런 버릇이 언제부터 시작되었는지는 임 노인 자신도 알지 못했다.

"얘기는 무슨……"

임 노인은 겸연쩍게 웃었다. 박 영감이 산불을 쳐다보며 근심스럽게 말했다.

"그나마나 산불이 심상치 않군."

아직 해가 설핏하게 남아 있어 불광은 심하지 않았지만 연기가 수리봉 전체를 뒤덮고 있었다. 골짜기로 내리몰린 연기가 코를 후벼서 저절로 재채기가 나왔다. 재티는 더욱 심하게 흩날려 마당에도 꺼뭇꺼뭇 재티가 쌓였다. 땅이 온통 잿빛이었다. 산에서는 전쟁 때 불발로 남아있던 탄피들이 펑, 펑, 터지고 있었다. 달아오르는 열 때문이었다. 간간이 들려오는 폭음이 이상한 여운을 남겼다.

"삼십 년이 넘었제?"

박 영감이 말을 건넸다.

"그렇지, 그렇게 되는군."

임 노인도 맞장구를 쳤다.

그들은 병자년 한발을 기억하듯 임오년 산불을 기억하고 있었다. 산불만 보면 그때의 몸서리쳐지는 일이 회상되었다.

"지독했었지."

"살아난 게 기적이었구먼."

정말 그것은 기적이었다. 임 노인은 잠결에 숨이 막히고 가슴이 답답함을 느꼈다. 얼결에 번쩍 눈을 떴다. 주위가 온통 핏빛이었다. 시뻘건 불길이 혓바닥을 날름대며 달려들었다. 무의식중에 방문을 걷어찼다. 밖에도 온통 매운 연기와 타닥타닥 튀는 불꽃뿐이었다. 아직 정신을 차리지 못한 몽롱한 상태에서 그는 이리저리 날뛰었다. 한 마리의 상한 짐승이었다. 맨발에 밟히는 불똥이 그를 허공으로 솟구치게 했다. 정신없이 날뛰던 그가 엉겁결에 뛰어든 곳은 물도랑이었다. 도랑물마저도 뜨겁게 달아 있었다. 숯검정이 둥둥 떠내려 왔다. 연기가 골짜기로 몰려 숨을 쉴 수 없었다. 얼굴마저 물속으로 처박아야 했다. 하늘마저 새빨갛게 타오르고, 세상의 종말이 온 듯 싶었다. 그가 졸도했다가 깨어난 것은 며칠 후였다. 아침이 되어, 마을 사람들이 몰려왔을 땐, 그는 이미 의식을 잃고 있었던 것이다.

임 노인의 몸은 그때, 덴 자국으로 살갗이 희끗희끗했다. 홀스타인 암소 종류 같이 살갗의 여기저기에 얼룩무늬가 생겨난 것이다.

그것은 하늘의 악의였다.

임 노인은 살아오는 동안 많은 죽음을 보았지만 그때와 같이 참혹한 광경은 결코 본 적이 없었다. 전쟁을 겪으면서 팔다리가 찢겨나가고 배 창자가 흘러내리는 모습도 보았다. 그러나 그 어떤 죽음도 그의 가족이 불타 죽은 것만큼 참혹하지는 않았다. 시체들은 하나같이 숯검정이었다. 터져나온 창자며, 살 익는 냄새, 그야말로 지옥의 모습이었다. 너무나 끔찍해서 그는 또 한번 정신을 잃었다.

하늘의 악의가 어찌 그와 같을 수 있으랴. 이것은 어떤 못된 자도 저지를 수 없는 극악한 종류의 살상이었다. 만약 하눌님을 볼 수만 있었다면 그는 서슴없이 도끼로 대갈통을 부셔놓았을 것이다. 그의 격앙된 마음에는 세상에 두려울 것이 없었다. 하눌님에 대한 외경의 마음이 없어지고 보니 어떤 살상도 두렵지 않았다. 그가 뱀잡이 땅꾼이 된 것도 그런 마음 때문이었다. 심한 화상을 입어 힘든 일을 할 수도 없었다. 결국 운명이 그를 땅꾼이 되도록 길들여 놓고 만 것이다.

"참 어리석은 사람들이었지. 그렇게도 둔했남?"

"다 운명이지러."

임 노인은 그렇게 생각했다. 체념할 수밖에 없었는지 모른다. 몇 며칠, 지붕에 물을 뿌리다가 그날따라 방심한 것이 탈이었다. 그렇게 기승스럽던 불길이 그날은 한결 숙어들기 시작했고, 하늘도 잔뜩 찌푸려 있어서, 이젠 산불도 한 고비 넘기는 모양이라고 생각했다. 모두들 지쳐 있었던지라 누구나 할 것 없이 곤하게 곯아떨어진 상태였다. 그것이 그런 엄청난 비극을 불러들인 것이다.

"뱀탕 가져갈까요?"

임이네가 그들을 보고 물었다. 그녀는 마당 한쪽에 임시로 만든 화덕에 항아리를 올려놓고 뱀탕을 끓이고 있었다.

"그러제."

박 영감이 물뿌리를 뻑뻑 빨며 말했다.

임이네가 항아리를 들어냈다. 그녀는 큰 사발에다 삼베보자기를 깔고 항아리를 기울였다. 뿌얀 뱀물이 쏟겼다. 그녀는 막대기 두 개로 보자기의 양끝을 감으며 죄었다. 뱀물이 사발 그득 고였다. 뿌얀 뱀탕이다. 뱀탕에 노랗게 뜬 기름방울은 몸에 좋지 않다. 뱀의 독소이기 때문이다. 그걸 마시면 피가 탁해진다. 임이네는 창호지로 기름방울을 걷어냈다.

"이제 다 된 가베요."

임이네가 박 영감에게 뱀탕 그릇을 내밀었다.

"크— 좋다."

박 영감이 뱀탕을 벌떡벌떡 마셨다.

"속이 훅— 풀리는 걸."

그는 수염을 쓰다듬었다. 얼굴에 혈색이 올라 불그레했다. 매일같이 뱀탕을 장복한 때문인지 아직 원기가 왕성했다. 임 노인과 동갑인데도 십 년은 더 젊어 보였다.

"뱀탕 마신 다음엔 이놈의 소주가 제일이지."

"아무렴."

"자, 한 잔 들게나."

박 영감이 술잔을 내밀었다. 두 노인은 김치쪽을 안주 삼아 소주를 홀짝였다.

"이젠 이것도 마음놓고 못 마시겠으니……"

"아무렴, 나이가 얼만데……"

인생 칠십 고래희(人生七十古來稀)라던가? 그런 나이가 지나고 있는 것이다. 그들은 서로 권하고 서로 사양하면서 술을 마셨다. 그까짓 두 홉 소주쯤. 권하고 자시고 할 나위도 없을 것 같은데, 나이는 속일 수가 없어 여간 부담이 되지 않았다. 젊은 때야, 청탁불문, 두주불사, 그렇게 문자를 써가며 말술을 마시던 주량이었는데……

"자고 가게나?"

임 노인은 제법 술이 오르는 것을 느꼈다.

"그럴까?"

박 영감은 담뱃대에 새로 담배를 쟁이면서 심상하게 말했다. 그는 성냥을 부욱 그어 담배에 불을 붙였다. 혈색 좋은 얼굴이 불빛에 불콰했다. 새삼 정력이 남아 새벽이면 잠이 오지 않는다는 박 영감이었다. 환한 이마엔 주름살 하나 보이지 않는다.

임 노인은 박 영감의 환한 얼굴이 부러웠다. 남아도는 정력이 부러웠다. 하루가 멀다고 찾아오기에 이제 죽을 때가 가까워 오니 친구가 그리워서인 줄로 지레짐작했었다. 그런데 뱀탕을 마시며 임이네를 쳐다보는 눈꼬리가 아무래도 이상했다.

"자네 혹 마음에 동해서 그런 건 아닌가?"

언젠가 술기분에 임 노인이 불쑥 물었다. 박 영감은 멋쩍은 웃음을 웃더니, "체통 없는 일인 줄 알지만……"하고 말끝을 흐렸다. 그러더니 하소연조로 말했다. 그러지 않아도 새벽잠이 없을 나이인데 욕정에까지 시달리니 괴롭다는 것이었다. 임 노인도 차츰 동정이 가기 시작했다. 함께 자란 소꿉친구라고는 그밖에 없었다. 이 나이까지 한 마을에서 함께 커왔으니 네 것 내 것 가릴 것도 없었다. 따지고 보면 임이네도 꼭 그의 아내라고 내세울 것도 없었다. 그녀는 방물장수였다. 오다가다 이따금씩 자고 가는 일도 있었는데, 어느 날 문득 깨닫고 보니 그의 아내가 되어 있었다. 행상에 지친 그녀가 안방을 차고 앉은 것이다. 아까울 것도 아쉬울 것도 없었다. 다만 관습이 문제였다. 그래도 아내랍시고 한방에 기거한 지 수삼 년이 넘었는데, 친구에게 빌려준다는 것이 아무래도 어색했다. 임 노인은 겨우 변죽을 울려 그녀의 마음을 떠봤다.

과수원집

"어이구, 지랄 같은 소릴 하네."

임이네가 펄쩍 뛰었다. 임 노인은 여러 말로 그녀를 달래었다.

"임자야 누워만 있으면 될끼구만."

"흥, 그런 늙은 영감탱이가 무슨 기운이 있다고…… 나잇값을 해야지."

"상처한 지 하 오래니 다를는지도 모르지. 놀이 삼아 한 번 대해 보게나."

그렇게 여러 날을 설득해서야 겨우 임이네의 승낙을 얻었다. 그래서 박 영감은 종종 임 노인의 집에서 자고 다니게 되었다. 이 일 때문에 마을이 한바탕 발끈 뒤집히기도 했다. 이장일을 보는 박 영감 아들이 "죽일 년, 화냥년"하고 소동을 부려서였다. 집안 망신시킨 부친에 대한 분풀이를 임이네에게 한 것이다. 그러나 방물장수로 굴러먹은 임이네도 만만치 않아서 대판 싸움이 벌어졌다.

"내X 갖고 내 마음대로 하는데 네가 뭔데 나서서 개소린고…… 느 애비한테 따질 일이지…… 언제 니놈 보고 X값 물어 달랬냐? 미친개처럼 짖어봐야 니놈 얼굴에 똥칠이제…… 어디 와서 행팬고……"

마을 사람들은 모처럼의 구경거리란 듯 잔뜩 몰려들었다. 박 영감 아들은 결국 구정물만 뒤집어쓴 꼴이 되고 말았다. 그런 일이 있고부터 박 영감은 기왕 당한 망신인데 — 하는 생각에서인지 남의 눈도 꺼리지 않고 아예 임 노인의 집에서 살다시피 했다.

3

밤이 깊어가자 불길은 더욱 치솟았다. 관목들만 자라는 수리봉 정상

부근에서도 불빛이 보였다. 저러다가는 끝내 성황당마저도 불타 버릴 것만 같았다. 임오년 산불 때 불탄 적이 딱 한 번 있을 뿐, 여태까지 괜찮던 성황당이었다.

수리재의 성황당은 이곳 마을을 지켜주는 성황신을 모신 곳이다. 두어 그루의 고목나무 둘레로 돌을 쌓아 올린 울타리와 초라한 당집이 전부였다. 하지만 이 마을의 수호신이 머물고 있는 곳이라 여겨서 마을 사람들은 각별히 중요하게 여겼다.

마을에서는 해마다 봄철이면 마을 제사를 크게 지냈다. 순서에 따라 그해 정해진 제주가 제사를 주관했다. 금년엔 공교롭게도 임 노인의 차례였다. 이장인 박 영감의 아들이 찾아왔다. 그는 마을 사람들의 의견을 대표한 것이라며 "제사를 끝낼 때까지 만이라도 뱀잡이 일을 쉬어 주었으면 합니다." 하고 말했다.

임 노인은 이장의 뜻을 충분히 이해할 수 있었다. 어찌 뱀뿐인가? 그해 제주가 되면 어떤 살생이라도 해서는 안되는 것이다. 살생뿐 아니라 남과 시비를 벌여서도 안되고 술주정을 해서도 안되고 심지어는 아내와의 교접마저도 삼가야 한다. 그렇게 매사에 조심해도 남의 구설수를 면하기 어려웠다. 임 노인은 그것을 잘 알고 있다. 그러나 임오년 산불 이후 임 노인은 그런 모든 격식을 무시했다. 신령님도 두렵지 않았다. 그는 한술 더 떠 더욱 열심히 뱀을 잡았다. 이제 뱀잡이는 살생과 관계 없는 그의 생활의 일부였다. 담 옆에 똬리를 틀고 있는 능구렁이나 먹구렁이를 만난다면 어떻게 그냥 지나칠 수가 있겠는가? 그것은 불가능한 일이었다. 뱀잡이는 그에겐 체질처럼 되어버린 직업이었다. 그러니 이장의 말인들 귓등에도 오겠는가?

마을 사람들은 제사를 지내기 전에 임이네라도 내쫓자는 의견이 분분했다. 이장이 부추기고 나섰다. 그러나 아무도 선뜻 앞장서지 못했

과수원집

다. 이런저런 일로 시끄럽던 마을 제사도 무사히 끝나고 이제 모든 것이 잘 되는가 싶었다. 그런데 뜻하지 않은 산불이었다.

임 노인은 마을 사람들의 원망이 자신에게 퍼부어지고 있다는 것을 잘 알고 있었다. 마을에 재난이 일 때마다, 이를테면 홍수나 가뭄, 전염병이 번질 때도 그 허물은 제주에게로 돌아왔다. 성황신을 잘 모시지 못한 때문이란 것이다. 일 년 동안 마을엔 으레 크고 작은 재난들이 있기 마련이었다. 그럴 때마다 제주는 전전긍긍했다. 늘 재난 속에서 헤어날 길이 없는 가난한 사람들이라 조그만 일에도 제주를 허물했다. 우리 애가 병난 것은 제주가 악담을 한 때문이었다. 금년 농사가 안된 것은 제주가 제사를 소홀히 했기 때문이다. 그놈은 죽일 놈이다. 경칠 놈이다. 사람들은 그런 식으로 말했다. 임 노인으로서는 원망 살 일이 너무나 많았다. 그는 뱀잡는 일을 쉬지도 않았고 박 영감이 찾아오는 것을 막지도 않았다.

임 노인은 잠이 오지 않았다.

산불이 점점 더 번지고 있어서였다. 불길은 혓바닥을 날름대며 잘도 뛰어다녔다. 바람을 타고 미친 듯이 경중경중 뛰었다. 마을 쪽으로 불길은 한결 가까워졌다. 불길은 뱀처럼 혓바닥을 내밀며 슬슬 배밀이를 했다. 파닥파닥 뒤채기도 했다. 그럴 때마다 불똥이 바람을 타고 날았다. 불길을 피해서 우— 몰려오는 뱀들의 보습이 보이는 듯했다. 가여운 것들 가여운 것들……

분이년은 보리밭을 짓뭉갰다. 온 몸뚱이에 불이 붙어, 그녀의 몸뚱이는 불덩이 그대로였다. 보리수염이 따끔따끔 살갗을 쏘았다. 안 돼, 안된대두, 손톱을 세우고 얼굴을 할켰다. 머리칼을 쥐어뜯고 이빨로 으르렁거렸다. 끝내는 꺼이꺼이 울음을 터뜨렸다. 맵고 독한 여자였다. 예쁘고 앙징맞았다. 나이가 차기가 무섭게 읍내의 나이 든 장삿꾼에게 시집을 갔다. 그처럼 재빨리 시집을 가다니…… 그는 여간 허전하지 않았다. 이빨이 갈렸다.

그녀가 처음 친정엘 왔을 때였다. 그는 참을 수 없었다. 죽여 버리고 싶었다. 잔뜩 별려서 찾아갔다. 그녀의 집, 담 옆을 지날 때였다. 애, 하고 누군가가 그를 불렀다. 하늘을 쳐다보았다. 분이년이었다. 감나무에 올라가 감을 따다가 그를 본 모양이었다. 하늘이 쪽빛으로 개어 있었다. 새각시의 빨간 치마가 풍선처럼 둥둥 떠 보였다. 치마속이 훤히 들여다보였다. 참을 수가 없었다. 이 미친년, 그는 속으로 울부짖었다. 분이년은 하늘 높이에서 태양처럼 환하게 웃었다. 눈부시게 웃었다.

그녀는 자주 친정엘 왔다. 나는 가난이 질색이다. 그녀는 그렇게 말했다. 나이 든 신랑은 부자라고 했다. 그리고 그녀에게도 잘해 준다고 했다. 하지만, 난 네가 더 좋다. 분이년은 그렇게 말하며 그의 가슴엘 파고들었다. 박하분 냄새가 물씬 풍겼다. 발정난 여자의 냄새였다. 몸을 비틀며 교태를 지었다. 쌍, 가랑이를 찢어 놓고 말끼다. 그는 난폭하게 그녀를 덮쳤다. 어두운 골방에서도 그녀의 다리는 유난히 희었다. 뱀같이 교활한 년, 분이는 다리를 꼬면서 그를 놀렸다. 너도 내가 좋지? 그는 숨이 헉헉, 막혔다. 그녀의 젖가슴에 얼굴을 파묻고 끙끙거렸다. 그래, 좋다. 죽이고 싶도록 좋다. 정말 그랬다. 그녀를 껴안은 채, 그대로 죽고 싶기만 했다.

"끙."

박 영감이 일을 치루고 돌아눕는 기척이 들렸다. 장지문을 사이한 옆방이라 모든 동작이 손에 잡히는 듯했다.

"영감텡이도, 점점 맥싸가리가 없다니까……"

임이네가 투덜거리는 소리가 들려왔다.

"젊은 때만이야 하겠능가."

숨을 헐떡이며 박 영감이 가래 끓는 소리를 냈다.

임 노인은 빙긋이 웃었다. 하긴 그렇지, 젊은 때만이야 하겠는가? 그 나이에 여자의 배 위로 기어오르는 것만도 대단한 일이지. 한창 때에야 계집년들 트럭으로 안겨준대도 꼬떡 않았을 것을…… 트럭으로 안겨 준대도…….

4

어떤 고함 소리에 임 노인은 잠이 깨었다. 산불로 하여 바깥은 대낮처럼 밝았다. 멀리서 다시 고함 소리가 들렸다. 임 노인은 문을 열고 밖으로 나갔다.

수리봉 정상에 있는 성황당이 불길에 휩싸여 있었다.

임 노인은 쪽마루에 털썩 주저앉았다. 마음 한 구석이 무너져 내림을 느꼈다. 기어코 타버리는구나 기어코…… 그는 같은 생각을 반복하고 있었다. 성황당이 불길에 휩싸일 정도면 마을도 불길에 삼켜질 가능성이 그만큼 커지는 것이었다. 전설처럼 전에도 그래 왔었기 때문이다. 재앙이 눈앞에 다가왔음을 예감할 수 있었다. 비난과 원망, 그리고 분노로 일그러진 이웃들의 얼굴…… 어찔, 현기증이 일었다. 몸에 힘이 쑥— 빠졌다. 어찌 제주의 허물이 없다 할 것인가? 무슨 말로 변명할 수 있을 것인가.

임오년 산불 때였다.

사람들은 도끼며 몽둥이를 들고 제주의 집으로 몰려갔다. 악밖에 남는 것이 없었다. 집을 잃고, 처자식을 잃고, 불구자가 된 사람들이다. 눈동자가 희끗해진 사람들이다. 무슨 짓인들 못 저지를까?

그때의 제주는 쑥골의 전봉수 어른이었다. 그는 눈에 불을 켜고 몰려든 사람들을 보자 아예 눈을 감았다. 성황당까지 불타버린 마당에 무슨 변명인들 통하겠는가? 전봉수 어른도 그것을 잘 알고 있었다. 마을 사람들에겐 속죄양이 필요했다. 누구라도 때려잡아야 했다. 그러지 않고는 응얼진 가슴을 풀 길이 없었다. 전봉수 어른은 마당에 끌려 나와서 개처럼 얻어맞았다. 나중에는 생똥까지 깔겼다. 그 장독(杖毒)으로 그 어른은 몇 년을 더 살지 못하고 죽고 말았다. 임 노인은 순간적으로 불붙은 분노가 이제 그 자신에게로 우르르 몰려들고 있음을 느꼈다.

웅성거리던 사람들의 무리가 개울을 건너고 있었다. 잠자지 않고 산불을 지키던 마을 사람들이 그의 집으로 몰려오는 거라는 짐작이 들었다. 도끼며 몽둥이를 들었을 것이다. 이장인 박 영감의 아들이 앞장을 섰을 것이다. 아낙네들과 아이들도 줄레줄레 뒤를 따르고 있을 것이다. 사람 잡는 구경만큼 신나는 구경거리가 또 어디에 있을까?

"뭘하는 짓이여, 빨리 피하지 않구."

박 영감이 미처 옷도 제대로 걸치지 못한 임이네의 손을 잡고 나오며 말했다.

"젊은 것들이 정신들이 없을 낀데…… 우선 피해야지."

박 영감이 재촉했다. 임 노인이 머리를 끄덕이자 그는 임이네와 함께 뒤꼍으로 돌아갔다. 임 노인도 우선 몸을 피해야겠다고 생각했다. 그는 박 영감이 사라진 뒤꼍으로 돌아갔다. 절벽 같은 어둠뿐, 아무것도 보이지 않았다. 그는 엉금엉금 기어서 밭두덩을 올라갔다. 그리고 밭 가운데 있는 큰 바위 그늘에 몸을 숨겼다.

왁자지껄한 소리가 가까워졌다.

"늙은 년놈을 잡아내."

"몽둥이 찜질을 하라구."

"하늘 무서운 줄 알아야지 된맛을 봐야 돼."

"이장이 앞장서라구, 이장이 앞장서."

"산신령님의 노염을 산, 부정한 놈, 당장 나오라고 해."

"안 나오면 끌어내라니까, 이장. 뭘해. 빨리 끌어내란 말야."

말들이 무성했다. 누가 선뜻 앞장을 서지 못하는 모양이었다. 한참을 티격태격하며 서로 미루더니 결국 이장이 앞장서는 모양이었다. 문을 잡아채는 소리가 들려왔다.

"아니? 아무도 없잖아."

"뭐라구?"

"늙은 여우 같은 놈."

"어느 새 눈치 챘지?"

"집이라도 부셔, 마구 부셔 버리라구!"

그릇들이 깨어지는 소리가 들렸다. 제각기 뱉아내는 욕지거리…… 가구들이 부서지는 소리…… 집의 기둥이 도끼에 찍히고 있었다. 쿵, 쿵, 쿵……

임 노인은 그런 소리들을 듣고 있었다. 도무지 남의 일 같았다. 조금도 언짢지 않았다. 당연한 하나의 절차를 보는 듯했다.

"뱀독두 부셔!"

누군가가 그렇게 소리를 질렀다.

"뱀독이 어디 있지?"

"저, 뒤꼍이야 굴뚝 옆이라구."

"돌멩이를 집어 던져!"

이윽고 꽈당— 하며 뱀독 깨지는 소리가 들려왔다. 순간, 남의 일 같던 이런 모든 일들이 새삼스런 아픔으로 가슴을 도려내는 듯했다. 뱀독 깨지는 소리와 더불어 그에게도 어떤 종말이 소리를 내며 다가옴을 느꼈다.

임 노인이 정신을 차렸을 땐, 마을 사람들이 모두 물러난 후였다. 임 노인은 몸을 일으켰다. 그리고 천천히 걸음을 옮겨 놓았다. 발이 후들 거렸다. 밭을 가로질러 마당으로 내려섰다. 집은 수라장이었다. 마당에 는 가재도구가 아무렇게 팽개쳐져 있었다. 그릇들이 깨지고, 옷가지들 이 흩어져 있었다. 임 노인은 그런 것들을 덤덤한 마음으로 바라보았 다. 그러다가 문득 뱀독 생각이 났다. 아, 참, 내 정신 좀 보라구, 어서 뱀을 잡아야지. 그는 그렇게 중얼거렸다. 뱀을 잡아야지. 도망가기 전 에, 어서 잡아야지. 마음이 자꾸만 조급해졌다. 그러나 몸이 얼른 말을 듣지 않았다. 자꾸만 발이 헛놓였다.

임 노인은 뱀독이 있던 굴뚝 옆으로 다가갔다 비칠거리며 걷던 그의 발에 무엇인가 미끈덩 밟혔다. 순간 찌르는 듯한 통증이 발목에 느껴졌 다. 눈물이 쏟겼다. 임 노인은 휘청 옆으로 쓰러졌다.

분이의 얼굴이 점점 확대되어 왔다.

너랑 살려고 왔다. 분이는 그렇게 말했다. 전쟁 때문에 남편은 죽었 다고 했다. 과부가 된 분이는 더욱 예뻐져 있었다. 풍만한 젖가슴이며 윤기가 도는 허벅지. 그는 미칠 것 같았다. 하지만 산불에 화상을 입고 불구가 된 그에게는 옛날의 정력이 조금도 남아 있지 않았다. 정력을 되돌려 보려고 숱한 뱀을 잡아먹었다. 하지만 허사였다. 평생을 두고 사랑했던 분이, 그녀는 발기하지 않는 그의 성기를 난폭하게 주무르며 숨을 씨근대었다. 끝내는 울기까지 했다. 그런 일이 있은 후, 그녀는 두 번 다시 친정으로 돌아오지 않았다.

안된대두, 안된대두, 가슴이며 얼굴이며 사정없이 할퀴고 물어뜯던 분이년, 그렇게 맵고 독해서 더할 수 없이 사랑스럽던 분이년, 평생을 그리워했던 분이년이 발목을 물고 놓지를 않았다.

발목에서부터 시작된 통증이 온몸을 한 바퀴 돌고 나자 어떤 평온함
이 그에게로 밀물져왔다. 늘 외롭고 허전했던 그의 마음에 어떤 안식이
밀려오고 있었다. 참으로 오랜만에 맛보는 휴식과 행복감이었다. 산불
에서 비롯한 그의 불행이 이제 막을 내리고 있었다. 하나의 우주가 조
용히 닫히고 있었다.

다음날 한낮이 되어서야 임 노인의 시체가 발견되었다. 임 노인이 쓰
러진 여기저기에 뱀들이 기어다녔다. 살모사 한 마리가 그때까지도 임
노인의 발목에 또르르 잠겨져 있었다.

조기 弔旗

봉룡이 병실로 들어섰을 때, 아내는 아직도 의식을 잃고 있었다.

"큰일 날 뻔했어요."

간호사가 말했다.

"운동장에 쓰러져 있었어요."

새벽에 보니 인희는 운동장에 쓰러져 있더라는 것이다. 죽음이 임박한 환자들이 죽음의 공포에서 벗어나려고 발작을 일으키는 일이 종종 있다고 간호사는 덧붙였다. 인희의 작은 체구가 해면처럼 오그라들어 침대가 턱없이 넓어 보였다. 평소에도 40킬로그램 안팎의 체중이었다. 의식을 잃고 오므라든 모습을 보니 햇볕에 졸아드는 해파리처럼 느껴졌다. 금방이라도 공기 속으로 증발될 것만 같았다. 참새의 발목처럼 가는 팔뚝에 주삿바늘이 꽂혀 있었다. 링거병에서 똑똑, 물방울이 떨어져 내린다. 마지막 생명처럼 그것은 인희의 핏줄 속으로 스며들고 있었다.

봉룡은 죽은 듯 누워있는 아내를 눈여겨 살폈다. 죽음이 왔을 때, 당황하지 않기 위해 미리 연습이라도 하는 것일까? 가만히 귀대고 들어서야 겨우 가느다란 숨결이 느껴진다. 그녀는 평소 잠을 잘 때도 이처럼 조용히 죽어 있었기 때문에 그를 깜짝깜짝 놀라게 했다. 늘 꿈이 많던 아내였다. 이렇게 죽음의 옆에서도 꿈을 꾸고 있는지 모른다.

인희의 꿈은 늘 엉뚱했다. 그녀는 말하곤 했다— 햇살이 포근했어요. 오줌을 깔겼어요. 그게 무슨 뜻일까요?

또, 다른 얘기도 했다— 태양이 펑펑 터지는 꿈을 꾸었어요. 이상한 모양으로 부풀더니 펑펑 터지겠지요. 난 무서워서 정신없이 달아났죠. 그런데 끔찍하게 큰 뱀이 휙 날아와선 제 몸을 휘감는 거예요. 얼마나 끔찍한지…… 인희의 꿈은 그처럼 엉뚱하고, 단편적이고, 종잡을 수 없는 것들이어서 봉룡은 그녀가 환상 속에 살고 있는 요정처럼 느껴질 때도 있었다.

임시수용소로 정해진 초등학교의 교실 여기저기에 신음하는 환자들로 가득했다. 콜레라가 만연하고부터 모든 것들이 뒤죽박죽이 되어버렸다. 봉룡은 창가로 다가가 운동장을 내다보았다. 운동장에는 햇살이 노랗게 타고 있었다. 바람이 불 때마다 노란 흙먼지가 하늘로 치솟았다. 운동장가에 둘러친 철조망 울타리엔 건조하기 위해 널어놓은 오징어가 걸레 조각처럼 보였다.

—단돈 백 원, 백 원이면 거뜬히……

약장수의 스피커에서 들려오는 쨍쨍한 쇳소리가 신경을 긁었다.

—콜레라도 거뜬히 낫는 만병통치약! 네가 사면 내가 살까, 망설이지 마시고…… 자, 그까짓 백 원쯤, 죽은 목숨 살리는 만병통치약인데, 아끼지 마시고……

학교의 비탈길 저 밑으로 양조장의 굴뚝이 보였다. 마을은 이 굴뚝을 중심으로 바다를 따라 길게 뻗어나갔다. 시커먼 굴뚝에선 언제나처럼 연기가 치솟았다. 소주를 굽는 것이다. 30도의 뜨거운 소주, 뱃속을 달구는 열기가 새삼 그리워왔다.

앰뷸런스가 불쑥 운동장 안으로 뛰어들었다. 마을 큰길에서 운동장으로 이르는 길이 가파른 비탈길이어서 앰뷸런스가 다가오는 것이 눈에 잡히지 않기 때문에 그것은 언제나 괴물처럼 갑자기 튀어나오는 느낌이었다. 앰뷸런스는 그 독특한 엔진 소리를 내며 운동장을 가로질렀다. 먼지가 뽀얗게 흩날렸다. 앰뷸런스가 현관 앞에 멎자 곧 뒷문이 열렸다. 그 뒷문으로 들것에 실린 환자가 내려졌다.

"또, 해동호의 선원인가 봐요."

간호사가 얼굴을 찡그리며 말했다.

"저 선장만 보면 겁이 나요."

들것 옆에 해동호의 선장이 보였다. 깎지 못한 턱수염이 고슴도치털처럼 뻣뻣하게 일어나 있었다.

"악에 받쳐서 그런 거겠지."

"하지만, 어쩔 수 없는 일이잖아요."

어쩔 수 없는 일이었다. 콜레라는 태풍이 몰아치듯이 섬을 급습했다. 너무나 갑작스런 일이었으므로 모두들 속수무책이었다. 육지와의 교통은 너무나 불편했고, 의약품도 의료시설도 부족했으며, 의사와 간호사는 하나씩 뿐인데 환자들은 무더기로 밀어닥쳤다. 오징어잡이 철이어서 한철 대목을 보려고 밀려온 사람들이 모두 발이 묶인 상태에서 환자가 대량 발생했으므로 환자들은 변변히 치료도 받지 못하고 무더기로 죽어갔다.

현관으로 들어선 들것이 교실 복도를 지나갔다. 그 뒤로 해동호의 선장이 따랐다. 벌써 열 명째라고 했다. 선원들이 집단 감염된 것이다. 어젯밤에도 한 명 죽어나갔다. 술에 만취한 선장이 고래고래 고함을 지르는 것이 옆 교실까지 들려왔다. 살려내, 살려내란 말이야, 목줄기의 힘줄이 불끈불끈 일어서고 깎지 못한 턱수염이 모두 곤두서서 부르르 떨었다. 한 놈이라도 살려내야 할 게 아니냔 말이야. 의사란 직업이 뭐 하자는 거야. 그렇게 살려낼 재주가 없다면 아예 포기하라구. 환자도 받지 말아. 수용소는 무슨 나발 같은 수용소, 차라리 고향으로 떠나게 해. 거긴 큰 병원이 얼마든지 있어. 입항도 출항도 못하게 해놓고, 무더기로 죽여야 옳으냔 말이다. 해동호의 선장은 바락바락 악을 썼다. 아무나 싸잡아 욕지거리를 퍼부었다.

봉룡은 교실 복도를 지나쳐 가는 선장의 모습을 지켜보며 그의 마음을 충분히 이해할 수 있을 것 같았다. 포구의 한가운데 입항도 출항도 하지 못하도록 억류당한 채 선원들이 무더기로 죽어가니 어찌 악에 받치지 않으랴. 선장은 치료할 능력이 없으면 떠나게라도 해달라는 것이지만 당국에서는 허가하지 않았다.

—주민 여러분, 콜레라는 무서운 병입니다. 이 어려움을 슬기롭게 극복합시다. 주민 여러분, 콜레라 감염 예방을 위해서 다음 사항을 특별히 명심합시다.

군 보건소 이동 차량에서 들려오는 확성기 소리였다. 확성기를 통하여 쨍쨍한 여자의 목소리가 들려왔다.

—음식물은 반드시 끓여 먹읍시다. 고기를 날로 먹지 맙시다. 외출했다 돌아올 때에는 항상 크레졸 비눗물에 손을 씻읍시다.

약장수의 노랫가락에 뒤섞여 군의 보건소 여직원의 목소리가 간단없이 들려왔다. 크레졸 비눗물에 손을 씻읍시다……

봉룡은 크레졸 비눗물이란 말에 퍼뜩 정신을 차려 아내를 보았다. 인희는 여전히 의식을 잃고 있었다. 크레졸 비눗물은 그에게 많은 기억을 불러 일으켰다. 약혼 시절, 인희는 곧장 그를 골렸다. 내게 무슨 냄새가 나는지 알아맞혀 보세요. 인희는 그렇게 말했다. 하지만 여자의 몸에서

　　　　　　　　　　　　　　　　　　　過수원집

나는 냄새란 한결같지 않은가. 분냄새, 그리고 여자냄새……

봉룡이 멍청해서 어쩔 줄을 몰라하면 그녀는 신경질을 내며 토라지곤 했다. 그녀는 말했다. 이건 복숭아 냄새라구요. 어떨 땐, 이건 사과 냄새구요. 또는 이건 레몬 냄새예요…… 레몬 냄새라니? 봉룡은 그런 열매는 이름만 들었지 구경조차 못한 주제였는데도 인희는 사뭇 화를 냈다. 그녀는 그런 냄새가 나는 향수를 뿌리고 왔다고 주장했다. 약혼한 여자에게서 그런 냄새도 가려내지 못한다는 것은 관심이 모자란다는 얘기며, 그것은 결국 사랑의 결핍 때문이라고 억지를 썼다.

한번은 크레졸 냄새가 나기에 크레졸 향수란 것도 있느냐고 물었더니 그녀는 화들짝 놀라는 시늉을 하며 어떻게 알았느냐고 반문했다. 봉룡은 잔뜩 풀이 죽어서 그런 향수가 있긴 있는 모양이라고 중얼거렸더니, 그녀는 픽 웃으며 말했다. 냄새 맡는 감각이 마비된 줄 알고 홧김에 뿌리고 나온걸요, 했다. 그래서 봉룡은 변소간에서나 맡는 그 고약한 냄새를 맡으며 종일 데이트를 해야 하는 곤욕을 치르기도 했다.

참 별난 여자였다. 조그만 일에도 양보하려 들지 않았다. 언젠가는 물고기 때문에 다툰 일도 있었다. 그녀는 어떤 종류의 열대어는 알을 슬지 않고 뱃속에서 바로 새끼를 낳는다고 말했다. 봉룡은 개나 고양이가 아닌 물고기가 뱃속에서 바로 새끼를 낳는다는 것은 도무지 믿을 수 없는 일이라고 말했다. 인희는 목청을 높이며 제 눈으로 직접 본 걸요, 했다. 그래도 믿기지 않는다고 하자, 인희는 파랗게 질린 얼굴이 되더니, 분명 자신의 눈으로 보았다는 데도 믿지를 못한다니 그런 남자와 어떻게 평생을 함께 살겠느냐고 당장 절교를 선언하는 것이었다. 봉룡은 어처구니가 없었다. 그러나 인희가 워낙 심하게 화를 냈으므로 그는 몇 번이나 사과를 하고 용서를 빌어야 했다. 사실 그로서는 물고기 뱃속에서 알이 나오든 새끼가 나오든 그런 것은 별 문제가 없었다. 까짓 것 지렁이가 나온대도 무슨 문제랴. 그에게는 인희만이 문제였다. 그래서 봉룡은 인희의 분이 풀릴 때까지 며칠이고 빌었다.

그들은 그런 식으로 아주 조그만 일로도 줄곧 다투었는데, 마치 사랑이란 그런 종류의 사소한 다툼 속에 있기라도 한듯 착각이 들 정도였다.

"아, 선생님. 눈을 떴어요!"

간호사가 소리를 질렀다.

봉룡은 창가에서 몸을 돌려 침대로 다가섰다. 인희가 그를 쳐다보았다. 눈꺼풀이 바르르 떨렸다. 그녀는 억지로 웃어 보이려는 듯했다.

"왜 그런 짓을 했어!"

봉룡은 버럭 소리를 질렀다. 참았던 분노가 부글부글 끓어올랐다.

"가만, 조그맣게 말하세요. 지금은 안정을 해야 할 때예요."

간호사가 그를 제지했다. 인희는 힘겹게 떴던 눈을 도로 감았다. 그녀의 속눈썹이 촉촉이 젖어 내렸다. 봉룡은 들끓어 오르던 화를 꿀꺽 삼켰다. 간호사의 말대로 인희에겐 지금 안정이 필요하다. 아, 하지만 그 안정이란 죽음을 의미해선 안 된다. 봉룡은 왠지 아내를 잃을 것만 같은 불길함에 사로잡히고 있었다.

봉룡은 결혼과 더불어 이 섬으로 유배를 당했다. 이 섬으로 발령되는 교원들은 한결같이 자신들이 유배되었다고 생각한다. 봉룡도 예외는 아니었다. 그것은 인희가 더했다. 그래서 그녀는 결혼 후 한번도 즐거워 본적이 없다. 좁은 섬에 갇혀서 그녀는 늘 조바심치며 살아왔다. 부모도, 형제도, 친척도, 친구도 못 만나는 생활을 지겨워했다.

—더 이상 참을 수 없단 말예요.

인희는 늘 참을 수 없어했다.

—벌써 삼 년이 넘었단 말예요. 변화라군 조금도 없구요. 맨날 이렇

과수원집

다니까요.

맨날 같다는 것, 그것이 인생의 모습이 아닌가? 봉룡은 그런 식으로 자신을 자위하지만 아내는 그렇지 못했다.

—낮이나 밤이나 지긋지긋한 파도 소리뿐이구요.

참다못해 봉룡이 한마디쯤 항의하는 때도 있었다. 하지만 파도 소리라도 있으니 망정이지 그렇지 못하면 더 적막할 것이라고…… 섬이 바다가 아닌 낭떠러지나 어둠 속에 에워싸였을 경우를 상상해보라고…… 그러면 인희는 눈을 까뒤집고 기절을 한다.

—당신, 누굴 놀리는 거예요. 놀리는 거냔 말예요.

아, 신이여, 봉룡은 속으로 투덜거리곤 했다. 나는 아내를 놀릴 생각은 조금도 없습니다. 하지만 이런 환경에서 내가 할 수 있는 생각이란 그런 것밖에 더 있습니까? 나는 무능하고 무력한 초등학교 훈도입니다. 봉룡의 그런 절망적인 심정에도 불구하고 그에게는 육지로 전근 갈 기회가 주어지지 않았다. 그러니 봉룡은 인희의 울분을 달랠 길이 없었던 것이다.

봉룡은 인희가 잠드는 것을 기다려 병실을 나왔다. 가슴이 답답했다. 운동장을 가로질러 비탈길을 걸었다. 발을 옮겨놓을 때마다 먼지가 풀썩풀썩 일었다. 이렇게 내쳐 걸어, 조그만 단칸방, 그의 집으로 가면 아내가 기다리고, 저녁 밥상에 소주 한잔 홀짝일 수만 있다면…… 봉룡은 그렇게 생각하며 걸었다. 소주 한잔 마시고, 얼큰하게 취해서 다리를 길게 뻗고 잠들 수만 있다면…… 새삼 지난날이 그리워왔다. 다람쥐 쳇바퀴 돌리듯 맨날 제자리에서 맴돌던 답답한 일상(日常)이었지만, 지금 생각하면 그것이 바로 낙원의 모습이었던 듯싶었다. 하긴 낙원인들 별게 있겠는가. 세끼 밥 먹고, 자식새끼 낳고, 마음 편하면 그게 낙원이지……

봉룡은 골목길을 꺾어 돌았다. 한참 걷다보니 나무 팻말이 그의 앞을 가로막았다. 〈들어가지 마시오〉. 아직 먹물이 지르르 흐르는 팻말에 그런 글씨가 씌어있었다. 나무 팻말을 중심으로 새끼줄이 처지고 소독약이 하얗게 뿌려져 있었다.

봉룡은 다른 골목길로 접어들었다. 저만치에 역시 예의 나무 팻말이 보였다. 〈들어가지 마시오〉. 그것은 공동묘지의 비목(碑木)을 연상케 했다. 공동묘지 여기저기에 비뚜름히 꽂힌 비목들, 비바람에 퇴색되고 꺼멓게 썩어가는 비목들이 죽은 자를 증거하듯 나무 팻말도 전염병 전염 지역을 증거하고 있었다.

구역을 느끼게 하는 소독 냄새, 물고기 내장 썩는 냄새, 어딘가에 배어 있을 것만 같은 송장 썩는 냄새…… 이 여름, 온 마을이 썩어가고 있었다. 봉룡은 꿈속에서라도 이런 것들과 마주친다. 죽은 시체들이 벌떡벌떡 일어나는 꿈, 그의 앞을 막아서는 시체들, 언뜻 다시 보면 비온 뒤 독버섯처럼 여기저기 돋아난 시체들이 그를 막아선다.

봉룡은 꿈에서나 현실에서나 도무지 살아있다는 실감이 들지 않았다. 누가 자신을 살아있다고 할 것인가? 그것은 하나의 착각일 뿐이다. 다만 환상 속에서 유예된 생명들이 어정거리고 있을 뿐이다. 봉룡은 언뜻 그의 앞을 막아서는 또 하나의 팻말과 마주쳤다. 에잇, 쌍놈의 것, 그는 발로 나무 팻말을 걷어찼다. 그리고 새끼줄을 타넘고 골목길을 똑바로 걸었다.

부둣가로 나오니 한 떼의 사람들이 우르르 몰려있었다. 사람들을 비집고 넘겨다보니, 물에 흠뻑 젖은 사내가 의식을 잃고 쓰러져 있었다. 뱃사람 하나가 그 사내의 배를 꾹꾹 눌러 물을 토하게 했다.

"왜 그럽니까?"

봉룡이 물었다.

"보면 모르겠능기요."

그의 앞에서 사내를 들여다보고 있던 뱃사람이 무뚝뚝하게 말했다.

"해동호의 선원입니다. 방금 바닷속으로 풍덩 뛰어들었지요."

다른 사내가 설명했다.

"고향으로라도 떠나겠다고 저러는 거지요."

"하긴, 하루 이틀이어야지."

"당국에서도 골머리를 앓는구먼."

"하기사, 열이나 죽었다카이 발광인들 안 할까."

모여선 사람들의 입에서 스멀스멀 얘기들이 흘러왔다. 봉룡은 사람들의 숲에서 벗어나 방파제 끝쪽에 떠있는 해동호를 바라보았다. 입항도 출항도 하지 못한 채 근 한 달이나 같은 자리에 떠있어, 마치 배의 밑바닥에 뿌리라도 내린 듯했다. 그리하여, 죽은 자들에게 볼모 잡힌 산 자들이 발광을 하지 않을 수 없는 모양이었다.

며칠 전에도 한 사람이 바다로 뛰어내린 사건이 있었다. 새벽녘이어서 아무도 몰랐던 것이다. 뒤늦게 알고 물속을 뒤졌을 때는 너무 늦은 시각이었다. 잠수부는 끝내 선원의 시체를 찾아내지 못했다. 그때 봉룡은 잠수부들의 작업을 오래 지켜보았었다. 잠수부들이 바위틈을 헤집고 옮겨다닐 때마다 부글거리는 물거품도 함께 옮아다녔다. 배 위에서는 두 명의 뱃사람이 마주서서 손잡이를 오르내리며 공기를 펌프질했다.

봉룡도 물속을 들여다보았다. 잔잔한 바다는 거울 속처럼 투명했다. 미역, 모자반, 파래가 물결 따라 일렁이고, 고둥, 따개비, 바닷별들도 들여다보였다. 그토록 맑고 투명한 바다인데도 선원의 시체는 찾아지지 않았다. 해동호의 선원은 자신의 소원대로 물고기가 되어 가고 싶은 고향으로 훨훨 헤엄쳐 갔는지도 모른다.

봉룡은 죽음의 무게에 짓눌려 있는 해동호를 바라보며 마음이 무거
워옴을 느꼈다. 봉룡 자신도 선원의 한 사람이 된 듯 갑갑하고 우울했
다. 결국 그 자신도 이 섬에 유배되어 있었기 때문이었다.

봉룡은 부두 옆 술집으로 들어섰다. 술집 안은 조용했다. 술마시기엔
아직 이른 시간이었던 것이다.

"이번에도 고향 가긴 틀린가베요."

주모가 알은 체를 했다. 고향 가긴 틀린가베요. 주모의 투박한 목소
리가 술청 안 조용한 공간을 둔탁하게 흔들다가 슬며시 사라졌다. 언어
는 때때로 혼자 살아서 꿈틀거린다. 봉룡은 가슴이 찡ㅡ 아파 오는 것
을 느꼈다. 이번 9월 교원들의 정기이동에도 그의 이름은 이동명단에
끼이지 못했었다.

주모가 술잔을 가져왔다. 작은 잔을 싫어하는 그의 성미를 잘 알아
서, 큰 맥주 글라스를 가져왔다. 주모는 맥주잔 가득 소주를 따랐다. 봉
룡은 술잔을 들어 말간 액체를 입속에다 쏟아부었다. 며칠 굶었던 뱃속
이라 금방 화끈한 열기가 느껴졌다. 그는 술잔에 다시 술을 따랐다. 그
리고 물끄러미 술잔을 들여다보았다. 맑고 투명한 액체가 조금씩 흔들
렸다. 그 순백한 색깔이 뱃속을 달구는 것이다. 그것은 순수한 불덩이
그대로다. 그놈은 열기를 내뿜으며 체온을 압박한다. 쓰고 독한 열기가
뱃속을 태운다. 온몸에 부르르 경련을 일으킨다.

봉룡은 공복을 채운 열기가 차츰 위로 치밀어 오르는 것을 느꼈다.
그것은 끝내 목구멍까지 올라와 멍울처럼 매달렸다. 물기 있는 아내의
눈동자가 확대되어 왔다.

ㅡ인간에게 있어서 그 청춘은 너무 앞에 와 있는 것 같아요. 좀 더

과수원집

분별력이 생긴 다음에 청춘이 온다면 사람들은 한결 실패하지 않을텐데 말예요.

인희는 후회되는 결혼을 그런 말로 정리해 보기도 했다. 봉룡은 그런 인희의 말을 반박했다. 청춘이 인생의 앞에 있어야 잘못됐을 때 다시 고쳐볼 수가 있는 거야, 라고…… 그럴까요? 그럼 우리도 한번 고쳐볼까요?…… 어떻게? 새로 시작하는 거죠. 저한테 다시 구애를 해보세요. 이번엔 어림도 없을 거예요. 인희는 그렇게 말하며 웃었다.

봉룡이 그녀와 결혼할 수 있었던 것은 그의 끈질긴 성격 때문이었다. 그가 군대에 있을 때, 그는 인희의 부모가 그녀를 다른 곳으로 시집보내련다는 소식을 들었다. 그 소식을 들었을 때 봉룡은 참을 수 없었다. 그는 탈영을 감행했다. 한달음으로 인희의 집으로 달려갔지만 인희는 집에 없었다. 그녀의 집에서 미리 알아채고 그녀를 숨긴 것이다.

봉룡은 그녀의 어린 동생을 꾀어서 그녀가 해운대 부근의 친척집으로 갔다는 것을 알아냈다. 그는 무작정 해운대로 갔다. 하지만 겨울의 해운대는 텅 빈 백사장과 망망한 바다일 뿐, 어디에서도 그녀를 찾을 수 없었다. 그는 그녀의 친척집이 어디쯤인지 전혀 알지 못했으므로 무작정 아무 집이나 쏘다니며 기웃거렸다. 그렇게 악에 받쳐서 헤매던 그는 문득 인쇄소라 쓴 상점 앞에서 걸음을 멈추었다. 그는 곧장 인쇄소 안으로 들어갔다. 그는 거기에서 인희를 찾는 광고문을 찍었다.

〈사람을 찾습니다. 김인희를 찾습니다. 다음 주소로 연락 바랍니다〉

봉룡은 그것을 닥치는 대로 붙였다. 상점의 문짝, 길거리의 전봇대, 솔숲의 소나무, 해변의 바위…… 그리고는 조바심치며 여관에서 기다렸다. 그러나 봉룡을 찾아온 것은 탈영병을 잡으러 온 헌병이었다.

나중에 인희가 말했다— 몹시 괴로웠어요. 자살이라도 하고 싶은 심정이었어요. 그래 자살바위라고 불리우는 바위에도 올라갔었어요. 벼랑 밑을 내려다보니 슬퍼져서 그만 울어버렸죠. 문득 발밑에 광고문이 보였어요. 그것은 정말 사람을 감동시키는 것이었어요. 전 광고문에 써 있는 여관엘 한달음으로 달려갔죠. 당신이 이미 붙들려 간 뒤에 말예요. 하지만 조금도 슬프지 않았어요. 마음을 딱 정했거든요. 나는 감동에 들떠서 온통 돌아다녔어요. 솔숲에서도, 전봇대에도, 상점의 문짝에서도 절 찾는 당신의 목소리를 들었는데, 그렇게 행복할 수 없었어요. 아, 얼마나 행복했던지…… 지금 생각하면 조금 어처구니 없는 것 같기도 하지만…… 그 지겨운 끈덕짐. 나는 지겨운 것을 참지 못하는 성미인데…… 왜 그런 지겨움을 그때는 알아채지 못했을까?

사랑의 힘 때문이지. 사랑은 모든 것을 눈멀게 하니까.

그게 사랑인가요? 소유욕이죠. 당신은 능력은 없으면서 소유욕만 지나치게 발달한 거예요.

봉룡은 인희의 그런 타박을 들으면 가슴이 아팠다. 사실 그는 능력이 없었다. 그는 아내 하나도 만족시켜줄 능력이 없다. 상대편의 진짜 약점은 건드리지 않는 것이 예의인 것을…… 봉룡은 아내에게 그런 약점을 찔리면 며칠이고 끙끙대며 앓는다. 그렇게 앓다보면 아내가 미워지기도 하고 그래서 그녀에게 엄격하게 대하게도 된다.

봉룡은 아내가 육지의 부모에게 다녀오고 싶어하는 것을 잘 알고 있다. 하지만 그는 결코 허락하지 않는다. 그녀의 부모들이 그에게서 인희를 빼돌리려고 했던 것에 대해서 지금도 앙심 먹고 있다. 그런데, 인희는 지금 영영 그에게서 도망치려 하고 있지 않는가. 영원히……

봉룡은 다시 술잔을 들어 입속으로 쏟아부었다. 술집의 창밖에는 마지막 햇살이 흔들렸다. 햇살은 부두 밖의 바닷물에 반사되어 탁자밑으로 기어들었다. 그래서 햇살은 물결처럼 일렁거렸다.

창밖 부둣가에는 출항 준비로 떠들썩했다. 무릎까지 올라오는 장화

과수원집

를 신고 뱃사람들은 고함을 질렀다. 보소, 퍼떡퍼떡 하이소, 시간 안 늦겠능기요. 뭘 그리 꾸물대능기요. 퍼떡 하소마. 투박한 사투리가 창문으로 새어들었다. 준비를 끝낸 배들은 부두를 떠나고 있었다. 서로들 빨리 가려고 앞서거니 뒤서거니 하면서 배들은 방파제를 돌아 수평선 쪽으로 멀어갔다. 아직, 준비를 덜 끝낸 배들은 포구 안에서 이리저리 맴돌기도 하고, 고삐잡힌 망아지처럼 주춤주춤 뒤로 물러서기도 했다.

이윽고 땅거미가 깔리기 시작했다. 어둠이 잰걸음으로 다가왔다.

"보소, 사발로 주소, 큰 사발로 철철 넘치게 주소마."

방금 들어온 중년 사내가 소리를 질렀다. 술집도 차츰 시끄러워지기 시작했다. 아까부터 봉룡의 맞은편에 앉았던 젊은이들이 좀 더 큰 소리로 얘기를 주고받았다. 대학생 차림이었다.

"……이곳이 내 어린 시절의 고향이어서 그런지는 몰라도 역시 정이 들어."

젊은이가 말을 이었다.

"노란 달빛, 완두콩의 꼬투리가 터지듯 부서지는 파도, 뱅글뱅글 맴도는 야광충…… 정말 한 폭의 그림이지."

"……"

"이 섬에는 과부들이 많은데 말야, 바다 마을이란 게 어디에도 비슷하겠지만, 풍랑을 만나면 떼죽음을 당하거든. 파도는 하늘 높이 치솟고, 그 파도를 타고 가물가물 가까워 오는 배…… 부둣가에 모여선 사람들의 팽팽한 긴장, 파도에 휩쓸려 물속으로 사라지는 배도 많았지."

젊은이는 술잔을 바라보며 명상하듯 차근차근 말했다.

"삶과 죽음이, 환희와 절망이 참으로 종잇장 하나 차이란 걸 실감나게 되네."

"그래, 추억 많은 고향이겠군."

"그렇지, 사흘만 와 있어도 지겨워지는 곳이지만 오지 않으면 공연히 조바심되는군."

봉룡은 자신도 몰래 젊은이의 말에 귀를 기울이고 있었다. 공연히 조바심되는 마음, 고향이란 그런 본능적인 향수를 자아낸다. 그래서 사람들은 모두 고향을 그리워한다. 어쩌면 동물들도 그럴는지 모른다. 한강의 어느 풀섶에서 방류된 장어새끼는 서해를 거쳐 남양군도에서 자란다. 그렇게 자라서 성어가 된 장어는 자기가 방류된 곳을 정확히 찾아온다고 한다. 무엇 때문일까? 파도를 헤치고 조류를 거슬러 오르며 장어는 어린 시절의 꿈결 같은 수온을 찾아 헤매는 것이다. 장어는 심한 태풍에 떠밀리면서도 포기하지 않는다. 그것은 마음속에 이것이 아니라는 불안과 초조 때문인지 모른다. 모태에서의 아늑하고 평화로운 감각을 좇아 헤매다보면 끝내는 자신이 태어난 한강의 어느 풀섶까지 이르고야 마는 것이다. 이곳이 그곳이다, 하고 뼛속 깊이 우러나오는 환희! 자신을 키워준 꿈결 같은 풀섶과 거기에서 느껴지는 아늑한 수온과 수압…… 그제서야 장어는 그 환상의 풀섶에다 자신의 자손을 새끼친다는 것이다. 미물도 그러하거늘……

봉룡은 방파제 끝 쪽에서 반짝이는 간이등대의 불빛을 보며 젊은이들의 얘기에 귀를 기울였다. 그들은 아직도 고향 얘기를 하고 있었다. 사람들은 모두 고향 얘기를 한다. 삭막한 사무실에서, 떠들썩한 술집에서, 내리는 빗줄기를 바라보며, 출렁이는 어둠을 보며, 고향만이 그들의 전부라고 말한다. 그래서 절망에 빠진 해동호의 선원들은 바닷속을 헤엄쳐서라도 고향엘 가고 싶어하고, 섬으로 유배된 교원들도 모두 섬을 떠나고 싶어한다.

해마다 두 번씩 있는 정기이동 때, 교원들은 이 방파제에서 송별연을 연다. 솜뭉치에 석유를 적셔 만든 횃불을 여기저기 꽂아 놓고 밤늦도록

과수원집

술을 마셨다. 떠나는 사람보다 떠나지 못하는 사람들이 더 마셨다. 술이 취하면 노래를 불렀다. 나의 살던 고향은 꽃피는 산골, 복숭아꽃 살구꽃 아기진달래…… 꽃이야 어디에도 피지만 고향의 꽃과 같은 것은 어디에도 없었다.

　─타향살이 몇 해던가, 손꼽아 헤어보니……

　탁자에 기대어 소주를 사발로 마시던 중년 사내가 노래를 부르기 시작했다. 사발로 마신 때문인지 제법 취한 음성이었다. 손으로 탁자를 치며 박자를 맞추었다. 그가 탁자를 칠 때마다 사발의 술이 찔끔찔끔 넘쳐흘렀다. 건장한 사내가 부르는 투박한 노랫소리가 제법 구슬프게 느껴졌다.

　"해동호의 선장이 아닝교."

　주모가 술병을 날라주며 말했다.

　"내일은 무슨 일이 있어도 떠나겠다카누만요. 면도까지 싹 하고 나니 딴사람 같구먼요."

　정말 그랬다. 봉룡도 얼른 그를 알아보지 못했던 것이다. 옷도 늘 작업복 차림이었는데 오늘은 양복으로 갈아입고 있었다.

　"가긴 갈 모양이제요. 배의 돛대에다 큼지막한 조기(弔旗)까지 매달아두었더라고요."

　봉룡은 창밖 어둠 속을 바라보았다. 텅 빈 포구에는 해동호만이 떠있었다. 배의 여기저기에 전등불을 휘황하게 켜놓았으므로 배는 어둠 속 허공에 떠 있는 것 같았다. 돛대 끝에 매달린 조기는 검은 천이어서인지 어둠의 한 가닥을 찢어놓은 것 같았다. 해동호는 중세시대의 동화에 나오는 유령선처럼 돛대에 불길한 어둠을 매달고 허공에서 표류하고 있었다.

봉룡은 몹시 취기를 느껴서야 술집을 나섰다. 비틀거리며 걷고 있는 그에게로 서치라이트의 불빛이 쏟아져 내렸다. 등대가 있는 산등성이에서 비치는 서치라이트가 바다를 샅샅이 훑었다. 끝없는 수평선, 모랫벌, 바위 절벽, 산구릉들이 차례차례 모습을 드러내었다. 길게 누웠던 바다가 갑자기 살아나 부글거렸다. 모랫벌의 모래알들도 제각기 반사광선을 내쏘며 빛줄기에 달라붙었다. 눈이라도 내린 듯 눈부신 흰빛이었다.

봉룡은 골목길로 접어들었다. 갑자기 인희가 걱정되기 시작했다. 너무 오랜 시간 술집에 머물렀다는 생각이 들었다. 그동안 죽진 않았겠지. 그는 그렇게 생각해 보았다. 어쩌면 이미 저승 사람이 되었는지도 모른다. 취기와 더불어 머릿속이 어수선해지기 시작했다. 그녀의 머리맡에 웅크리고 앉았던 죽음의 사자가 봉룡이 잠깐 방심한 순간을 기다려, 독수리 같은 날카로운 발톱으로 그녀의 영혼을 움켜잡고 목덜미를 조이고 있었다.

봉룡은 불안에 떨었다. 옆에 지키고 있어야 하는 것을…… 자책감에 몸을 떨며 봉룡은 허둥지둥 달렸다. 취기가 오르며 몸의 중심이 자꾸만 흔들렸다. 구부러진 모퉁이길을 막 돌아서는데 무엇인가 뭉클 발에 밟혔다. 봉룡은 깜짝 놀라 뒤로 물러섰다. 꿈틀거리는 물체, 아니 그것은 분명 사람이었다. 여자였다. 배를 움켜쥐고 신음을 쥐어짜고 있었다. 깊은 어둠 속에 그것은 음흉한 귀신의 낯짝을 하고 그의 가슴을 두근거리게 했다. 아, 살려주세요. 가느다란 목소리가 그렇게 울부짖었다. 또하나의 인간이 죽어가고 있는 것이다. 도와줄 가족이 없거나 인희처럼 수용소를 뛰쳐나온 여자인지도 모른다.

"제발, 살려주세요. 아, 살려주어요!"

봉룡을 의식했던지 여인이 어둠 속을 향하여 손을 허우적거렸다. 통

증으로 말미암아 신음하는 불분명한 발음을 통하여 그녀의 고통의 정
도를 짐작할 수 있었다. 봉룡은 난처했다. 그는 결코 그녀의 생명과 관
계 맺고 싶지는 않았다. 죽어가는 생명을 위해, 그가 해줄 수 있는 일이
란 아무것도 없다는 것을 그는 잘 알고 있었다. 사람은 어차피 혼자 죽
는다. 그의 아내마저도 그렇게 죽어가고 있다.

봉룡은 그녀를 비켜가고 싶었다. 하지만 골목길이 너무나 좁아서 비
켜갈 수가 없었다. 그렇다고 그녀를 타넘을 수도 없었다. 봉룡은 발길
을 돌렸다. 살려주세요. 살려주세요. 여자의 신음소리가 귓바퀴에 맴돌
았다. 봉룡은 쫓기듯 걸었다. 뛰고 싶었다. 땀이 목줄기로 흘러내렸다.
내가 아니라도, 봉룡은 생각했다. 죽고 나면 누군가가, 내가 아닌 누군
가가 그대를 잘 처리해줄 것이다.

서치라이트가 골목을 휩쓸며 다가왔다. 봉룡은 어떤 힘에 끌리듯 발
걸음을 멈추고 환해진 골목길을 뒤돌아보았다. 고통에 일그러진 얼굴
과 간절한 시선이 그의 시선과 부딪쳤다. 봉룡은 아찔 현기증과 더불어
등줄기로 흘러내리는 땀줄기를 의식했다. 여자는 배를 움켜쥔 채, 간절
한 시선으로 그의 시선에 매달려 있었다. 놀랍게도 여자는 아직 소녀티
를 벗어나지 못하고 있었다. 열대여섯, 봉룡은 그 절망적인 시선에서
자신을 비켜낼 수가 없었다.

봉룡은 여자를 둘쳐업었다. 여자는 무겁지는 않았다. 땀을 비 오듯
쏟고 있어서 금방 그의 몸도 흥건히 젖어 내렸다. 여자의 팔이 그의 목
을 휘감았다. 절대로 놓치지 않겠다는 듯 강하게 휘감겨오는 힘에 봉룡
은 숨이 컥컥 막혔다. 봉룡은 취기가 싹 가심을 느꼈다. 그는 비척거리
지 않으려 애를 쓰며 걸음을 빨리했다. 여자의 신음소리가 간헐적으로
찾아올 때마다 그는 자신의 목이 심하게 조여졌으므로 자꾸만 발검음
이 비틀거렸다. 그가 불빛 아래 왔을 때였다.

"어이, 친구."

전봇대에다 오줌을 깔기던 술주정뱅이가 소리를 질렀다.

"잘해보라구."

못 들은 체 걷고 있으려니 녀석은 더욱 크게 소리쳤다.

"계집년들 싫다고 발버둥치는걸 곧이 믿어선 안된단 말씀이야."

욱, 화가 치밀었지만 그는 묵묵히 사내의 옆을 지나쳤다.

"보아하니 어린 계집앤데, 그래도 믿지 말라구. 병균이 득실거린단 말씀이야."

녀석은 그의 등에서 계속 지껄여대었다.

"나도 그런 애한테 걸렸다가 줄줄 샌다니까."

말소리가 뚝 그치기에 돌아다보니 녀석은 전봇대를 끼고 털썩 주저앉아 있었다. 너무 마셔서 하늘이 돈짝만 해진 것이다. 그래서 몸둘 곳이 없는 녀석이다. 결국 수챗구멍에다 코를 박고 잠잘 녀석이다. 봉룡은 욕지기를 삼키며 부지런히 걸었다. 여자의 체중이 점점 무거워왔다.

"아, 엄마."

여자가 엄마를 찾으며 훌쩍였다.

이러다가 척 늘어지면 끝나는 것이다. 봉룡은 그것이 두려웠다. 신음을 뱉고 있는 동안은 아직 사람으로 존재하지만 호흡이 멎는 순간, 그녀는 돌덩이나 나무토막이 되어버리는 것이다. 제발 나의 팔에 안긴 채 죽는 실수만은 말아 주기를…… 봉룡은 빌면서 달렸다.

의사가 여자를 진찰했다. 한참 만에 의사가 말했다.

"콜레라는 아닌 것 같습니다."

"그러면요?"

"아기를 낳으려는 거지요."

과수원집

봉룡은 어처구니가 없어 의사를 쳐다보았다. 의사는 피로한 표정으로 무감각하게 여자의 원피스 자락을 걷어올렸다. 여자의 배에는 여러 겹의 붕대가 감겨 있었다.

"미련하고 무지한 사람들이죠."

의사가 한숨을 쉬었다. 불빛에 보니 여자는 더욱 어려 보였다. 사춘기에 갓 접어들었을까? 처녀애는 임신을 숨겨 보려고 필사의 노력을 했음이 틀림없었다. 임신복 처럼 풍성한 원피스 자락 속으로 해말간 살갗이 푸들푸들 떨렸다. 의사는 가위로 붕대를 잘랐다. 붕대에 눌린 뱃가죽이 퍼렇게 멍들어 있었다. 봉룡은 교실의 벽 쪽에 있는 인희의 침대로 다가섰다. 인희가 그의 손을 잡았다.

"당신 큰일을 해내셨군요."

인희의 얼굴이 발갛게 상기되어 있었다. 꺼멓게 죽어가던 그녀의 얼굴에 떠도는 핏기를 보니 어쩌면 그녀가 살아날 수 있을 것 같은 기대를 갖게 했다.

"아기를 무사히 낳았으면 좋겠어요."

"사산할 가능이 많다고 하는군. 참으로 무지한 여자야."

"불쌍한 여자죠. 아기를 낳아도 길러줄 사람이 없었을 거예요. 우리가 맡아 기를까요?"

"웬 엉뚱한 얘기야."

"그래야 할 것 같아요. 당신이 구한 생명이잖아요."

"남의 걱정 말고 당신 자신의 걱정이나 해요."

봉룡은 그렇게 핀잔을 주었다.

"약속하세요. 당신이 기르겠다고……"

인희는 고집스럽게 요구했다.

"왜, 그 여자와 살란 말은 안 해?"

봉룡은 화가 나서 소리쳤다.

"그건 다른 문제예요."

"뭐가 달라?"

"사랑한다는 것과 생명을 구한다는 것은 같지 않아요."

봉룡은 고집을 부리는 아내를 보았다. 그녀는 누구에게도 지기 싫어하는 고집쟁이였다. 그 고집이 끝까지 남아있는 한 인희는 살아날는지 모른다. 봉룡은 그런 엉뚱한 기대마저 가져보았다.

"당신, 이제 약속하는 거죠?"

"하지만, 조건이 있어."

"뭔데요?"

"당신이 살아나야만 돼. 나 혼자서는 불가능한 일이거든……"

"그건, 조건이 될 수 없어요. 제가 어디 살기 싫어서 이러는가요?"

"그럼 뭐야. 왜 수용소를 뛰쳐나갔느냔 말야."

봉룡은 소리를 버럭 질렀다. 그래, 할 수만 있다면 그는 이 작은 여자를 힘껏 두들겨주고 싶었다. 인희는 눈을 감았다. 한참 동안 숨을 쌔근대던 인희가 조그맣게 입을 열었다.

"집 생각이 났어요. 어질러 놓은 방, 아직 빨지 못한 때묻은 속옷들…… 그것이 나를 부끄럽게 했어요. 왜 그런 조그만 일들이 그렇게 신경에 거슬리는지요. 모두, 깨끗이 정리해놓고 싶었어요. 제가 없으면 당신은 온통 어질러놓기만 하잖아요."

봉룡은 가슴이 칵 막혀왔다. 인희는 참으로 별난 여자였다. 항상 깔끔하고 정결했으며 모든 것이 자신이 원하는 자리에 놓여 있어야 안심을 했다. 닦고 쓸고, 닦고 쓸었다. 아무도 그녀의 결벽증을 고칠 수 없었다. 그녀는 죽음의 고통 속에서도 때묻은 속옷들이나 어질러진 방을 참을 수 없어 했다. 봉룡은 가슴에 뭉클 맺히는 멍울을 의식하면서 이처럼 선량한 여자는 결코 오래 살 수 없으리란 예감에 가슴이 저렸다.

"이상하지 않아요?"

문득 인희가 말했다.

"똑같은 신음소리이지만 저 산모의 신음소리는 별나게 싱싱하게 느껴지니 말예요."

인희의 말을 듣고 보니 그런 것 같기도 했다. 간헐적으로 찾아오는 복통에 신음을 삼키면서 환자들은 산모의 진통을 부러워하는 듯했다.

"건강한 아기가 태어났으면 좋겠어요."

"그래야겠지."

"이상한 생각이 드는군요. 죽어가는 사람들 숲에서 엉뚱하게도 애기가 태어난다는 것이 말예요."

"좋은 징조 같군."

"그래요. 그런 생각이 들어요. 전염병도 끝나고 환자들은 모두 완쾌되고, 모든 것들은 옛날로 돌아가고……"

다른 환자들도 그런 생각에 잠겨 있는 것인지 모른다. 모두들 태어날 아기의 운명에 자신의 행운을 점쳐보는 것인지 모른다. 봉룡은 새삼 환자들을 쭉 훑어보며 그들의 얼굴에 떠도는 긴장을 느꼈다.

어떤 고함소리에 봉룡은 잠이 깨었다. 의자에 앉은 채 꼬박 졸았던 모양이다. 옆 교실에서 들려오는 소리였다. 고함소리는 흐느낌으로 변해서 섬뜩했다. 봉룡은 당황스레 의자에서 일어났다.

"해동호의 선장이래요."

인희가 나직한 목소리로 말했다.

"또 한 사람 죽었다나봐요."

불길함이 날갯짓하며 실내를 쏘다녔다. 어디에도 죽음의 그림자가 짙게 깔려 있었다.

갑자기 처녀애가 비명소리를 질렀다. 아직 애기가 나오지 않은 모양이었다. 인희가 파리한 얼굴로 말했다.

"저 아가씰 제 옆에 데려다 주세요."

봉룡은 어리둥절해서 아내를 보았다.

"의사도 간호사도 없으니까 두려워서 그러는 거예요. 제가 위로해주고 싶어요."

봉룡은 어이가 없어 멈칫거렸다.

"어서요."

인희가 명령했다.

이 조그만 여자의 단호한 명령은 늘 그를 당황하게 한다. 분명한 어조로 딱 잘라 말하는 그렇게 매운 아내를 봉룡은 좋아했다. 그녀는 조그만 고추처럼 맵다. 빨간 고추처럼 독이 올라있다. 그것은 봉룡이 갖추지 못한 것이었으므로 더욱 값지게 느껴지는 것이기도 했다.

봉룡은 진통을 겪고 있는 처녀애의 이불자락을 끌어당겨 아내의 침대와 나란히 되도록 했다. 크레졸 비눗물을 내밀자 인희는 자신의 두 손을 정성스럽게 씻었다. 그리고 처녀애의 손을 잡았다.

"자, 괜찮아요. 조금만 참아요."

인희가 처녀애를 달랬다.

"아가씨가 원한다면 우리가 애기를 길러줄 수 있어요. 아빠와 의논했어요. 당신, 약속했었죠?"

인희가 갑자기 봉룡을 다그쳤다. 처녀애가 그를 쳐다보았다. 봉룡은 어쩔 수 없이 머리를 끄덕였다.

"자, 이젠 됐지? 마음 푹 놓아요."

진통이 다시 오는지 처녀애가 비명을 질렀다. 그녀는 아픔을 못 이겨

과수원집

몸을 뒤틀었다. 봉룡은 급히 의사가 있는 옆 교실로 달려갔다. 해동호의 선장이 죽은 선원의 어깨를 움켜잡고 통곡을 하고 있었다. 의사와 간호사가 그를 달랬다.

"고정하십시오. 인명은 재천이란 말이 있지 않습니까."

의사는 몹시 지쳐 보였다. 혼잣손으로 여러 날을 이 엄청난 전염병과 싸워야 했으므로 그의 얼굴은 창백해 보였다.

"좋습니다. 인명은 재천이라…… 좋은 말이지요…… 벌써 열 번째 듣는 말입니다. 아시겠습니까?"

선장은 비틀비틀 일어났다. 벌겋게 충혈된 눈엔 핏발이 내비치었다.

"도저히 더 이상 참을 수 없단 말이오. 이래 죽으나 저래 죽으나 마찬가지라면 떠날밖에 없단 말입니다."

선장은 죽어있는 선원을 다시 한번 내려다보더니 무겁게 몸을 돌렸다. 그의 발걸음이 너무나 더디고 무거웠으므로 뚜벅뚜벅 들리는 발짝 소리에 으스스 한기가 느껴졌다. 저벅저벅, 쇠사슬을 끌고 있는 사자(死者)의 발걸음처럼 그 소리는 음산했다.

"산모가……"

봉룡은 머뭇거리며 말했다. 그러나 아무도 그의 말을 듣고 있지 않았다. 의사는 꺼멓게 죽어있는 시체만을 묵묵히 바라볼 뿐이었다. 봉룡이 말을 끝맺지 못한 채 발걸음을 돌리자 간호사가 따라왔다. 인희는 그때까지도 열심히 처녀애를 위로하고 있었다.

"너, 서울 가봤니?"

처녀애가 머리를 흔들었다.

"부산은?"

처녀애가 머리를 끄덕이는 모양이다.

"자갈치시장에 많은 사람들 보았지? 생각해 보렴. 그렇게 많은 사람

들이 모두 이처럼 어려운 진통 끝에 태어났다는 것을 말야. 모든 엄마
들이 잘 참아낸 때문이라구."

"전 원치 않아요. 아기를 원하지 않는단 말예요."

"그래, 잘 알고 있어. 누군 원해서 태어난 줄 아니? 원하지 않아도 태
어날 아기는 태어나기 마련이야."

간호사가 고무장갑을 손에 끼었다. 봉룡은 돌아서서 창가로 갔다. 먹
물 같던 어둠이 한결 묽어져 있었다. 또 새로운 하루가 시작되려는 것
이다.

"아기의 머리가 만져져요. 많이 내려왔어요."

내진을 하던 간호사가 말했다.

"얼마 후면 낳을까요?"

"글쎄요. 빠르면 삼십 분쯤, 늦으면, 그건 대중할 수 없구요."

한참 후에 다시 인희의 목소리가 들려왔다.

"너는 어떤 애기를 원하니? 계집애니, 사내아이니?"

"전 어떤 아이도 원치 않아요."

"글세 원치 않아도 아기는 태어난다니깐."

"전 필요가 없어요. 사내든 계집애든 그게 무슨 상관예요."

여자가 쿨쩍쿨쩍 울기 시작했다.

"나는 늘 날 닮은 계집애를 원했단다. 그래서 내가 이루지 못한 꿈을
내 딸만은 이루게 해주고 싶었지."

"왜 낳지 않으셨어요?"

"낳을 계획이었지. 하지만 이 섬에선 싫었어. 난 여기가 싫거든. 답답
하고 답답해서 미칠 지경이었지. 이런 때 애기를 배 봐라. 그 애기는 태
어나자마자 미친 듯이 콩콩 뛰어다니며 무슨 일이라도 저지르려 들거
란말야."

"그럼, 저도 엄마의 뱃속에 있을 때, 엄마가 그런 마음을 가졌던 모양이군요. 전 늘 미친 듯이 무슨 일이든 저질렀거든요."

"물론 모든 것을 엄마탓이라고만 할 수는 없겠지."

"그래요. 제탓이에요. 제가 미친년이에요."

여자가 다시 쿨쩍이며 울었다. 그러나 그 울음소리는 곧장 진통의 비명소리로 바뀌어졌다. 간호사가 옆 교실로 달려갔다. 의사가 허둥지둥 나타났다.

─자, 자, 힘을 주어, 힘을 주라구, 더 세게. 그렇지, 더, 더…… 그렇지, 그렇지, 더 힘을. 아, 어머니, 엄마, 나 죽어요. 참으라구 아가씨, 모두 그렇게 아기를 낳는 거야. 자, 다시 힘을 주어요. 이제 곧 엄마가 될 텐데 참을 줄 알아야지, 자, 간호사, 빨리 준비를 해요. 서둘러서, 더 서둘라구. 엄, 엄, 엄마! 힘을, 힘을, 음, 음, 조금만 더……

생명을 태어나게 하는 안간힘이 온 교실 가득 넘쳤다. 죽어 가는 많은 환자들도 자신의 통증마저 잊은 채 애기의 탄생을 지켜보고 있었다. 죽음의 신은 아예 얼굴조차 내밀지 못하고 멀찌기 피신한 듯싶었다.

끝내 아기의 울음소리는 들리지 않았다. 산모는 아기를 낳았지만 그것은 죽음의 덩어리였다. 사산된 것이다. 아기가 사산되었다는 것을 알자, 산모는 아주 다행스럽다는 표정을 지었다. 그리고 곧 깊은 잠 속으로 빠져들었다. 아주 평온한 얼굴이었다.

"끝내 죽었군요."

인희는 힘없이 중얼거렸다. 그녀는 눈꺼풀도 뜨기 힘들다는 듯 눈을 감았다. 그녀의 얼굴은 각질(角質)의 그것처럼 딱딱해 보였다. 입술이 메마르게 균열져 있었다. 그녀는 죽은 듯 꼼짝도 않았다. 아기의 출생에 걸었던 기대가 컸었던 만큼 그녀는 절망의 깊은 골짜기에 헤매고 있었다.

봉룡은 창가로 다가섰다. 바깥이 희부연히 밝아오고 있었다. 박명의 빛그늘 속에 모든 풍경은 회색으로 보였다. 마을의 지붕들도 회칠한 무덤처럼 음산해 보였다. 거대한 공동묘지 같은 마을 쪽에서 앰뷸런스 엔진 소리가 들리더니 괴물 같은 차체가 불쑥 운동장으로 들어섰다. 차는 곧장 현관 앞에 멎었다. 뒷문이 열리고 마스크를 한 장정들이 들것을 들고 내렸다. 그들의 어지러운 발짝 소리가 교실 복도를 울렸다.

좀 후에 들것에 실린 해동호의 선원이 입을 벌린 차의 뒷문으로 빨려 들어갔다. 헤드라이트의 불빛이 운동장을 가로질렀다. 차가 움직이기 시작했다. 교문까지 굴러간 앰뷸런스는 비탈길에서 불쑥 사라졌다. 지옥의 끝까지 곤두박질해 들어가는 것 같았다.

봉룡은 저 멀리 산자락에 피어오르는 연기를 보았다. 죽은 시체를 태우는 임시로 마련한 화장터였다. 화장터의 연기와 더불어 오늘 하루가 시작되는 거라고 그는 생각했다. 암담함이 납덩이처럼 가슴을 짓눌렀다. 소주라도 마시고 싶다는 생각이 들었다. 그러고 보니, 우뚝 솟은 양조장의 굴뚝에서도 시커먼 연기가 치솟고 있었다. 바람이 불어오자 굴뚝의 연기는 옆으로 뉘어졌다. 그것은 바람을 타고 깃발처럼 펄럭였다. 어쩌면 해동호의 마스트에 걸린 조기와도 같았다.

봉룡은 창유리에 이마를 기대었다. 머리가 지끈지끈했다. 이 지루하고 지긋지긋한 전염병은 언제 끝날 것인가? 그는 그런 생각을 했다. 출항도 입항도 할 수 없는 해동호처럼 이 섬도 방향을 잃고 절망의 늪에서 허우적거리는 것만 같았다. 선장도 선원도 없이 죽음만을 실은 유령선처럼 이 섬도 그런 모양으로 표류하는 것만 같았다.

양조장의 높은 굴뚝에선 여전히 연기가 피어오르고 그것은 조기가 되어 온 하늘을 뒤덮었다.

과수원집

리빙웨이

월미호는 잔잔한 물살에 조용히 흔들렸다. 바다는 때로는 젖먹이를 안고 달래는 어머니의 품처럼 포근했다. 박용태 선장은 태양의 역광 속에 번득이는 물살을 보면서 오랜만에 마음이 흐뭇했다. 그들은 막 낚싯줄의 투척을 끝낸 참이었다. 백 리에 뻗친 낚싯줄에는 냉동된 싱싱한 꽁치들이 미끼로 매달려 있고, 내일이나 모래쯤엔 대망의 만선을 이루게 될 것이다. 6507 크라스인 월미호의 만선은 400톤 정도의 어획을 말한다. 대부분 알바코 종류였지만 200kg에 가까운 비가이 종류도 많았다. 통조림에는 알바코가 적격이지만 횟거리로는 비가이가 훨씬 좋았다. 만선을 이루면 술통의 술을 모두 내서 크게 한판 잔치를 벌여 줄 작정이었다. 그리고, 라스파라마스 항으로 상륙할 땐 두둑한 상륙 수당을 주어 검둥이 계집년들과 마음껏 농탕칠 수 있도록 해줄 생각이었다. 그동안 선원들의 사기가 너무나 저하되어 있었기 때문이다. 그것은 선장 자신도 마찬가지였다. 원양을 항해해야 할 배가 육지를 들이받는 치욕석인 사건…… 아프리카의 더어반 항을 떠난 시 겨우 하루만의 일이었다. 월미호는 해안 지대의 암반을 피해 육지가 안 보일 정도로 곧장 멀리 나아갔다. 근해를 완전히 벗어나 충분한 거리에 달했다고 판단되었을 때, 박용태 선장은 배의 진로를 수정했다. 아프리카의 남단 케이프타운을 돌아 대서양으로 빠질 생각이었던 것이다. 지금까지의 주로 인도양에서만 맴돌았으므로 오랜만에 새로운 모험을 해볼 생각이었다. 배는 해안선을 따라 비스듬히 꺾으며 남진했다. 한밤중이었다. 아니 정확히는 04시 08분이었다. 갑자기 꽈당—하는 벼락치는 소리가 났다. 그러더니 배가 기우뚱 옆으로 기울어지는 것이다. 암초로구나, 선장은 순간적으로 그렇게 판단했다. 그는 갑판으로 뛰어올라갔다.

"암초인가 봅니다."

삼항사 윤이 얼굴이 새파래져서 말했다. 선원들이 웅성웅성 모여들었다.

"퇴선 명령을 내릴까요?"

일항사인 월준이 당황하며 물었다.

원양에서 암초와의 조우란 곧 죽음을 의미했다. 갈팡질팡하는 선원들에 둘러싸인 박용태 선장은 상을 찌푸린 채, 똑바로 앞을 응시했다. 짙은 안개와 어둠으로 시계(視界)는 제로 상태였다. 암벽을 때리는 파도 소리만이 고막을 때렸다. 한두 번도 아닌 항해인데 암초라니……순간 어떤 예감이 빛살처럼 그의 뇌리에 스쳤다. 그는 목청을 높였다.

"삼항사, 몇 도로 꺾었나?"

"255도입니다."

"뭐얏!"

자신도 몰래 주먹이 올라갔다. 선장의 지시는 225도였다. 그러니 30도의 차이가 났었던 것이다. 불의의 일격에 삼항사는 저만큼 갑판에 나뒹굴었다.

"일항사, 서치라이트를 밝혀라."

과수원집

그가 명령을 내리자 월준이 조타실로 뛰어갔다. 그러나 곧 서치라이트의 불빛이 빨랫줄처럼 뻗어나갔다. 어둠을 쪼개며 불빛이 회전을 하자 바위들의 무리와 해안선, 그리고 야자 숲이 차례로 모습을 드러내기 시작했다. 참으로 어처구니가 없었다. 원양에 떠 있다고 믿었던 배가 육지를 들이받았으니 말이다. 조타실의 소음 때문에 명령이 잘못 전달될 수도 있을 것이다. 하지만, 선장은 해도에 항로 표시로 금까지 그어주며 분명 225도를 지시했던 것이다. 그런데 삼항사는 30도나 많은 255도로 방향을 꺾었던 것이다. 이런 유례없는 재난으로 받은 정신적 타격은 이루 말할 수 없었다. 현지 경찰관의 심문과 비행기로 급거 날아온 영국 로이드 보험회사의 조사관의 심문, 그리고 본사 현지 책임관의 문책……

박용태 선장은 미칠 것 같았다. 다행히 배는 수리가 가능했으므로 견책은 뒤로 미루고 일단 조업을 위해서 재출항을 했던 것이다.

박용태 선장은 묵묵히 바다를 내려다보았다. 바람 한 점 없는 고요가 그의 마음까지도 편안하게 했다. 붉게 물들었던 먼 하늘의 저녁놀이 차츰 빛을 잃기 시작했다. 이렇게 빛이 스러지고 어둠이 오면 뱃전에 부딪치며 맴도는 많은 야광충들을 볼 수 있으리라…… 둥근 보름달이라도 떠오른다면 야광충은 덩어리를 이루어 바다는 온통 황금빛으로 가득하리라…… 그리고 내일은 만선(滿船)이 되는 것이다.

"허리케인입니다."

무선국장이 말했다.

박용태 선장은 아직 잠이 덜 깬 얼얼한 표정으로 그를 쳐다보았다.

"시간이 없습니다."

"자세히 얘기하게."

"허리케인이 예상 진로를 바꾸어 우리 쪽으로 오고 있습니다."

박용태 선장이 곧바로 갑판으로 올라갔다. 물살이 빠르게 흐르고 있었다. 바다에는 파도꽃이 하얗게 일면서 선체가 제법 흔들렸다. 지난밤 그처럼 고요했던 바다였는데……

"낚싯줄은 어떻게 할까요?"

일항사 월준이 물었다.

욕심 같아서는 당장이라도 낚시를 걷고 싶었다. 5m 간격으로 이어지는 부렌치 라인이 묵직하게 쳐진 것으로 보아 제법 참치가 많이 물려 있는 것이 분명했다. 라이홀라로 낚싯줄을 감기 시작하면 그리 오랜 시간이 걸리는 것도 아니었다. 대망의 만선은 시간 문제임이 분명했다. 박 선장의 의중을 읽은 듯 무선국장이 다시 재촉했다.

"시간이 없습니다."

허리케인은 빠른 속도로 다가오고 있었다. 원양의 넓은 바다엔 항상 바람의 소용돌이가 있기 마련이었다. 문제는 그 바람이 어디를 엄습하느냐에 달려 있는 것이다.

"파고가 뚜렷이 높아지고 있습니다."

월준도 무선국장을 거들었다.

박용태 선장은 힘없는 목소리로 지시했다.

"라디오 부이를 설치하라."

낚싯줄 거두는 것을 단념할 수밖에 없었다. 낚싯줄에서 일정한 간격으로 전파를 발송하는 라디오 부이를 설치한 후 일단 피신을 해야 했다. 허리케인이 끝난 후, 그 전파를 쫓아 다시 낚싯줄을 인양해야 할 것이지만, 과연 그때까지 낚싯줄이 유실(流失)되지 않을 것인지, 그 가능성은 너무나도 희박했다. 갑판에는 선원들이 바쁘게 뛰어다녔다. 갑판장의 지휘 아래 선원들은 배의 모든 기물들을 단단히 졸라매고 있었다.

폭우를 동반한 폭풍이 몰아치면 배의 모든 기물들이 제멋대로 굴러다니며 사람을 다치게 하기 때문이었다. 갑판뿐 아니라 선실 안의 작은 물건이라도 단단히 동여매 두지 않으면 안 된다. 갑판장은 목청껏 소리를 지르면서 선원들을 독려했다. 오늘따라 침착성을 잃고 허둥대는 그를 보면서 선장은 가슴이 답답했다. 더어반에서의 치욕을 깨끗이 씻어 버리겠다고 벼르던 것이 바로 지난밤이었는데, 잠을 깨고 나니 상황이 전혀 달라져 있었던 것이다. 라스파라마스 항에 상륙하여 선원들에게 상륙 수당을 두툼히 주어서 검둥이 계집들과 마음껏 농탕치게 하겠다던 지난밤의 결심이 물거품과 더불어 사라지고 있음을 느꼈다.

조타실에서는 이등 항해사가 키를 잡고 있었다. 박용태 선장은 해도를 펴서 무선국장이 설명해 준 대로 허리케인의 진로를 설명하였다.

"현재 상태로라면 허리케인의 중심권에서 벗어날 방법이 없다. 계속 앞으로 항진하라."

"해도엔 대피할 항구가 하나도 없는데요?"

"항구로 찾아들기에는 이미 늦었다. 폭풍의 중심권에서 조금이라도 멀어져 보자는 게다."

"알았습니다."

이항사는 높아진 파도를 보면서 배의 진로를 잡기 시작했다.

박용태 선장은 각 선실을 돌면서 모든 상태를 점검했다. 노련한 갑판장의 지휘대로 허리케인을 맞이할 준비가 모두 완료되어 있었다. 그리고, 이제 다만 모두들 기다리고 있었다. 할 일이라곤 그것밖에 없었다.

시속 13노트.
월미호는 전속력으로 달리고 있었다.
파고 15m.

드디어 월미호는 허리케인의 중심부에 휩쓸리고 있었다. 여기에서 벗어나지 않으면 안 된다. 남반구에서 선원들이 가장 두려워하는 상대가 바로 이 허리케인이었다. 파도가 물보라를 일으키며 뱃전을 후려쳤다. 물살이 빠르게 뒤로뒤로 물러갔다. 광활한 바다가 잔뜩 찌푸린 하늘에 짓눌려 먹물처럼 까맸다.

참으로 변덕스러운 날씨였다.

어제 저녁때만 해도 그처럼 아름다운 바다였는데…… 박용태 선장은 지난 저녁때의 낙조를 떠올리며 생각했다. 붉은빛이 점점 스러지면서, 컴컴 어두워져 오던 하늘의 그 환상적인 빛깔…… 그럴 때의 하늘은 꿈속의 어느 풍경처럼 기이한 느낌을 주었다.

그런데 지금 이 광란하는 물결은 무엇인가? 또한 잔뜩 찌푸린 하늘이며, 불길한 바람의 감촉…… 이것이 바다란 것인가?

"야, 이 X놈의 새꺄."

박용태 선장은 후딱 뒤를 돌아보았다. 일항사 월준이가 삼항사인 윤의 멱살을 잡고 갑판으로 끌어올리고 있었다. 윤이 발을 버티고 끌려가지 않으려고 몸을 흔들었다. 순간, 월준의 주먹이 윤의 턱을 후려쳤다. 윤이 뒤로 벌렁 넘어졌다. 월준이 다시 윤을 잡아 일으켰다.

"너 같은 새낀 죽여야 돼."

월준의 주먹이 다시 올라갔다. 먼 발치에서지만 윤이 몸을 가누지 못할 정도로 취해 있음을 알 수 있었다.

"무슨 일인가?"

박용태 선장은 그들에게로 다가서며 물었다. 월준이 얼굴을 힐끗 쳐다보고는 내뱉듯 말했다.

"저 술취한 꼴을 보십시오. 저런 새낀 죽여야 됩니다."

월준이 다시 주먹을 휘둘렀다. 쓰러진 윤의 입술에서 핏물이 튀었다.

"항해사실로 들어가 보니, 저 꼴입니다. 지금이 어떤 때입니까? 죽느냐 사느냐 하는 판인데 말입니다."

월준은 분을 삭이지 못해 숨을 씨근덕거렸다.

"더어반에서의 일을 생각하면 치가 떨립니다."

박용태 선장은 얼굴을 찡그렸다. 더어반에서의 일은 정말 떠올리고 싶지 않았다. 원양을 향해하던 배가 육지를 들이받았다는 사건은 한국은 물론 세계 항해사에 있어서도 들어보지 못했던 일이었다. 선장으로서는 최대의 치욕이었다. 그런 치욕을 겪게 만든 장본인은 삼항사 윤이었다. 월준은 그것을 말하고 있는 것이었다.

"어떻게 데려 온 놈입니까?"

월준이 다시 말을 이었다.

"다른 놈 같았으면 벌써 영창입니다."

그랬을는지 모른다. 박용태 선장은 가슴이 답답했다. 아내, 세희의 모습이 떠올랐다. 윤을 소개한 것은 바로 세희였던 것이다. 좋은 젊은이가 있어요. 그녀는 그렇게 말했다. 이번 항해에는 꼭 데려가 주세요. 당신의 후배인 걸요. 세희는 열심히 권했다. 윤은 박 선장의 모교인 J수산 고등학교 출신이었다. 세희가 그 학교의 교사였으므로 윤은 세희의 제자인 셈이었다. 학교 실습선을 몰고 있어요. 장래성이 있는 젊은이라구요. 무엇을 부탁하는 일이 없는 세희였는데 윤에 대해서는 각별한 열성을 보이던 것이다. 윤은 별로 나무랄 데가 없는 젊은이었다. 건장한 체격과 쏘는 듯한 눈빛이 인상적이었다. 뱃놈의 기질 같은 것도 있어 보였다. 그럼에도 선뜻 마음이 내키지 않았던 것은 세희의 도에 넘치다 싶은 열성이 거슬렸기 때문일까? 아무튼 윤에게는 길들이기 어려운 고집 같은 것이 있어서인지 친숙한 느낌이 들지 않았다. 그렇게 박 선장이 결정을 못 내리고 머뭇거리자 월준이 말했다.

"원, 형님두. 후배 하나 사람 만들어 줍시다."

월준도 박 선장이나 마찬가지로 동향에다 J수산 고등학교 출신이었으므로 윤에 대해서도 각별한 관심을 보였다.

월준이 지금 노발대발하는 것도 그런 이유가 있었다.

원준이 조타실로 들어가는 것을 보면서 박 선장은 윤에게로 다가섰다.

"정신이 좀 드나?"

윤이 선장을 힐끗 올려다보았다. 그 시선에 적의가 서려있는 듯해서 선장은 불쾌했다.

"배의 규율은 자네도 잘 알지 않나?"

박 선장은 달래듯 말했다.

"그런 마음이라면 아예, 배를 탈 생각을 말아야지."

"저도 그럴 생각입니다."

윤이 퉁명스레 내뱉었다.

선장은 순간 욱—치미는 분노를 목구멍으로 삼켰다.

"물론 네 심정은 안다. 하지만 사람은 누구나 실수를 한다. 문제는 그 다음의 행동에 있다. 그렇게 술취해서 어쩌겠다는 건가? 그것은 비겁한 짓이다. 그렇다고 생각지 않나?"

"저는 물론 비겁합니다. 하지만 위선으로 위장하지는 않습니다."

"위선이라니?"

"저는 홍세희 선생님의 뱃속에 든 사생아를 잊을 수 없습니다."

"그것이 너와 무슨 상관인가?"

"홍 선생님을 선장님과 만나게 한 것은 바로 저였기 때문입니다."

박용태 선장은 얼른 이해할 수 없었다. 그가 세희를 만난 것은 결코 누구의 소개 같은 것에 의한 것이 아니었기 때문이었다.

칠 년도 더 되었으리라…… 그때 그는 고향의 언덕에다 집을 짓고 있었다. 바다가 내려다보이고 들판과 시냇물이 내려다보이는 그런 언덕이었다. 홀로 늙어 오신 어머니는 대궐 같은 큰 집을 원했다. 늘 삯일을 해주던 선주(船主)네보다 더 큰 집을 소원하셨다. 평생 가난했던 한(恨)을 풀어보고자 했는지 모른다. 그래서 그는 어머니에게 효도하는 심정으로 대궐 같은 큰 집을 지었다. 그렇게 하여 지어놓은 집은 너무 커서 을씨년스럽기조차 했다. 식구라고는 곧 원양으로 떠나야 할 그 자신과 어머니뿐이었던 것이다.

박용태 선장은 마루에 걸터 앉은 채 바다를 내려다보고 있었다. 끼룩 끼룩, 갈매기들이 마당까지 날아들었다. 그때 어떤 여자가 불쑥 나타났다. 언덕을 오르느라 힘이 들었는지 두 볼이 빨갛게 상기되어 있었다. 절간 같네요. 그녀의 첫말이었다. 반장애가 선장님을 뵙고 가자고 했어요. 선장님께서 주시는 장학금을 받고 있거든요. 박용태 선장은 모교에 상당한 액수의 장학금을 내놓고 있었다. 모교 출신으로는 그 자신이 최초의 원양어선 선장이기도 했지만 홀어머니뿐이었으므로 돈 쓸 일이 별로 없었던 것이다. 그녀가 그것을 말하고 있었다. 빠른 어조로 말하는 그녀는 퍽도 명랑해 보였다. 그녀의 뒤에는 작은 꼬마 녀석이 수줍은 듯이 서 있었다. 학교를 갓들어 간 일학년답게 새 교복을 단정히 입고 있었다. 그들은 가정방문을 나온 길이라고 했다.

"네가 그때의 꼬마였군."

박 선장은 혼자 말하듯 중얼거렸다. 인연이란 참 묘한 것이란 생각이 들었다. 그때의 작은 꼬마가 이제는 이처럼 당당한 항해사가 되어 있는 것이다. 더구나 자신의 배에……

"홍 신생님은 우리들의 친사었습니다. 순결의 화신이었습니다."

윤은 술 취한 목소리로 더듬더듬 말했다. 그는 그가 존경하던 여선생이 선장에 의해 강간되었다고 믿는 듯했다. 박용태 선장은 몸을 돌렸다. 그의 귀에 윤의 더듬거리는 목소리가 계속 들려왔다.

"······저는 하늘에 맹세했습니다. ······사생아를 배게 한 녀석을 ······ 그 녀석을 죽이고 말겠다고."

빗방울을 동반한 광풍이 사정없이 몰아치고 있었다.

파고 20m.

빗발이 조타실의 창문을 사정없이 두들겼다. 파도의 포말들이 물보라를 일으키며 갑판으로 튀어올랐다.

박용태 선장은 키를 잡고 방향을 조정하면서 밀려오는 파도를 보았다. 어릴 때의 사라호가 생각났다. 그때는 그것보다 더 큰 태풍은 없는 줄로 알았었다. 사라호는 제방을 무너뜨리고, 가로수의 굵은 나무를 뿌리째 뽑았으며, 끝내는 그의 집까지 휩쓸어 버리고 말았다. 바닷가에 바짝 붙은 작은 오두막집이었던 그의 집은 해일에 휩쓸리고 바람에 날려서 흔적도 없이 사라지고 말았다. 그러나 그때의 파고라 할지라도 15m를 넘지는 못했다. 원양에서의 허리케인은 사라호보다 훨씬 더 무서운 상태였다.

"참, 자네, 하늘에 맹세했다고 했던가? 나를 죽이겠다고?"

박용태 선장은 윤을 향하여 불쑥 물었다. 피로와 졸음이 한꺼번에 몰려왔다. 이것을 이겨내야 한다. 파도 소리와 조타실의 소름 때문에 무슨 말인지 알아듣지 못한 윤이 어리둥절해서 선장을 쳐다보았다.

"삶과 죽음이란 종이 한 장 차이다. 하지만, 그 차이는 또한 하늘과 땅 사이 만큼이나 큰 것이기도 하다."

박용태 선장은 그렇게 말하면서도 자신의 말의 뜻이 부질없음을 생각했다. 쓸데없는 짓이지. 하지만 녀석과는 뭔지 풀어버려야 할 미진한

과수원집

것이 있는 것 같거든…… 선장은 그렇게 속으로 투덜거렸다.

"내가 그녀와 결혼한 것은 큰 실수였다."

선장은 파도 소리보다 더 크게 외치듯 말했다.

"나는 그녀가 애를 낳을 생각을 했으리라고는 상상도 하지 못했었다."

"홍 선생님은 우리들의 우상이었습니다."

윤도 마주 소리를 질렀다.

"시집도 가지 않은 채, 사생아를 밴 불룩한 배를 볼 때마다 저는 미칠 것 같았습니다."

파도와 조타실의 소음 속에서 윤의 목소리가 이상하게 떨려왔다.

정말 엉뚱한 여자였다.

그녀가 제멋대로 애를 배고, 또한 제멋대로 애를 낳으리라고 어떻게 상상이나 하였으랴!

박용태 선장은 어머니와 살고 있는 커다란 새집에서 종종 세희의 방문을 받았다. 세희는 바다 얘기를 듣고 싶어했다. 육 개월씩 떠 있어야 하는 원양의 망망함과 여러 종류의 다랑어들, 그리고 선원들의 지루한 생활…… 태풍이며, 스콜, 야자나무숲, 흑인들…… 그녀를 바래주어야 하는 해변길은 늘 한적했다. 어린 시절 그는 이 길을 걸어 학교엘 다녔었다. 공동묘지가 있는 오솔길에는 드문드문 해송들이 서 있었고 그 사이로 바다가 보였다. 그날도 그랬었다. 일요일 하오의 햇살이 제법 따가운 초가을이었다. 그들이 공동묘지 사잇길로 접어들었을 때였는데, 세희가 응석을 부리듯 그의 팔을 잡았다. 쉬어갔음 좋겠어요. 여자의 냄새가 물씬 풍겼다. 그는 충동적으로 여자를 안았다. 세희가 그의 가슴을 콩, 콩, 때렸나. 그렇게 작은 주먹으로 공공 지는 세희의 동작은 그로 하여금 과거의 어떤 강렬한 기억을 불러일으켰다. 그 기억은 빛살처럼 번득이며 다가왔다. 햇살의 편린처럼 그의 뇌리를 도려냈다.

박 선장이 중학생 때였다. 학교를 파하고 집으로 돌아오는 길이었다. 함께 걷던 녀석이 그의 옆구리를 찔렀다.

"저것 봐?"

녀석이 가리키는 묘등지에는 어떤 군인이 여자를 안고 있었다.

"하려는 거야."

"뭘?"

"병신, 따라오라구."

녀석이 살금살금 기었다. 그도 녀석의 뒤를 따랐다. 그들은 묘등지 바로 앞에 있는 작은 모닥솔 솔포기에 몸을 숨겼다. 남자가 뭐라고 했는지 여자가 남자의 가슴을 콩, 콩, 때렸다. 남자가 허연 이빨을 드러내고 웃었다. 여자가 남자의 품에서 벗어나 모닥솔 쪽으로 다가왔다. 그들은 숨을 죽였다. 금방 들킬 것만 같았다. 여자가 쭈그려 앉더니 치마를 들치고 오줌을 갈겼다. 오줌 줄기가 들여다보였다. 여자는 치마 속으로 손을 넣어 자신의 성기(性器)를 두어 번 만졌다. 여자가 묘등지로 돌아가자 남자가 그녀를 눕혔다. 그들의 눈에 벗은 다리가 보였다. 털이 숭숭 난 남자의 검은 피부에 비해 여자의 다리는 눈부시게 희었다. 여름 햇살이 여자의 다리에 따갑게 달라붙었다. 헐떡이는 숨소리가 들려왔다. 순간 여자의 다리가 번쩍 들리더니 남자의 허리를 휘감았다. 희멀건 둔부에도 햇살이 눈부시게 부서졌다. 어쩌면, 여자의 그 해말간 살갗 자체가 빛살이었다.

그후, 그는 곧 사춘기에 접어들었는데, 늘 그 이상한 풍경을 향하여 정액을 쏟았다. 두 다리가 번쩍 들리며 허리에 깍지를 끼던 그 이상한 동작이 그를 심하게 자극했다.

세희가 박용태 선장의 가슴을 콩, 콩, 때렸을 때, 박용태 선장은 그가

과수원집

중학생 때 묘등지에서 보았던 그 이상한 풍경을 떠올렸고 그것은 그를 매우 난폭하게 했다. 그가 너무나 격렬했으므로 세희는 미처 반항도 하지 못했다. 그는 옛날의 기억을 향하여 정액을 쏟았다. 옛날의 빛살을 향하여 정액을 쏟았다. 그 정액에서 생명이 태어나리라고는 정말 상상도 하지 못했었다. 그들은 몇 번 더 그런 관계를 맺었지만 피차 결혼에 대해선 일언반구도 없었다. 그가 삼 년의 원양조업 계약 기간을 끝내고 고국으로 돌아오니 뜻밖에도 세희가 그의 아들을 키우고 있었다. 참 맹랑한 여자였다.

"선장님은 스스로 잔인했다고 생각한 적은 없습니까?"

윤이 불쑥 물었다.

"텅 빈 큰 집에서 바다만 바라보고 있는 홍 선생님을 뵐 때마다 저는 참을 수 없었습니다."

"뱃놈의 아내는 다 그렇게 산다."

박용태 선장은 덧붙였다.

"나의 어머니도 그렇게 살았다."

"그것은 이유가 안 됩니다."

윤이 버럭 소리를 질렀다.

"조심해라. 이 배의 선장은 나다."

박용태 선장은 차갑게 말했다. 그리고 속으로 중얼거렸다. 그것은 훌륭한 이유가 된다. 이 산더미 같이 밀려오는 파도 속에서 남자가 삶을 위해 싸우는 동안 여자는 그런 정도의 인내를 감수해야 한다. 이 세상엔 목숨을 걸 만큼 가치있는 일이란 그리 흔하지 않다. 우리는 지금 그런 목숨을 걸고 있는 것이다.

"어널 땐 완력으로라도 다구 짓밟아 주고 싶었습니다. 그래서 새로운 인생을 시작하게 하고 싶었습니다."

윤은 신음처럼 내뱉었다. 그 목소리에 물기가 스며있었다. 아니, 겉으로 드러내지 않으려는 열정이 도사려 있었다. 윤의 이런 열정을 겁내어 세희는 그를 남편의 곁으로 쫓아버린 것인지 모른다. 박용태 선장은 윤의 고집스런 눈빛에서 그런 것들이 깨달아지는 것 같았다.

"선장님은 아내와 자식을 위해서 선장 생활을 그만둘 생각을 해보신 적은 없습니까?"

"뱃군은 여자보다 바다를 택한다."

박용태 선장은 중얼거리듯 말했다. 그가 진정한 뱃군이라면…… 누구라도 여자에게 발목을 잡히지는 않으리라…… 여자란 뱃군에겐 다만 배설의 상대일 뿐이다. 결코 그 이상일 수가 없었다. 결국은 너도 알게 될 테지…… 박용태 선장은 밀려오는 파도를 보며 중얼거렸다.

바다는 광란하고 있었다.

천지개벽 이전의 어떤 생물같이 바다는 거센 숨결로 배를 삼키려 했다. 이빨을 드러내고 으르렁거리는 물결…… 파랗게 불을 켠 혓바닥…… 바다는 눈에 불을 켠 거대한 파충류였다.

파고 23m.

파도는 조타실의 창문을 절벽처럼 막아섰다. 꼿꼿이 일어선 물결의 절벽이 와르르 무너져 왔다. 그것은 거대한 산이었다. 태백산맥의 준령들이 일시에 무너져 내리는 것이었다. 배는 하늘 높이 치솟았다가 벼랑 깊숙이 곤두박질을 하였다. 파도를 뚫을 때마다 배는 잠수함이 되어 물속으로 숨어들었다. 파도를 빠져나오는 순간 배의 양현에 있는 현창이 일시에 열리며 배에 실린 수백 톤의 바닷물이 폭포수처럼 빠져나갔다.

파도가 배의 위치를 제멋대로 흔들어 놓았다. 다음 파도가 다시 밀려

과수원집

올 때까지 배의 위치를 바로잡지 않으면 안 된다. 그것을 보침(補針)이라 한다. 배는 항상 파도를 정면으로 하여 5도에서 15도쯤 비껴가면서 운행해야 한다. 그것이 가장 안전한 능파성 각도인 것이다.

교수는 말했다.

"제군들은 파도를 탈 때 흔히 파도를 직각으로 뚫는 것이 가장 안전하다고 착각하기 쉽다. 물론 연안의 작은 파도에서는 그 정도로도 충분하다. 그러나, 원양에서의 태풍이나 허리케인을 만났을 때에도 그렇게 한다면, 배를 곧장 바다 깊숙이로 쑤셔박고 말 것이다. 항상 파도의 정면에서 5도쯤 비껴가도록 하라. 태풍이 끝날 때까지…… 때로는 일주일이 넘는 수도 있다. 우리는 이것을 '리빙웨이'라 한다."

교수는 그렇게 말하면서 흑판에다 스펠링을 적었다.

Living Way.

한 녀석이 불쑥 말했다. 선생님, 그거야말로 '죽음의 행진'이 아닙니까? 교수는 입을 꽉 다물었다. 두 볼이 꿈틀했다. 노여움을 나타낼 때, 흔히 짓는 표정이었다. 한참 만에 교수는 씹어 뱉듯 말했다.

"뱃놈에겐 '죽음'이란 단어는 없다. 그것은 죽은 자의 것일 뿐이다. 분명히 말하지만 우리는 그것을 '리빙웨이'라 한다."

리빙웨이.

삶을 향한 투쟁의 길이다.

박용태 선장은 교수의 가르침대로, 아니 이제는 그 자신의 경험에 의해 확인이 된 신념을 가지고 배를 운행했다. 파도를 향하여 오른쪽으로 5도 비껴서 뚫고, 다음번엔 왼쪽으로 5도 비껴 뚫었다. 이런 식의 반복을 통하여 배는 간신히 간신히 파도를 넘기고 있는 것이다. 파도의 능선들이 계속 밀려왔다. 하늘이 흔들리고 땅이 흔들렸다. 월미호는 하나의 나뭇잎에 지나지 않았다. 이 어려운 고비가 며칠이나 계속될지 아무도 예측할 수 없었다.

어둠이 밀려들기 시작했다.

스위치를 누르자 서치라이트의 불빛이 곧바로 뻗어나갔다. 파도의 절벽이 빛줄기를 향하여 다가왔다. 절벽과 절벽 사이에 갇힌 빛줄기가 바르르 떨었다.

파고 25m.

바다가 곧추섰다가 무너져 내렸다. 근해에서는 기껏 높은 파도라야 5m를 넘지 못한다. 이것은 단순한 파도일 수가 없었다. 배가 다시 물속으로 들어갔다. 영영 다시 떠오르지 못할 것만 같은 불안이 그를 엄습했다. 배는 물속에서 방향을 잃고 유영(遊泳)했다. 그러다가 선체는 기적처럼 다시 떠올랐다. 현창이 열리며 쏟기는 물결 소리가 요란했다. 배의 방향이 휙 뒤틀려 있었다. 그는 재빨리 다시 보침(補針)했다. 또 하나의 파도가 그의 가슴을 압박했다.

여섯 살 때였을까? 어쩌면 더 어렸을지도 모른다. 그때도 무서운 파도였다. 파도가 바위를 뛰어넘을 때마다 하얗게 일어나는 물보라가 부두 위로 날아왔다. 밤이었다. 폭우와 폭풍 속에 지구가 두 쪽 나는 듯했다. 마을 사람들은 모두 부둣가에 나와 있었다. 선박용 램프를 켜들고 장정들은 바다를 응시했다. 그때의 고향 포구엔 방파제도 없었다. 다만 몇 개의 큰 바위들이 무리를 이루어 포구의 입구를 막아서 천연적 방파제 구실을 했다. 바위를 때리고 하늘로 치솟는 물기둥 저 너머로 가물 가물 다가오는 불빛이 보였다.

'거, 누 배고? 누 배고?'

부둣가의 장정들은 램프불을 흔들며 소리를 질렀다. 높은 파도에 치솟던 저쪽 배에서도 불빛이 움직였다. 그들도 부둣가의 가족들이 무엇을 알고 싶어하는지를 너무나 잘 알고 있었다. 그래서 서로를 목이 터

저라 외쳐대는 것이지만 바위를 쪼개는 파도 소리 때문에 조금도 말소리를 알아들을 수 없었다. 십여 명이 타는 조그만 범선(帆船)이었다. 배의 양현에 갈라선 뱃사람들이 있는 힘을 다하여 노를 저었다. 배는 바위의 통로를 향하여 주춤주춤 다가왔다. 드디어 배가 바다의 통로에 들어섰다. 배는 튕겨지는 공처럼 포구 안으로 휩쓸려 들어왔다. 배가 기우뚱 기울었다. 모든 사람들이 순간 호흡을 멈추었다. 울던 아기들도 분위기에 짓눌린 듯 울음을 뚝, 그쳤다. 시간이 순간적으로 정지하고, 우주가 바르르 떨었다. 기우뚱 물속에 잠겼던 배의 이물이 불쑥 솟구쳤다. 와 함성이 일었다. 살아난 것이다. 그러나, 그의 부친이 탔던 세 번째 배는 끝내 솟구쳐 오르지 못했다. 그대로 물속에 잠겨 버린 채, 사라져버리고 만 것이다.

꿈결같이 기억되는 사건이었다. 어머니가 땅을 치며 통곡하던 기억이 떠올랐다. 부둣가에 마련된 굿당에선 무당이 껑충껑충 뛰었다. 차일이 바람에 나부끼고, 사람들이 구름처럼 몰려들었다. 온 마을이 들떠 있던 그 이상한 광경…… 죽음도 축제 같던 광경이 새삼스럽게 떠올랐다.

박용태 선장은 눈꺼풀이 자꾸만 무거워옴을 느꼈다.

"교대할 시간입니다."

일항사 월준이 조타실로 돌아왔다.

"좀 쉬십시오."

박용태 선장은 머리를 끄덕였다. 푹 쉬고 싶다는 생각이 들었다. 할 수만 있다면, 오래도록……

박용태 신장은 퍼뜩 눈을 떴다. 그리고 어리둥절해서 둘레를 살펴 보았다. 낯익은 선장실의 모습이 제자리를 찾았다. 그는 길게 한숨을 쉬었다. 머리가 지끈지끈했다. 줄곧 악몽에 시달렸던 것이다. 그는 꿈속에서 악을 썼다. 삼항사, 몇 도로 꺾었나? 몇 도로 꺾었어? 뭐얏 뭐라구, 255도라구? 255도라구? 새꺄, 서치라이트를 밝혀라! 서치라이트를 밝혀!

더어반에서 육지를 들이받은 일이 눈만 감으면 다가오는 것이다. 그것이 악몽이 되어 그의 머리를 지끈지끈하게 했다.

"선장님, 선장님."

인터폰을 통하여 다급한 목소리가 그를 찾았다.

"선장님, 어디 계십니까?"

박용태 선장은 침대에서 일어났다.

"뭐냐? 얘기하라, 선장실에 있다."

"기관장입니다. 물이 새고 있습니다."

"뭐얏."

박용태 선장은 가슴이 철렁 내려앉았다.

"자세히 말하라."

"배의 수리한 부분에서 물이 새어들고 있습니다."

선장은 눈앞이 캄캄했다. 끝내 더어반의 악몽이 그의 목줄기를 움켜잡고 있는 것이다. 암담함이 납덩이처럼 가슴을 짓눌렀다. 그는 어떤 종말을 직감했다.

월미호(月尾號).

그것은 박용태 선장의 분신이기도 했다. 이 배는 이탈리아에서 건조된 6507크라스의 독항선이다. 원양 어선 중 가장 설비가 잘된 배이기도 했다. 그는 '수산개발공사'가 이 배를 사들였을 때부터 이 배와 관계를 맺어 왔다. 약관 25세였다. 신문에서마저 떠들썩했다. 가장 나이 어린 원양 어선 선장이라 해서였다. 그동안 많은 선원들이 바뀌었다.

배의 주인마저도 두 번이나 바뀌었다. 그러나 월미호의 선장은 여전히 박용태였다. 그는 월미호를 몰고 인도양과 대서양을 오르내리며 주로 참치를 잡았다. 알바코, 비가이, 옐로우편, 마린, 스키프잭…… 닥치는 대로 잡았다. 6507 크라스의 배에서 만선이라 함은 400톤 정도의 어획을 말한다. 약 6개월이 걸린다. 그렇게 잡은 고기는 어가(魚價)가 가장 비싸게 형성되는 항구에 입항해서 팔게 된다. 고기를 팔면 다시 6개월 동안 바다에 떠 있게 된다. 3년에 한 번쯤, 겨우 고국으로 돌아오고, 그것도 선주(船主)와의 재계약이 체결되면 곧장 다시 출국을 하게 된다. 월미호는 박용태 선장의 집이었고, 마당이었고, 마을이었으며, 어떤 의미에서 그 자신이기도 했다.

박용태 선장은 기관실로 내려갔다.

물은 더어반에서 암반을 들이받을 때 깨어진 부분에서 새고 있었다. 수리를 했지만 계속된 파도의 압력 때문에 땜질한 곳의 철판이 휘면서 틈이 점점 벌어지고 있는 거였다. 사람이 제대로 몸을 가눌 수 없을 정도로 요동이 심한 현상태에서…… 더구나 산더미 같은 파도의 계속된 압력을 받으면서 배를 수리한다는 것은 도저히 불가능한 일이었다. 항해사 생활 3년을 포함해서 33년 간이나 적도지방에서 살아온 그였다. 그런 백전의 용장인 그로서도 뱃바닥에 괴는 물은 어찌할 수가 없었다.

처음, 이 배의 선장이 되었을 때, 그는 많은 시련과 싸우지 않으면 안되었다. 우선 선원들이 문제였다. 모두들 시험에 의해 공채(公採)된 사람들이라 별의별 사람이 많았다. 승선 경험이 전혀 없으면서도 서류를 위조하여 채용 시험에 합격한 사람들이 많았던 것이다. 부산항을 떠난지 일주일밖에 안 되어 십여 명이 늘어졌다. 배멀미를 견딜 수 없었던 것이다. 죽으면 죽었지 더 이상 못 타겠다는 것이었다. 거기에다 나이든 선원들은 걸핏하면 선장에게 대어들었다. 나이 든 갑판장, 항해사,

기관장 등은 교묘하게 그들을 조정했다. 나이 어리고 경험이 적은 선장을 얕보고 대하기도 했다. 한 번은 해상반란을 당하기까지 했다. 부산항을 떠난 지 꼭 이 주일째 되는 날이었다. 나이 든 일항사가 몇 명의 선원들과 작당을 해서 그의 방으로 들어왔다. 몇 마디 고성(高聲)이 오가는 사이에 그는 꼼짝없이 잡힌 몸이 되고 말았다. 그는 많은 선원들이 지켜보는 가운데 마스트에 묶여졌다. 새로 선장의 권한을 탈취한 일항사는 곧장 배를 귀향 조처했다. 배는 방향을 바꾸어 가던 길을 되짚어 오기 시작했다. 내리쬐는 태양 아래 묶여져 있는 자신의 모습이 그처럼 비참할 수 없었다. 혀를 물고 죽고 싶었다. 하루 낮, 하룻밤을 물 한 모금 마시지 못했다. 무엇보다도 견딜 수 없는 것은 심장이 터져나갈 것 같은 분노였다. 영화의 화면에서나 볼 수 있을 것 같은 그런 치욕을 그가 직접 당하다니…… 그러면서도 월준에 대한 한가닥 기대를 잊지 않았다. 복수를 하지 않은 채, 죽을 수는 없다고 자신을 달래기도 했다. 새벽녘, 그때는 삼항사였던 월준이 살금살금 다가왔다. 그는 주머니에 감추어 온 단도로 밧줄을 끊었다. 둘은 발소리를 죽여 선장실로 숨어들었다. 그리고 아직 잠 깨지 않은 일항사를 잡아다가 그 자신이 당했던 것처럼 마스트에 묶었다.

이때부터 박용태 선장은 그의 권위를 지키기 위하여, 때로는 욕설로, 때로는 주먹으로, 때로는 각목이나 칼 같은 흉기를 동원하여 상대방과 맞서고, 대결하고, 싸워야 하는 생활이 시작되었다. 선장이 그 자신의 배에서 권위를 잃으면 그는 이미 선장이 아니다. 선장은 그 배에서는 절대자여야 한다. 왕중왕이다. 지금은 박용태 선장하면 원양 어선계에서는 모르는 사람이 없다. 그가 일급 선장으로 성장하기까지에는 그만큼 많은 시련이 있었던 것이다.

그런, 박용태 선장으로도 뱃바닥에 괴는 물은 어쩔 수 없었다. 조타

과수원집

실로 올라가니 월준이 키를 잡고 있었다. 파도는 여전히 갑판을 뒤덮었다.

"보침이 잘 안 됩니다."

상황을 짐작한 월준이 힘없이 말했다.

배가 차츰 균형을 잃고 있었다.

박용태 선장은 밀려오는 파도를 멍하니 바라보았다.

어디서부터 잘못된 것인가?

아름다운 낙조(落照)를 보면서 태풍전야의 고요를 감지하지 못한 것이 실수였다. 그처럼 잔잔한 바다가 태풍을 머금었으리라고 누군들 상상할 수 있었으랴. 아니, 사고는 이미 더어반에서 비롯된 것이다. 서툰 삼항사에게 연안 항해를 맡긴 것이 실수였다. 그리고 몇 시간이나 지나도록 한 번도 확인 점검을 하지 않은 것이 실수였다. 육상에서의 생활로 마음이 해이해져 있었음이 틀림없었다. 어쩌면 세희의 부탁을 받아들인 것이 실수였는지 모른다. 공연히 꺼려지던 것을…… 그런 일이 없던 아내가 사람을 천거하는 것이 왠지 마뜩치 않던 것을…… 그것이 실수였다. 아니, 세희를 아내로 맞이한 것부터가 잘못된 짓이었다. 결혼을 함으로써 발목이 잡히고 싶지는 않았던 것을…… 어쩌면 뱃놈의 자식으로 태어난 것도, 그리하여 뱃놈의 길로 들어선 것도 실수였는지 모른다. 하지만, 아무튼, 누구에겐가 이런 일은 일어나기 마련이고, 그리고, 여기에 내가 선택되었다는 것은 다만 운명일 뿐인지 모른다. 하늘이 내게 점지해 준 불가피한 운명…… 그런 것인지 모른다.

박용태 선장은 그렇게 뒤죽박죽 생각하고 또 생각했다.

결국, 박용태 선장은 퇴선 명령을 내려야만 했다.

퇴선은 질서있게 진행되었다.

구명복을 착용한 선원들이 구명대를 띄우고 바다로 뛰어내렸다.

순식간에 바다의 여기저기에 구명대에 매달린 사람들이 떠돌았다.

파도가 그들을 멋대로 몰고 다녔다. 구명대에 매달린 사람들이 파도에 휩쓸리지 않으려고 서로 균형을 잡는 모습도 보였다. 불안과 공포로 딱딱해진 얼굴 위로 파도의 포말이 쏟아져 내렸다.

"구조 요청은 전달되었나?"

선장은 무선국장을 향하여 물었다.

"기지 회사와 가까운 항구에 모두 전달되었습니다."

"결과는?"

"날씨 때문에 당장은 불가능하다는 회신입니다."

박용태 선장은 더 이상 묻지 않았다. 충분히 예상된 상황이기 때문이었다. 무선국장도 바다로 뛰어내렸다. 문득 삼항사 윤이 보이지 않는다는 생각이 들었다.

"삼항사는 어디 있나?"

그는 마지막 남은 월준을 향하여 소리를 질렀다. 난간을 붙들고 비틀거리던 월준이 귀에다 손을 대었다. 파도 소리 때문에 말소리를 알아듣지 못하고 있었다. 선장은 같은 말을 되풀이하여 외쳤다. 월준이 머리를 흔들었다.

박용태 선장은 휙, 몸을 돌렸다. 그리고 선실로 뛰어갔다. 아무도 없었다. 항해사실로 달렸다. 윤이 침대에 누워 있었다. 심한 멀미로 정신을 차리지 못했다. 토사물이 침대에 흥건했다. 이런 파도에는 경험이 많은 선원도 견디기 어려운 법이다. 원양 경험이 처음인 윤에게는 정말 힘든 고역일 것이다.

"정신을 차려라."

선장은 윤의 몸을 흔들었다. 한참 만에 윤이 눈을 떴다. 그는 초점이

과수원집

흔들리는 시선으로 선장을 올려다보았다.

"급히 서둘러야 한다."

윤은 귀찮다는 듯, 나직이 중얼거렸다.

"그냥 그대로 둬 주십시오."

"배가 기울어지고 있다."

"알고 있습니다."

"어서!"

선장이 윤의 몸을 잡아 일으켰다. 그리고 등을 돌려댔다.

"빨리 업혀라!"

그러나 윤은 얼른 업히려 하지 않았다. 선장이 다시 재촉했다.

"저를 그냥 죽게 둬 주십시오."

윤은 괴롭게 중얼거렸다.

"뭐얏!"

박용태 선장은 벌컥 화를 내었다. 그리고 윤의 멱살을 잡아 일으켰
다.

"선장의 명령은 신의 명령이다. 알겠나? 빨리 업혓!"

윤이 괴로운 듯 중얼거렸다.

"더어반에서 육지를 들이받은 것은 고의였습니다."

선장은 순간, 자신도 몰래 윤을 놓았다.

"처음엔 미처 의식하지 못했습니다. 그러나 마지막 순간에, 착오일는
지도 모른다는 생각이 들었습니다. 255도는 지나친 커브란 생각이 들
었던 겁니다. 그러나…… 확인할 것을 포기했습니다."

"……"

"홍세희 선생님의 모습이 떠올라서였습니다. 텅 빈 십에서 바다만 바
라보고 있는 가여운 여인에게…… 선장님을 돌려 드리고 싶었습니

다……그러나……"

윤의 두 볼에 눈물이 흘렀다. 그는 더듬더듬 말을 계속했다.

"……결국은 모든 것을 망쳐 놓고 말았습니다."

박용태 선장은 넋을 놓고 있었다. 그는 지금 자신이 어디에 있는지도 잊고 있었다. 지금, 그들이 어떤 상황에 처해 있는지도 잊고 있었다. 머리통을 된통 얻어맞은 사람처럼, 지금 무엇을 해야 하는 건지도 잊고 있었다.

"선장님! 선장님!"

일항사 월준의 고함 소리가 들려왔다.

"선장님, 어디 있습니까?"

문이 펄떡 열렸다.

"아니, 뭣들 하는 겁니까?"

박용태 선장은 그제서야 정신이 돌아왔다. 그는 일항사 월준의 도움을 받아 윤을 들쳐업었다. 배의 요통이 심해서 제대로 걸을 수 없었다. 갑판으로 올라가자 그들의 구명대가 남아 있었다. 선장은 윤을 구명대에 눕히고 대충 그의 몸을 묶었다.

"자식, 끝까지 말썽이군."

월준이 투덜거렸다.

"자네가 잘 보살펴야 한다."

선장의 말에 월준이 의아해서 쳐다보았다.

"자, 들어라!"

선장은 목쉰 소리로 명령했다. 두 사람은 윤이 눕혀진 구명대를 바다에 던졌다. 파도가 밀려와 구명대를 낚아챘다.

"자, 뛰어내렷."

"선장님은?"

과수원집

"어서!"

월준은 얼결에 바다로 뛰었다. 그리고 곧장 헤엄을 쳐서 윤이 묶인 구명대로 다가갔다. 간신히 구명대에 매달린 월준이 아직 갑판에 서 있는 선장을 돌아보았다. 파도에 적셔진 윤의 머리가 번쩍 들렸다. 정신이 돌아온 모양이었다.

"선장님!"

월준이 소리를 질렀다.

"어서 퇴선하십시오."

월준의 외침에, 배의 주위를 떠돌던 선원들이 일제히 배를 쳐다보았다. 그리고 그들은 기울어진 배에서 퇴선할 생각을 잊고 있는 선장을 발견했다. 선장은 난간을 잡은 채, 바다를 응시하고 있었다. 선원들은 손을 흔들며 소리를 지르기 시작했다.

"선장님! 선장님!"

"퇴선하십시오! 퇴선하십시오!"

선원들의 아우성은 차츰 울부짖음으로 변해가고 있었다.

선장은 말없이 선원들을 응시했다. 그러다가 끝내 선원들의 울부짖음에 쫓기듯 조타실로 들어갔다. 그리고 문을 굳게 잠그었다.

여전히 높은 파도가 밀려왔다.

높은 파도 하나가 균형을 잃은 이 배의 운명을 결정할 것이다.

박용태 선장은 곧바로 바다를 응시했다. 창문으로 파도에 떠도는 선원들이 보였다. 그들은 파도를 따라 솟구칠 때마다 선장을 향하여 손을 흔들었다. 아우성도 치고 있겠지만 닫힌 문으로는 아무 소리도 들리지 않았다. 윤이 묶인 구명대가 시야로 들어왔다. 일항사 월준이 구명대를 배 쪽으로 밀어보려고 애쓰는 모습이 보였다. 정신을 차린 듯싶은 윤이 머리를 흔들어 파도를 피하는 모습도 보였다.

'엉뚱하게도 너같이 서툰 놈이 살아날는지도 모른다.'

박용태 선장은 윤을 바라보며 중얼거렸다. 하늘은 터무니없이 엉뚱한 사람에게도 은혜를 베푸니까…… 마치 그가 바다에 서툴던 항해사 시절에 살아났었던 것처럼……

그가 항해사 시절이었다. 사모아 근해에서 조업을 하는 1507 크라스의 기지선을 탔을 때였다. 그때도 예기치 못한 태풍을 만났었는데 배가 그만 삼각 파도에 걸리고 말았다. 삼각 파도란 파도와 파도가 서로 마주치는 자리에 배가 올라서는 경우를 말한다. 파도와 파도 사이에 다른 파도가 끼어든 경우라고 할까? 그런 경우엔 속수무책이었다. 보침도 무엇도 필요없었다. 배는 그냥 뒤집히고 말았다. 망망대해였다. 구명대 하나에 대여섯 명의 선원들이 매달렸다. 파도는 하늘로 치솟고 바람은 미친 듯이 불어왔다. 허기와 졸음이 무엇보다 견디기 어려웠다. 깜박 졸다가 구명대를 놓치면 그냥 그만이었다. 때때로 상어의 습격을 받았다. 악, 하는 비명과 더불어 옆의 동료가 갑자기 물속으로 사라져버리는 것이다. 상어의 이빨에 물려간 것이다. 바다에 떠 있는 인간이란 상어에겐 더할 수 없이 좋은 미끼였다. 며칠이 지났는지 모른다. 졸음과 허기와 목마름, 그리고 상어의 위협에 떨면서, 그러나 끝내는 지치고 정신을 잃고 말았다. 그가 구조되었을 때, 살아남은 사람이라곤 겨우 셋이었다. 스물여덟 명의 선원 중 단지 세 명, 그리고 그중에서도 한 명은 두 다리를 상어에게 먹힌 채였다.

바다에서 사람의 목숨이란 결코 자신의 것일 수가 없었다. 그래서, 배에서는 걸핏하면 제사를 지낸다. 출항할 때는 출항제, 입항 할 때엔 입항제, 적도를 지날 때엔 적도제를 지낸다. 선장과 사관들이 목욕재계하고 돼지머리와 과일 몇 종류를 곁들인 젯상을 마련해서는 정성을 들

과수원집

여 제사를 올리는 것이다. 그래서 어창에는 냉동된 돼지머리가 늘 준비되어 있었다.

박용태 선장은 바다를 떠도는 선원들을 바라보았다. 서른일곱 명의 선원 중 과연 몇 사람이나 살아날 것인가? 이런 기후에서 살아날 확률이란 사실상 거의 제로에 가까웠다. 다만 최선을 다할 뿐인 것이다. 어쩌다 서너 명 살아난다 할지라도 선장인 자신이 그 속에 낄 수는 없었다. 배를 잃고 선원을 모두 잃고, 그리고 혼자 살아난 선장이란 도무지 상상해 낼 수가 없었다. 월미호는 그 자신의 분신이었다. 그가 조타실에 앉아 있는 한, 그는 언제나 월미호의 선장인 것이다.

박용태 선장은 새삼 더어반에서의 굴욕이 떠올랐다. 더어반의 현지 경찰과 영국 로이드 보험회사의 조사관은 사건의 고의성 여부를 집중적으로 따졌다. 조사관들은 225도와 255도의 차이에는 고도의 지능적인 고의성이 개재되어 있다고 믿는 듯했다. 그들은 60만 불이나 되는 보험금을 노린 계획적인 행동으로 몰고 가려고 했다. 그때, 선장은 심한 굴욕을 느꼈다. 그는 속으로 주장했다. 너희는 뱃놈이 아니니까 이해할 수 없을 것이다. 뱃놈이라면 누구나 안다. 세상의 어떤 선장도 그런 비열한 짓은 하지 않는다고…… 정말 그런 비열한 선장이 되고 싶지는 않았다.

월미호는 점점 물속으로 잠겨지고 있었다. 거의 보침이 되지 않았다. 파도는 잿빛 하늘을 가득 채우며 으르렁거렸다. 이제 그에게는 단 몇 분의 시간밖에 유예되어 있지 않았다. 그는 거대한 파도의 절벽을 보면서 뱃사공이었던 아버지의 얼굴을 떠올렸다. 햇빛에 그을린 검은 얼굴…… 곧 지금의 그 자신의 얼굴이기도 했다. 아니 어쩌면, 먼 훗날 아들 준의 얼굴일 수도 있었다. 사람은 그렇게 이어진다. 그래서, 남자는 나이가 들면서 자신이 어머니의 아들이기보다 아버지의 핏줄임을 깨닫게 되는 경우가 많다. 아버지가 고향의 앞바다에서 작은 배와 함께 잠적하듯 이제 그 자신도 월미호와 더불어 사라질 것이다. 아버지보다 좀 더 큰 배와 좀 더 큰 바다라는 차이밖에 없었다. 바다에 떠돌면서 상어의 밥이 되는 것보다 자신의 배에서 삶을 끝내는 쪽이 낫다는 생각이 들었다.

어쩌면 이것이 선장에게 주어진 마지막 특권인지 모른다.

파도가 다시 밀려왔다.

삼항사 윤이 입에 들어간 파도를 푸 뱉어내며 손을 흔드는 모습이 보였다. 이제 완전히 기력을 되찾은 모양이 완연했다. 왠지 가슴이 뭉클했다. 사람이란 이런 죽음의 시련을 통하여 새로워지고 성장하는 것이다. 녀석은 이제 알게 될 것이다. 여자란, 이런 때의 바다와는 도무지 비교될 수 없다는 것을…… 그리고 지금껏 확신으로 믿어왔던 것들이 결국은 참으로 하찮은 감정의 유희였을 뿐이란 것을……

박용태 선장은 이미 보침 능력을 잃은 배의 키를 습관처럼 잡고 있었다.

월미호는 파도를 만날 때마다 금방 뒤질힐 듯, 뒤집힐 듯 힘겨운 마지막 '리빙웨이'를 계속하고 있었다.

과수원집

과수원집

1쇄 발행일 | 2023년 01월 20일

지은이 | 홍성암
펴낸이 | 정화숙
펴낸곳 | 개미

출판등록 | 제313 – 2001 – 61호 1992. 2. 18
주소 | (04175) 서울시 마포구 마포대로 12, B-103호(마포동, 한신빌딩)
전화 | (02)704 – 2546
팩스 | (02)714 – 2365
E-mail | lily12140@hanmail.net

ⓒ 홍성암, 2023
ISBN 979 – 11 – 90168 – 58 – 8 03810

값 15,000원

잘못된 책은 바꾸어 드립니다.
무단 전재 및 무단 복제를 금합니다.